BASTEI
LÜBBE

BARBARA CARTLAND

Der Fehltritt

Aus dem Englischen von
Esther Facius

BASTEI
LÜBBE

BASTEI-LÜBBE-TASCHENBUCH
Band 11 190

Deutsche Erstveröffentlichung
Titel der englischen Originalausgabe:
THE CAPTIVE HEART

Printed in West Germany, Januar 1988
Einbandgestaltung: Roland Winkler
Titelbild: Three Lions
Satz: Fotosatz Froitzheim, Bonn
Druck und Verarbeitung: Ebner Ulm
ISBN 3-404-11190-7

I

»Verflixt, wir könnten ein Trauerzug sein!«

Beim Klang der eigenen Stimme stieß Sabina ein glucksendes Lachen aus.

Was sie da soeben von sich gegeben hatte, war der Ausspruch eines biederen Landjunkers gewesen, der seine Tochter durch den Mittelgang der Kirche zum Traualtar geführt und seiner Nervosität und Aufregung als frischgebackener Brautvater Luft zu machen versucht hatte.

Wie oft war dieser Satz von Sabina schon wiederholt worden. Bei jeder möglichen und unmöglichen Gelegenheit. Zum kichernden Vergnügen ihrer Schwestern und zum Mißfallen ihres gestrengen Vaters, der für die Faxen seiner Ältesten nicht immer das nötige Verständnis aufbrachte.

Aber diesmal paßte der Ausruf des oft zitierten Landjunkers wirklich.

Die Pferde vor der knarrenden und quietschenden Hackneykutsche schienen immer langsamer zu werden.

Sabina blickte aus dem Fenster, dessen Scheiben fast blind waren vom Straßenstaub. Draußen wurde es Nacht. Am Himmel erschienen die ersten Sterne, und ihr Licht brach sich schimmernd auf der weiten Fläche der See, die sich unterhalb der Küstenstraße bis zum nächtlichen Horizont dehnte.

Nach dem Unfall und den vielen Verzögerungen, die es an diesem Tag gegeben hatte, sah es so aus, als würde das junge Mädchen Monte Carlo nie mehr erreichen. Und dennoch war Sabina nicht eigentlich beunruhigt. Dafür war das, was sie erlebte, einfach zu herrlich.

Gebannt blickte sie aufs Meer, das sich wie ein Schild aus gehämmertem Silber unter ihr erstreckte, sah die dunklen, bizarr geformten Schatten der Bäume, die sich vor dem nachtblauen Himmel abzeichneten, und stieß einen beglückten Seufzer aus.

Sie war in Frankreich.

Sie war unterwegs zu jener Stadt, die zu sehen sie zwei Monate zuvor selbst in ihren kühnsten Träumen nicht für möglich gehalten hätte.

»Dem Himmel sei Dank – ich bin ein echter Glücksvogel!«

Sabina lachte belustigt, als sie feststellte, daß sie diese Worte geflüstert hatte.

Wie kindisch sie war, Selbstgespräche zu führen! Jemand, der sie beobachtete, mußte sie für verrückt halten.

Sie dachte an den geisteskranken Jungen im Dorf, dem sie einmal in den Wiesen begegnet war und der sie zu Tode erschreckt hatte, weil er mit hoher, sich überschlagender Stimme endlose Selbstgespräche führte.

»Mein Gott, wie weit weg Cobbleford und Gloucestershire schon zu sein schienen! Dabei waren seit Sabinas Abreise von zu Hause erst wenige Tage vergangen.

In diesem Augenblick würde die Familie im Salon sitzen, wie stets, nachdem sie ihr einfaches Mahl beendet hatte, das Papa hartnäckig das Supper nannte, obwohl Mama immer nur vom Dinner sprach.

Die Mädchen würden mit irgend etwas beschäftigt sein: Harriet mit einer ihrer Stickereien, die allen, die sie sahen, Ausrufe höchster Bewunderung entlockten, während Melanie, die Ärmste, sich verzweifelt bemühte, die Kunstfertigkeit der Schwester nachzuahmen, obwohl es ihr nie gelingen wollte.

Angelina saß sicher wieder am Flügel und spielte, weil Papa ständig hören wollte, welche Fortschritte sie in ihren Klavierstunden gemacht hatte. Und Clare, die Jüngste, lag schon im Bett. Sie war noch keine fünfzehn und mußte nach dem Dinner immer gleich auf ihr Zimmer gehen.

Mama saß um diese Zeit bestimmt in ihrem Lieblingssessel beim Kamin, den Schein der Stehlampe auf ihrem schönen Haar, dessen goldene Fülle von den ersten weißen Fäden durchzogen wurde.

Und Papa hatte inzwischen seine Sonntagspredigt zu Papier gebracht, das Studierzimmer verlassen und Mama gegenüber in dem zweiten Lehnsessel Platz genommen, um sich an der Unterhaltung zu beteiligen.

Sicher gab es wieder eine Menge zu erzählen, obwohl sie den ganzen Tag zusammen gewesen waren. Und vielleicht sagte einer von ihnen gerade: »Was mag Sabina jetzt wohl machen? Ob sie schon in Monte Carlo angekommen ist?«

Wenn sie wüßten! dachte Sabina.

Papa wäre entsetzt, wenn er eine Ahnung davon hätte, daß sie – noch meilenweit von Monte Carlo entfernt – allein und mitten in der Nacht in einer klapprigen Hackneykutsche saß. Aber was sollte sie tun? Die Dinge waren eben nicht so gelaufen, wie sie geplant gewesen waren.

Als Miß Remington sich in Nizza beim Verlassen des Zuges das Bein gebrochen hatte, glaubte Sabina einen Augenblick, der Teufel selbst hätte seine Hand im Spiel, um zu verhindern, daß sie jemals ihren Bestimmungsort erreichte. Die Selbstsüchtigkeit eines solchen Gedankens entsetzte sie sekundenlang, während sie, so gut sie konnte, versuchte, Herr des Durcheinanders zu werden, das der Unfall unter den Mitreisenden hervorrief.

Miß Remington, eine Kusine des Bischofs und eine Frau im gesetzten Alter – andernfalls hätte man sie mit der Aufgabe einer Anstandsdame gar nicht betraut – hatte sich nach Sabinas Auffassung auf dem Bahnsteig ziemlich lächerlich aufgeführt.

Zuerst kreischte und schrie sie, daß einem die Ohren schmerzten, und dann fiel sie einfach in Ohnmacht. Sabina hatte die größte Mühe, sie mit Hilfe von Riechsalzen, kalten Kompressen und einigen verbrannten Federn, die sie ihr unter die Nase hielt, aus ihrer Bewußtlosigkeit herauszuholen.

Es hatte einiger Anstrengungen bedurft, um an die Federn zu kommen. Erst nach längerem Suchen entdeckte

Sabina ein paar Käfige mit lebenden Hühnern, die auf den Transport nach Monte Carlo warteten. Sabina hatte den Aufkleber mit dem Bestimmungsort gelesen, als sie die Finger durch die Stäbe zwängte, um einige am Boden liegende Federn herauszuzupfen.

Obwohl sie wegen Miß Remington sehr besorgt war, konnte sie nicht verhindern, daß ihr Herz beim Anblick der Aufschrift einen Augenblick aussetzte und sie ein Gefühl des Bedauerns verspürte. Mein Gott, fuhr es ihr durch den Kopf, jetzt wird sich die Weiterreise nach Monte Carlo wohl hinauszögern, bis Miß Remington wieder gesund ist!

Es dauerte eine Ewigkeit, bis ein Arzt zur Stelle war. Miß Remington, die man inzwischen auf die harte, unbequeme Bank des Warteraumes gelegt hatte, schrie und wimmerte vor Schmerzen und fiel zwischendurch immer wieder in eine wohltuende Ohnmacht.

Endlich drängte sich ein bärtiger Franzose durch den dichten Kreis der Gaffer, bat die Leute, weiterzugehen und stellte eine kleine braune Ledertasche neben Miß Remington auf die Bank.

Sabina war froh, daß sie über genügend Französischkenntnisse verfügte. Schon vorher hatten sie ihr gute Dienste getan.

Das verdankte sie Mama, die stets darauf geachtet hatte, daß das Studium des Französischen nicht vernachlässigt wurde. Anfangs hatte Sabina manche Träne über die Hartnäckigkeit ihrer Mutter vergossen, aber nun war sie ihr dankbar dafür.

»Tut mir leid, Monsieur, Sie belästigen zu müssen...« begann sie, wurde jedoch ziemlich schroff von ihm unterbrochen.

»Man sagte mir, eine Dame habe einen Unfall gehabt, Mademoiselle.« Er zog den Hut und zwang sich zu einem förmlichen Lächeln.

»Ja, das ist leider richtig«, antwortete Sabina. »Meine Freundin, die mich nach Monte Carlo begleitet, geriet beim Verlassen des Zuges ins Stolpern und fiel. Sie ist nicht gerade die Leichteste, wie Sie sehen, und ich fürchte, sie hat sich den Fuß oder das Bein gebrochen.«

»Das ist allerdings unangenehm«, sagte der Arzt, der sie nun aufmerksam betrachtete und mit der Untersuchung seiner stöhnenden Patientin keine Eile zu haben schien.

Miß Remington zeigte sich jedoch recht hartnäckig. Das Stöhnen verstärkte sich, so daß der Arzt sie nicht länger unbeachtet lassen konnte.

Er wandte sich Miß Remington zu, und prompt sank diese wieder in Ohnmacht.

»Gut so«, murmelte der Arzt. »Es ist leichter für mich, das Bein zu untersuchen, während sie besinnungslos ist. Die Schmerzen wären sonst unerträglich für sie.«

Er beugte sich zu der Bewußtlosen nieder, betastete mit schnellen Bewegungen die Verletzung und sagte:

»Ein schlimmer Bruch. Wir werden Madame ins Hospital schaffen müssen.«

»Ins Hospital?« wiederholte Sabina entsetzt.

Sie hatte gehofft, der Arzt würde das Bein bandagieren, und danach hätten sie die Reise fortsetzen können.

»Der Bruch wird geschient werden müssen«, erwiderte der Arzt. »Anschließend ist absolute Ruhigstellung erforderlich.

»Wird es lange dauern?« fragte Sabina.

»Madame wird das Hospital in etwa drei Wochen wieder verlassen können, nehme ich an.«

»In drei Wochen!« rief Sabina fassungslos.

Der Doktor nickte.

»Ja, und dann kann sie noch von Glück reden«, meinte er.

»Gütiger Himmel«, rief Sabina. »Miß Remington hatte vor, morgen nach Italien weiterzureisen. Sie war mit mir auf dem Weg nach Monte Carlo, wo sie mich bei Freunden abliefern wollte, um am nächsten Tag weiter nach Rom zu fahren.«

»Ich fürchte, Madame wird ihre Reisepläne zurückstellen müssen«, erklärte der Arzt. »Aber Sie, Mademoiselle, hindert natürlich nichts daran, die Fahrt nach Monte Carlo fortzusetzen.«

»Ja, ja, natürlich.«

Sabina fühlte, wie sich ihre Angst ein wenig löste.

Ja, sie würde weiterfahren. Niemand konnte von ihr verlangen, daß sie bei Miß Remington blieb. Außerdem wäre dies gar nicht möglich, denn ihr Geld reichte nur noch für den Rest der Reise.

Es waren Geldsorgen, die Sabina einige Stunden später beschäftigten, als sie das Hospital verließ und zum Bahnhof zurückkehrte. Inzwischen war Miß Remingtons Bein fachgerecht geschient worden. Sie lag in einem kleinen, freundlichen Zimmer, durch dessen Fenster sie das Meer sehen konnte.

Die Nonnen, die das Hospital leiteten, waren sehr entgegenkommend; gleichzeitig aber fühlte sich Sabina bedrückt wegen der Armut, die hier offensichtlich herrschte. Dennoch machten die Kranken, die sie zu Gesicht bekam, einen zufriedenen Eindruck, und Miß Remington versicherte Sabina, daß sie sich ganz wohl in der Obhut der Nonnen fühlte.

»Ich lasse Sie nicht gern allein«, sagte Sabina.

»Aber du mußt, meine Liebe«, erwiderte Miß Remington besorgt. »Du mußt die Reise auf der Stelle fortsetzen. Du kannst unmöglich hier in Nizza bleiben. Denk nur, was dein Vater dazu sagen würde! Die Tochter des Vikars von Cobbleford allein in einer fremden Stadt! Glaub mir, Sabina, nach den Geschichten, die ich über Nizza gelesen habe, ist das wirklich kein Ort für ein junges Mädchen.«

Sabina war erleichert, daß Miß Remington genauso dachte wie der Doktor. Dennoch fühlte sie ein leises Schuldgefühl. Gerade weil sie so ungeduldig war und die Weiterreise kaum abwarten konnte.

»Ich werde schon wieder in Ordnung kommen«, beruhigte Miß Remington sie. »Nimm den nächsten Zug, der nach Monte Carlo fährt, und sage Lady Thetford, wie leid es mir tut, dich auf dem letzten Stück der Reise nicht mehr begleiten zu können. Ich möchte nicht, daß sie oder deine lieben Eltern denken, ich hätte meine Pflichten vernachlässigt.«

»O Miß Remington, was geschehen ist, war doch nicht Ihre Schuld. Es ist ein schrecklicher Unfall. Die Schuld dafür trifft höchstens die Eisenbahnbehörde, die die Bahnsteige viel zu niedrig für die Züge gebaut hat.«

»Pst, meine Liebe, wir sollten andere Länder nicht kritisieren oder sie an unseren Maßstäben messen!« sagte Miß Remington mahnend. »Adererseits besteht kein Zweifel daran, daß in England viele Dinge besser sind als hier.«

Sabina beugte sich über sie und gab ihr einen Kuß zum Abschied.

»Ich werde sehen, daß ich Sie in ein oder zwei Tagen besuchen kann«, sagte sie. »Lady Thetford wird sicher nichts dagegen haben, wenn ich ihr erkläre, wer Sie sind. Ich hofffe nur, Sie werden sich bis dahin nicht zu einsam fühlen.«

»Diese Dinge werden uns zu unserer Prüfung auferlegt, meine Liebe«, sagte Miß Remington.

Angesichts solcher Gottergebenheit konnte Sabina nur aufs neue ein Gefühl der Schuld darüber verspüren, daß sie Miß Remingtons Verhalten auf dem Bahnsteig jemals für ungeschickt und tollpatschig gehalten hatte.

Sie verabschiedete sich von den Nonnen und sagte zur Mutter Oberin, sie sei sicher, Lady Thetford, bei der sie in Monte Carlo zu Gast sein werde, wünsche umgehend davon zu erfahren, falls Miß Remington notwendig etwas brauche, oder wenn sich wider Erwarten eine Verschlechterung ihres Zustandes einstellen sollte.

Die Mutter Oberin zeigte sich trotz ihrer Weltabgewandtheit sehr beeindruckt, als Sabina den Namen Lady Thetfords erwähnte. Weniger erfreut schien sie jedoch über Sabinas Reiseziel, denn die Nennung der Sadt Monte Carlo ließ sie zusammenfahren, und die hastig gemurmelten lateinischen Worte verstand Sabina als Stoßgebet für ihr stark gefährdetes Seelenheil.

Erst als sie das Hospital verlassen hatte und rasch die schmalen Straßen entlangging, die zum Bahnhof führten, stellte sie fest, wie spät es war. Nicht nur die untergehende Sonne und der blasser werdende Himmel kündeten ihr die Nähe des Abends an, sondern auch ein nagendes Gefühl in der Magengegend, das sie daran erinnerte, schon seit langem nichts mehr gegessen zu haben.

Tatsächlich verspürte sie einen grimmigen Hunger, und als ihr der wohlriechende Duft von gekochtem Kaffee in die Nase stieg, blieb sie vor einer Pâtisserie stehen und betrat sie nach kurzem Zögern.

Der Kaffee war so gut wie er duftete, die Obsttorte, mit einem riesigen Schlag Sahne versehen, schmeckte noch köstlicher, als sie aussah. Erst als Sabina gezahlt hatte, starrte sie mit einem Gefühl des Entsetzens auf den stark geschrumpften Inhalt ihrer Geldbörse.

Sie hatte die Träger bezahlt, die Miß Remington auf Veranlassung des Arztes zur Kutsche getragen hatten. Anschließend waren die Fahrtkosten für die Kutsche fällig gewesen. Und als sie das Hospital erreichten, hatte der Arzt ganz unmißverständlich die Hand aufgehalten. Sein Honorar war nicht hoch gewesen, hatte jedoch in Sabinas Finanzen ein riesiges Loch gerissen.

Sie wußte zwar, daß Miß Remington ihr die Auslagen zurückerstatten würde, aber in der augenblicklichen Lage hatte Sabina sie nicht darum bitten wollen.

Außerdem tröstete sie sich mit dem Gedanken, daß der verbleibende Betrag bis Monte Carlo ohne weiteres reichen würde, denn schließlich hatte sie ihre Eisenbahnfahrkarte schon gelöst. Und einmal an ihrem Bestimmungsort, brauchte sie sich keine Sorgen mehr zu machen.

Ungeduldig verließ Sabina die Pâtisserie und eilte zum Bahnhof.

Auf dem Bahnsteig herrschte eine sonderbare Stille, die Sabina schon als Vorbote neuen Unheils erschien.

Es dauerte einige Zeit, bis sie einen der Bahnbeamten gefunden hatte, aber schließlich stand sie vor einem prachtvoll aussehenden Individuum in goldbetreßter Uniform, in dem sie den Bahnhofsvorsteher zu erkennen glaubte.

»Entschuldigung, Monsieur, aber können Sie mir sagen, wann der nächste Zug nach Monte Carlo fährt?« fragte Sabina.

»Morgen früh um neun, Mademoiselle«, war die Antwort.

»Morgen früh?« rief Sabina. »Aber es muß doch auch heute noch einen Zug geben!«

»Bedaure, Mademoiselle, der letzte Zug nach Monte Carlo ist vor einer halben Stunde abgefahren!«

»Aber... das muß ein Irrtum sein...« begann Sabina, verstummte aber dann, weil sie die Sinnlosigkeit einer weiteren Diskussion mit dem Beamten einsah.

Dieser hatte ihr bereits den Rücken zugekehrt und war in seinem Office verschwunden.

Einen Moment lang stand Sabina wie erstarrt, dann lief sie hinter ihm her, öffnete die Tür zu seinem Büro und fragte verzweifelt:

»Welche andere Möglichkeit gibt es denn, heute abend noch nach Monte Carlo zu kommen?«

»Nehmen Sie eine Mietkutsche«, antwortete er, ohne von seinen Papieren aufzublicken, die über den ganzen Schreibtisch verstreut lagen.

Natürlich, dachte Sabina, warum bin ich nicht selbst darauf gekommen. Papa hatte davon gesprochen. Und wenn er richtig informiert war, konnte sie es mit einer Kutsche in zwei Stunden von Nizza bis Monte Carlo schaffen.

Sie fand einen Träger, einen kleinen, schmächtigen Mann, der durchdringend nach Knoblauch roch. Er trug ihr die beiden Koffer zum Bahnhofsausgang. Dort wies sie ihn an, eine Kutsche für sie zu besorgen.

»Zu welchem Hotel, M'selle?«

»Nach Monte Carlo.«

»Monte Carlo!« wiederholte er, dann lächelte er vielsagend und wünschte ihr Glück beim Spiel.

»Ich fahre nicht zum Spielen dorthin«, erwiderte Sabina. »Ich besuche Freunde in der Stadt. Aber ich habe den Zug versäumt und brauche nun eine Kutsche, die mich hinbringt.«

»Ich werde M'selle eine besorgen«, versprach der Träger. »Eine mit zwei guten Pferden – sehr schnell.«

Er wollte davoneilen, als Sabina ihn zurückrief. »Moment noch«, sagte sie. »Wieviel wird die Fahrt kosten?«

Der Träger zuckte die Schultern, dann nannte er einen Betrag, der Sabina entsetzt aufschreien ließ.

»Um Himmels willen, das ist ja ein Vermögen!«

»Kommt drauf an, M'selle. Eine sehr schnelle Kutsche viele Francs; nicht so gute Tiere, langsame Kutsche, nicht so viele Francs.«

Sabina nannte ihm den Betrag, den sie für einen Wagen zahlen konnte. Der Mann lud das Gepäck auf einen Karren und brachte Sabina zum Droschkenplatz.

Was nun folgte, kam ihr wie ein Alptraum vor. Der Gepäckträger begann mit den Kutschern zu verhandeln.

Immer wieder stieß er auf Ablehnung. Dennoch gab er nicht auf. Er hatte Sabina nun einmal unter seine Fittiche genommen und wanderte mit ihr unerbittlich die lange Reihe der wartenden Kutschen entlang. Keinen der Fahrer ließ er aus. Die Männer sprachen mit einem Akzent, den das Mädchen nur schwer verstand, und sie gelangte zu der Auffassung, daß das in diesem Fall nicht einmal das schlimmste war.

Schließlich jedoch kristallisierten sich mehrere Dinge aus den Gesprächen heraus.

Erstens mußte es auf der unteren Küstenstraße einen Steinschlag gegeben haben. Sie war also gesperrt. Und wer an diesem Abend nach Monte Carlo wollte, mußte die obere Küstenstraße nehmen, die sehr eng, kurvenreich und in einem schlechten Zustand war.

Zweitens schien keiner der Kutscher bereit, für die Summe, die Sabina zu zahlen in der Lage war, die Fahrt nach Monte Carlo zu übernehmen.

Sabina und der Gepäckträger hatten das Ende der Wagenreihe erreicht, und das Mädchen wollte die Hoffnung schon aufgeben, als ein Fahrer mit zwei klapprigen Gäulen und einer altmodischen Hackneykutsche, deren Lack an den Türen bereits abblätterte, sich einverstanden erklärte, die Fuhre zu übernehmen.

Der Gepäckmann hob die beiden Koffer auf das Dach des Wagens, und bevor Sabina noch einen kritischen Blick auf die Pferde und das Gefährt werfen konnte, befand sie sich schon im Wageninneren. Mit einem heftigen Schlag wurde die Tür hinter ihr zugeworfen.

Der Träger schwenkte seine Mütze und grinste über das ganze Gesicht. Offensichtlich war er stolz auf seine Leistung und zufrieden mit dem Trinkgeld, das Sabina ihm noch in die Hand gedrückt hatte.

Die Pferde fielen in einen müden Trab, den sie jedoch schon bald wieder aufgaben. Obwohl der Kutscher voller Eifer die Peitsche über ihren Köpfen knallen ließ, wurde das Tempo der Tiere immer langsamer und träger.

Sabina spürte, wie es ihr in den Fingern kribbelte, und es hätte nicht viel gefehlt, dann wäre sie zu dem Mann auf den Bock geklettert und hätte die Zügel selbst in die Hände genommen.

Sie war keine schlechte Fahrerin. Den Zweispänner, den ihre Mutter für ihre Fahrten durch das Kirchspiel benutzte, lenkte Sabina mit Meisterschaft. Natürlich waren die Pferde, die zu Hause im Stall standen, auch ganz anders in Form als die armseligen Kreaturen vor der Hackneykutsche. Denn mochte man im Vikariat zu Cobbleford auch an allen Ecken und Enden sparen und sich einschränken, Reverend Adolphus Wantage sorgte dafür, daß seine Pferde keine Not litten.

Es mußte gegen sieben gewesen sein, als sie von Nizza aufgebrochen waren, dennoch rechnete Sabina damit, daß sie – die Langsamkeit der Pferde, den Umweg und die schlechte Beschaffenheit der Straße mit einbezogen – spätestens um zehn am Ziel sein würden.

Aber diese Überlegung stellte sich als völlig unrealistisch heraus, kaum daß sie die Stadtgrenze von Nizza hinter sich gelassen hatten. Es gab nämlich Ärger mit dem rechten Hinterrad, und der Kutscher sah sich gezwungen, im nächsten Dorf eine Schmiede anzufahren. Es dauerte eine geschlagene halbe Stunde, bis sie die Fahrt wieder fortsetzen konnten.

Während des erzwungenen Aufenthaltes hatte Sabina den herrlichen Sonnenuntergang bewundern können und den Anblick der Mimosenbäume genossen, die in voller Blüte standen. Das Mädchen hatte noch nie eine solch üppige Vegetation gesehen. In allen Gärten wuchsen Apfelsinen- und Zitronenbäume, und purpurfarbene Bougainvilleen rankten sich über graue Steinmauern. Sabina konnte es nicht fassen, daß sie all diese Herrlichkeiten mit eigenen Augen sah, von denen sie vorher nur in Büchern oder Illustrierten gelesen hatte.

»Stellt euch vor, Apfelsinen wachsen dort auf den Bäumen wie bei uns die Äpfel!«

Sie hörte sich diese Worte zu ihren Schwestern sagen und hinzufügen:

»Und wenn ihr eine Zitrone möchtet, geht ihr in den Garten und pflückt euch eine.«

Wie sehr wünschte sie sich, jetzt zu Hause zu sein und ihren Schwestern über die Reise berichten zu können.

Während das Gefährt nach dem unliebsamen Aufenthalt wieder mit quälender Langsamkeit dahinholperte, vertrieb Sabina sich die Zeit, indem sie sich ausmalte, wie sie ihren Schwestern eine Vorstellung von der schreienden, wimmernden, auf dem Boden liegenden Miß Remington geben würde. Gewiß, es war sehr unschön, die unglückliche Lady auch noch zur Zielscheibe des Spotts zu machen, aber Sabina wußte, wie hingerissen ihre Schwestern von ihrem Talent waren, die Leute zu imitieren.

Ja, auch die Gespräche zwischen dem Gepäckträger

und den verschiedenen Kutschern würde sie zum Besten geben. Und Himmel, das würde ein Gelächter werden, wenn sie den Doktor mit seiner dunklen Ledertasche und dem zerbeulten Zylinder nachahmte, der mit finsterer Miene und steifen Handbewegungen die auf der Bank liegende Miß Remington untersuchte.

Sabina wäre jetzt am liebsten schon wieder zu Hause gewesen. Es gab nichts Schöneres für sie, als ihre Erlebnisse anderen mitzuteilen, und die Familie daheim in Cobbleford war immer noch ihre dankbarste Zuhörerschaft.

Plötzlich hielt Sabina in ihren Gedanken inne.

Um Gottes willen, sie hatte Arthur ganz vergessen!

Es würde ja gar keine Rückkehr nach Hause für sie geben! Heute in einem Monat würde sie schon verheiratet sein und in ihrem eigenen Heim leben.

Sabinas Hände verkrampften sich, sie spürte einen seltsamen Schmerz in der Brust.

Dann schüttelte sie energisch den Kopf.

Wie lächerlich, sich Angst zu machen!

Es war Arthur, dem sie dieses wundervolle Abenteuer einer Reise nach Monte Carlo verdankte, um die jedes Mädchen sie beineiden würde.

Er allein hatte all das möglich gemacht. Er hatte fertiggebracht, daß Mama wieder zufrieden mit ihr war. Und ihr, Sabina, selbst, hatte er dieses entsetzliche Gefühl genommen, ein Versager zu sein.

Arthur, der sie gebeten hatte, seine Frau zu werden.

Arthur, den sie heiraten würde.

Ein jäher Stoß ging in diesem Augenblick durch den Wagen, und Sabina wurde gewaltsam in die schräg gegenüberliegende Ecke geschleudert. Sie spürte einen heftigen Schmerz am rechten Ellenbogen und schlug mit dem Kopf so hart gegen die Wand des Wageninnern, daß ihr der Hut auf die Nase rutschte. Ein wilder Fluch drang an ihr Ohr, und sie wußte, daß die Kutsche mit einem Ruck zum Halten gekommen war.

Sekundenlang war Sabina wie benommen, dann nahm

sie den Hut ab, kam auf die Füße und öffnete die Tür. Als sie den Kopf aus der Kutsche streckte, sah sie, daß der Fahrer bereits vom Bock geklettert war.

»Was ist passiert?« fragte sie.

Er antwortete mit einem nicht endenwollenden Wortschwall. Gegenstand seines Ärgers schien der Schmied zu sein, bei dem er vorhin angehalten hatte. Er nannte ihn den größten Halunken der Christenheit, einen Schwindler und Betrüger, einen Dummkopf und Schwachsinnigen, der nicht einmal imstande sei, ein Kreuzzeichen zu machen, geschweige denn ein Wagenrad richtig einzusetzen.

Sabina stieg aus der Kutsche und stellte fest, daß das rechte hintere Wagenrad fehlte. Einige Meter von der Kutsche entfernt sah sie es im Straßenstaub liegen.

Es war erstaunlich hell draußen, heller, als sie erwartet hatte. Sabina blickte zum Himmel auf. Er war mit Sternen übersät, und über dem Horizont erschien die silberne Scheibe des Mondes.

Sie befanden sich hoch in den Bergen, die an dieser Stelle bis ans Meer herantraten. Vom Meer war allerdings nichts zu sehen, und Sabina hörte nicht einmal das Rauschen der Brandung. Auf der einen Seite der Straße befand sich ein gefährlicher Steilhang, auf der anderen bedeckten Bäume und Krüppelkiefern einen flach ansteigenden Hang, der vor einer mächtigen Felswand endete.

»Und was jetzt?« fragte Sabina.

Der Kutscher zuckte die Schultern, dann brach eine neue Flut von Verwünschungen und Flüchen aus ihm hervor.

Sabina blickte sich um.

Vielleicht gibt es ein Haus in der Nähe, wo wir Hilfe finden können, dachte sie. Sie entfernte sich einige Schritte von dem tobenden Alten und sah plötzlich den hellen, goldenen Schein eines Feuers ganz in der Nähe.

Sie unterbrach die Schimpfkanonade des Fahrers und wies zu dem Feuer hinüber.

»Vielleicht ist dort drüben jemand, der uns helfen kann«, sagte sie.

Er blickte in die Richtung ihres ausgestreckten Armes, zuckte erneut die Schultern, um anzudeuten, daß er nicht an eine Lösung ihrer Schwierigkeiten glaubte.

»Kann die Pferde nicht allein lassen«, brummte er übelgelaunt.

»Ich werde hingehen und sehen, ob ich Hilfe holen kann«, sagte Sabina.

Sie suchte auf dem Boden der Kutsche ihren Seidenbeutel, in dem sich die Geldbörse befand, und hängte ihn sich ans Handgelenk. Dann raffte sie ihre Röcke und suchte sich zwischen Felsbrocken und hohem Gras einen Weg in Richtung des Feuers. Je näher sie kam, desto höher schienen die Flammen in den nächtlichen Himmel zu lodern. Die Entfernung war größer, als sie angenommen hatte, und mehr als einmal rutschte sie mit dem Fuß in ein Loch oder strauchelte über dicke Grasbüschel.

Doch je weiter sie sich von der Straße entfernte, um so begehbarer wurde der Weg. Inzwischen hatte sie sich dem Feuer so weit genähert, daß sie die Leute und die Wagen sehen konnte, die es im weiten Kreis umgaben.

Sabina blieb lauschend stehen, denn sie glaubte, Musik zu hören: Geigen, Gitarren und andere, ihr unbekannte Instrumente.

Es war eine wilde, rauschhafte Melodie, die da erklang. Eine Melodie, die Sabina wie eine Einladung zum Tanz erschien. Es zuckte ihr in den Füßen, und ihr Herz begann freudig zu pochen. Mit einem Mal waren ihre Sorgen und ihr Kummer wegen der Karambolage der Kutsche wie weggeblasen. Sie verspürte nur noch den Wunsch, sich dem Rhythmus dieser Musik hinzugeben, die immer lauter wurde und immer stärker von ihrem Denken und Fühlen Besitz ergriff.

Sie gab sich einen Ruck und trat in den Feuerschein. Und sie sah, daß eine Gruppe von Zigeunern hier ihr Lager aufgeschlagen hatte. Erstaunt stellte sie fest, daß es sehr viele waren und daß sie nie zuvor so farbenprächtig gekleidete Menschen gesehen hatte.

Zahlreiche Männer und Frauen saßen in einem weiten Kreis um die Feuerstelle oder auf den herabgelassenen Treppen der Wohnwagen.

Im Innern dieses Kreises tanzte eine Frau um das Feuer. Die goldgestickten Muster ihres Boleros, die langen, hin und her schwingenden Ohrringe und die vielen Armreifen blitzten und funkelten im Licht der Flammen. Langes schwarzes Haar wehte wie ein Schleier um ihre Gestalt, und die nackten braunen Füße wirbelten über den Boden und schienen ihn kaum zu berühren.

Schweigend, wie gebannt sahen die anderen ihr zu. Die Musik war nicht laut. Was sie so eindringlich machte, war der Rhythmus, der an das Pochen des Blutes in den Ohren oder das Hämmern eines aufgeregt schlagenden Herzens erinnerte.

Leise klirrten die goldenen Ketten und Reifen an den Armen der Tänzerin. Da war das helle, deutlich vernehmbare Schnalzen ihrer Finger, das an das Geräusch spanischer Kastagnetten erinnerte, während die Röcke um ihre wohlgeformten Beine schwangen und ihr geschmeidiger Körper sich bog wie eine Flamme.

Sabina war stehen geblieben, gebannt vom Anblick solcher Wildheit und Anmut zugleich.

In diesem Augenblick wurde die Tänzerin ihrer ansichtig. Sie erstarrte mitten in der Bewegung.

Auch die Musik setzte aus, und Sabina sah, wie alle Köpfe zu ihr herumfuhren. Dunkle, argwöhnische Gesichter blickten sie an, Augen funkelten im Feuerschein, und einige der bunt gekleideten Gestalten sprangen auf und schienen sich auf sie stürzen zu wollen.

Zum erstenmal in ihrem Leben verspürte Sabina so etwas wie Angst. Denn Angst vor Menschen war ihr bisher fremd.

Sie hatte auch früher schon Zigeuner gesehen. Sich sogar mit ihnen unterhalten, wenn sie nach Cobbleford kamen und eine Zeitlang vor der Stadt kampierten. Es war derselbe Stamm, der Jahr für Jahr bei ihnen auftauchte, so daß die Stadtbewohner sich längst an sie gewöhnt hatten und sich zum Teil auf ihren Besuch freuten.

Die Bauern in der Umgebung beklagten sich zwar manchmal, daß hier und da ein Huhn verschwand, und einer behauptete, es gäbe weniger Eier in dieser Zeit, jedoch im allgemeinen waren die Zigeuner freundlich, friedlich und harmlos.

Aber die Menschen, die Sabina nun anstarrten, schienen nur wenig Ähnlichkeit mit den Zigeunern zu haben, die sie von Cobbleford her kannte.

Diese hier waren auffallend gut gekleidet. Die Männer trugen bestickte Seidenhemden mit weiten Ärmeln und kunstvollen Rüschen. Die Frauen hatten kostbaren Goldschmuck angelegt, und ihre leuchtend bunten Röcke fielen lang und faltenreich bis auf die Fußknöchel. Schwarze Samtboleros saßen knapp über tief ausgeschnittenen, weit gebauschten weißen Blusen.

Ihre Gesichter strömten eine seltsame Wildheit aus mit einem Ausdruck animalischer Kraft. Die Bewegungen dieser schönen Menschen hatten etwas von der Geschmeidigkeit eines Raubtiers und schienen die Kleidung auf unerklärliche Weise überflüssig zu machen.

Jäh abbrechende Musik und die Furcht, als lästiger Eindringling bei einem geheimen oder gar verbotenen Ritual angesehen zu werden, ließen Sabina erschauern.

Während sie dastand, mit zitternden Gliedern, unfähig, ein Wort über die Lippen zu bringen, inmitten eines Schweigens, das von Minute zu Minute drückender und bedrohlicher zu werden schien, löste sich auf der gegenüberliegenden Seite des Feuers ein Mann aus dem Kreis der anderen und kam auf sie zu.

Wie die anderen Männer trug er hautenge Hosen und ein Seidenhemd, dessen Ärmel sich über dem Handgelenk bauschten. Um seine Hüften lag eine Schärpe, in der ein Dolch steckte, dessen Knauf kostbare Juwelen zierte.

Er war hochgewachsen und sah ungewöhnlich eindrucksvoll aus. Sein Gesicht trug edelgeschnittene männliche

Züge, und seine Haut war von der Sonne tiefgebräunt. Unter starken Brauen blickten durchdringende dunkle Augen, und sein Mund war fest und sensibel zugleich.

Man sah, daß auch er ein Zigeuner war, und doch unterschied er sich deutlich von den anderen.

Vielleicht war es die Autorität, die er ausströmte; jedenfalls begriff Sabina schlagartig, daß sie den Anführer dieser Gruppe vor sich hatte, obwohl sie gleichzeitig wußte, daß sie vor ihm keine Furcht zu haben brauchte. Den Grund für ihre Sicherheit hätte sie allerdings nicht nennen können. Vielleicht waren es seine Bewegungen, die stolze Art, wie er den Kopf hielt, der bannende Blick seiner Augen.

Ja, dieser Mann besaß etwas Gebieterisches. Und dennoch: In dem Moment, da er auf sie zukam, ließ ihr Zittern nach, und sie war nicht länger stumm und sprachlos.

Sie öffnete die Lippen, doch noch bevor sie etwas sagen konnte, kam er ihr mit seiner Frage zuvor:

»Sie brauchen Hilfe, Mademoiselle?«

Sabina fühlte sich erleichtert, weil er Französisch mit ihr sprach und nicht in einem Dialekt, den sie nicht verstand.

»Ja, ich brauche Hilfe«, erwiderte sie. »Die Kutsche, mit der ich nach Monte Carlo unterwegs bin, hat ein Rad verloren. Ich wäre Ihnen sehr dankbar, wenn Sie oder Ihre Leute uns helfen könnten.«

»Aber selbstverständlich«, sagte er. »Meine Männer werden sich um das Fahrzeug kümmern. In der Zwischenzeit, Mademoiselle, sollten Sie mit zum Feuer kommen und sich ein wenig wärmen!«

Die Kälte der Furcht, die sie vorhin erfaßt hatte, war verschwunden. Jetzt spürte Sabina, wie kühl die Nacht geworden war. Die Wärme des Tages war einem fast eisigen Nachtwind gewichen, der von den Bergen herabwehte.

Lächelnd antwortete sie:

»O ja, ich setze mich gern einen Augenblick ans Feuer, wenn Sie erlauben. Ich hoffe nur, das Rad ist nicht gebrochen, oder es ist sonst kein ernsthafter Schaden entstanden.«

Der Mann an ihrer Seite rief Befehle in einer Sprache, die Sabina nicht verstand.

Einige Männer entfernten sich unverzüglich in Richtung Kutsche.

Ein wenig verlegen folgte Sabina dem Anführer um die Feuerstelle herum. Einige Kissen lagen auf dem Boden, und mit einer einladenden Bewegung seiner Rechten bat der hochgewachsene Mann sie, Platz zu nehmen.

Sabina nickte und kam der Aufforderung nach. Fast augenblicklich reichte der Zigeuner ihr ein Glas mit Wein.

»Trinken Sie, Mademoiselle«, sagte er. »Der Wein wird Ihnen guttun!«

Sabina hielt eine Ablehnung für unhöflich. Sie ergriff das dargebotene Glas und nahm einen kleinen Schluck von dem Wein, der süß und köstlich schmeckte. Sofort breitete sich in ihrem Magen ein Gefühl der Wärme aus, und ihre Verlegenheit und Scheu wichen.

Erst jetzt bemerkte sie, daß sie keinen Hut trug. Sie hob die Hand und begann, ihr Haar zu ordnen.

»Keine Sorge«, sagte der Zigeuner ruhig, »es ist wundervoll.«

Sabina wandte sich zu ihm um, die Augen weit vor Erstaunen.

Hatte sie seine Worte richtig verstanden? Als sie den Ausdruck seines Gesichtes sah, senkte sie den Blick schamhaft zu Boden. Noch nie hatte ein Mann sie auf diese Weise angeschaut. Die offene, rückhaltlose Bewunderung des Zigeuners machte sie unsicher.

Sie fühlte, wie ihr das Blut in die Wangen schoß.

Wie konnte der Mann nur so unverschämt sein, sie derart zu mustern.

Obwohl sie die Augen gesenkt hielt, war ihr bewußt, daß er sie immer noch anschaute. Er betrachtete ihr Haar, das dem blaßgoldenen Haar ihrer Mutter glich, ihr Gesicht, über dessen Aussehen sich Sabina so wenig klarwerden konnte.

Sie hatte feine, zarte Züge. Aber ihre Wangen waren meist sehr bleich, und Sabina dachte immer, daß ihr Gesicht zu schmal und zerbrechlich wirkte, um wirklich schön zu sein. Auch ihre Gestalt war zierlich, und Sabina hatte sich immer gewünscht, so groß wie ihr Vater und so stattlich und kräftig wie Harriet zu sein, die auf jeder Gesellschaft Mittelpunkt der Bewunderung war und sich der Tanzpartner kaum erwehren konnte.

»Niemand beachtet mich«, hatte sie oft genug geklagt.

Und dennoch: Arthur hatte sie beachtet, und dafür war sie ihm dankbar. Doch Arthur hatte sie noch nie so angeschaut wie der Zigeuner jetzt, mit schmalen Augen, denen nicht die geringste Kleinigkeit an ihrem Äußeren zu entgehen schien.

Ein Gefühl der Beklemmung befiel sie, und unwillkürlich preßte sie beide Hände auf ihre Brust.

Um ihre Verlegenheit zu vertuschen, flüchtete Sabina sich ins Reden.

»Ich muß heute nacht noch nach Monte Carlo«, sagte sie. »Unglücklicherweise verpaßte ich den letzten Zug in Nizza und nahm daher eine Mietkutsche.«

»Aber warum wählten Sie die obere Straße, Mademoiselle?« wollte der Anführer wissen.

»In Nizza sagte man mir, auf der unteren Küstenstraße habe es einen Erdrutsch gegeben, und aus diesem Grund sei sie für die nächsten Tage unpassierbar«, antwortete Sabina.

»Ah, jetzt verstehe ich«, sagte der Mann. »Aber diese Straße hier ist in der Nacht sehr gefährlich, es sei denn, Sie haben einen erfahrenen und wegekundigen Kutscher bei sich. Ja, und vor allem auch ein gutes Gespann.«

Sabina lächelte.

»Ich fürchte, dieses Prädikat trifft auf die Pferde vor meiner Kutsche nicht zu. Sie sehen sehr unterernährt und klapprig aus. Zwei armselige Kreaturen, die mit ihrem Besitzer nicht eben das große Los gezogen haben dürften.«

»Dann grenzt es ja an Tierquälerei, sie für eine solch lange Fahrt zu benutzen.«

»Sie haben recht, aber was hätte ich tun sollen?«

»Sie hätten in Nizza bleiben und den Zug morgen früh nehmen können.«

»Aber dann hätte ich allein in einem Hotel übernachten müssen«, widersprach Sabina heftig.

»Und was ist da der Unterschied? Jetzt reisen Sie allein.«

Sabina nickte. Mit einem Gefühl des Unbehagens wurde sie sich bewußt, daß sie dem Fremden ihre Situation erklären mußte.

»Ja, ich bin allein«, sagte sie. »Aber der Grund dafür liegt darin, daß meine Anstandsdame, die Lady, die mich nach Monte Carlo begleiten sollte, in Nizza einen Unfall erlitt. Beim Aussteigen aus dem Zug brach sie sich auf dem Bahnsteig ein Bein und mußte ins Hospital gebracht werden. Daher bin ich auch so spät unterwegs.«

»Das erklärt natürlich alles. Ich fragte mich schon, was eine Lady wie Sie des Nachts allein in dieser Gegend zu suchen hat. Das ist nicht ganz ungefährlich, müssen Sie wissen.«

»Wenn Sie an Räuber und Banditen denken«, entgegnete Sabina lächelnd, so wurde mir gesagt, daß Monsieur Blanc diesen Leuten das Handwerk gelegt habe. Gesetzlosigkeiten dieser Art schreckten die Menschen ab, die des Glücksspiels wegen nach Monte Carlo kämen.«

»Ich glaube nicht, daß Monsieur Blancs Maßnahmen ein schönes Mädchen, das des Nachts allein in einer Kutsche reist, vor Unannehmlichkeiten bewahren können«, erklärte der Zigeuner trocken.

»Ich habe keine Angst«, gab Sabina sorglos zurück. »Niemand kann mich berauben, einfach deshalb nicht, weil ich kaum etwas besitze.«

»Ich habe nicht an Geld gedacht«, sagte der Mann.

»An was dann?« fragte Sabina unschuldsvoll. »Was könnte ein Räuber wohl sonst von mir wollen?«

In den Mundwinkeln des Fremden erschien die Andeutung eines Lächelns, als er sagte:

»Mademoiselle sind sicher bei uns.«

Einen Moment lang zögerte Sabina, dann stammelte sie leise:

»Ich glaube, es ist nur die Erfüllung einer Anstandspflicht, wenn ich Ihnen eingestehe, daß ich Ihnen die Reparatur des Wagenrades nicht bezahlen kann. Ich habe nur noch wenig Geld bei mir.«

»Was Zigeuner tun, tun sie aus Freundlichkeit oder aus – Liebe.«

Es entstand eine kleine Pause, bevor der Mann das letzte Wort sprach, und wieder war ein Ausdruck in seinem Blick, der Sabina erröten ließ. Erneut schlug sie die Augen nieder, so daß ihre dunklen seidigen Wimpern die Blässe der Wangen berührten.

»Glauben Sie, der Schaden wäre inzwischen behoben?« fragte sie nach einer Weile, wobei sie ihn immer noch nicht anzublicken wagte. »Ich müßte die Fahrt unbedingt fortsetzen. Meine Gastgeberin – die Mutter meines Verlobten – wird sich fragen, ob mir etwas zugestoßen ist.«

»Sie sind verlobt?« fragte der Zigeuner.

Sabina nickte.

»Mit einem englischen Edelmann.«

»Der Glückliche«, sagte er. »Weiß er sein Glück auch zu schätzen?«

»Ich glaube, ich bin die Glückliche«, erwiderte Sabina mit der ihr eigenen Impulsivität. Doch dann wurde ihr bewußt, daß sie einem Fremden ganz persönliche Dinge über sich offenbarte. Es war das, was Papa an ihr so mißbilligte und was ihr schon manch strengen Tadel von ihm eingebracht hatte.

»Ich glaube, es wird Zeit, daß ich wieder gehe«, fügte sie hastig hinzu.

»Aber wieso? Noch ist das Rad nicht repariert«, sagte der Anführer. »Bleiben Sie also, und verzeihen Sie, daß ich so unaufmerksam war.«

Er schnalzte mit den Fingern, und augenblicklich ertönte Musik.

Der Zigeuner, der die Violine spielte, trat in den Feuerkreis, und Sabina sah sein von dunklen Linien gefurchtes Gesicht, die funkelnden Ohrringe aus Gold, die bunte Schärpe um seine Hüfte und die weiten Ärmel seines Hemdes, die sich bei jeder Bewegung seines schlanken, geschmeidigen Körpers bewegten.

Der Mann näherte sich ihr langsam, während das junge Mädchen, das vorhin getanzt hatte, mit verschränkten Armen an einem der Wagen lehnte und, die vollen roten Lippen schmollend verzogen, aus glühenden Augen zu ihr hinüberstarrte.

Sabina verspürte den Wunsch, die Augen zu schließen und sich den jauchzenden und klagenden Tönen der Geige hinzugeben. Gleichzeitig jedoch war sie voller Neugier, und so fragte sie ihren Gastgeber:

»Sind Sie französische Zigeuner?«

Der Mann schüttelte den Kopf.

»Diese Frage käme einer Beleidigung gleich, wenn Sie keine Fremde wären«, entgegnete er. »Wir sind Ungarn. Ein sehr alter, traditionsreicher Stamm, der überall in der Welt bekannt ist.«

»Und Sie sind der Anführer?«

»Der Ataman oder – wie Sie sagen würden – der Fürst.«

»Oh, wie aufregend!« rief Sabina. »Ich habe schon immer einmal einen Zigeunerfürsten kennenlernen wollen. Meine Schwestern und ich haben vor einiger Zeit ein Buch über den Fürsten von Kleinägypten gelesen. Nennen Sie sich nicht auch so?«

»Manchmal.«

»Wir waren ganz begeistert, als wir von dem goldenen Kelch lasen, der von Generation zu Generation bewahrt wird und den Sie bei all Ihren Zeremonien benutzen. Und nun begegne ich einem solchen Fürsten leibhaftig! Mein Gott, zu Hause werden sie sterben vor Neid, wenn ich ihnen das erzähle!«

»In Monte Carlo werden Sie noch viel höheren Titeln begegnen.«

»Aber nicht so romantischen«, erwiderte Sabina rasch.

Er lachte über ihre Bemerkung.

Dann sagte er:

»Nun, da Sie wissen, wer ich bin, würden Sie mir nicht wenigstens Ihren Namen verraten?«

»Mein Name ist Sabina – Sabina Wantage.«

»Sabina. Ein hübscher Name. Und er paßt zu Ihnen. Wissen Sie, was ich vorhin dachte, als Sie in den Feuerschein traten?«

»Nein, was haben Sie gedacht?«

»Ich dachte, Zsikas Spiel hätte eine der Elfen oder Nymphen, die seit altersher in dieser Gegend wohnen, herbeigelockt. Sie sahen so zart und überirdisch aus, und Ihr Haar schimmerte wie helles Gold. Einen Augenblick glaubte ich, Sie wären barfüßig und hielten einen Kranz aus Rosen in der Hand – eine Elfenkrone, die einem armen Sterblichen wenigstens für eine Nacht die Unsterblichkeit schenkt.«

Seine Stimme klang leise und dunkel, und als er geendet hatte, tat Sabina einen tiefen Atemzug.

»Wie wundervoll!« rief sie. »Ich wünschte nur, es wäre wahr! Ja, ich wünschte tatsächlich, ich wäre eine Fee oder Nymphe und könnte in Ihr Leben treten und Ihnen einen bis dahin unbekannten Zauber schenken.«

»Vielleicht haben Sie genau das schon getan«, sagte der Zigeuner ruhig – so ruhig, daß sie glaubte, seine Worte nicht richtig verstanden zu haben.

Sekundenlang hielt er ihre Augen mit den seinen fest. Dann riß Sabina sich mit Gewalt von seinem Blick los.

Sie spürte die Anziehung, die von ihm ausging. Eine Kraft, die sie festhielt und in ihren Bann zog. Es geschah gegen ihren Willen, und Sie wußte nicht, warum dies so war.

»Ich – muß – gehen«, stammelte sie, und irgendwie klang es wie eine Bitte und nicht wie die Feststellung einer Notwendigkeit.

Als spürte er das Gefühl der Angst, die in ihr hochstieg, blickte er in die Richtung, in der die Männer, die sich um den Wagen kümmern sollten, verschwunden waren. Und genau in diesem Moment tauchten die drei am Rand des Feuerscheins auf, und einer von ihnen hob die Hand.

»Ihr Wagen ist wieder in Ordnung«, sagte der Zigeuner.

»Oh, haben Ihre Leute das Rad repariert? Vielen Dank!«

Sabinas Stimme klang erleichtert. Hastig sprang sie auf die Füße.

»Danke sehr«, sagte sie noch einmal und streckte ihm die Hand entgegen.

Er ergriff sie und hob sie an die Lippen.

»Gestatten Sie mir, daß ich Sie begleite?«

»Aber bitte, das ist doch nicht nötig...« begann sie, mußte jedoch feststellen, daß sie nicht mehr weitersprechen konnte. Er hielt ihre Hand und führte sie durch die Menge der Zigeuner, die ihnen ehrfürchtig und lächelnd eine Gasse frei machten. Sie verließen den Feuerkreis und schritten in die Dunkelheit.

Während er ihr über die Unebenheiten des Bodens half, fühlte sie die Kraft seiner Hand. Ein Strom ging von ihm aus, den sie nicht ignorieren konnte.

Sabina empfand eine seltsame Verwirrung, dennoch fürchtete sie sich nicht vor ihm. Was sie fürchtete, war nur der Blick seiner Augen.

Schweigend gingen sie nebeneinander her, bis sie im Mondschein die Kutsche vor sich sahen. Die Pferde ließen müde die Köpfe hängen, der Kutscher saß aufrecht auf dem Bock, und das Licht der Laternen flackerte unruhig.

Als sie den Wagen erreichten, verspürte Sabina so etwas wie Bedauern darüber, daß sie die Hand, die die ihre umschloß, loslassen mußte.

Sie schaute zu dem Mann an ihrer Seite auf.

Es war schwer, für den Ausdruck auf seinem Gesicht einen Namen zu finden, dennoch wußte sie, was es war.

»Gute Nacht«, sagte sie. »Und nochmals vielen Dank. Dank für alles, was Sie für mich getan haben.«

Wieder hob er ihre Finger an seine Lippen, deren Wärme ihren ganzen Körper erbeben ließ.

»Wir werden uns wiedersehen«, sagte er.

Sie setzte zu einer Entgegnung an, doch sie brachte keinen Ton hervor. Fast zu schnell hatte sich die Tür hinter ihr geschlossen und der Wagen sich in Bewegung gesetzt.

Die Fahrt ging weiter.

Sabina winkte noch einmal mit der Hand, dann wandte sie sich um und blickte durch das kleine Rückfenster der Kutsche.

Er stand noch dort, wo er gestanden hatte, als er ihr zum Abschied die Hand küßte. Sie sah sein Hemd, das sich hell gegen die dunklen Schatten der Bäume abhob.

Sie starrte auf diesen weißen Fleck, bis er ihrem Blick entzogen wurde, weil der Wagen auf der stark gewundenen Straße um eine Kurve fuhr.

II

Es war kurz vor Mitternacht, als die müden Pferde den Stadtrand von Monte Carlo erreichten.

Sabina benutzte die beiden letzten Meilen dazu, sich eine Entschuldigung dafür zurechtzulegen, daß sie das ganze Haus aufwecken und alle Bewohner aus dem ersten Schlaf reißen mußte. Doch zu ihrer Überraschung erstrahlten sämtliche Fenster der Villa Mimosa in goldenem Licht, als die Mietkutsche vor dem Portal vorfuhr. Diener standen wartend bereit, eilten die breiten Marmorstufen hinunter, halfen Sabina beim Aussteigen und führten sie ins Haus.

Ein Gefühl der Erschöpfung befiel das Mädchen, als es die hohe, im Schein unzähliger Kerzen erstrahlende Halle betrat. Voller Unbehagen wurde sich Sabina ihrer verknitterten Kleidung und der vom Wind zerzausten Locken bewußt. Sie kam sich fehl am Platz vor in dieser prunkvollen Umgebung.

Es war jedoch nur ein rascher Blick, den sie auf ihr Spiegelbild werfen konnte, das ihr aus den zahlreichen goldgerahmten Spiegeln entgegenblickte, denn schon hatte der Butler eine der riesigen weißlackierten Türen geöffnet und ihren Namen gerufen.

»Miß Sabina Wantage, M'lady!« verkündete er mit Stentorstimme.

Sabina eilte ihm nach und betrat einen Raum, in dem ungefähr ein Dutzend Menschen versammelt waren.

Im ersten Augenblick bot sich Sabina nur ein sehr kaleidoskopartiger Eindruck. Weiße Wände waren mit kostbaren Gemälden und Spiegeln geschmückt. Kristalleuchter funkelten im Schein Hunderter von Kerzen. In Vitrinen standen Chinaporzellane, Gläser und Silbergefäße. Vor den Fenstern hingen prächtig gemusterte Seidenvorhänge. Kunstvolle Tapeten bedeckten die Wände, zahlreiche Kissen die bequemen Sessel und üppigen Ottomanen.

Es blieb nicht die Zeit, sich genauer im Zimmer umzuschauen, denn aus der Gruppe am Kamin löste sich eine schlanke, hochgewachsene Frauengestalt.

Schon oft hatte sich Sabina gefragt, wie Lady Thetford, ihre zukünftige Schwiegermutter, wohl aussehen mochte, und nun stellte sie fest, daß ihre Vorstellungskraft gegenüber der Wirklichkeit kläglich versagt hatte.

Die Frau, die sich aus einem der hochlehnigen Armsessel erhoben hatte und hocherhobenen Hauptes und mit gleichsam schwebenden Bewegungen auf sie zukam, war die Extravaganz in Person. Das Kleid, das sie trug, ließ ihre Schultern völlig frei und war so raffiniert geschnitten, daß Sabina sich unwillkürlich die Frage stellte, was Papa bei diesem Anblick wohl sagen würde. Das Frappierendste an der Erscheinung dieser Frau war jedoch nicht ihr Kleid, sondern ihr Schmuck. Sie war behängt mit kostbarem Geschmeide, und es ging ein Funkeln von ihr aus, daß Sabina im ersten Moment versucht war, geblendet die Augen zu schließen.

Brillanten an den Ohren und Handgelenken, Brillanten auf dem Halsband, das fast bis unter ihr Kinn reichte. Darunter ein Kollier, besetzt mit Steinen von der Größe eines Shillingstückes. Brillanten glitzerten auch im Haar Lady Thetfords, das eine Farbe besaß, wie Sabina sie nie zuvor gesehen hatte: Es war ein Rot, das man sich greller und aufdringlicher nicht vorstellen konnte. Und das ganze aufgetürmt zu einer Frisur, die ebenso künstlich war, wie das Gesicht, das sie einrahmte.

Sekundenlang konnte Sabina nicht glauben, daß die Frau, die da auf sie zukam, Arthurs Mutter war. Sie wußte, daß es eine bestimmte Sorte von Frauen gab, die Schönheitsmittel benutzten. Ihr Bruder Harry hatte ihr einmal zugeflüstert, daß die Frauen in den Londoner Musikhallen Lippen hatten so rot wie Briefkästen, daß sie ihre Wimpern tuschten, sich die Brauen rasierten und diese mit sogenannten Augenbrauenstiften wieder nachzogen. Aber das war eben die Sorte von Frauen, von denen ein anständiges Mädchen nicht sprach, die es gar nicht zu kennen hatte.

Ladys waren anders. Ladys puderten und schminkten sich nicht – es sei denn so schwach und zurückhaltend, daß es niemandem auffiel. Ladys hatten blasse Lippen, und wenn ihre Augenbrauen blond oder hellbraun waren, denn nahmen sie dies eben hin als einen bedauerlichen Mangel der Natur, gegen den man nichts tun konnte.

Das jedenfalls hatte Sabina bis zu diesem Moment angenommen. Doch nun, beim Anblick ihrer Gastgeberin, erkannte sie, daß es durchaus möglich war, der Natur nachzuhelfen, wenn jemand den nötigen Mut dazu aufbrachte.

Es war ein schönes Gesicht, in das sie schaute. Besser gesagt: ein Gesicht, das einmal sehr schön gewesen war, früher, in seiner Jugend. Jetzt zeigten sich darauf schon deutlich die Spuren des Alterns. Das Kinn hatte seine klaren Umrisse verloren. Unter den dick aufgetragene Lidschatten erkannte man ein feines Netz winziger Krähenfüße, und feine Risse und Linien durchzogen das porzellanene Weiß der Stirn, die einmal klar und heiter gewesen sein mußte. Auch das kunstvoll aufgelegte Rouge der Wangen und das leuchtende Rot der lächelnden Lippen konnten die Tatsache nicht verschleiern, daß diese Frau ihre Jugend hinter sich hatte. Dennoch war Lady Thetford immer noch eine staunenswert schöne Frau.

»Mein liebes Kind!« rief sie aus und streckte Sabina die Hände entgegen. »Ich hatte schon nicht mehr mit Ihrem Eintreffen gerechnet. Jedenfalls an diesem Abend nicht.«

»Ich bin mit der Kutsche gekommen«, antwortete Sabina.

»Mit der Kutsche?« fragte ihre Gastgeberin erstaunt. »Mein Gott, wie anstrengend! Von Nizza bis hier mit der Kutsche? Du liebe Güte, Sie müssen ja völlig erschöpft sein. Kommen Sie, nehmen Sie Platz. Aber zunächst erlauben Sie, daß ich Sie meinen Freunden vorstelle!«

Sie wandte sich zu der Gesellschaft am Kamin um, die Sabina mit unverhohlener Neugier anstarrte.

Zwei der Ladys waren genauso auffallend und extravagant gekleidet wie ihre Gastgeberin, und drei Herren, die alle nicht mehr zu den Jüngsten zählten, blieben Sabina im Gedächtnis haften, weil sie eine gewisse Vornehmheit und Autorität ausstrahlten.

Sabina vermochte sich ihre Namen und Titel nicht zu merken. Sie war zu scheu, zu verlegen, und sie dachte beschämt daran, was diese Leute wohl von ihrem Äußeren denken mochten. Zu genau war sie sich darüber im klaren, wie altmodisch ihnen ihre Kleidung erscheinen mußte. Schon bei anderen Gelegenheiten war ihr klargeworden, daß ihre Aufmachung hoffnungslos unmodern war. Die biederne Dorfschneiderin, die ihre Garderobe angefertigt hatte, hinkte ihrer Zeit meilenweit hinterher, und Sabina kam sich in dem Kleid aus blaßblauem Tarlatan und der kleinen Pelerine darüber ziemlich unbehaglich vor.

»Kommen Sie ans Feuer, liebes Kind«, forderte Lady Thetford sie auf. Graziös schwebte sie vor Sabina her, und ihre Schleppe aus besticktem Satin glitt leise raschelnd über den Teppich.

»Und nun berichten Sie uns genau, was geschehen ist«, sagte sie. »Wir haben Sie schon am Nachmittag erwartet. Doch als der letzte Zug einlief und Sie nicht mitgekommen waren, dachte ich mir schon, daß etwas Fürchterliches geschehen sein mußte.«

»Miß Remington hatte einen Unfall...«, begann Sabina.

»Das dachte ich mir doch!« unterbrach Lady Thetford sie. »Habe ich dir nicht gesagt, Julie, daß etwas Derartiges passiert sein müsse?«

»Ja, das hast du wirklich«, antwortete eine der Ladys. »Und ganz offenkundig hast du recht gehabt mit deiner Voraussage, Violet. Ich wünschte nur, du könntest etwas von deinen hellseherischen Fähigkeiten auf uns übertragen!«

»Das wünschte ich auch«, erwiderte Lady Thetford und wandte sich wieder an Sabina. »Aber fahren Sie fort, mein Kind! Was geschah mit Miß Remington?«

Sabina berichtete von Miß Remingtons Sturz auf dem Bahnhof in Nizza und von ihrer Einlieferung ins Krankenhaus.

»Die Ärmste!« rief Lady Thetford aus. »Ich beneide sie nicht um ihren Aufenthalt dort. Die Nonnen sind zwar sehr freundlich und liebenswürdig, aber gleichzeitig sind sie auch sehr arm, und man sagte mir, daß die Verpflegung der Patienten dort ausgesprochen schlecht sei.«

»Das hängt ganz davon ab, welche Maßstäbe Sie anlegen«, bemerkte einer der Gentlemen. »Ein Bekannter von mir lag dort mit einem gebrochenen Arm. Er war regelrecht begeistert von den Nonnen.«

»Ich bin sicher, daß ich lieber sterben würde, als mich in ein Krankenhaus zu legen!« stieß eine der Ladys in einem fast hysterischen Tonfall hervor. Aber Lady Thetford überging diese Äußerung und bat Sabina, mit ihrer Geschichte forzufahren.

»Nachdem ich Miß Remington mit allem Notwendigen versorgt wußte, kehrte ich zum Bahnhof zurück«, berichtete Sabina. »Aber der letzte Zug war bereits abgefahren. Es blieb mir nichts anderes übrig, als mir eine Mietkutsche zu besorgen, die mich herbrachte.«

»Aber wieso brauchten Sie dafür so lange?« erkundigte sich Lady Thetford.

»Es gab unterwegs einen Aufenthalt, weil der Wagen ein Rad verlor.«

»Da haben wir's schon!« rief die Dame, die Lady Thetford Julie genannt hatte. »Habe ich nicht immer behauptet, daß diese Kutschen nicht sicher sind? Mein Gott, ich werde nie vergessen, was mir einmal passiert ist. Der Wagen befand sich in voller Fahrt, als plötzlich ein Rad brach. Gewiß hätte der Unfall vermieden werden können, aber bei der buchstäblichen Schlampigkeit der Franzosen war das kein Wunder. Nicht einmal in ihre Eisenbahn würde ich mich setzen. Ich habe einfach das Gefühl, die glaubten, ihre Fahrzeuge vor dem Auseinanderbrechen bewahren zu können, in dem sie diese mit Stricken und Seilen zusammenhalten.«

»Wie üblich, übertreibst du mal wieder, Julie!«

Lady Thetford lächelte nachsichtig.

»Und wie konnte der Schaden so schnell repariert werden, Sabina?« fragte sie das Mädchen.

»Zunächst glaubte ich, wir würden die Nacht unter freiem Himmel verbringen müssen«, antwortete Sabina, »denn der Unfall ereignete sich an einer sehr abgelegenen Stelle. Zum Glück jedoch lagerte in der Nähe eine Gruppe von Zigeunern, die...«

Bevor sie weitersprechen konnte, rief die Gesellschaft wie aus einem Munde: »Zigeuner?«

»Ja, Zigeuner«, erwiderte Sabina. »Ich sah den Schein ihres Feuers in der Nacht, ging darauf zu und bat um Hilfe.«

»Zigeuner? Auf der unteren Uferstraße?« rief einer der Gentlemen skeptisch. »Ein sehr unwahrscheinlicher Platz für sie, würde ich meinen.«

»Oh, wir befanden uns gar nicht auf der unteren Straße«, erklärte Sabina. »Wir benutzten die obere Straße, weil die Straße, die am Meer entlangführt, durch einen Erdrutsch versperrt war.«

»Sie sind über die obere Uferstraße gekommen?« rief eine Stimme, in der unverkennbares Entsetzen mitschwang.

»Aber mein liebes Kind, das ist ja fürchterlich!« sagte Lady Thetford, nachdem der Tumult ein wenig abgeklungen war. »Die obere Ufersraße ist nicht sicher! Niemand benutzt sie mehr. Außerdem befindet sie sich in einem miserablen Zustand. Ganz abgesehen von der Tatsache, daß es dort von Wegelagerern und Räubern nur so wimmelt!«

»Und sie haben mit den Zigeunern gesprochen?« fragte eine Lady, den Ausdruck äußerster Fassungslosigkeit in den Augen. »Hatten Sie keine Angst?«

»Nein, eigentlich nicht«, erwiderte Sabina. »Sie waren sehr freundlich zu mir, holten mich sofort ans Feuer und boten mir ein Glas Wein an. Ihr Fürst bestimmte unverzüglich drei Männer, die das Rad wieder instandsetzen sollten.«

»Ihr Fürst? Daß ich nicht lache!« schnaufte ein Gentleman aufgebracht. »Die Kerle sind doch alle ohne Ausnahme Schurken und Strolche. Jedenfalls traue ich diesem Gesindel nicht, und zu Hause in Dorset würde ich nie auch nur einen von ihnen auf mein Gut lassen. Du lieber Himmel! Wenn ich daran denke, wie das war, als mein Vater noch lebte! Nichts war sicher vor dieser Brut. Sie stahlen wie die Elstern. Und das vor deinen Augen! Selbst die größten Silberplatten verschwanden, ohne daß du hättest sagen können, wie!«

»Sabina, Liebstes, sie hätten Sie umbringen können!« rief Lady Thetford.

»Es würde sich kaum gelohnt haben«, erwiderte Sabina mit einem plötzlichen Lächeln. »Wissen Sie, ich hatte nur noch ein paar Shilling in der Tasche.«

»Aber Sie sind jung und waren allein. Well – well, sie hätten Ihnen ... sie hätten ... hm ...«

Lady Thetford brach ab. Der Blick, den sie mit den anderen Ladys tauschte, war vielsagend und wurde mit eifrigem Nicken beantwortet.

»Aber sie waren wirklich außergewöhnlich hilfsbereit und höflich zu mir«, beharrte Sabina.

»Darauf kann ich nur antworten, daß Sie mächtig viel

Glück gehabt haben, meine junge Dame«, meldete sich einer der Gentlemen. »Was mich betrifft, so würde ich mich nicht einmal in die Nähe von Zigeunern wagen. Vor allem nicht in die Nähe derjenigen, die sich bei der oberen Uferstraße herumtreiben! Sie sagten eben, einer von ihnen nannte sich Fürst. Lassen Sie sich von mir gesagt sein, er ist höchstwahrscheinlich nicht mehr als ein Lügner und Pferdedieb.«

»Aber sie alle sahen sehr wohlhabend aus«, widersprach Sabina. »Jedenfalls schienen sie nicht mittellos oder in Geldnot zu sein. Und sie verlangten nichts für ihre Hilfe.«

Bei diesen Worten dachte sie an den Zigeuneranführer. Er hatte ihr in die Augen geschaut und mit dunkler Stimme gesagt: »Was Zigeuner tun, tun sie aus Freundschaft oder aus – Liebe!«

»Well, wenn sie nicht in Geldnot waren, dann gibt es ganz gewiß jemanden in der Nachbarschaft, der es ist, weil er nämlich in dieser Nacht um einiges ärmer wurde!« Ein meckerndes Lachen begleitete diese Worte. Dann fuhr die Stimme fort: »Woher sprechen Sie überhaupt ihre Sprache?«

»Der Zigeuner, der sich mir als ihr Fürst vorstellte, sprach ein vorzügliches Französisch«, erwiderte Sabina. »Aber er sagte, daß sie Ungarn seien.«

»So, sagte er das?« Wieder ließ der Mann sein meckerndes Lachen hören. »Mein liebes Kind, wenn man Ihnen da nur keinen Bären aufgebunden hat! Diese Leute wechseln ihre Nationalität wie andere ihre Kleider, und sie sprechen jede Sprache, falls sie sich einen Vorteil davon versprechen. Wenn Sie aber etwas von ihnen wissen oder haben möchten, was sie für sich behalten wollen, können sie taub und stumm sein wie die Ölgötzen.«

»Aber ich habe mir erzählen lassen, daß es gerade unter den ungarischen Zigeunern ganz romantisch veranlagte Leute geben soll«, rief eine der Ladys. »So weilte meine Schwester im vergangenen Jahr eine Zeitlang in Ungarn. Sie war ganz entzückt von der Zigeunerkapelle, die Abend für Abend in dem Schloß aufspielte, auf dem sie zu Gast war.«

»Ich würde nie einen Zigeuner in mein Haus lassen. Das ist alles, was ich zu diesem Thema sagen kann«, erklärte der Gentleman aus Dorset. »Und meiner Ansicht nach handelt jeder vernünftige Mensch so, falls er nicht möchte, daß man ihm in kürzester Zeit sämtliche Zimmer ausräumt!«

»Ich glaube, wir können sehr froh sein, daß Sie sicher hier angekommen sind – trotz all der entsetzlichen Gefahren, denen Sie ausgesetzt waren«, wandte sich Lady Thetford ruhig an Sabina. »So, und nun Schluß mit diesem unangenehmen Thema! Da kommt Bates mit einigen Speisen für Sie. Essen Sie tüchtig, mein Kind, Sie werden Hunger haben – und danach, nehme ich an, wollen sie sicher gleich zu Bett gehen. Ich könnte mir denken, daß Sie in den letzten Nächten kaum Schlaf gefunden haben. Mir jedenfalls ist es auf Reisen unmöglich, auch nur ein Auge zuzutun!«

»Vor allem nicht in diesen abscheulichen, lauten und schmutzstarrenden Zügen«, stimmte Julie ihr mit schriller Stimme zu.

Sabina aß von der Suppe, dem gekochten Hühnerfleisch und den frischen Pfirsichen, die der Butler ihr auf einem Tablett gebracht hatte. Es schmeckte vorzüglich, und sie sprach den Speisen herzhaft zu. Der Kaffee und das Stück Kuchen, die sie in Nizza zu sich nahm, hatten nicht lange vorgehalten, und der Wein, den sie mit dem Zigeuner trank, hatte sie nur ein wenig gewärmt und belebt. Jetzt wußte sie, daß die Schwäche, die sie beim Betreten der Villa verspürt hatte, eine Folge des Hungers und der körperlichen Erschöpfung gewesen war.

Sie aß alles auf, was auf dem Tablett war, und obwohl es sie ein wenig verlegen machte, daß Lady Thetford und ihre Freunde ihr dabei zuschauten, sie mit Fragen bestürmten und mit Komplimenten überhäuften, ließ sie sich beim Essen nicht stören. Erst als sie den letzten Bissen zu sich genommen hatte, erinnerte sie sich daran, daß ein wohlerzogenes junges Mädchen eigentlich stets einen »Anstandsrest« übrigließ.

»Nun, Liebes, werde ich Ihnen Ihr Zimmer zeigen«, sagte

ady Thetford. »Ich glaube kaum, daß Sie heute nacht noch den Wunsch haben, mit uns auszugehen. Außerdem haben Sie und ich noch einige Dinge zu erledigen, bevor es soweit ist, Sie in der Öffentlichkeit vorzeigen zu können, nicht wahr?«

»Sie gehen zu dieser späten Stunde noch aus?« fragte Sabina mit großen Augen.

Einer der Gentlemen stieß ein Lachen aus.

»Violett geht nie ins Bett, bevor sie nicht ein paar Spielchen gemacht hat.«

»Sie gehen noch ins Casino?« erkundigte sich Sabina.

»Ja, ins Casino«, entgegnete Lady Thetford mit einem kleinen Lächeln. »Und nun lassen Sie sich den Weg nach oben zeigen, mein Kind!«

Die Villa besaß nur zwei Stockwerke, wie Sabina bereits festgestellt hatte. Aber sie war sehr weitläufig angelegt und verfügte über eine große Anzahl von Räumen, deren Fenster fast alle aufs Meer hinausblickten. Auf dem ersten Stock erstreckte sich ein Balkon über die ganze Länge des Hauses. Lady Thetford öffnete die hohen Türen von Sabinas Schlafzimmer und deutete hinaus.

»Frühstücken können Sie hier draußen im Sonnenschein«, sagte sie. »Läuten Sie, wenn Sie aufgewacht sind, und sagen Sie Yvonne Ihre Wünsche. Meine Zofen und Hausmädchen sind Französinnen, und auch mein Koch ist natürlich Franzose. Bates, der Butler, und die Mehrzahl der Diener sind dagegen Engländer.« »Es war so freundlich von Ihnen, mich hierher einzuladen«, sagte Sabina.

»Aber Liebes, können Sie sich nicht vorstellen, daß ich neugierig war auf das Mädchen, das Arthur zu seiner Frau machen will? Überdies kenne ich Ihre Mutter schon seit ihrer Kindheit.«

»Mama läßt Sie ganz herzlich grüßen.«

»Ich erinnere mich noch gut an die Zeit, als Evelyn so alt war wie Sie«, sagte Lady Thetford nachdenklich. »Sie sind ganz anders als Ihre Mutter, obwohl Ihr Haar die gleiche Farbe hat wie das von Evelyn.«

»Mama war sehr schön«, sagte Sabina warm. »Alle sagen, daß sie die schönste Debütantin ihres Jahrganges war.«

»Das war sie tatsächlich«, erwiderte Lady Thetford lächelnd. »Und Sie werden genauso schön sein, wenn Sie die Kleider tragen, die ich aus Paris für Sie kommen ließ.«

Sabina klatschte in die Hände.

»Aus Paris«, stieß sie dann andächtig hervor.

»Ja, woher denn sonst.« Lady Thetford lächelte. »Als ich Ihrer Mutter schrieb, teilte ich ihr mit, ich möchte meiner zukünftigen Schwiegertochter eine Aussteuer schenken – nicht nur für die Hochzeit, sondern auch für ihren Aufenthalt hier in Monte Carlo. Sie war vernünftig genug, mein Angebot zu akzeptieren. Sie teilte mir Ihre Maße mit, die ich an Monsieur Worth, einem der bekanntesten Couturiers von Paris, weitergab. Er ist ein wahrer Künstler. Sogar Kaiserin Eugenie läßt bei ihm arbeiten.«

»Oh, wie lieb von Ihnen!« rief Sabina. »Wie lieb und großzügig!«

»Morgen werde ich Ihnen die Sachen zeigen«, versprach Lady Thetford. »Aber nun wird Ihnen Yvonne beim Auspacken helfen, und dann sollten Sie so schnell wie möglich zu Bett gehen. Sobald ich morgen aufgestanden bin, werde ich Sie durch meine Zofe rufen lassen. Dann haben wir genügend Zeit, miteinander zu reden und Pläne zu machen. Gute Nacht, mein Kind.«

Lady Thetford beugte sich vor und küßte Sabinas Wange. Der süßliche Duft eines exotischen Parfüms erfüllte die Luft, Brillanten blitzten, Seide raschelte leise, als Lady Thetford in schwanengleicher Haltung aus dem Zimmer schwebte.

Sabina ließ sich auf dem Bett nieder. Mit beiden Händen bedeckte sie ihre Augen. Sie konnte es kaum fassen: Sie war in Monte Carlo, und sie würde neue Garderobe bekommen, elegante Kleider, Kleider aus Paris!

Sie hatte schon zu träumen geglaubt, als ihre Mutter ihr Lady Thetfords Brief vorgelesen hatte.

Das war nach dem Frühstück gewesen. Mama hatte sie rufen lassen und ihr befohlen, die Tür hinter sich zu schließen. Sie hielt einen Brief in der Hand, und sekundenlang fürchtete Sabina, es wäre etwas Unangenehmes, das Mama ihr mitzuteilen hatte.

»Lady Thetford hat mir geschrieben, Sabina«, begann Lady Evelyn. »Arthur hat ihr von eurer Verlobung berichtet, aber wie du weißt, können wir die erst bekanntgeben, nachdem seine Mutter dich kennengelernt und euch ihren Segen gegeben hat.«

»Arthur meinte, eine solche Zustimmung sei nicht notwendig«, sagte Sabina.

»Das kann ich mir nicht vorstellen«, erwiderte Lady Evelyn bestimmt. »Seine Mutter ist eine alte Freundin von mir. Ich kenne sie von Kindheit an, und Papa und ich wären nicht glücklich über eure Heirat, wenn seine Mutter dich nicht vorher kennengelernt und eurem Schritt zugestimmt hätte.«

»Natürlich würde ich sie auch gerne kennenlernen«, sagte Sabina.

»Und das wirst du auch, so Gott will«, antwortete Lady Evelyn.

Sabina konnte es nicht erklären, aber sie hatte das unbestimmte Gefühl, daß Arthur von der Idee einer Begegnung zwischen ihr und seiner Mutter nicht sonderlich begeistert war. Den Grund dafür konnte sie sich nicht vorstellen, und er hatte auch nie mit ihr darüber gesprochen. Dennoch spürte Sabina, daß Arthurs Verhältnis zu seiner Mutter recht eigenartig war. Schon von Anfang an war ihr aufgefallen, daß er kaum einmal von Lady Thetford sprach, und ganz seltsam hatte sie es gefunden, daß er sich erst nach langem Zögern dazu aufraffen konnte, ihr von seinen Heiratsplänen zu schreiben und ihre Zustimmung dazu einzuholen.

Eigentlich hatte er es nur getan, weil Mama darauf bestanden hatte. Sie hielt es für eine Anstandspflicht, und außerdem schwärmte sie für Lady Thetford.

»Ihr Vater und Ihre Mutter«, sagte sie zu Lord Thetford, »kamen stets zu den Jagdgesellschaften, die meine Eltern einmal im Jahr veranstalteten. Ich erinnere mich noch daran, als wäre es heute. Ihre Mutter schritt die Treppe hinunter, und ich beobachtete sie vom Geländer der Empore aus. Wie eine Königin kam sie mir vor. Ich selbst war damals noch ein Kind, aber auch als ich erwachsener wurde, freute ich mich jedesmal auf ihren Besuch. Für mich gab es nichts Aufregenderes, als sie zu beobachten und sie anzuschauen. Ihre Mutter war für mich einfach die schönste Frau, die ich jemals gesehen hatte.«

»Ich bin sicher, meine Mutter wird sich sehr geehrt fühlen, daß Sie sich an sie erinnern«, hatte Arthur mit seiner präzisen und kühlen Stimme geantwortet.

Aber dann setzte er sich hin und schrieb seiner Mutter, und der Brief, den Lady Evelyn jetzt ihrer Tochter vorlas, war die Antwort darauf.

»Ich bin ja so froh, Sabina«, seufzte sie und ließ den Brief sinken, »daß Lady Thetford dich nach Monte Carlo eingeladen hat. Sie kommt nämlich nicht mehr nach England, und die einzige Möglichkeit, daß sie dich kennenlernt, ist dein Besuch bei ihr.«

»Monte Carlo, o Mama!« seufzte Sabina glücklich.

»Wir können nur hoffen, daß Papa sein Einverständnis zu dieser Reise gibt«, fuhr Lady Evelyn fort. »Und was Lady Thetfords Vorschlag bezüglich deiner Aussteuer angeht, sollten wir ihn Papa gegenüber gar nicht erwähnen. Männer verstehen oft nicht, was Kleider für eine Frau bedeuten. Papa ist sehr stolz, und deshalb verschweigen wir ihm am besten, daß Lady Thetford sich angeboten hat, dir nicht nur die Garderobe für die Hochzeit, sondern auch für deinen Aufenthalt in Monte Carlo zu schenken.«

»O Mama, wie wundervoll. Du weißt...« Sabina zögerte, und Lady Evelyn fuhr fort:

»Ja, Liebes, ich weiß. Aber leider haben wir nicht die Mittel für einen Luxus, wie elegante Kleider es sind. Gewiß, es war ein Fehler von mir, dich nach London zu schicken, ohne dafür zu sorgen, daß du korrekt und ordentlich angezogen warst. Aber Papas Einkünfte sind eben nicht sehr hoch, und die Dinge werden von Jahr zu Jahr teurer.«

Lady Evelyn krauste die Stirn, und Sabina streckte unwillkürlich die Arme aus.

»O Mama, du bist immer so gut zu uns. Daß wir nicht ständig neue Kleider haben können, ist doch gar nicht so schlimm. Es macht uns nichts aus – wenigstens nicht sehr viel.«

»Ich weiß, Liebes. Aber auf schöne Kleider zu verzichten, ist gar nicht so einfach. Die Männer halten uns Frauen oft für eitel und putzsüchtig. Sie verstehen nicht, daß Kleider nicht nur für unser Äußeres wichtig sind, sondern auch für unser Inneres. Daß sie uns Sicherheit und Selbstvertrauen geben. Eine Frau, die schöne Kleider trägt, fühlt sich froh und beschwingt. Sie ist weniger mißgelaunt und niedergedrückt als in schlechter Kleidung.«

»O Mama, du bist ja so verständnisvoll«, rief Sabina. »Ich hätte niemals darüber gesprochen, aber jetzt kann ich es dir sagen: Die Tage in London waren – entsetzlich für mich!«

»Ja, ja, ich weiß«, erwiderte Lady Evelyn. »Aber reden wir nicht mehr davon. Schließlich ist ja noch alles gut geworden, nicht wahr, Liebling?«

»Ja, das ist es!« rief Sabina mit einem Seufzer der Erleichterung.

Sie dachte an ihre Reise nach Monte Carlo und an die schönen Kleider, die sie bekommen würde. Ihre Mutter dagegen dachte an Arthur.

Natürlich ist das Arthur, dem ich all das letzten Endes verdanke, ging es Sabina durch den Kopf, als sie sich müde in die Kissen sinken ließ.

Ein Gefühl der Dankbarkeit erfüllte sie, aber es gelang ihr nicht, ihre Gedanken für längere Zeit auf Arthur zu konzentrieren.

Eine andere Gestalt schob sich vor ihr geistiges Auge.

Wieder sah sie den hochgewachsenen, dunkelhaarigen Zigeunerfürsten vor sich, auf dessen markantem Gesicht die Lichtreflexe des Feuers spielten.

Lady Thetford und ihre Freunde hatten die Zigeuner als Diebe und Räuber bezeichnet, aber das konnte Sabina nicht glauben.

Nein, die Leute, deren Gast sie in dieser Nacht für kurze Zeit gewesen war, hatten nicht den Eindruck von Kriminellen gemacht! Und ...

Jäh richtete sich Sabina im Bett auf.

Der Mond schien durch die geöffneten Fenster, deren Vorhänge sie zurückgezogen hatte. Sabina hielt sich nicht damit auf, eine Kerze anzuzünden. Sie schwang sich aus dem Bett und lief barfuß zum Ankleidetisch.

Fieberhaft suchten ihre Hände die Tischplatte ab, verschoben Haarbürste, Kamm, Salbentöpfe und das herzförmige Nadelkissen. Sekunden später riß sie die Schublade auf. Ein Blick genügte, um zu wissen, daß das Gesuchte auch hier nicht zu finden war. Mit einem Ruck schob sie die Lade wieder zu.

Aber es mußte sein!

Wenn sie sich doch nur erinnern könnte, was sie damit gemacht hatte!

Sie eilte zum Kleiderschrank und öffnete die Tür. Ihr blaues Kleid, das sie an diesem Tag getragen hatte, hing ordentlich auf einem Bügel. Doch keine Spur von dem Schmuckstück, das sie suchte. Dabei wußte sie genau, daß sie die Brosche gestern morgen angesteckt hatte.

Wo konnte sie nur sein?

Sabina schloß die Schranktür und ging zum Fenster. Schimmerndes Mondlicht lag auf den Palmen mit ihren seltsam gefächerten Blättern, auf den zahlreichen Türmchen der Villa und der silbernen Fläche des Meeres – aber Sabina nahm nichts davon wahr.

Sie versuchte sich zu erinnern, wann ihre Finger das letzte Mal nach der kleinen Brillantbrosche getastet hatten, die das einfache Kleid schmückte.

Das schlichte, sternenförmige Schmuckstück hatte ihrer Mutter gehört, und Lady Evelyn hatte es ihr am Morgen der Abreise nach Monte Carlo gegeben.

»Es wird schön sein, zu wissen, daß du etwas trägst, das von mir ist, Liebling«, hatte sie gesagt. »Und ich bin sicher, du wirst gut darauf achtgeben. Mein Vater schenkte es mir, als ich einundzwanzig wurde. Und ich habe es stets in Ehren gehalten.«

»Aber es ist deine beste Brosche, Mama«, protestierte Sabina.

»Ich hatte größere und schönere«, erwiderte Lady Evelyn lächelnd. »Ich mußte sie verkaufen, um die Gouvernanten, die Hauslehrer und Harrys Studium zu bezahlen. Eine von ihnen ermöglichte die Reparatur des Daches. Na gut, ich hatte sonntags keine Brosche mehr, die ich anstecken konnte, aber dafür tropfte kein Regenwasser mehr ins Haus, und wir alle konnten wieder in trockenen Betten schlafen.«

»O Mama, und dies ist die einzige Brosche, die dir geblieben ist?«

»Die einzige, mein Kind. Paß also gut darauf auf, und bring sie mir unbeschädigt wieder zurück. Ich hänge sehr an meinem kleinen Stern, ich hatte immer das Gefühl, er bringt mir Glück, und ich hoffe, daß es dir mit ihm ebenso ergeht.«

»Ich bin ja schon so glücklich, Mama.«

»Aber du wirst sehen, daß sich für ein Quentchen mehr Glück immer noch ein Platz finden läßt.«

Lady Evelyn lachte leise und steckte die Brosche an Sabinas Reisekleid.

Harriet, Melanie, Angelina und Clare warteten in der Halle auf Sabina, um sich von ihr zu verabschieden.

»Du siehst wundervoll aus, Sabina«, flüsterte Harriet, als sie ihre Schwester mit Tränen in den Augen umarmte.

Auch Miß Remington war da, zählte zum dritten- oder viertenmal die Koffer und holte immer wieder die Fahrkarten aus ihrem Retikül hervor, als fürchte sie, sie könnten sich in Nichts auflösen, wenn sie einmal eine Zeitlang nicht danach schaute.

Auch Sabina mußte gegen die Tränen ankämpfen, als sie den anderen good-bye sagte. Aber während sie die Straße hinuntergingen, die zum Bahnhof führte, berührte sie immer wieder heimlich die Brosche und bildete sich ein, alle Leute, die ihnen begegneten, müßten voller Neid und Bewunderung auf das kostbare Schmuckstück an ihrem Kleid starren.

Und nun war es verschwunden.

In Nizza hatte sie es noch gehabt. Denn in der kleinen Pâtisserie hatte sie unter einem Spiegel gesessen und darin immer wieder gebannt die Brosche betrachtet, in deren Steinen sich bei jeder Bewegung funkelnd das Licht brach. Und sie erinnerte sich auch daran, daß sie immer wieder geprüft hatte, ob der Verschluß noch zu war.

Diebe und Räuber!

War das denn möglich?

Sollte sie sich in diesen Menschen so getäuscht haben? Hatten sie ihr mit ihren Worten nur Sand in die Augen streuen wollen? »Was Zigeuner tun, tun sie aus Freundschaft!« War das nur leeres Gerede gewesen? Hatte man versucht, sie auf diese Weise einzulullen, um ihr dann den Schmuck wegzunehmen? Als Bezahung für die geleistete Hilfe?

Es war schmerzhaft und sehr bitter, zu glauben, daß dies die Wahrheit war.

»Sie sind schön«, hatte der Zigeuner zu ihr gesagt und nichts getan, die Bewunderung in seinem Blick zu verbergen.

War dies nur eine niederträchtige Täuschung gewesen? Wollte er ihre Wachsamkeit einschläfern, um einfacher an die Brosche zu kommen?

Wann hatte er sie an sich genommen?

Während sie Hand in Hand über das unebene Gelände zum Wagen gingen? Oder als er ihr beim Einsteigen half und sich zum Abschied noch einmal über ihre Hand beugte?

Mein Gott, sie war so vertrauensselig gewesen, so leichtgläubig, so – dumm!

Mit einer jähen Bewegung wandte Sabina sich um und kehrte zum Bett zurück. Sie hatte das Gefühl, die Verzauberung, in der sie seit Beginn der Reise gefangen gewesen war, sei jäh von ihr abgefallen. Ganz plötzlich war sie niedergedrückt und traurig.

Es ist, weil ich Mamas Brosche verloren habe, dachte sie, und weil ich ihr das früher oder später eingestehen muß. Doch im tiefsten Inneren wußte sie, daß der Grund für dieses jähe Unglücklichsein ganz woanders lag.

Es war die Enttäuschung, die sie erfahren hatte und die sie in einer Weise mitnahm, wie sie es nie für möglich gehalten hatte.

Sabina verbarg ihr Gesicht in den Kissen. Vielleicht bin ich nur müde, versuchte sie sich zu trösten, aber ihre Augen waren voller Tränen. Ein haltloses Schluchzen überkam sie, und die Tränen rannen heiß und unaufhaltsam über ihre Wangen.

Und das während ihrer ersten Nacht in Monte Carlo!

Aber die Jugend vermag mit Problemen dieser Art noch schneller fertigzuwerden als das Alter, und am nächsten Morgen dachte Sabina nicht mehr an die Traurigkeit der vergangenen Nacht.

Sie erwachte und stellte fest, daß die Sonne in ihr Zimmer flutete und alle Gegenstände wie mit flüssigem Gold überzog.

Geblendet schloß sie sekundenlang die Augen.

Doch dann sprang sie aus dem Bett, lief zum Fenster und spürte die Wärme der Sonne auf ihren Wangen, ihrer Stirn und ihrem ganzen Körper.

Und die Welt war voller Farben. Farben, von deren Existenz sie bisher keine Ahnung gehabt hatte. Das lebendige, intensive Blau des Himmels, wiederkehrend in den tieferen Blautönen des Meeres, das Grün der Bäume, das Goldgelb der reifen Früchte; und die Blumen – purpurn und pinkfarben, lila und weiß – füllten die Beete des Gartens, rankten an Mauern und Hauswänden empor.

Es war wie ein Traum, und Sabina wußte nicht, ob sie lachen oder vor Ergriffenheit weinen sollte beim Anblick solcher Schönheit.

Sie warf einen Blick auf ihre Uhr und stellte fest, daß es acht war. Sie hatte eine Stunde länger geschlafen als gewöhnlich, denn zu Hause stand sie normalerweise um sieben auf und hatte schon einen Morgenritt hinter sich, wenn sie mit den anderen das Frühstück einnahm. Nun zögerte sie, bevor sie die Glocke in ihrem Zimmer betätigte, um das Mädchen zu rufen.

Sabina fiel es schwer, anderen Menschen Befehle zu erteilen und sich von Dienern bedienen zu lassen. Sie war es nicht gewohnt, denn von zu Hause her kannte sie keine Dienerschaft.

In der Vikarie gab es die alte Nanny, die seit Harrys Geburt in der Familie lebte und nun, nachdem Lady Evelyns Kinder erwachsen waren, den Dienst der Köchin versah.

Außer ihr war da nur noch Gladys, das Hausmädchen, das erst noch in seine Aufgaben hineinwachsen mußte.

Eine ausgebildete Kraft für die Arbeit im Haus hatten sich die Eltern nie leisten können. Immer waren es junge Mädchen gewesen, die von Lady Evelyn mit großer Sorgfalt und viel Geschick in die unbekannte Tätigkeit eingearbeitet wurden.

»Es hat keinen Sinn, Adolphus«, pflegte Lady Evelyn zu sagen, wenn ihr Gatte sich darüber entrüstete, daß eins der Mädchen wieder gekündigt hatte. »Sobald sie die Arbeit einigermaßen beherrschen, können sie anderswo mehr verdienen als bei uns, und das kann man ihnen nicht verdenken. Was ist dagegen zu sagen, daß sie sich verbessern möchten? Es ist ihr gutes Recht, zu gehen, solange wir ihnen keinen höheren Lohn zahlen können.«

»Aber in meinen Augen ist es unfair von ihnen, nachdem

du dir solche Mühe mit ihnen gegeben hast«, hatte Reverend Adolphus Wantage eingewandt.

»Unfair würde es sein, sie hier festzuhalten, Liebster. Von dem Hungerlohn, den sie bei uns verdienten, konnten sie sich kaum eine Haarnadel kaufen.«

Lady Evelyn hatte ihrer Stimme einen scherzhaften Klang gegeben, und Sabina, die bei der Unterhaltung zugegen gewesen war, hatte geglaubt, ihr Vater würde über die Bemerkung der Mutter gelacht haben. Statt dessen erhob er sich und ging um den Frühstückstisch zum Platz seiner Frau. Er legte ihr die Hand unters Kinn und hob ihr Gesicht zu sich empor.

»Ich habe es dir früh genug gesagt: Einen mittellosen Pfarrer sollte man einfach nicht heiraten!«

In der Stimme ihres Vaters hatte ein Klang gelegen, den Sabina noch nie zuvor gehört hatte, und so wartete sie mit angehaltenem Atem auf die Erwiderung der Mutter.

»Glaubst du, ich bereue es?« fragte Lady Evelyn weich. »Liebster, ich bin die reichste Frau der Welt.«

Daraufhin beugte der Vater den Kopf und küßte Mamas Stirn. Aber Sabina sah seinen Gesichtsausdruck, als er das Zimmer verließ. Seine Augen waren voller Schmerz, und sein Mund wirkte hart und schmal.

Es war so leicht, Papa zu verletzen. Er war gekränkt, wenn sie unartig waren oder die Leute sich über sie beschwerten. Er war verletzt, wenn Mama kein Geld für die Händler hatte oder wenn der Stallmann unter zuviel Arbeit stöhnte.

»Papa mag ein Heiliger sein«, hatte Harriet einmal gesagt. »Aber Heilige sollten im Himmel und nicht auf der Erde leben. Hier stiften sie nur Verwirrung und bringen alles durcheinander!«

Harriet war zornig gewesen, als sie dies sagte, denn Papa hatte ihr eine Erlaubnis verweigert. Aber Sabina mußte oft an den Ausspruch der Schwester denken, und sie erkannte immer deutlicher, wieviel Wahrheit er enthielt.

Heilige konnten die Dinge furchtbar komplizieren, einfach weil sie von den Problemen und Schwierigkeiten des irdischen Daseins keine Ahnung hatten.

Wie wundervoll, dachte Sabina nun, wenn man sich so eine große Dienerschaft leisten kann. Sie klingelte der Zofe.

Es war eine Stunde später – Sabina hatte gebadet, gefrühstückt und auch schon den ersten Erkundungsgang durch den Garten unternommen –, als Lady Thetford sie rufen ließ.

Sabina schlug das Herz bis in den Hals. Sie folgte dem Mädchen, das sie in das riesige Schlafgemach führte.

Lady Thetford lag noch im Bett.

Mit einem wohlwollenden Lächeln betrachtete sie Sabina, die mit offenem Mund mitten im Zimmer stehen geblieben war und sich staunend darin umschaute.

Der Raum besaß eine gewölbte Decke, das breite silberne Bett hatte die Form einer Muschel und war geschmückt mit kunstvollen Perlmuttmustern. Aus Silber war auch der Rahmen des Spiegels neben dem Ankleidetisch, dessen oberer Teil aus zwei Putten bestand, die eine Krone hielten. Alle anderen Gegenstände waren – passend zu den silbernen Möbeln – in einem eleganten Vergißmeinnichtblau gehalten: die seidenen Bettbezüge und -decken, die Vorhänge und Teppiche.

Vergißmeinnichtblau. Es war die Farbe von Lady Thetfords Augen.

»Sie haben gut geschlafen, Kind?« wollte die Gastgeberin wissen, als Sabina nähertrat.

Obwohl die Vorhänge zugezogen waren und das Sonnenlicht nur gedämpft in den Raum ließen, bemerkte Sabina die Krähenfüße um Lady Thetfords Augen, den faltigen Hals, die leicht herabgezogenen Mundwinkel und die gelbliche Tönung der Haut. Mängel, die am Abend zuvor von Schminke und Puder grell verdeckt worden waren.

Noch bevor Sabina antworten konnte, sagte Lady Thetford:

»Wie jung Sie aussehen! Und Ihre Haut... sie ist weiß

wie Schnee. Sie sollten darauf achten, daß Sie sich nicht unnötig der Sonne aussetzen! Sie könnten einen Sonnenbrand bekommen.«

»Ich glaube, da besteht bei mir keine Gefahr«, erwiderte Sabina. »Harriet kriegt in der Sonne immer gleich Sommersprossen. Mama drängt sie stets, sich etwas Creme auf Gesicht und Hände zu tun, bevor sie nach draußen geht. Meiner Haut dagegen macht die Sonne nichts aus. Sie bleibt stets weiß – zu weiß, fürchte ich.«

»Ja, ein Hauch Rouge könnte Ihnen nicht schaden«, sagte Lady Thetford. »Es wäre sogar sehr vorteilhaft, meine ich.«

Sabinas Gesichtsausdruck verriet, daß sie sich unbehaglich fühlte.

»Ich fürchte, Papa ...«

Lady Thetford lachte.

»Ich weiß, was Papa dazu sagen würde«, rief sie. »Mein Gott, Kind, machen Sie doch nicht ein so entsetztes Gesicht. Marie wird das so geschickt machen, daß selbst das kritischste Auge es nicht bemerken wird. Sie wird Sie schon nicht anmalen, so daß Sie aussehen wie ich, das verspreche ich Ihnen!«

Sabina errötete, als wäre ihr selbst eine unziemliche Bemerkung herausgerutscht. Doch Lady Thetford lachte erneut.

»Ich habe bemerkt, was für ein Gesicht Sie gestern abend machten, als sie mich zum ersten Mal sahen«, sagte sie. »Ich hatte vergessen, daß man in England bei einer Lady immer noch auf ein natürliches Aussehen achtet. In Paris ist das anders – und hier ebenfalls. Ich lebe schon so lange im Ausland, daß ich die starren Konventionen und dummen Ziererеien der englischen Gesellschaft völlig vergessen habe.«

»Leben Sie gerne im Ausland?« fragte Sabina.

»Meist ja«, erwiderte Lady Thetford. »Aber manchmal habe ich auch Heimweh. Heimweh nach England und seinem grauen, wolkenverhangenen Himmel, nach dem Verkehrslärm in der Park Lane und nach meinen Freundinnen und Freunden, die im Park sitzen und sich die neuesten Klatschgeschichten erzählen.«

»Werden Sie nie nach England zurückkehren?«

»Nein, nie mehr!« antwortete Lady Thetford.

In ihrem Ton war eine solche Endgültigkeit, daß Sabina schwieg. Nach einer Weile sagte ihre Gastgeberin:

»Aber reden wir von Ihnen.« Sie blickte sich im Zimmer um und rief: »Marie, wo steckst du?«

Die dunkelhaarige Französin, die Sabina auf Lady Thetfords Zimmer geführt hatte, erschien eilig in einer der Türen.

»Oui, Madame?«

»Die Kleider, Marie! Die Kleider für Mademoiselle! Überzeugen wir uns, daß sie ihr passen. Wenn nicht, wirst du heute viel Arbeit haben.«

Marie verließ das Schlafgemach und kam wenige Sekunden später mit einem Stoß Kleider über dem Arm zurück. Sie legte sie auf einem satinbezogenen Sofa ab, und Sabina stand da mit fassungslos geweiteten Augen.

Lady Thetford weckte sie aus ihrer Erstarrung, als sie befahl:

»Nun ziehen Sie endlich dieses scheußliche Kleid aus, das zweifellos das Machwerk einer einfallslosen Dorfschneiderin ist, und schlüpfen Sie in die Kleider, die ein Künstler, ein wahrer Meister seines Fachs, entworfen hat.«

»Welches sollen wir als ersten anprobieren, Madame?« fragte Marie.

»Das Kleid für heute abend, Marie. Laß mich nachdenken! Das türkisfarbene Chiffonkleid mit dem Spitzenbesatz auf dem Rockteil. Ich möchte, daß Mademoiselle Eindruck macht. Ich will, daß die Leute bei ihrem Erscheinen gebannt sind. Das türkisfarbene Chiffonkleid ist auf seine Weise eine Sensation. Ja, das nehmen wir.«

»Ist heute abend etwas Besonderes?« erkundigte sich Sabina.

»Und ob es das ist! Meine gute Freundin, Comteß de Beaufleur gibt zu Ihren Ehren eine Gesellschaft. Wir werden in ihrer Villa zu Abend essen und gehen anschließend ins Casino.«

»Oh, wie wunderbar«, rief Sabina, und ihre Augen leuchteten.

»Aber nur, wenn das Kleid paßt«, sagte Lady Thetford. »Der erste Eindruck ist der wichtigste. Und nun machen Sie! Schlüpfen Sie endlich hinein. Ich sterbe schon vor Ungeduld.«

Sabina wagte kaum zu atmen – aus Furcht, das Kleid, das Marie ihr über den Kopf streifte, könnte sich als zu eng oder zu weit erweisen oder vielleicht nicht nach Lady Thetfords Geschmack sein.

Aber es paßte wie angegossen. Es unterstrich vorteilhaft ihre zierliche Figur, ließ ihre Hüften unwahrscheinlich schmal erscheinen und betonte weich und schmeichelnd die Rundungen und Linien ihres Körpers, von denen Sabina bisher nie etwa bemerkt hatte.

Sie starrte auf ihr Bild, das der hohe Spiegel neben Lady Thetfords Ankleidetisch zurückwarf. Dann wandte sie sich der Frau zu, die sie von ihrem Bett aus betrachtete.

»Es – ist wundervoll«, stammelte Sabina mit stockender Stimme. »Wie kann ich Ihnen nur dafür danken? Es war schon immer mein Traum, einmal ein solches Kleid zu besitzen. Etwas, das mir steht, etwas, das aussieht, als entstammte es einem Märchen. Oh, wie kann ich Ihnen nur danken?«

»Danken Sie mir nicht, mein Kind«, erwiderte Lady Thetford. »Der Kauf dieser Kleider hat mir große Freude gemacht, glauben Sie mir das! Ob sie auch Arthur gefallen werden?«

Sabina zögerte einen Moment lang, dann antwortete sie:

»Aber natürlich werden sie ihm gefallen. Da bin ich ganz sicher.«

»Wirklich?« fragte Lady Thetford. »Na schön, mir bleibt nichts anderes übrig, als mich auf Sie zu verlassen. Sie kennen den Geschmack meines Sohnes ja wohl besser als ich.«

Sabina drehte sich um und betrachtete sich im Spiegel. Ganz plötzlich hatte sie das Gefühl, als hätte sich eine Wolke vor die Sonne geschoben.

Würde dieses Kleid Arthur wirklich gefallen? Oder würde es ihm zu aufgeputzt erscheinen? Zu elegant? Oder zu teuer?

Sabina schluckte krampfhaft. Doch dann wischte sie den Gedanken energisch beiseite. Natürlich würde Arthur mit dem Kleid einverstanden sein. Schließlich wollte er doch nicht, daß seine Braut wie ein Mauerblümchen aussah.

»Wann wird Arthur hier eintreffen?« fragte sie.

»Übermorgen, glaube ich«, sagte Lady Thetford. »Wissen Sie, daß er mit dem königlichen Zug kommen wird, als Begleiter des Prinzen und der Prinzessin von Wales?«

»Ja, er schrieb es mir kurz vor meiner Abreise.«

»Mein Mann war lange Jahre Kammerherr Ihrer Majestät«, erzählte Lady Thetford. »Der Dienst am Königshof liegt Arthur im Blut, und er sorgt dafür, daß man es niemals vergißt.«

Eine seltsame Nuance in Lady Thetfords Stimme erstaunte Sabina, aber dann sagte sie sich, daß sie sich wohl nur etwas eingebildet hatte.

»Sie müssen sehr stolz auf Ihren Sohn sein.«

»Stolz?« Lady Thetford lachte. Sie schaute Sabina an und fuhr ruhig fort:

»Ja, Arthur hat natürlich, was ihn betrifft, genau das richtige gewählt. Er ist ein tüchtiger und intelligenter junger Mann.«

Sabina warf noch einen Blick in den Spiegel und wandte sich dann ab.

»Ich habe solche Angst, ihn zu enttäuschen«, sagte sie, und ihre Stimme zitterte.

III

Sabina stand auf dem Balkon vor ihrem Zimmer und blickte zum Himmel hinauf.

Es war drei Uhr nachts, und dennoch fühlte sie sich kein bißchen müde. Die Aufregungen des Tages und die Erlebnisse des Abends hallten in ihr nach und ließen sie nicht zur Ruhe kommen. Sie war hellwach, angespannt wie eine Klaviersaite. Ihr war nicht nach Schlafen zumute, sondern nach Tanzen.

Nie im Leben hätte sie es für möglich gehalten, daß Monte Carlo so erregend und faszinierend sein könnte.

Es war nicht nur die Schönheit dieser Stadt mit ihren weißen Villen, den farbenprächtigen Gärten, den schattigen Orangen- und Zitronenhainen.

Es war nicht die Musik und das Gemurmel Tausender melodischer Stimmen oder das Casino mit seinen silbergrauen Seidentapeten, seinen funkelnden Kronleuchtern, goldenen Sesseln und grünen Tischen.

Es war die herzliche Aufnahme, die man ihr in diesem Märchenparadies, in dem sich der Adel ganz Europas zum Glücksspiel versammelte, bereitet hatte.

Als sie an diesem Abend in ihrem türkisfarbenen Kleid, das Haar kunstvoll frisiert, an Lady Thetfords Seite auf der Party von Comteß de Beaufleur erschienen war, hatte sie auf die Gäste einen überwältigenden Eindruck gemacht.

Jeder der männlichen Gäste, gleichgültig ob jung oder alt, hatte sie mit Komplimenten überschüttet, und die Damen, ausnahmslos von hoher Herkunft, einflußreich und elegant, hatten ihr freundlich zugelächelt und ihrer Gastgeberin die schmeichelhaftesten Dinge über sie gesagt.

All dies hatte Sabina berauscht wie Wein. Sie hatte das Gefühl gehabt zu schweben, und noch nie in ihrem Leben war sie so glücklich gewesen.

Und welche Angst hatte sie vor diesem Abend gehabt! Schließlich hing so viel davon ab. In wenigen Stunden würde die Entscheidung darüber fallen, ob Lady Thetford sie für würdig und geeignet hielt, die Frau ihres Sohnes zu werden. Denn entweder wurde sie, Sabina, von der Gesellschaft angenommen oder abgelehnt. Und das hing einzig davon ab, welche Figur sie an diesem Abend machte.

Sabina fühlte sich elend und zittrig, als Marie die Toilette beendet hatte.

»Sie sehen aus, als würden Sie jeden Augenblick in Ohnmacht fallen, Kind«, sagte Lady Thetford, als sie den Raum betrat. Erschreckt war Sabina aufgesprungen, weil sie glaubte, einen Vorwurf aus der Stimme der Älteren herauszuhören.

»Ich fürchte, ich bin immer etwas blaß«, antwortete sie leise.

»Ich weiß.« Lady Thetford lächelte. »Aber dem kann man ja abhelfen.«

Sie wandte sich der Zofe zu.

»Das Rouge und den Puder, die letzte Woche aus Paris gekommen sind, Marie«, befahl sie. »Beides ist so zart, als wäre es aus Seide gemacht.«

»Aber was wird Papa dazu sagen!« rief Sabina. »Ich meine, wenn es ihm zu Ohren kommt!«

Lady Thetford lachte.

»Soll ich Ihnen ein Geheimnis verraten?« fragte sie. »Eines Tages – Ihre Mutter war gerade siebzehn – besuchte ich sie vor einer Party auf ihrem Zimmer. Sie war gerade dabei, sich mit Geranienblättern die Wangen zu färben!«

»Ist das wahr?« sagte Sabina ungläubig.

»Aber selbstverständlich ist das wahr. Ich habe es als Mädchen genauso gemacht. Aber da ich zehn Jahre älter bin als Ihre Mutter, wußte ich es damals natürlich schon besser. Ich gab ihr etwas von meinem Rouge, und weder ihr Vater, noch ihre Mutter, noch die anderen Gäste hatten auch nur die leiseste Ahnung, weshalb Evelyn, die doch immer so blaß und zerbrechlich aussah, an diesem Abend einen so blühenden, gesunden Eindruck machte.«

»Ich kann das von Mama gar nicht glauben!« rief Sabina.

»Ich werde Ihnen noch ein weiteres kleines Geheimnis verraten. Sie borgte sich mein Rouge noch bei vielen anderen Gelegenheiten aus, vor allem, nachdem sie sich in Ihren Vater verliebt hatte.«

»Papa wäre entsetzt gewesen, wenn er davon gewußt hätte!«

»Unwissenheit bewahrt manchen Mann vor unnötigem Kummer«, erklärte Lady Thetford trocken. »Und nun wollen wir sehen, was Marie für Ihr Gesicht tun kann. Warten Sie nur ab, sie ist eine Meisterin in solchen Dingen. Niemand wird irgend etwas merken. Und nichts wird Ihrem gestrengen Herrn Vater zu Ohren kommen!«

Als Sabina sich einige Minuten später im Spiegel betrachtete, konnte sie völlig beruhigt sein. Die Farbe wirkte tatsächlich ganz natürlich. Es war dasselbe Gesicht, das ihr aus dem Spiegel entgegenblickte, doch der Hauch von Rot auf ihren Wangen und Lippen und die unsichtbare Puderschicht auf der kleinen Nase hatten Wunder gewirkt. Ein neues, viel lebendigeres Gesicht schaute sie an.

»Nun sehen sie hinreißend aus!« versicherte Lady Thetford. »Wenn Sie einmal in meinem Alter sind, werden Sie eine sehr sonderbare Erfahrung gemacht haben. Die Leute sagen zwar immer wieder, es wäre schade, eine Lilie zu vergolden, aber in Wirklichkeit finden sie kaum eine Lilie, die nicht durch ein wenig Goldauflage gewonnen hätte.«

Sabina lachte, dann sagte sie:

»Danke, daß Sie so lieb zu mir sind. Und danke auch für das wunderschöne Kleid. Ich kann nur hoffen, daß ich bei der Party alles richtig mache und mich nicht zu dumm anstelle. Sie wissen, ich hatte bisher kaum Gelegenheit, mich bei Gesellschaften hervorzutun.«

»Aber Sie waren doch sicher in London!« sagte Lady Thetford. »Jedenfalls erinnere ich mich ganz schwach, Ihren Namen im vergangenen Jahr unter den Debütantinnen gelesen zu haben.«

»Ja, ich habe eine Zeit bei Mamas Schwester am Onslow Square verbracht«, antwortete Sabina.

Ein Schatten zeigte sich auf ihrem Gesicht. Lady Thetford bemerkte ihn und zog es vor, nicht weiter in sie zu dringen.

»Kommen Sie, Kind!« forderte sie Sabina auf und ließ sich von Marie das sündhaft teure Chinchillacape umlegen.

Anschließend brachte Marie auch für Sabina einen Umhang. Er war aus blauem Samt und innen mit weichem, hellem Flanell ausgeschlagen.

Sabina ließ einen kleinen behaglichen Seufzer hören, als sie sich in das Cape hineinkuschelte.

»Es ist der letzte Schrei aus Paris«, erklärte Lady Thetford.

»Wie nett Sie zu mir sind, wie ganz furchtbar nett!« sagte Sabina ein wenig atemlos.

Lady Thetford blickte in das aufgeregte kleine Gesicht.

»Ich habe mir immer eine Tochter gewünscht«, sagte sie leise. »Und jetzt habe ich vielleicht eine.«

Sabina spürte, wie die Tränen in ihre Augen traten. In Lady Thetfords Stimme war eine Trauer und Einsamkeit, die sie rührten, obwohl sie den Grund dafür nicht kannte.

Unwillkürlich streckte sie der Älteren die Hände entgegen. Aber Lady Thetford hatte sich bereits zum Gehen gewandt. Hocherhobenen Hauptes durchschritt sie die Tür. Brillanten blitzten in ihrem gefärbten Haar, und als sie die Treppe hinunterstieg, schienen die Rüschen, die unter dem Rocksaum hervorquollen, zu schäumen wie kleine Wellenkronen.

Sabina hätte ihrer Gastgeberin gern etwas überschwenglicher gedankt, als sie in dieser Nacht wieder zu Hause angelangt waren, aber es fiel ihr seltsamerweise schwer, die richtigen Worte zu finden, und außerdem war Lady Thetford so voll von ihrem Roulettgewinn an diesem Abend, daß es für sie nur dieses eine Gesprächsthema gab.

»Ich wußte, daß mein System eines Tages funktionieren würde«, sagte sie immer wieder. »Eine Woche lang habe ich verloren, aber heute nacht habe ich fast meine sämtlichen Verluste wieder eingespielt.«

»Es war erregend, zu sehen, wie die Kugel immer wieder genau auf den Nummern liegenblieb, die Sie gesetzt hatten«, gestand Sabina.

»Ja, erregend, das ist das richtige Wort«, erwiderte Lady Thetford mit einem hektischen Lachen. »Und es gibt keinen Reiz, keinen Nervenkitzel, keine Erregung, die größer ist. Ich weiß, das können Sie noch nicht verstehen. Aber warten Sie nur, bis Sie in meinem Alter sind, Kind. Dann werden Sie erkennen, daß ich recht habe.«

Ihr Augen funkelten, während sie sprach, und Sabina hatte das Gefühl, einem völlig anderen Menschen zu begegnen. Lady Thetford glühte wie im Fieber. Sie schien unter einer starken Anspannung zu stehen. Die fast fanatische Konzentration auf die rollende Kugel, die sie während des Spiels gezeigt hatte, schien noch nicht von ihr abgefallen zu sein.

Sie würde jetzt noch am Spieltisch sitzen, vor sich das zu hohen Stapeln aufgehäufte Geld, wenn nicht ein livrierter Diener gekommen wäre, sich mit seiner gepuderten Perücke zu ihr niedergebeugt und gesagt hätte:

»Es ist drei Uhr, Madame!«

Einen Moment lang hatte Lady Thetford sich nicht gerührt. Sie saß da, die Augen starr auf das sich drehende Rad des Rouletts gerichtet, und schien die Worte des Mannes überhaupt nicht wahrzunehmen.

Dann sagte sie, gleichsam ohne die Lippen zu bewegen:

»Sie müssen sich irren. Es kann unmöglich schon so spät sein.«

»Doch, Madame, drei Uhr!« versicherte der Diener.

Lady Thetford erhob sich. Man sah förmlich die Willensanstrengung, die sie dazu benötigte. Mit mechanischen Bewegungen sammelte sie das Geld ein, den Blick immer noch gebannt auf die Kugel gerichtet. Dann lief ein Zittern durch die hohe Gestalt, in ihrem Gesicht zuckte ein Nerv, und mit einem Ruck wandte sie dem Spieltisch den Rücken.

»Wir müssen nach Hause, Sabina!«

Sie gingen durch die hell erleuchteten Spielsäle. Lady Thetford lächelte ein beinahe maskenhaftes Lächeln, während sie an den grüßenden Damen und Herren vorbeischritt.

Erst als sie in der Kutsche saßen, erwachte sie aus ihrer Erstarrung. Die Schleusen öffneten sich, und sie begann zu reden.

»Ich wußte es! Mein System ist richtig! Ich wußte es! Über zweitausend Pfund habe ich heute abend gewonnen. Stellen Sie sich vor, Sabina, über zweitausend englische Pfund!«

»So viel?« fragte Sabina ehrfürchtig.

»Auf den Monat gesehen, bin ich immer noch im Minus«, erwiderte Lady Thetford. »Ich war schon ganz verzweifelt... Aber jetzt bin ich auf dem richtigen Weg. Das System funktioniert. Und morgen werde ich wieder gewinnen!«

»Spielen Sie jede Nacht?«

»Aber natürlich. Weshalb sonst sollte man in Monte Carlo leben?«

Ungeduld klang in Lady Thetfords Stimme. Sabina schwieg einen Augenblick. Dann siegte die Neugier, und sie wagte die Frage:

»Und Sie bleiben immer bis drei Uhr morgens?«

Lady Thetford seufzte leise.

»Immer. Ich habe Anweisung gegeben, daß man mir Bescheid sagt, wenn es drei ist. Heute nacht allerdings war es schwierig, mich loszureißen. Ich mußte mich zwingen, mit dem Spielen aufzuhören. Wenn ich noch eine Stunde geblieben wäre, hätte ich meinen Gewinn vielleicht verdoppelt – aber ich habe es versprochen.«

Es folgte ein langes Schweigen. Sabina glaubte schon, Lady Thetford hätte ihre Anwesenheit vergessen, als diese plötzlich weitersprach.

»Ja, ich habe es versprochen. Jemandem, der sich große Sorgen um mich machte und immer wußte, was das beste für mich war. Jemandem, den ich sehr geliebt habe.«

Mehr zu sagen, war nicht die Zeit, denn die Kutsche hatte die Auffahrt erreicht. Die Pferde hielten vor dem Portal, und die Diener, die zu Sabinas Überraschung noch auf waren, eilten die Stufen hinunter und öffneten die Wagentür.

»Wir gehen sofort zu Bett, Bates«, sagte Lady Thetford zum Butler.

»Sehr wohl, M'lady. Sie haben keinen Wunsch mehr?«

»Nein. Ich will nur noch schlafen.«

»Ich hoffe, Eure Ladyschaft hatten einen angenehmen Abend!«

»Einen sehr angenehmen, Bates. Ich habe gewonnen!«

»Das ist gut, Eure Ladyschaft.«

Lady Thetford stieg langsam die Treppe hinauf.

»Kommen Sie, Sabina«, sagte sie. »Wir beide brauchen unseren Schönheitsschlaf. Außerdem möchte ich morgen wieder frisch sein. Eine solche Glückssträhne muß man nützen.«

An der Tür des Schlafzimmers angelangt, beugte sie sich zu Sabina hinab und küßte sie. Dann ging sie weiter den Gang entlang, langsam und dennoch mit einer Anmut, die jedem ihrer Schritte und jeder ihrer Bewegungen eine unbeschreibliche Leichtigkeit und Eleganz verlieh.

Sabina betrat ihr Schlafzimmer. Die Kerzen auf dem Ankleidetisch und neben dem Bett brannten.

Wie Sabina wußte, duldete Lady Thetford in den Prunkräumen der Villa die moderne und vielgerühmte Gasbeleuchtung nicht.

»Sie ist zu grell und zu unvorteilhaft«, hatte sie gesagt. »Frauen sehen bei Kerzenlicht am besten aus.«

Doch die Kerzen verblaßten gleichsam vor dem Silberlicht des Mondes, das durch die Fenster schien. Sabina zog die Vorhänge beiseite und trat auf den Balkon hinaus.

Wie wundervoll der Garten aussah mit seinen geheimnisvollen Schatten und den hohen Palmen, die sich dunkel vor dem samtblauen, sternenübersäten Nachthimmel abhoben. Etwas unterhalb des Hügels, auf dem die Villa Mimosa thronte, leuchteten die Lichter des Casinos, und weit draußen auf dem Meer sah man die grünen und roten Positionslampen eines Schiffes, das den Hafen ansteuerte.

Es war alles wunderschön und gleichzeitig voller Geheimnisse.

Eine Welt, die neu für Sabina war.

Eine Welt, die so ganz anders war, als das ruhige und besinnliche Dasein, das sie zu Hause gelebt hatte.

Ja, ihr Leben war anders geworden! Und dazu gehörte auch das Gefühl, daß sie an der Schwelle einer großen Entdeckung stand. Sie war im Begriff, ein Land zu betreten, das die Herrlichkeit der mondbeschienenen Gärten und der Anblick des nächtlichen Meeres nur ahnen ließen.

Sabina verspürte die sonderbare Erregung, die die Nacht um sie her erfüllte. Diese Erregung hatte auch sie erfaßt. Sie zeigte sich im schnellen Schlag ihres Herzens, im stoßweisen Auf und Ab ihres Atems, im wilden Aufruhr ihrer Gefühle.

Ein süßer Duft stieg aus dem Garten zu ihr empor – der Duft der Blumen und Orangenbäume. Es war ein exotischer Duft, der etwas Betäubendes oder besser noch Berauschendes an sich hatte.

Und dann, während Sabina da stand, glaubte sie plötzlich eine Melodie zu hören, die fremd und wild aus den Schatten unter den Bäumen zu ihr heraufwehte.

Sie erklang so leise, daß sie anfänglich gar nicht darauf geachtet hatte. Aber dann wurde Sabina sich der Melodie bewußt, und in diesem Augenblick wußte sie, daß deren Süße und Wohlklang bereits Besitz von ihrem Herzen ergriffen hatte.

Sabina schloß die Augen und lauschte mit leicht geneigtem Kopf. Die Melodie erschien ihr klagend und voller Schwermut, gleichzeitig aber verlangend und fordernd.

Wo hatte sie diese Melodie schon einmal gehört? Sabina versuchte sich zu erinnern. Und dann plötzlich wußte sie es.

Es war gestern nacht gewesen – im Lager der Zigeuner.

Es war Zigeunermusik!

Sabina lehnte sich über die Balustrade und spähte hinunter in die Schatten.

Die Musik kam näher, und dann trat der Zigeunerfürst,

die Geige unter dem Kinn, in das Mondlicht hinaus. Sein weißes Hemd leuchtete vor dem dunklen Hintergrund.

Nach einem wilden, perlenden Crescendo brach die Melodie ab. Der Zigeuner ließ die Hand, die den Bogen hielt, sinken. Er legte den Kopf in den Nacken und blickte zu Sabina auf.

»Ich grüße Sie, Mademoiselle.«

Seine Stimme klang leise, war kaum lauter als ein Flüstern, aber Sabina verstand jedes Wort.

»Woher wußten Sie, wo ich wohne?«

Es war die erste Frage, die ihr einfiel, und sie sah ein Lächeln in seinem Gesicht aufleuchten.

»Sie selbst haben es mir gesagt.«

»Oh, aber...«

Sie versuchte zu protestieren, doch er legte den Finger auf die Lippen.

»Kommen Sie nach unten, bitte«, sagte er. »Ich muß Sie sprechen.«

»Aber das geht nicht. Alle im Haus schlafen. Und außerdem...«

»Ich habe etwas für Sie«, sagte er unbeirrt.

»Sie haben etwas für mich?«

Er griff in die Tasche und holte einen Gegenstand hervor, den er Sabina in der geöffneten Hand entgegenhielt und der im Mondlicht funkelte und blitzte.

»Meine Brosche!«

Es war ein Ausruf freudiger Überraschung. Sabina spürte, wie ihr eine Last von der Seele fiel. Aber es war ihr sofort bewußt, daß es nicht nur die Erleichterung darüber war, daß sie das Schmuckstück wiedergefunden hatte, an dem ihre Mutter so sehr hing.

Es war mehr.

Es war ein Glücksgefühl, das sie durchströmte, weil ihr klarwurde, daß sie den Zigeuner zu Unrecht verdächtigt hatte.

Er war kein Dieb!

Eigentlich hatte sie das auch nie angenommen!

Oder doch?

Der unbändige Wunsch packte sie, ihn um Verzeihung zu bitten, sich vor ihm einer Sünde anzuklagen, die begangen zu haben sie sich nie wirklich bewußt gewesen war.

Sie blickte sich um und erinnerte sich daran, daß am äußersten Ende des Balkons eine kleine, ziemlich steile Treppe war, die in den Garten hinunterführte.

Sie hatte diese Treppe an diesem Morgen bemerkt, als sie auf dem Balkon das Frühstück eingenommen hatte. Und sie hatte ebenfalls gesehen, daß in den Zimmern hinter dem ihren niemand wohnte.

Eilig lief sie zu der Treppe und stieg langsam, die Hand auf dem Geländer, die Stufen hinunter.

Es war dunkel hier, denn die hohen Bäume verhinderten, daß diese Seite des Hauses vom Mondlicht beschienen wurde.

Als Sabina die unterste Treppenstufe erreicht hatte und den Fuß zögernd auf den Boden setzte, fühlte sie seine Hand, die stützend ihren Arm ergriff.

»Vorsichtig«, sagte er, zog sie von der Treppe fort und führte sie durch die Öffnung einer Hecke blühender Fuchsien in einen Teil des Gartens, den sie noch nicht kannte.

Ein schmaler Pfad lief zwischen Sträuchern und Blumenbeeten zu einer kleinen Pagode, die von Geißblatt und Kletterrosen überwachsen war.

Sabina sah, wohin der Zigeuner sie brachte, doch sie sagte kein Wort, bis sie die Pagode erreicht hatten.

Vor ihnen befand sich ein kleiner, mit Lilien bepflanzter Teich, in dessen Mitte ein Springbrunnen plätscherte.

Vor dem Gartenhäuschen blieb der Zigeuner stehen und streckte ihr die geöffnete Hand entgegen, auf der die Brosche lag.

»Wo haben Sie sie gefunden?« fragte Sabina.

»Sie müssen sie beim Aussteigen aus der Kutsche verloren haben«, antwortete er. »Einer meiner Männer fand sie heute morgen im Staub der Straße.«

»Und Sie wußten, daß es meine Brosche war?«

»Wem sonst hätte sie gehören sollen?«

»Ich bin sehr glücklich, sie wieder zu haben«, sagte Sabina und nahm das Schmuckstück an sich.

»Wann haben Sie den Verlust der Brosche bemerkt?«

»In der vergangenen Nacht«, entgegnete Sabina. »Ich lag schon im Bett, als mir plötzlich einfiel, daß sie noch an dem Kleid stecken mußte, das ich auf der Reise getragen hatte.«

»Und was haben Sie gedacht, als sie nicht mehr da war?«

Sie spürte, wie das Blut in ihre Wangen stieg.

»Was meinen Sie?«

»Haben Sie gedacht, die Zigeuner hätten sie Ihnen gestohlen?«

Das Mondlicht enthüllte die Röte, die ihr Gesicht bedeckte. Sabinas Augen flackerten, und sie senkte den Blick.

»Ich habe vermutet, daß es so war«, sagte er ruhig. »Deshalb habe ich sie Ihnen auch persönlich zurückgebracht. Doch das ist nicht der alleinige Grund für mein Kommen!«

»Und was ist der andere Grund?«

»Ich wollte Sie wiedersehen. Ich wollte mich vergewissern, ob Sie tatsächlich so schön sind, wie ich Sie in Erinnerung hatte.«

Sabina stand da und blickte auf den kleinen, brillantenbesetzten Stern, den sie noch immer in der Hand hielt. Sie war verlegen, weil sie errötet war und sich dadurch verraten hatte. Jetzt wußte er, daß sie an seiner Rechtschaffenheit und Ehrlichkeit gezweifelt hatte, und sie wäre vor Scham am liebsten im Boden versunken.

Aber es gab noch einen anderen Grund für ihre Scham: Es war das Glücksgefühl, das sie bei dem Gedanken empfand, daß er sie immer noch bewunderte, sie immer noch für schön hielt.

»Und nun sind Sie – enttäuscht?«

Sie vermochte diese Frage nicht zurückzuhalten. Sie kam fast wie ein Flüstern über ihre Lippen.

»Schauen Sie mich an!«

Es war ein Befehl, den ein Mann gab, der das Befehlen gewohnt war.

Sabina gehorchte.

Sie blickte zu ihm auf.

Sie hatte vergessen, wie groß er war, wie gutaussehend, ja auf eine eigenartige, befremdende Weise schön.

Der Mond beschien ihre Gesichter, und wieder sah sie in seinen Augen die Bewunderung, deren Direktheit und Unmißverständlichkeit sie beim Feuer so beunruhigt hatte.

»Wissen Sie nicht«, fragte er leise, »daß Sie die schönste Frau sind, die ich je gesehen habe? Als sie in der vergangenen Nacht gegangen waren, glaubte ich, ein Phantom gesehen zu haben. Ich muß mich getäuscht haben, sagte ich mir. Sie kann kein Wesen aus Fleisch und Blut gewesen sein, sie ist eine Nymphe oder Fee, die diese schnöde, vergängliche Welt nur besucht hat, um danach wieder an einen geheimen, für uns Sterbliche unerreichbaren Platz zurückzukehren. Doch nun sehe ich, daß ich mich geirrt habe. Sie sind aus Fleisch und Blut – und viel schöner noch, als ich Sie in Erinnerung hatte.

»Sie sollten so etwas nicht sagen.« Sabina schüttelte den Kopf. »Es ist nicht richtig, und ich sollte Ihnen nicht dabei zuhören – auch wenn das, was sie sagen, im Französischen nicht ganz so ungeheuerlich klingt.«

»Ist es Ihnen lieber, wenn ich in Ihrer eigenen Sprache mit Ihnen spreche?« fragte der Zigeuner darauf in Englisch.

Sabina stieß einen Ruf der Überraschung aus.

»Sie sprechen Englisch?«

»Ein wenig. Nicht so gut wie Französisch.«

»Das stimmt nicht. Sie sprechen unsere Sprache ausgezeichnet!«

»Danke. Nun sind Sie es, die Komplimente macht.«

Sabina lachte.

»Vielleicht ist das unverfänglicher.«

Sie schwieg einen Moment lang. Dann fuhr sie fort:

»Aber ich habe Ihnen noch nicht dafür gedankt, daß Sie mir die Brosche wiedergebracht haben.«

»Ich habe Ihnen bereits gesagt, daß ich sehr froh war, einen Vorwand zu haben, Sie wiederzusehen. Nicht, daß ich ihn wirklich gebraucht hätte, denn so oder so wäre ich zu Ihnen gekommen.«

Hastig drehte Sabina den Kopf und blickte über die Schulter in Richtung Haus. Es war kaum zu erkennen, denn Bäume und Fuchsienhecke verdeckten es fast völlig.

Der Zigeunerfürst beobachtete sie aufmerksam.

»Sie machen sich Vorwürfe, weil Sie mit mir reden?«

»Nein, natürlich nicht!« Sabinas Antwort kam rasch und leicht unwillig. »Keine Vorwürfe, wie sollte ich! Es ist nur, weil meine Gastgeberin es für unschicklich halten könnte, daß ich mitten in der Nacht das Haus verlasse und in den Garten gehe. Sie werden doch auch wissen, daß man es mißverstehen würde, wenn man mich hier mit einem Mann – wer immer es auch sei – zusammen sehen würde. Es ist eben unschicklich.«

»Tun Sie immer nur, was sich schickt?«

Sabina lächelte ihn an.

»Ich fürchte nein. Manchmal ist Papa sehr verärgert über mich. So wie kürzlich, als Harriet, meine Schwester, und ich ins Nachbardorf zum Zirkus gegangen waren. Jemand sah uns und erzählte es Papa. Er war sehr aufgebracht und gekränkt obendrein, weil wir ihn nicht um Erlaubnis gefragt hatten.«

Der Zigeunerfürst lächelte.

»Und in diesem Zirkus sahen Sie Zigeuner?«

»Ja, viele sogar. Und auch sonst gibt es bei uns viele Zigeuner – aber sie sind nicht so wie Sie.«

»Wieso nicht?«

»Nun, englische Zigeuner sind arm und zerlumpt und...«

»Und schmutzig, wie?«

»Ja. Aber glauben Sie nicht, daß ich damit irgendeine Wertung aussprechen will. Es ist nur, daß Sie so ganz anders sind, ganz anders.«

»Sie machen mir ja schon wieder Komplimente. Ich finde

das äußerst nett von Ihnen, denn ich könnte mir vorstellen, daß Sie eine Menge unfreundliche Dinge über meine Rasse zu hören bekamen, als Sie bei Ihrer Ankunft erzählten, Zigeuner hätten Ihnen in der letzten Nacht geholfen.

Sabina blickte überrascht.

»Die meisten waren Engländer, und sie beurteilen Sie völlig falsch, weil sie es nicht besser wissen.«

»Das ist sehr großzügig von Ihnen. Aber auch die Franzosen denken nicht viel anders. Sie haben keine Sympathie für die ›Böhmen‹, wie sie uns nennen. In Ungarn sind derartige Vorurteile unbekannt. Dort werden wir akzeptiert. Zigeuner genießen dort sogar ein hohes Ansehen. Sie besitzen Einfluß, und alle Ämter und Berufe stehen ihnen offen.«

»Und sie sind sehr musikalisch, hat man mir erzählt«, sagte Sabina. »Ach, was rede ich denn da? Ich habe es ja selbst gehört – vergangene Nacht, als Ihre Leute musizierten.« Sekundenlang schwieg sie, dann setzte sie mit leiser Stimme hinzu: »Und heute abend habe ich Sie spielen gehört.«

»Ich danke Ihnen nochmals«, antwortete er. »Wenn Sie wüßten, was es für mich bedeutet, aus dem Munde eines anderen so freundliche Worte über mein Volk zu vernehmen. Meist bedenkt man uns nur mit Flüchen und Beschimpfungen und unterstellt uns jede Art von Lasterhaftigkeit und Gemeinheit.«

»Vielleicht liegt das nur daran, daß die meisten Menschen Angst vor Ihnen haben«, gab Sabina zu bedenken.

»Angst?«

»Ja. Sie wirken frei, ungebunden und glücklich. Sie gehen, wohin Sie wollen, sind unbelastet von Besitz und Eigentum, kennen keine Konventionen und Moralvorstellungen, die Sie einengen. Hinzu kommt, daß die Menschen Ihnen magische Kräfte zuschreiben.«

Er lächelte.

»Möchten Sie, daß ich Ihnen die Zukunft lese?«

»Nein«, sagte Sabina rasch. »Ich will die Zukunft nicht wissen. Die Gegenwart ist so – wundervoll.«

»Es gefällt Ihnen in Monte Carlo?«

»Ja, es ist hinreißend. Ich kann Ihnen nicht sagen, wie aufregend der heutige Tag für mich war!«

»Sie sehen glücklich aus«, sagte er ruhig.

»Ich bin glücklich«, versicherte Sabina. »Wer würde nicht glücklich sein an diesem herrlichen Ort? Und heute abend waren alle so freundlich zu mir. Ich vergaß meine Scheu und kam gar nicht auf die Idee, etwas falsch machen zu können.« Sie seufzte leise. »Ich glaube, mein Kleid ist daran schuld – wenn Sie die Wahrheit wissen wollen.«

»Ihr Kleid?« fragte der Zigeuner erstaunt.

Sabina nickte.

»Wissen Sie, ich habe nie zuvor ein Kleid wie dieses besessen. Oh, das werden Sie nicht verstehen, aber ich bin überzeugt, daß nicht ich es war, dem die Komplimente der Leute galten, sondern mein – Kleid.«

»Ich fürchte, ich bin etwas begriffsstutzig«, sagte der Zigeuner. »Das müssen sie mir genauer erklären!«

Sabina machte eine kleine Handbewegung.

»Ich sollte nicht so viel von mir sprechen. Es kann Sie unmöglich interessieren.«

»Im Gegenteil, es interessiert mich sehr. Sie müssen mir erklären, was Sie meinen. Ich vergehe vor Neugier.«

»Nun, das ist so«, begann Sabina. »Kurz nachdem ich siebzehn geworden war, bin ich nach London gereist. Ich wohnte dort bei meiner Tante, die mich zu einigen Bällen mitnahm und mich bei Hof vorstellte. Ich hatte mich schrecklich auf diese Zeit gefreut, ich hoffte, alles würde so sein, wie es heute abend war. Doch das war ein Irrtum.«

Sabina seufzte. Ein sehnsuchtsvoller und zugleich hoffnungsloser kleiner Laut.

»Mama hatte sich so viel Mühe gemacht wegen meiner Garderobe – und einigen Ärger mit Papa hatte es auch gegeben. Meine Eltern sind nicht sehr wohlhabend. Große, kostspielige Dinge können wir uns nicht leisten. Aber die Dorfschneiderin, die immer für uns näht, kam drei Wochen lang jeden Tag zu uns ins Haus, und die Kleider, die sie machte, sahen auch sehr schick und hübsch aus, als ich sie anprobierte. Doch dann kam ich nach London und stellte fest, wie hoffnungslos altmodisch sie waren. Die anderen jungen Mädchen lachten hinter meinem Rücken über mich, und die Herren ... Nun, kein einziger forderte mich zum Tanzen auf.«

Sabina wußte nicht, wie sehr ihre Stimme den Kummer verriet, den sie damals empfunden hatte, wie sehr aus ihren Worten die Verzweiflung zu erkennen war, die sie in dieser Zeit durchlebt hatte. Und sie verschwieg auch, daß die Gleichgültigkeit, die ihr von den Gentlemen zuteil wurde, nicht einmal die bitterste Erfahrung für sie gewesen war.

Worunter sie am stärksten litt, war der Abschied von der Mutter, die sie vor dem Einsteigen in die Kutsche beiseitenahm und sagte:

»Mach's gut, Liebling. Versuche dich zu amüsieren. Ich weiß, Tante Edith ist etwas rückständig und manchmal auch recht schwierig, aber wir können ihr nicht dankbar genug sein, daß du während der Saison bei ihr wohnen kannst und sie sich angeboten hat, dich bei Hof vorzustellen. Ich wünschte nur, ich könnte es selbst tun, aber du weißt, Liebling, wir haben das Geld nicht dazu – und du solltest die Gelegenheit nützen – bevor die anderen herangewachsen sind!«

Mutter und Tochter hatten einander in die Augen geschaut, und Sabina hatte nur zu gut begriffen, was unausgesprochen blieb.

Hinter ihr kamen noch vier andere Töchter. Vier Mädchen, die Kleider brauchten und auf die Chance warteten, nach London zu gehen. Vier Mädchen, für die es einen Ehemann zu finden galt – und dies war ihre große Möglichkeit.

Wenn nur ein einziger Mann – mochte er auch noch so unansehnlich und ungeeignet gewesen sein – sich damals in sie verliebt hätte, Sabina war sicher, daß dieses Bewußtsein der Nutzlosigkeit, das Gefühl, in der eleganten Welt eine Versagerin, eine Ausgestoßene zu sein, sie nicht so schrecklich gequält, keine solche Gewalt über sie bekommen hätte.

Sie war so tief in Gedanken versunken, daß sie aufschreckte, als die Stimme des Zigeuners an ihr Ohr drang.

»Wie alt waren Sie damals?«

»Als ich nach London ging?« fragte Sabina. »Gerade siebzehn.«

»Haben Sie schon einmal ein Fohlen gesehen?« fragte er.

Die Frage überraschte sie, aber sie antwortete:

»Ja, natürlich. Wir haben selbst mehrere Pferde zu Hause. Kurz vor meiner Abreise kam noch ein Fohlen zur Welt – ein kleines, goldiges Ding mit einer Blesse auf der Stirn.«

»Haben Sie bemerkt«, fuhr er fort, »daß die Fohlen, wenn sie älter werden, ein Stadium durchlaufen, in dem sie recht seltsam aussehen? Ihre Beine sind zu lang, ihr Kopf ist viel zu klein für den großen Körper. Sie wirken tollpatschig, staksig und scheu, und sie laufen davon, wenn jemand versucht, sich ihnen zu nähern.«

»Ja, natürlich, habe ich das bemerkt«, erwiderte Sabina verwirrt.

»Und dann plötzlich«, fuhr er fort, »gleichsam über Nacht ist diese Wachstumsphase abgeschlossen. Aus dem Fohlen ist ein erwachsenes Tier geworden, vollkommen proportioniert und herrlich gewachsen.«

»Oh, jetzt verstehe ich«, rief Sabina. »Sie wollen sagen, daß ich tollpatschig wie ein Fohlen war, damals, als ich nach London ging. Aber ich habe nicht das Gefühl, mich in den vergangenen drei Jahren besonders verändert zu haben.«

»Aber selbstverständlich haben Sie sich verändert. Sie sind älter geworden und schöner und vielleicht auch ein wenig klüger.«

»Ich glaube, Sie verspotten mich«, rief Sabina. »Ich weiß übrigens nicht, warum ich Ihnen all das gesagt habe. Noch nie habe ich einem Menschen so viel von mir erzählt.«

»Nicht einmal dem Mann, den Sie heiraten werden?«

»Wie könnte ich Lord Thetford etwas Derartiges erzählen!« Sabina schüttelte den Kopf. »Nein, er würde das gar nicht verstehen. Im Gegensatz zu Ihnen. Sie verstehen, daß ich glücklich bin, einen Mann gefunden zu haben, der mich heiraten will, daß ich glücklich bin, in Monte Carlo sein zu können und zu erleben, daß die Menschen mich mögen. Jedenfalls sieht es so aus.«

»Und all das verdanken Sie Lord Thetford«, versetzte der Zigeuner, und es war eine Feststellung, keine Frage.

Sabina nickte.

Dann plötzlich, so als sei ihr der Gedanke gekommen, was Arthur wohl sagen würde, wenn er sie in diesem Augenblick sehen könnte, rief sie aufgeregt:

»Ich muß zurück. Wirklich, ich muß! Mein Gott, wie konnte es nur geschehen, daß ich mich so lange mit Ihnen unterhalten habe! Es war sehr freundlich von Ihnen, außergewöhnlich freundlich sogar, mir meine Brosche zu bringen. Vielen, vielen Dank dafür – und gute Nacht.«

Sie streckte die Hand aus, und der Zigeuner nahm sie in die seine.

»Es hat mich gefreut, daß Sie mit mir geredet haben«, sagte er. »Daß Sie nicht wie die meisten anderen Menschen glauben, Zigeuner wären nur Diebe und Gauner.«

Sie erschrak bei seinen Worten.

Genau das hatten Lady Thetfords Gäste gesagt, nur daß es sich in Englisch noch viel schlimmer anhörte.

»Bitte, bitte, vergessen Sie solche Dinge«, bat sie. »Sie sind anders, und ich bin sicher, niemand, der Sie kennt, wird Ihnen auch nur eine Sekunde lang irgend etwas Schlechtes unterstellen.«

Er hob ihre Finger an seine Lippen.

»Danke«, sagte er warm. »Darf ich Sie wiedersehen?«

»Nein, nein, natürlich nicht«, erwiderte Sabina hastig. »Arthur . . . ich meine: Lord Thetford, trifft morgen hier ein. Er wäre entsetzt, ganz furchtbar entsetzt, wenn er wüßte, daß ich heute nacht mit Ihnen zusammen war, daß ich Ihnen so viele intime Dinge anvertraut habe. Ich hätte es nicht tun dürfen! Es war nicht . . .«

»Keine Sorge.« Die Stimme des Zigeuners klang ermunternd. »Ich werde es niemandem verraten.«

»Nein, ich weiß. Ich bin einfältig. Es ist nur, daß ich es so wundervoll fand, einen Menschen gefunden zu haben, mit dem ich über alles reden konnte – jemanden, der mich zu verstehen scheint.«

»Obwohl er nur ein Zigeuner ist.«

»Vielleicht ist es, weil Sie ein Zigeuner sind. Vielleicht haben Sie mich gerade deshalb verstanden. Ich habe Ihnen ja gesagt, daß man behauptet, Sie verfügten über magische Kräfte.«

»Wenn ich über magische Kräfte verfüge, werde ich sie jetzt benutzen«, sagte der Zigeunerfürst. »Ich werde Ihnen die Zukunft voraussagen. Ich werde Ihnen prophezeien, daß Sie eines Tages das wirkliche Glück finden. Nicht nur die Art von Glück, die eine Frau bei dem Besitz eines schönen Kleides, bei einem gesellschaftlichen Erfolg oder bei der Verlobung mit einem englischen Lord empfindet. Nein! Sie werden das wahre Glück finden – das Glück, das aus dem Wissen wächst, zu lieben und geliebt zu werden.«

Er sprach ruhig, und doch war in seiner Stimme ein Klang, der Sabina erbeben ließ.

»Es gibt ein Zigeunerlied, das die Liebe besingt«, fuhr er fort. »Darin wird die Liebe mit einem wilden, sturmgepeitschten Meer verglichen, dessen Gewalt und Majestät der Liebende sich bereitwillig überlassen muß. Selbst auf die Gefahr hin, von den Wellen verschlungen zu werden.«

Jäh entzog Sabina ihm ihre Hand.

»Ich glaube, ich sollte mich vor dieser Art von Liebe fürchten«, sagte sie und wandte sich ab.

»Warten Sie – nur einen Augenblick noch!« bat der Zigeuner. »Lassen Sie sich ein letztes Mal ansehen. Ich möchte mir Ihr Bild noch einmal ganz fest einprägen. Glauben Sie mir, ich werde Sie nie mehr vergessen können. O meine Liebe, es werden viele Männer kommen und Ihnen ihre Zuneigung gestehen, denn Sie besitzen das, was das Herz eines Mannes rührt und ihn nicht ruhen läßt, bis er Sie zu seinem Besitz gemacht hat.«

»Ich sollte Ihnen nicht zuhören!« flüsterte Sabina, ohne sich jedoch von der Stelle zu bewegen.

»Die Dichter vergleichen die englischen Frauen stets mit einer Rose«, sagte der Zigeuner. »Doch Sie sind nicht wie eine Rose, Sie sind wie ein Stern. Er funkelt hoch am Himmel und zeigt einem Mann den Weg. Er zieht ihn zu sich empor und bleibt doch immer unerreichbar. Ja, Sabina, Sie sind wie ein heller Stern am nächtlichen Firmament – unerreichbar für einen Zigeuner!«

»Warum schämen Sie sich, ein Zigeuner zu sein?« fragte Sabina. »Sie sollten stolz sein – stolz auf Ihr Volk, das tapfer, rechtschaffen und hilfsbereit ist. Außerdem sind Sie sein Führer, sein Fürst.«

»Was nützt es einem Mann, ein Fürst zu sein, wenn das, was er sich mit allen Fasern seines Herzens wünscht, unerreichbar für ihn ist?«

»Wie kann ich auf eine solche Frage antworten«, rief Sabina. »Überdies fehlt Ihren Worten der wirkliche Ernst. Aus Ihrem Mund klingt alles so romantisch und erregend, ob Sie es nun auf französisch oder auf englisch sagen. Aber vielleicht meine ich das auch nur, weil es Nacht und dies ein so romantischer Ort ist.«

Der Zigeuner lachte leise.

»Versuchen Sie, Ihr Gewissen zu beruhigen, kleine Sabina. Was ich zu Ihnen gesagt habe, war mein voller Ernst. Nichts liegt mir ferner in dieser Stunde, als mich über Sie lustig zu machen!«

Wieder nahm er ihre Hand in die seine, aber diesmal drehte er sie nach oben und preßte seine Lippen fest auf Sabinas Handfläche.

Sie fühlte seinen Kuß und erbebte.

Ein plötzlicher Schauer durchlief sie. Der Atem stockte ihr, als wollte sie diesen Augenblick für alle Ewigkeit festhalten.

Dann riß sie sich in jäh aufbrechender Panik von ihm los, rannte in kopfloser Hast davon, quer durch den Garten und über die kleine Treppe zu dem Balkon hinauf.

Ohne sich umzublicken, stürzte sie in ihr Zimmer, schloß die Vorhänge hinter sich, um das Mondlicht auszusperren, und stand dann da, die Hände auf das wild hämmernde Herz gepreßt, und lauschte.

In der Ferne ertönte, leise wie ein Seufzen des Windes, das Spiel einer Geige.

Der Morgen graute, als Sabina endlich einschlief. Draußen verblich der Mond. Die Dämmerung zog herauf, und der Himmel färbte sich rot.

Es war ein unruhiger Schlaf voll wilder Träume, in denen ein Zigeuner sie aus tiefen dunklen Wassern rettete, aus Gefahren, die nie ganz deutlich erkennbar waren und dadurch noch bedrohender und beklemmender wurden.

Als sie erwachte, flutete goldenes Sonnenlicht in ihr Zimmer.

Ein Gefühl höchsten Glücks erfüllte sie, und sie dachte, daß all das, was in der vergangenen Nacht geschehen war, ein Traum gewesen sein mußte.

Aber dann kehrte langsam die Erinnerung an die Ereignisse zurück, und es wurde ihr klar, daß sie diese Begegnung wirklich erlebt hatte.

Erschreckt fragte sie sich, wie sie nur so dumm hatte sein können, ihre ganze Erziehung zu vergessen und sich derart danebenzubenehmen.

Sie hatte mit einem Zigeuner, einem Vagabunden, über Liebe gesprochen.

Sabina fühlte die Schamröte in ihr Gesicht steigen bei dem Gedanken, wie vertraut diese Unterhaltung gewesen war, wieviel sie ihm über sich selbst erzählt hatte.

Ich muß berauscht gewesen sein, dachte sie.

Aber wovon?

Sie hatte bis auf ein halbes Glas Wein beim Dinner nichts getrunken, und das konnte nicht bis morgens um vier nachgewirkt haben.

Aber noch während sie voller Selbstvorwürfe war und sich wegen ihres verwerflichen Tuns tadelte, erinnerte sie sich daran, wie schön und stattlich der Zigeunerfürst im Mondlicht ausgesehen hatte mit seinem dunklen, aus der breiten Stirn zurückgekämmten Haar und dem bronzenen Ton seiner Haut.

Er wirkte exotisch, wenn man ihn mit den blondhaarigen und hellhäutigen Engländern verglich, denen sie zu Hause und auch in London begegnet war. Und doch umgab ihn eine Aura der Vornehmheit, die man nicht leugnen konnte.

Außerdem war sein Englisch ausgezeichnet. Zwar hatte es einen Akzent, aber die Sprache selbst schien er bis in ihre letzten Feinheiten zu beherrschen.

Weil er der war, der er war, weil er Verständnis besaß und weil er nie eine Rolle in ihrem Leben spielen konnte, würde es nichts ausmachen, daß sie sich ihm anvertraut und mit einer Offenheit zu ihm gesprochen hatte, wie sie es einem Mann aus ihrer Gesellschaftsschicht gegenüber niemals zu tun gewagt hätte.

Völlig undenkbar, daß sie auf diese Weise einmal mit Arthur gesprochen hätte oder sprechen würde.

Dabei war Arthur ihr Verlobter!

Ihr Mut sank, als sie sich mit einem Mal daran erinnerte, daß Arthur an diesem Tag in Monte Carlo eintreffen würde.

Eigentlich hätte sie der Gedanke an das Wiedersehen mit ihm glücklich machen müssen! Aber das Gegenteil war der Fall.

Furcht beschlich sie.

Arthur gab ihr immer das Gefühl der Winzigkeit. Sie kam sich in seiner Nähe so schrecklich unwichtig und bedeutungslos vor. Obwohl er sie dazu auserwählt hatte, seine Gemahlin zu werden.

Das war eine große Ehre, um die viele Mädchen sie beneideten.

Sie hätte voller Stolz sein müssen bei dem Gedanken, daß ihr das Schicksal einer alten Jungfer erspart blieb, daß sie bald eine verheiratete Frau sein würde.

Arthur hatte ihrem Leben eine Wende beschert – und sie hatte allen Grund, ihm dankbar zu sein.

Sabina dachte an die Zeit, da sie ihm zum ersten Mal begegnet war.

Eines Tages hatte der Gutsherr ein kurzes Schreiben in die Vikarie geschickt mit der Mitteilung, daß einer der weiblichen Gäste die Teilnahme an der Abendgesellschaft auf Hall wegen Krankheit hatte absagen müssen und daß Lady Evelyn deshalb eine ihrer Töchter zum Dinner heraufschicken möge, um für die Fehlende einzuspringen.

»Nett von Sir George, dabei an uns zu denken«, sagte Lady Evelyn, nachdem sie die Miteilung gelesen hatte.

Aber Sabina bemerkte, wie ihre Mutter die Lippen zusammenpreßte, und sie wußte, daß Lady Evelyns Gedanken ihre Worte Lügen straften.

»Nett?« rief Harriet, die stets das sagte, was sie dachte. »Ich nenne das nicht nett, Mama! Ich finde es reichlich unverschämt, uns im allerletzten Augenblick darum zu bitten – so als wären wir Lakaien, die nach der Pfeife der Bartrams zu tanzen haben! Bisher haben sie uns noch nie auf die übliche Weise zu einer ihrer Gesellschaften eingeladen. Und alles nur, weil Laura und Dorothy einfältig und unattraktiv sind und weil sie fürchten, wir könnten ihnen einen ihrer kostbaren jungen Gentlemen wegschnappen!«

»Harriet, Harriet!« rief Lady Evelyn tadelnd. »Was würde Papa sagen, wenn er das gehört hätte!«

»Papa, Papa!« erwiderte Harriet unwillig. »Er wird natürlich ganz angetan sein von dieser Einladung. Für ihn ist der Gutsherr ja fast schon so etwas wie der liebe Gott. Natürlich ist er der wichtigste Mann hier in der Gegend. Aber das gibt ihm noch lange nicht das Recht, einfach über uns zu verfügen und uns wie seine Sklaven zu behandeln! Wir sind keine Möbelstücke, die sich von den Bartrams nach Belieben hin und her schieben lassen.«

»Harriet, wenn du jetzt nicht auf der Stelle schweigst, werde ich es Papa sagen müssen«, erklärte Lady Evelyn ernst. »Ich stimme mit dir überein, daß es nett wäre, wenn Sir Georg und Lady Bartram euch Mädchen nicht immer nur einladen würden, wenn wieder einmal eine Lücke zu füllen ist. Doch gleichzeitig sollten wir nicht gar zu stolz und eingebildet sein!«

»Aber warum denn nicht?« widersprach Harriet. »Der Gutsherr wurde nur aus politischen Gründen geadelt. Du hast selbst gesagt, Mama, daß deine Vorfahren bis auf Wilhelm, den Eroberer, zurückgehen. Und auch die Wantages sind eine sehr achtbare Familie. Jedenfalls sagte das Onkel Herbert, und der ist ein Snob, wie es keinen zweiten gibt!«

»Harriet, du sollst nicht in dieser, für eine junge Dame ganz und gar unziemlichen Weise reden!« befahl Lady Evelyn streng. »Und übrigens erwartet niemand, daß du zu dieser Party gehst. Sabina wird die Einladung annehmen.«

»Oh, bitte nicht, Mama«, rief Sabina entgeistert. »Du weißt, wie unglücklich mich Laura und Dorothy stets machen! Ich finde nie etwas, worüber ich mit den beiden reden könnte. Sie sind so hochnäsig und behandeln uns immer so von oben herab.«

»Laß mich gehen«, bat Harriet. »Ich werde ihnen schon zeigen, daß ich keine Angst vor ihnen habe!«

»Nein, Harriet, das kommt überhaupt nicht in Frage! Du bist noch nicht soweit. Im nächsten Jahr ist das etwas anderes. Sabina wird gehen! Ein Glück, daß dein weißes Kleid gewaschen ist, Sabina! Wir werden eine blaue Schärpe dazu aussuchen, damit es etwas fröhlicher ausschaut!«

Sabinas Proteste fanden kein Gehör, und schließlich saß sie, bedrückt von dem Gedanken, einen ganzen Abend bei den Bartrams verbringen zu müssen, in einer Mietkutsche, die sie nach Hall brachte.

Sie würde sich vorkommen wie ein Fisch außerhalb des Wassers unter all den stutzerhaften und arroganten Leuten, die dort gewöhnlich anzutreffen waren. Das jedenfalls befürchtete sie.

Um so angenehmer überrascht war sie, als sie beim Dinner den Platz neben einem jungen Mann erhielt, der sich zwar äußerst wichtigtuerisch gab, aber immerhin ernsthaft über Bücher zu reden verstand und sich – mit einiger

Umständlichkeit zwar – über die politische Situation in Europa verbreitete.

Sabina verstand nicht die Hälfte von dem, was er sagte, aber sie hörte ihm aufmerksam zu und war erfreut, daß er, als die Gentlemen sich nach dem Port wieder zu den Ladys gesellten, sofort auf sie zukam und sie die restliche Zeit mit Beschlag belegte.

Der Abend verging so noch ganz angenehm für sie, und beim Abschied lud Lady Bartram sie für den folgenden Tag zum Krocket ein.

»Uns fehlt ein Spieler, wenn Sie nicht kommen«, sagte sie. »Sagen Sie also Ihrer Frau Mutter, daß ich Sie um halb drei bei uns erwarte.«

Lady Evelyns Mundwinkel hatten sich wieder verzogen, als sie von der verletzend formlosen Einladung hörte, die ihr keine andere Möglichkeit ließ, als darin einzuwilligen. Aber Sabina war am nächsten Tag überraschend bereitwillig nach Hall gefahren.

Obwohl sie sich beim Krocket – ein Spiel, das sie aus ganzem Herzen verachtete – nicht besonders hervortat, unterhielt sie sich doch recht ungezwungen mit dem jungen Mann, der am Abend zuvor ihr Tischnachbar bei der Dinnerparty gewesen war und auch an diesem Nachmittag nicht von ihrer Seite wich.

Es war am folgenden Tag, als sie seinen Namen und seinen Titel erfuhr.

»Ich glaube, Ihre Mutter kennt einige Mitglieder meiner Familie«, sagte Lord Thetford, als er sie nach dem Krocketspiel zur Kutsche brachte. »Ich würde ihr und Ihrem Vater gern meine Aufwartung machen. Wenn sie morgen nachmittag zu Hause sind, wäre es mir eine Ehre, sie einmal in der Vikarie zu besuchen.«

»Ich werde es – Mama sagen«, stammelte Sabina, erstaunt und erfreut zugleich, daß Lord Thetford bereit war, die Mühe eines Besuches auf sich zu nehmen.

Das wird den Bartrams eine Lehre sein, dachte sie. Der Gutsbesitzer und seine Familie verhielten sich ihnen gegenüber so blasiert, daß sie bisher noch nie eine Einladung in die Vikarie angenommen hatten, obwohl Lady Evelyn sie wenigstens einmal im Jahr sehr gewissenhaft zum Tee bat – einfach weil sie das für eine Pflicht des Anstandes und der Höflichkeit hielt.

»Ich bin sicher, Mama und Papa werden sich sehr über Ihren Besuch freuen«, fügte Sabina hinzu, und sie war überhaupt nicht verwundert, als Lady Evelyn sich von der Nachricht regelrecht begeistert zeigte.

Sie hatte nicht die leiseste Ahnung, daß hinter dem Ganzen eine tiefere Bedeutung stand. Und sie stellte sich kein einziges Mal die Frage, weshalb Lord Thetford, der für eine Woche als Gast auf Hall weilte, Nachmittag für Nachmittag in der Vikarie erschien.

Sie spazierte mit ihm durch den Garten und zeigte ihm die Ställe mit den Pferden, was ihn jedoch ziemlich unbeeindruckt ließ.

Schneller und angenehmer vergingen seine Besuche, wenn sie alle gemeinsam auf der Veranda vor dem Wohnzimmer saßen und er den andächtig lauschenden Zuhörern, unter denen nur Papa fehlte, von sich und dem Leben bei Hof erzählte.

Lady Evelyn, die es liebte, in Erinnerungen zu schwelgen, empfand eine tiefe Verehrung für Ihre Majestät, die Königin. Sie lauschte hingerissen, und Harriet und Melanie bedrängten ihn mit Fragen über London und die neueste Mode, sobald er einmal in seinen Schilderungen innehielt, um Atem zu schöpfen.

Insgeheim hielt Sabina die Erzählungen für ziemlich fade und langweilig, aber Harriet war der Meinung, daß es ein eindeutiger Sieg über die eingebildeten Bartram-Girls sei, wenn er den Wunsch hätte, einen so großen Teil seiner Zeit nicht bei seinen Gastgebern auf Hall, sondern in der Vikarie zu verbringen.

Als Arthur Thetford Sabina am Ende der Woche dann einen Heiratsantrag machte, verschlug es ihr regelrecht die Sprache.

»Ihr Vater hat mir erlaubt, mich Ihnen in einer sehr persönlichen Angelegenheit zu nähern«, begann er, während sie allein durch den Garten spazierten.

»Ich möchte, daß Sie meine Frau werden, Sabina. Sie sind die einzige, von der ich glaube, daß sie es verdient, an meiner Stellung bei Hofe teilzuhaben.«

»Sie haben mit Papa gesprochen«, stieß Sabina aufgeregt hervor.

Kurze Zeit danach mußte Sabina verwirrt und benommen feststellen, daß sie in die Heirat mit ihm eingewilligt hatte. Allerdings war sie sich nicht sicher, ob das tatsächlich mit den entsprechenden Worten geschehen war. Sie wußte eigentlich überhaupt nicht, was sie zu seinem Antrag gesagt hatte. Sie wußte nur, daß Arthur ihre Reaktion ganz selbstverständlich in seinem Sinne aufgenommen hatte.

Vermutlich gab es in seiner Vorstellung sowieso nur eine mögliche Antwort für die Frau, die er um ihre Hand bat.

»Darling«, rief Lady Evelyn, »es ist das, was ich mir immer für dich erhofft habe. Denk dir, wie wundervoll das sein wird! Lord Thetford ist der persönliche Kammerherr des Prinzen von Wales. Du wirst durch deine Heirat gleichsam ein Mitglied des Hofes werden. Und überleg doch nur, was du alles für die Mädchen tun kannst, wenn sie debütieren!«

Harriet hatte gleich konkrete Vorschläge.

»Ich werde bei dir wohnen, und du wirst einen Ball für mich geben. An dem werden natürlich auch der Prinz und die Prinzessin von Wales teilnehmen, nicht wahr? Mein Gott, ich werde in London richtig Aufsehen erregen, Sabina, und nicht das Mauerblümchen abgeben wie du in Begleitung von Tante Edith. Er ist sehr begütert und ganz schrecklich einflußreich. O Sabina, was bist du für ein Glückspilz!«

»Ja, ich bin glücklich«, sagte Sabina vor sich hin. »Ich bin das glücklichste Mädchen auf der Welt.«

Sie war glücklich, in eine Position aufzurücken, in der sie so vieles für Harriet, Melanie, Angelina und Clare tun konnte. Glücklich, nach London zu ziehen, wo sie mit dem Prinzen und der Prinzessin von Wales und vielleicht sogar der Königin zusammenkommen würde.

Und vor allem war sie glücklich über ihren Aufenthalt in Monte Carlo, über die Freundlichkeit von Lady Thetford und über diesen sonnendurchfluteten Raum, in dem sie an diesem Morgen aufgewacht war.

Ja.

Und in wenigen Stunden würde sie – Arthur wiedersehen.

IV

Sabina betrat den Salon, in dem Lady Thetford auf sie wartete.

»Dieses Kleid ist absolut vollkommen«, rief letztere hingerissen, als Sabina den Fuß über die Türschwelle setzte und sekundenlang im vollen Licht des Fensters stehenblieb, das auf den Garten hinausging.

»Es ist das schönste Kleid, das ich jemals besessen habe«, erwiderte Sabina. »Mit Ausnahme meiner Abendkleider vielleicht. Sie sind, finde ich, noch schöner. Oh, wie kann ich Ihnen nur danken?«

Lady Thetford lächelte.

»Es macht Spaß, Sie einzukleiden – wie meine alte englische Zofe zu sagen pflegte, die ich vor Marie hatte. Himmel, wie anders sehen Sie jetzt aus als an dem Abend, an dem Sie hier eintrafen! Ich frage mich, ob Arthur Sie überhaupt wiedererkennen wird.«

»Das habe ich mich auch schon gefragt. Wenn ich in den Spiegel blicke, nachdem Marie mich angekleidet hat, glaube ich tatsächlich, eine Fremde zu sehen. Es ist ganz bestimmt nicht die arme Sabina Wantage, deren Kleider stets ein wenig unvorteilhaft wirkten.«

»Ein Grund dafür war, daß man einfach die falschen Farben für Sie aussuchte«, meinte Lady Thetford kritisch. »Warum schwärmen die Engländerinnen nur so sehr für Grau und Beige und für all diese gräßlichen, blassen und verwaschenen sogenannten Pastelltöne, in denen sie fahl und bleich wie Gespenster aussehen.«

»Sie sind goldig!« Sabina lachte. »Aber es ist wahr. Alle Damen in England tragen mit Vorliebe Pastellfarben. Es muß wohl etwas mit dem Klima zu tun haben.«

»Es hat etwas mit ihrer Haut zu tun«, erklärte Lady Thetford. »Sie können fast alles tragen – nur keine ausdruckslosen Farben. Ich rechnete damit, daß Sie das gleiche goldene Haar wie Ihre Mutter besitzen würden, aber deren Haut war nie so samten wie Ihre und die Augen nicht von einem so intensiven Blau.«

»Sie machen mich noch eitel!« Sabina lächelte, dann eilte sie mit einer impulsiven kleinen Geste auf Lady Thetford zu und warf sich neben ihr auf die Knie. Das herzförmige Gesichtchen zu ihr erhoben, sagte sie:

»Danke! Ich kann Ihnen nicht sagen, wie sehr mich diese wundervollen Kleider verändert haben! Einen anderen Menschen haben sie aus mir gemacht!«

Lady Thetford berührte sanft Sabinas Wange.

»Dummes Kind, Sie haben mir genug gedankt. Es hat mir Freude gemacht, Ihnen diese Kleider zu schenken. Mehr Freude, als Sie es sich vorstellen können! Und nun wollen wir sehen, was Arthur dazu sagen wird.«

Sabina erhob sich und blickte zur Uhr auf dem Kaminsims.

»Hat er gesagt, daß er gegen vier hier sein wird?« fragte sie.

»O nein, Arthur würde sich nie so genau festlegen«, erwiderte Lady Thetford. »Er schrieb, er werde kommen, sobald die Hoheiten seine Dienste nicht mehr beanspruchten. Da ich erfahren habe, daß das Königliche Gefolge zur Luncheonzeit in Monte Carlo eintreffen würde, rechne ich mit Arthurs Kommen innerhalb der nächsten Stunde.«

»Ja, so schnell wird man sich nicht eingerichtet haben, und vorher ist er natürlich nicht abkömmlich«, bemerkte Sabina.

Ihre Stimme klang ein wenig bedrückt.

Insgeheim war in ihr nämlich der Wunsch, daß Arthur es gar nicht hätte erwarten können, sie wiederzusehen, und er wenigstens auf einen Sprung in der Villa Mimosa vorbeigeschaut hätte, sobald der Zug in den Bahnhof eingelaufen war.

Natürlich wußte sie, daß seine Pflichten vorgingen, aber dennoch konnte sie ein Gefühl der Enttäuschung nicht unterdrücken. Irgendwie vermißte sie die Ungeduld des Liebenden bei Arthur. Er schien keine Eile zu haben, es drängte ihn nicht zu ihr, er ließ sich Zeit und kam erst dann, wenn es ihm paßte.

Sabina warf einen Blick in den Spiegel über dem Kamin.

Kein Zweifel, ihr grünes Musselinkleid, das mit Samtschleifen und Rüschen aus gefälteltem Chiffon geschmückt war, gab ihr ein fast ätherisches, frühlingshaftes Aussehen.

Und als sie sich einmal nach rechts und einmal nach links drehte, glaubte sie eine tiefe und eigenartig bewegte Stimme zu hören, die ihr ins Ohr flüsterte: »Sie sind wie eine Nymphe.«

Plötzlich hatte sie den Wunsch, der Zigeuner könnte sie jetzt sehen, doch gleich darauf – noch bevor der Wunsch richtig in ihr Bewußtsein gedrungen war – unterdrückte sie ihn gewaltsam.

Je eher sie diese Begegnung vergaß, um so besser war es.

Sie wußte, was Arthur denken würde, wenn er davon erfuhr. Nicht nur von ihrem Abenteuer auf der Oberen Uferstraße, sondern erst recht von ihrer Zusammenkunft mit dem Zigeuner im Garten und dem langen Gespräch, das sie miteinander geführt hatten.

Sie hätte es nie dazu kommen lassen dürfen! Hätte die Brosche in Empfang nehmen und sich augenblicklich von ihm verabschieden müssen.

Statt dessen war sie geblieben und hatte ihm von sich

erzählt. Und das in dieser offenen, spontanen Art, die ihr schon so manchen Tadel eingebracht hatte.

Und zum Schluß hatte sie sogar – was das allerschlimmste war – zugelassen, daß er ihre Hand küßte.

Während der ganzen Nacht hatte sie an diesen Kuß denken müssen, der gleichsam auf der Innenfläche ihrer Hand brannte wie ein Feuermal.

Sie hatte versucht, es zu vergessen, an andere Dinge zu denken. Hatte versucht, dem Zigeuner die Schuld zu geben, hatte ihn aufdringlich und unverschämt genannt. Und doch war sie in Gedanken immer wieder zu dem nächtlichen Erlebnis zurückgekehrt, hatte nicht vergessen können, mit welcher Zuneigung er sich über ihre Hand beugte, hatte sich immer wieder an jenes seltsame Gefühl erinnert, das sie bei der Berührung seiner Lippen wie eine Flamme durchzuckte.

Gewaltsam rief Sabina sich zur Ordnung. Sie riß sich los von der Betrachtung ihres Spiegelbildes und ging mit schnellen Schritten zum Fenster.

»Sind Sie nervös?«

Sie hatte völlig vergessen, daß Lady Thetford sie beobachtete, und wandte sich bei der Frage hastig zu ihr um.

»Wegen Arthur?« fragte sie. »Warum sollte ich?«

Lady Thetford lächelte.

»Ja, warum sollten Sie, meine Liebe. Ich dachte nur.«

Sabina ging auf ihre Gastgeberin zu, blieb dicht vor ihr stehen und schenkte ihr ein entwaffnendes Lächeln.

»Um ehrlich zu sein«, sagte sie, »ein bißchen nervös bin ich schon. Arthur ist ein Mann, der einem Angst einflößen kann, glaube ich.«

Lady Thetford seufzte. Dann plötzlich sah sie Sabina an und fragte ruhig:

»Lieben Sie ihn, Kind?«

»Ja – ja, natürlich«, erwiderte Sabina und stolperte fast über die Worte. »Ich . . . ich bin ihm so dankbar, so sehr, sehr dankbar.«

Lady Thetford hob die Brauen.

»Weil er Sie heiraten will?«

Sabina nickte.

»Sein Antrag kam so unverhofft. Nicht eine Sekunde lang wäre ich auf den Gedanken gekommen, daß er mich auch nur mochte. Er unterhielt sich mit mir bei einer Dinnergesellschaft auf Schloß Hall und beim Krocketspiel am nächsten Tag. Aber ich glaubte, er wählte einfach nur das kleinere Übel, denn wenn er sich nicht mit mir unterhalten hätte, wäre ihm nur noch die Wahl zwischen Laura und Dorothy Bartram geblieben, die beide ganz unerträglich langweilig sind. Sogar Papa, eine Seele von einem Menschen, sagt, es sei für ihn eine Qual, zuhören zu müssen, wenn sie über Dinge redeten, von denen sie nicht das geringste verstehen.«

»Nur das kleinere Übel?« wiederholte Lady Thetford lächelnd. »Glauben Sie das wirklich? Mein Kind, Sie müssen eine sehr bescheidene Meinung von Ihren Vorzügen haben!«

»Habe ich überhaupt welche?«

Lady Thetford lachte.

»Sie haben doch vorhin in den Spiegel geschaut. Was haben Sie darin gesehen?«

»Ein wunderschönes Kleid«, antwortete Sabina, »und eine von geschickten Fingern zurechtgemachte Frisur. Wenn es stimmt, daß Kleider Leute machen, dann kann ich im Augenblick sehr stolz auf mich sein.«

»Aber das ist wahrhaftig nicht alles!« beharrte Lady Thetford. »Sie sind viel zu zurückhaltend! Merken Sie denn nicht, wie schön Sie sind? Wenn Sie wüßten, wie viele Komplimente meine Freunde mir Ihretwegen schon gemacht haben! Ihnen müßten eigentlich unentwegt die Ohren klingen! Unterschätzen Sie sich nicht, Sabina! Sie sind so schön, daß Sie sich bald der Huldigungen der Gentlemen nicht mehr werden erwehren können!«

»Oh, ich wünschte, ich könnte Ihnen glauben!« sagte Sabina.

Sie wirbelte herum und betrachtete sich erneut im Spiegel, als draußen vor der Eingangstür Hufschlag und das Geräusch quietschender Bremsen ertönten.

»Arthur!«

Sie stieß dieses Wort fast atemlos hervor, und Lady Thetford lächelte, als sie sich von ihrem Stuhl erhob.

»Ja, Arthur! Endlich.« Lady Thetford sah Sabina an. »Und nun wird er Ihnen bestätigen, was ich eben gesagt habe – daß Sie wundervoll aussehen, Sabina.«

Die beiden Frauen wandten sich zur Tür und warteten schweigend.

Dann hörten sie Schritte und das Murmeln von Bates' Stimme.

Im nächsten Augenblick wurde die Tür zum Salon geöffnet.

Arthur betrat langsam das Zimmer.

Er war von mittelgroßer Gestalt und hatte blondes Haar. Sein blasser Teint war makellos, und seine Oberlippe zierte ein schmaler Schnurrbart. Arthurs Züge waren scharf, und die kalten grauen Augen lagen unter geraden Brauen, die seinem Gesichtsausdruck etwas Kompromißloses verliehen.

Der Mund mit den dünnen Lippen bildete eine schmale Linie, die von ihrer Strenge nur verlor, wenn er lächelte.

Das ganze Gesicht ließ auf einen außergewöhnlich ernsten und harten Charakter schließen und drückte einen beklagenswerten Mangel an Großmut aus.

Doch der erste Eindruck, den man vom dritten Lord Thetford gewann, war der eines gutaussehenden, elegant gekleideten jungen Mannes von stolzer, unnahbarer Haltung, und während er nun den Salon betrat, fühlte Sabina, wie ihr Herz einen kleinen aufgeregten Sprung tat.

»Guten Tag, Arthur«, sagte Lady Thetford und ging ihrem Sohn entgegen. »Wir glaubten schon, du hättest uns vergessen oder dein Zug wäre unterwegs aufgehalten worden.«

»Im Gegenteil, der Königliche Zug war pünktlich auf die Minute. Wir hatten eine ausgezeichnete Reise, Mutter, und ich bin hergekommen, sobald meine Pflichten es mir erlaubten.«

Er gab seiner Mutter keinen Kuß, wie Sabina befremdet feststellte, und die Hand, die sich ihm entgegenstreckte, hielt er nur einen Moment lang in der seinen.

Dann wandte er sich zu Sabina um.

Er lächelte, als er sie anschaute, doch dieses Lächeln verschwand von einer Sekunde auf die andere, und mit scharfer Stimme fragte er:

»Was hast du denn mit dir gemacht?«

Kein Wort der Begrüßung drang über Sabinas Lippen.

Für kurze Zeit verschlug es ihr die Sprache, dann stammelte sie:

»Ich ... ich verstehe nicht. Meinst du, ich sehe anders aus – als sonst?«

»Natürlich meine ich das«, erwiderte Arthur. »Dein Haar! Deine Kleidung!«

»Gefallen sie dir?« fragte Sabina eifrig. »Bitte, sag ja. Deine Mutter war so freundlich zu mir. Die Kleider, die sie mir geschenkt hat, sind die schönsten, die ich je im Leben besessen habe!«

Arthur wandte sich seiner Mutter zu.

»Du hast Sabina Kleider geschenkt?« fragte Arthur konsterniert. Lady Thetford, die ihren Sohn aufmerksam beobachtet hatte, antwortete ruhig:

»Ja, ich schrieb an Evelyn und erklärte ihr, daß ich Sabina zur Hochzeit die Garderobe kaufen würde und daß ich es für das beste hielte, wenn sie einiges davon schon während ihres Besuches in Monte Carlo trüge.«

»Ich bin der Meinung, daß eine solche Geste völlig überflüssig gewesen wäre«, sagte Arthur gereizt.

»Oh, Mama war doch so erfreut und dankbar für diesen Vorschlag«, warf Sabina ein. »Weißt du, meine Eltern sind nicht in der Lage, mir viele Dinge mitzugeben. Vor allem nicht die Art von Kleidern, die man in Monte Carlo trägt. Bitte, Arthur, sag, daß ich dir gefalle in diesem wunderschönen Kleid, das deine Mutter mir geschenkt hat!«

Sabinas bittende Stimme hatte etwas Rührendes, ja Mitleiderregendes.

Sie sah es Arthurs Gesichtsausdruck an, daß er verärgert war, obwohl sie nicht wußte, warum.

Er konnte doch unmöglich wünschen, daß sie in diesen unmodernen, billigen Kleidern herumlief, die sie bei ihrer ersten Begegnung getragen hatte. Selbst im Vergleich mit der Garderobe von Laura und Dorothy Bartram wirkten sie schäbig und hoffnungslos altmodisch. Entsetzlich, die Vorstellung, welchen Eindruck sie darin in dem eleganten, luxuriösen Monte Carlo gemacht hätte!

Ein Glück, daß Lady Thetford sie durch ihre Großherzigkeit vor dieser unsterblichen Blamage bewahrt hatte!

»Ich bin sicher, du wirst mich in diesem Kleid bewundern«, rief sie drängend. »Und ich habe einige andere, die fast noch schöner sind als dieses.«

Arthur schwieg.

Ein lastendes Schweigen entstand.

Doch Lady Thetford, die das Peinliche dieser Situation nicht länger zu ertragen schien, sagte mit Schärfe in der Stimme:

»Mach dich doch nicht lächerlich, Arthur. Das Kind kann in Monte Carlo nicht herumlaufen wie eine Küchenmagd. Du weißt das so gut wie ich. Du hast nur mal wieder deine schwierige Phase und willst uns allen die Laune verderben.«

Arthur blickte seine Mutter an. Seine Augen verengten sich, und um seine Lippen grub sich ein harter Zug ein, bevor er wütend erwiderte:

»Na gut, mach du, was du willst. Doch was ihr Aussehen betrifft, werde ich ja wohl noch ein Wort mitzureden haben.«

»Aber Sabina stößt überall auf große Bewunderung. Die Leute sind ganz entzückt von ihr«, widersprach Lady Thetford ihrem Sohn.

»So, so! Und wer zum Beispiel?« erkundigte sich Arthur ungerührt.

»Meine Freunde, zum Beispiel«, antwortete seine Mutter.

Ein Lächeln erschien auf Arthurs Lippen, aber es war kein gutes Lächeln und keine Spur von Freundlichkeit in seiner Stimme, als er antwortete:

»Das hätte ich mir allerdings denken können!«

Verwirrt sah Sabina von einem zum anderen. Sie spürte die Spannung zwischen Mutter und Sohn, und ein Gefühl des Unbehagens bemächtigte sich ihrer.

Impulsiv machte sie einen Schritt auf Arthur zu und legte die Hand auf seinen Arm.

»Wir wollten dir damit doch nur eine Freude machen«, sagte sie sanft. »Und nun würde ich gerne hören, daß du froh bist, mich wiederzusehen.«

Er blickte auf sie nieder, und nach kurzem Zögern legte er endlich seine Hand auf die ihre.

»Ja, ich bin froh, dich wiederzusehen. Aber – ich mag dich so, wie du in Cobbleford warst!«

»Ich bin immer noch dieselbe – wirklich!« flüsterte Sabina scheu.

Sie glaubte zu spüren, wie sich die Spannung in ihm zu lösen begann.

Doch dann plötzlich versteinerte sich sein Gesicht. Mit einem Ausruf des Unwillens entzog er ihr seine Hand.

»Komm her!« befahl er.

Er griff nach ihrem Arm und zerrte sie zum Fenster.

Dort starrte er ihr eine Sekunde lang prüfend ins Gesicht, zog ein blütenweißes Taschentuch aus der Brusttasche und, bevor Sabina noch begriff, was er vorhatte, rieb er damit über ihre Wangen.

Sie stieß einen kleinen Schrei aus, so rauh ging er dabei vor, doch schon hatte er sie wieder freigegeben und blickte prüfend auf das weiße Tuch, das einige verräterische Rougeflecke zeigte.

»Das ist dein Werk!« rief er und blickte durch den Raum auf Lady Thetford, die ihm bei seinem Tun kopfschüttelnd zugesehen hatte.

Die Anklage brach mit einer solchen Wut aus Arthur

hervor, daß Sabina entsetzt bis zum Fenster zurückwich und die Hände auf das wild pochende Herz preßte.

»Mein lieber Arthur, mußt du das Kind unbedingt mit einem solchen Theater erschrecken?«

»Ja, Theater!« erwiderte Arthur. »Genügt es dir noch nicht, sie wie eine Modepuppe herauszuputzen? Mußt du sie auch noch anmalen, daß sie aussieht, wie diese halbseidenen Dämchen im Casino!«

»Ein wenig Rouge wird ihrer Moral schon nicht schaden.«

»Das denkst du«, stieß Arthur barsch hervor. »Aber ich weiß, was die Dinge zu bedeuten haben, die du da wieder ausgebrütet hast. Du willst, daß sie so wird wie du. Du willst sie verderben, ihre Unschuld zerstören und ihren guten Ruf. Weil du mir nämlich beweisen willst, daß alle Frauen gleich sind und keine von ihnen besser ist als du!«

Seine Stimme bebte vor Wut und schien den ganzen Raum auszufüllen, doch Lady Thetford sah ihn ruhig an.

»Es ist nicht notwendig, die Beherrschung zu verlieren, Arthur, oder dich mir gegenüber unverschämter aufzuführen als gewöhnlich. Sabina wurde in keiner Weise verdorben oder um ihren guten Ruf gebracht, nur weil ich ihr etwas Rouge für die blassen Wangen oder etwas Puder für die Nase gegeben habe. Sie ist lieb und sanft, wie sie es immer war. Aber Gott weiß, wie lange sie es bleiben wird, wenn sie ständig mit deiner zynischen Lebensauffassung konfrontiert wird und ständig zu hören bekommt, daß du von jeder Frau stets nur das Schlechteste erwartest.«

»Wenn deine Lebensführung mich zynisch gemacht hat, solltest du die Schuld dafür ausschließlich bei dir suchen«, entgegnete Arthur voller Bitterkeit. »Es geschah ganz gegen meinen Willen, daß Sabina nach Monte Carlo reiste, und jetzt weiß ich, wie recht ich mit meinen Befürchtungen hatte.«

»Sabinas Reise hierher geschah nicht gegen deinen Willen. Da warst einverstanden, und du wußtest, daß dir gar nichts anderes übrig blieb. Machen wir uns also gegenseitig nichts vor!«

»Na schön. Aber damit du mich nicht mißverstehst: Ich möchte auf gar keinen Fall, daß sie hier verdorben wird! Und jetzt geht sie unverzüglich auf ihr Zimmer und säubert ihr Gesicht. Und wenn ich auch nur noch ein einziges Mal eine Spur von Rouge oder Puder bei ihr entdecke, werde ich sie mit dem nächsten Zug nach Hause schicken! Ist das klar?«

Er wandte sich um und schaute Sabina an.

»O Arthur, bitte . . . bitte, sei nicht so verärgert.«

Sabina standen die Tränen in den Augen, und ihre Stimme klang erstickt.

»Du hast gehört, was ich gesagt habe«, sagte er scharf. »Geh nach oben und säubere dich! Und wenn du noch einmal irgendwelche Kosmetika verwendest, wirst du feststellen, daß ich niemals leere Drohungen ausstoße!«

Sabina lief zur Tür und öffnete sie. Mit einem lauten Knall warf sie sie hinter sich ins Schloß und lief die Treppe hinauf in ihr Schlafzimmer.

Erst als sie in ihrem Zimmer war und sich mit einem sauberen Taschentuch die Tränen aus dem Gesicht gewischt hatte, merkte sie, daß sie am ganzen Leib zitterte.

Wie konnte er so mit seiner Mutter sprechen, fragte sie sich.

Wie konnte eine derart belanglose und unwichtige Sache ihn so wütend machen?

Wie konnte er so die Beherrschung verlieren, daß er mit einer solchen Lautstärke loszubrüllen begann?

Sie wischte sich erneut die Augen und betrachtete sich im Spiegel des Ankleidetisches.

Dann lief sie zum Waschständer, goß etwas Wasser in die Schüssel und fuhr sich mit dem nassen Schwamm über das Gesicht.

In wenigen Sekunden waren Rouge und Puder verschwunden. Es war kaum der Rede wert gewesen, was Marie auf Wangen und Nase aufgetragen hatte. Denn als Sabina ihr Gesicht mit einem Handtuch abgetrocknet hatte, waren nicht mehr Spuren darauf zurückgeblieben, als zuvor auf Arthurs Taschentuch.

Sie kehrte zum Ankleidetisch zurück.

Kein Zweifel, daß sie mit etwas Farbe besser aussah als ohne. Nun, da sie Arthurs Anweisungen ausgeführt hatte, überfiel sie mit einem Mal ein Gefühl der Empörung über die Art, wie er sie vorhin behandelt hatte.

Was fiel ihm ein?

Noch waren sie nicht verheiratet. Er hatte kein Recht, sie in dieser Weise herumzukommandieren!

Und warum war er so unhöflich und ekelhaft zu seiner Mutter gewesen?

Noch während Sabina sich diese Fragen stellte, fühlte sie, wie die Erregung in ihr abklang, der Zorn auf Arthur verebbte.

Sie wollte, daß er zufrieden mit ihr war. Er sollte sich auf keinen Fall über sie ärgern.

Er sollte ihr verändertes Aussehen gutheißen, es schön finden und nicht zornig darauf reagieren.

In der vergangenen Nacht hatte der Zigeunerfürst ihr seine Bewunderung ausgedrückt, hatte gesagt, daß sie schön sei. Mit dem untrüglichen Instinkt einer Frau hatte sie gewußt, daß er es ernst meinte mit seinem Kompliment. Die Art und Weise, wie er sie angeschaut hatte, ließ keine andere Erklärung zu.

Genauso war es im Casino gewesen.

Lady Thetfords männliche Bekannte hatten ihr unentwegt Schmeichelhaftes über ihr Aussehen gesagt, und es war ihr nicht entgangen, daß die Gentlemen, überall, wo sie auftauchte, ihr bewundernde Blicke zuwarfen.

Arthur hätte stolz auf sie sein müssen, nicht verärgert.

Sabina fühlte, wie die Verstimmung gegen ihren Verlobten aufs neue in ihr aufzuflackern begann.

Gewaltsam rief sie sich zur Ordnung und beschwor ihren gesunden Menschenverstand.

Arthur hatte recht!

Natürlich hatte er das!

Auch Papa wäre mit dem, was Arthur an ihr gerügt hatte, nicht einverstanden gewesen.

Und Mama wohl ebenfalls nicht!

Wenn das Rouge auf ihren Wangen so stark aufgetragen war, daß man es sehen konnte, hatte Arthur ein Recht, von ihr zu verlangen, daß sie es entfernte.

Gut, sie mochte mit Rouge und Puder besser aussehen, aber was spielte das schon für eine Rolle.

Sich auf diese Weise zurechtzumachen, war nicht ladyhaft, es schickte sich nicht. Und eigentlich hatte sie sich von Lady Thetford auch nur dazu überreden lassen, weil sie glaubte, daß es absolut unauffällig sein würde.

Ich müßte mich eigentlich bei ihm entschuldigen, sagte sie sich und zwang sich, die Notwendigkeit dieses Schrittes einzusehen.

Langsam und mit dem Gefühl, eine Zentnerlast auf den Schultern zu tragen, stieg sie die Treppe hinunter in die Halle.

Ihr Herz schmerzte, als sie vor dem Salon ankam und die Hand nach der Türklinke ausstreckte.

Es war Heimweh, ganz schreckliches Heimweh, was sie in diesem Moment mit jäher Heftigkeit überfiel.

Zu Hause hatte es solche Szenen nie gegeben.

Papa mochte sich noch so aufregen, wenn sie wieder einmal etwas angestellt hatten, aber nie verlor er die Beherrschung, nie ließ er sich derart gehen, wie Arthur das eben getan hatte. Gewiß, auch Papa wies sie zurecht, doch sie hatten dabei immer den Eindruck, daß ihre Ungezogenheit ihn eher kränkte als verärgerte.

Und Mama war manchmal ein wenig ungeduldig, doch nie trug sie ihnen etwas nach. Ihre Ungehaltenheit ging genauso rasch vorbei wie die kindlichen Streitereien ihrer Töchter, und bald schien dann wieder die Sonne. Alle waren einander wieder gut und noch fröhlicher als zuvor, weil die kleine Wolke der Mißstimmung sich wieder verzogen hatte und ihnen klargeworden war, wie hell und heiter normalerweise das Zusammenleben in ihrer Familie doch verlief.

Die Hand auf der Türklinke, erkannte Sabina plötzlich

etwas, dessen sie sich zuvor noch nicht bewußt geworden war.

Ich habe Angst vor Arthur! sagte sie sich. Ja, regelrechte Angst!

Eine überraschende Erkenntnis in mancher Hinsicht.

Wie oft hatte sie vor ihren Schwestern behauptet, sie kenne keine Angst. Nicht vor bösen Geistern, nicht vor dem Altwerden und nicht vor dem Tod. Und nun fürchtete sie sich vor einem Mann – vor dem Mann, den sie zu heiraten gedachte.

Er hat keinen Grund, böse mit mir zu sein, dachte sie. Überhaupt keinen!

Sie versuchte, wieder neues Selbstbewußtsein zu gewinnen, mußte jedoch beschämt feststellen, wie feige sie war.

Er liebt mich doch, sagte sie sich. Und wenn ich etwas falsch gemacht habe und mich dafür entschuldige, muß er mir verzeihen.

Sie drückte die Klinke nieder, öffnete die Tür und trat ein. In Gedanken legte sie sich schon die Worte zurecht, mit denen sie sich bei Arthur entschuldigen wollte.

Einen Moment glaubte sie, das Zimmer wäre leer. Dann sah sie, daß Lady Thetford auf dem Sofa beim Fenster lag.

Langsam durchquerte Sabina den Raum und näherte sich auf Zehenspitzen dem Sofa, falls Lady Thetford eingeschlafen sein sollte.

Aber dann stellte sie fest, daß ihre Gastgeberin in den Garten hinausschaute, die Augen blicklos auf eine der hohen Zypressen gerichtet.

»Ist Arthur gegangen?« fragte Sabina leise.

»Ja, zum Dinner kommt er wieder.«

»Oh!« Mehr wußte Sabina nicht zu sagen.

Dann wandte Lady Thetford mühsam den Kopf und schaute sie an.

»Kommen Sie her zu mir, Kind. Ganz nahe. Ich möchte mit Ihnen reden.«

Gehorsam trat Sabina dicht an das Sofa heran und blickte auf Lady Thetford nieder.

Arthurs Mutter kam ihr sehr müde vor. Das Gesicht wirkte verzerrt, als hätte sie Schmerzen.

Lady Thetford nahm ein Kissen, das neben ihr lag, und legte es auf den Fußboden.

»Setzen Sie sich, Sabina!« sagte sie.

Als sich Sabina niederließ, bauschten sich die grünen Röcke weit um ihre zierliche Gestalt. Sie lehnte sich mit dem Rücken gegen das Sofa, drehte ein wenig den Kopf und sah Lady Thetford aus großen Augen an.

»Es tut mir leid, was vorhin geschehen ist«, sagte Lady Thetford. »Die Schuld dafür lag bei mir. Ich hätte wissen müssen, daß Arthur verärgert sein würde – nicht nur mit mir, sondern auch mit Ihnen.«

»Ist er immer noch verärgert?« fragte Sabina ängstlich.

»Er wird sich beruhigen!«

»Ich habe nicht gedacht, daß er es merken würde.«

»Niemand würde es gemerkt haben«, erwiderte Lady Thetford. »Aber er wollte etwas finden. Wie immer war er voller Mißtrauen mir gegenüber. Und deshalb verdächtigte er auch Sie – einfach nur, weil Sie sich in meinem Haus aufhalten.«

»Aber warum?« fragte Sabina verwirrt. »Weshalb sollte er Sie verdächtigen und voller Mißtrauen gegen Sie sein?«

»Weil er mich haßt«, antwortete Lady Thetford.

»Er haßt Sie?« wiederholte Sabina verwirrt. »O nein, das ist unmöglich. Warum sollte er?«

»Hat Ihnen nie jemand etwas über mich erzählt?« wollte Lady Thetford wissen. »Nein, jedenfalls keine Einzelheiten. Mama sagte nur, wie nett und lieb Sie stets zu ihr gewesen sind und wie sehr sie es bedauert, Sie so lange Jahre nicht mehr gesehen zu haben. Sie war so froh, als sie erfuhr, daß Arthur Ihr Sohn ist. Und wie sie mir verriet, war das auch der Grund, weshalb sie und Papa so leichten Herzens ihre Zustimmung zu unserer Hochzeit gaben.«

»Ich nehme an, das geschah nur, weil Arthur es nicht wagte, ihnen die Wahrheit über mich zu erzählen und mich bei ihnen schlechtzumachen.«

»Sie schlechtmachen?« rief Sabina. »Warum sollte er das? Wie könnte er das wagen?«

»Er könnte und würde es, wenn es seinen Absichten diente oder er sich einen Vorteil davon verspräche«, antwortete Lady Thetford. »Aber ich sehe, Sie glauben mir noch nicht. Sie sind aufgewachsen im Schoß einer glücklichen Familie, hatten gute, liebevolle Eltern. Sie können sich nicht vorstellen, wie es ist, wenn das einzige Kind, das Sie haben, einen abgrundtiefen Haß für Sie empfindet.«

»Aber warum nur?« fragte Sabina. »Warum?«

»Ich werde es Ihnen sagen«, erwiderte Lady Thetford. »Ich möchte nämlich, daß Sie auch meine Version der Geschichte erfahren. Arthur wird Ihnen die seine schon bald erzählen. Ich hätte ihm so viel Takt gar nicht zugetraut, bis heute damit zu warten.«

Sie tupfte sich mit ihrem Seidentüchlein die Lippen und fuhr fort:

»Arthur gleicht ganz seinem Vater, meinem Mann. Er war ein starker Charakter, aber sehr engstirnig und bigott in seinen Ansichten. Sobald er sich einmal für eine Sache entschieden hatte, von deren Richtigkeit er überzeugt war, blieb er dabei, gleichgültig, welche Argumente auch dagegen sprachen. Nichts konnte ihn erschüttern, nichts ihn von dem einmal eingeschlagenen Weg abbringen. Arthur ist genauso. Es gibt nichts, was ich oder irgend jemand sonst auf der Welt sagen könnte, das imstande wäre, seine Meinung über mich zu ändern.«

»Aber was haben Sie denn getan?« fragte Sabina verstört.

»Lassen Sie es mich Ihnen auf meine Weise erzählen«, antwortete Lady Thetford. »Ich war achtzehn, als ich Arthurs Vater heiratete, der damals schon über vierzig war. Er war Witwer. Seine erste Frau, eine schwierige neurotische Person von schwächlicher Gesundheit, starb nach fünfzehnjähriger Ehe. Sie hatte nie eine Rolle in seinem Leben gespielt. Die beiden lebten gewissermaßen aneinander vorbei oder nebeneinander her. Sie war ganz mit ihrer Krankheit und ihren Wehwehchen beschäftigt, er suchte

Trost in der Gesellschaft von Männern. Kein Wunder, daß er keinerlei Zärtlichkeit besaß und nur wenig Sympathie für das sogenannte schwache Geschlecht empfand.

Lady Thetford atmete tief, während Sabinas Blick gebannt an ihren Lippen hing. Ungeduldig wartete sie darauf, daß Lady Thetford mit ihrer Erzählung fortfuhr.

»Wir heirateten also, und Arthur wurde geboren. Kurze Zeit nach diesem Ereignis begann ich mich unglücklich zu fühlen. Ich hatte meinen Mann nicht wirklich geliebt, als ich ihn heiratete. Ich bewunderte ihn, hielt ihn für eine interessante Persönlichkeit. Er sah gut aus und machte einen selbstbewußten, gefestigten Eindruck auf mich. Jung und unerfahren wie ich war, hatte ich nicht die leiseste Ahnung, was es hieß, mit einem Mann von seinem Naturell eine Ehe zu führen. Meine Enttäuschung wuchs von Tag zu Tag, mein Unglück wurde immer größer. Ich ließ mir das jedoch nicht anmerken, sondern gab mir im Gegenteil alle Mühe, die Welt glauben zu machen, daß unsere Ehe im Grunde glücklich wäre.«

Wieder machte Lady Thetford eine Pause, während sie gedankenverloren aus dem Fenster schaute. Es dauerte eine Weile, bis ihr Blick wieder zu Sabina zurückkehrte und sie weitersprach.

»Ich nahm eine Stellung bei Hof an, um dem Kerker meines Heims zu entfliehen. Nun hatte ich die Möglichkeit, wenn auch in beschränktem Maß, am gesellschaftlichen Leben teilzuhaben. Außerdem betätigte ich mich in der Krankenpflege und machte bei Wohltätigkeitsveranstaltungen mit. Kurz: Ich tat alles, um mich abzulenken, vom Nachdenken abzuhalten und zu erreichen, daß ich möglichst wenig mit meinem Ehemann allein war.«

Wieder verstummte Lady Thetford, um dann jedoch hastig und so, als wollte sie verhindern, daß Sabina eine falsche Meinung von ihr gewann, zu ergänzen:

»Natürlich half mir auch Arthur sehr in meiner Einsamkeit. In den ersten Jahren machte er mir viel Freude, was sich allerdings mit jedem Jahr, das er älter wurde, änderte.

Es kam die Zeit, da er zur Schule und später zur Universität ging. Die Entfremdung zwischen uns wurde immer stärker und schließlich zu einem unüberbrückbaren Abgrund. Arthur war zu sehr wie sein Vater, sowohl was den Charakter als auch das Äußere betraf. Und vielleicht war er der einzige Mensch, für den mein Mann so etwas wie Zuneigung oder Herzlichkeit empfand. Das Echo war dementsprechend. Arthur verehrte seinen Vater – er betete ihn an.«

Sabina wagte kaum zu atmen, so rührte sie das Schicksal ihrer Gastgeberin, die nach einer kurzen Pause mit einer gewissen Erleichterung in der Stimme weitersprach:

»Die Jahre vergingen, und mein Mann starb. Ich kann Ihnen nicht sagen, was es für mich bedeutete, plötzlich frei zu sein. Frei von einer Last, die mich Jahre meines Lebens niedergedrückt hatte, so daß ich mich wie eine Gefangene fühlte, in deren Kerker nur selten einmal ein Sonnenstrahl fällt. Die Streitereien und Mißhelligkeiten, die häßlichen Eifersuchtsszenen und ungerechten Beschuldigungen, die mein Leben vergiftet hatten, waren über Nacht verschwunden. Ich war frei wie in jenen unendlich weit zurückliegenden Tagen meiner Jugend. Und so geschah es dann auch, daß ich mich zum erstenmal in meinem Leben verliebte. Ja, ich verliebte mich in einen Mann, den ich schon seit langem kannte. In einen Mann, der mich schon liebte, ehe ich begriff, daß seine Gefühle für mich mehr waren als nur Sympathie und Freundschaft. Unglücklicherweise war er verheiratet. Mit einer Frau, die bereits seit zwanzig Jahren in einer Nervenheilanstalt lebte. Die Krankheit dieser Frau war unheilbar, die Möglichkeit einer Scheidung bestand nicht, weil der Gesetzgeber einen solchen Schritt nicht zuließ.«

»Dann hat also eine Frau oder ein Mann, dessen Ehepartner geisteskrank ist, nicht die Chance, aufs neue zu heiraten?« fragte Sabina.

»Nein«, erwiderte Lady Thetford. »Dabei war Guy ein Mann, der sich nach Kindern sehnte, ein Mann, der ein idealer und verständnisvoller Vater geworden wäre. Vielleicht war es gerade diese Eigenschaft, die ihn mir so liebenswert machte. Den Jahren nach war er alt, aber er hatte sich ein junges Herz bewahrt. Er liebte junge Menschen, war gern mit ihnen zusammen. Er verstand sie, und sie schwärmten für ihn. Alle – außer Arthur. Arthur hat ihn nie gemocht.«

»Was konnten Sie tun?« forschte Sabina voller Teilnahme.

»Das war die Frage, die auch wir uns immer und immer wieder stellten«, antwortete Lady Thetford. »Was konnten wir tun? Wir liebten einander – zwei Menschen, die viele Jahre einsam und unglücklich gewesen waren. Er hatte keine Kinder, auf die er Rücksicht zu nehmen gehabt hätte. Ich hatte nur Arthur, der längst erwachsen war und nie auch nur das leiseste Interesse für mich gezeigt hatte. Und so ... Ja, Sabina, wir ... wir gingen zusammen fort. Es gab keinen Skandal. Ich gab meine Stellung bei Hof auf und erklärte, daß ich aus Gesundheitsgründen ins Ausland ziehen würde. Guy gab seine Besitzungen in Dorset auf, und wir ließen uns in einem kleinen Ort in Italien nieder, wo niemand uns kannte. Ich glaube, kein Mensch hatte auch nur die leiseste Ahnung, daß wir zusammenlebten – außer Arthur natürlich.«

»Sie haben es ihm gesagt?«

»Ja. Ich sagte ihm offen und ehrlich, was wir vorhatten«, antwortete Lady Thetford. »Ich werde seine Reaktion darauf nie vergessen.«

Einen Moment lang schloß sie die Augen, als sei das Erlebte immer noch zu schmerzhaft und unfaßbar für sie.

»War er sehr verärgert?« erkundigte sich Sabina.

»Er tobte, er gebärdete sich wie ein Besessener. Er beschimpfte uns und bedachte uns mit allen Gemeinheiten, die Menschen angesichts einer solchen Angelegenheit sagen können. Er schrie mir ins Gesicht, daß er mir schon immer mißtraut habe. Daß er stets der Meinung gewesen sei, ich hätte einen Mann wie seinen Vater nicht verdient, wäre seiner unwürdig gewesen. Es gibt keinen Vorwurf, den er mir nicht machte. Und er war von der Richtigkeit seiner Beschuldigungen felsenfest überzeugt. Ich war im Unrecht. Wie immer. Und wie immer hatten er und sein Vater recht.«

Sabina spürte ein Würgen in der Kehle, aber sie wagte es nicht, sich auch nur zu räuspern, um keins der Worte ihrer Gastgeberin zu überhören. Lady Thetford fuhr fort:

»Ich sagte ihm, er solle beruhigt sein, weil er mich nun ein für allemal los sein würde. Und Nachteile für seine Karriere würden ihm aus meinem Schritt nicht entstehen, denn niemand würde davon etwas erfahren. Wenn er selbst über die Sache Schweigen bewahre, sei das Geheimnis so sicher, wie nur etwas sicher sein könne auf dieser Erde. Und so verließ ich England, begleitet von seinen Flüchen und Beschimpfungen, die noch lange in meinen Ohren nachhallten. Ich kam nach Italien. Die Schatten der Vergangenheit wichen langsam zurück, verloren immer mehr ihre Schrekken für mich. Zum erstenmal war ich glücklich – zum erstenmal in meinem Leben.«

»Und niemand hat je etwas davon erfahren?« fragte Sabina.

»Niemand, soweit ich weiß«, antwortete Lady Thetford. »Aber nach dem freien und durch keine Konventionen eingeengten Leben, das ich sechs Jahre lang mit dem Mann, den ich liebte, geführt habe, war eine Rückkehr nach England völlig unmöglich für mich geworden. Allein der Gedanke an die langweilige, selbstgefällige, in äußerlichen Regeln erstarrte Gesellschaft, die ich aus meiner Ehe mit Arthurs Vater kannte, ließ mich frösteln.«

»Was geschah nach diesen sechs Jahren?« fragte Sabina.

»Guy starb«, sagte Lady Thetford. »Er starb an einer schweren, aber zum Glück nur kurzen Krankheit, die er tapfer ertrug. Seine Frau lebt immer noch, er aber ist tot.«

»Haben Sie es nie bedauert, mit ihm fortgegangen zu sein?«

»Es bedauert? Meine Liebe, es war das einzig Gute und Richtige, das ich je im Leben getan habe. Wir waren unsagbar glücklich, und als Guy im Sterben lag, dankte er mir für das Glück, das ich ihm schenkte. Dabei war ich diejenige, die durch ihn, wenn auch nur für sechs kurze Jahre, den Himmel auf Erden kennenlernte.«

»Und was haben Sie nach seinem Tod gemacht?«

»Seitdem habe ich nur noch versucht, die Zeit totzuschlagen.« Lady Thetford seufzte. »Zuerst reiste ich kreuz und quer durch Europa, und schließlich baute ich diese Villa – hier in Monte Carlo. Ich hatte nämlich festgestellt, daß es nur eins gab, was mich den Verlust des geliebten Mannes einigermaßen vergessen ließ: das Glücksspiel. Eine Zeitlang blieb ich in Homburg. Aber ich brauchte die Sonne. Sie erinnerte mich an die glücklichen Jahre, die ich zusammen mit Guy in dem kleinen Fischerdorf verbrachte. Zwei Menschen, vergessen von der Welt, die alles besaßen, was ein Mann und eine Frau jemals vom Leben erwarten können.«

»Hat Arthur Sie einmal besucht?« fragte Sabina.

»Nein, natürlich nicht«, erwiderte Lady Thetford. »Nur einmal schrieb er mir einen Brief, und das aus dem einen Grund, weil es gesetzliche Schwierigkeiten bezüglich seines Besitzes gab. Wissen Sie, Sabina, das Leben ist eine sonderbare Angelegenheit mit den sonderbarsten Verwicklungen. Mein Mann, der mich stets nur geschmäht hatte, mir nichts zutraute und kein gutes Haar an mir ließ, setzte ein sehr sonderbares Testament auf. Natürlich vererbte er den größten Teil des Vermögens seinem Sohn, aber verfügen darf Arthur darüber erst nach Erreichung seines vierzigsten Lebensjahres oder – von seiner Heirat an. Allerdings nur dann, wenn ich meine Zustimmung dazu gebe.«

Sabina hatte mit wachsendem Erstaunen zugehört. Sie wollte etwas fragen, doch Lady Thetford fuhr bereits fort:

»Eigenartig, nicht wahr?« fragte sie. »Wo ich doch annehmen mußte, daß mein Mann nie etwas auf meine Meinung gegeben hat. Aber so legte er es in seinem letzten Willen fest, und Arthur, der mich in allen Punkten ablehnt, sah sich in der unangenehmen Lage, was seine Heirat betraf, von meiner Einwilligung abhängig zu sein.«

»Das also ist der Grund für meine Reise nach Monte Carlo?« fragte Sabina.

»Das ist der Grund«, antwortete Lady Thetford. »Arthur schrieb mir einen Brief, in dem er mich in aller Form um die Erlaubnis zu heiraten bat, und ich machte diese Erlaubnis davon abhängig, daß ich Sie vorher kennenlerne.«

»Oh, wie schön, daß Sie darauf bestanden haben!« rief Sabina. »Ich bin ja so froh darüber!«

»Wirklich? Ich bezweifle nun, ob es richtig von mir war.«

»Ich werde Arthur sagen, daß mir die Sache mit der Schminke leid tut, und er wird es vergessen.«

Lady Thetford streckte die Hand aus und zog Sabina an sich.

»Sie haben ein gutes Herz, mein Kind«, sagte sie. »Es ist nur meine Schuld, daß Arthur so böse zu Ihnen war. Vielleicht wollte ich ihn unbewußt ein wenig reizen. Ich schminkte mich heute noch stärker als gewöhnlich, weil ich weiß, wie ihn das ärgert. Er hat kein Verständnis für fremde Bräuche und Gewohnheiten. Genau wie sein Vater, besitzt er einen engen Horizont und verurteilt in seiner überheblichen Inselmentalität alles Fremde. Wenn er könnte, würde er die Frauen wie im Mittelalter behandeln: in strenger Abhängigkeit vom Mann – das schwache Geschlecht, nur dazu da, dem Herrn der Schöpfung Kinder zu schenken und der Befriedigung seiner Bedürfnisse zu dienen.«

»Denkt Arthur tatsächlich so?« fragte Sabina.

»Vielleicht bin ich ungerecht zu ihm«, sagte Lady Thetford schnell. »Arthur hat viele gute Eigenschaften, davon bin ich überzeugt, und vielleicht sind Sie seine Rettung.«

»Seine Rettung?« »Vielleicht gelingt es Ihnen, ihn ein wenig menschlicher zu machen, ihn zu lehren, daß eine Frau geliebt und geachtet sein will.«

Auf Sabinas Gesicht erschien ein Ausdruck des Zweifels.

»Ich bin noch nie auf den Gedanken gekommen, daß ich Arthur irgend etwas lehren könnte. Im Gegenteil, ich war stets der Meinung, daß er der Lehrer und ich die Lernende sein würde.«

»Arthur hat sogar noch sehr viel zu lernen«, erwiderte Lady Thetford. »Wenn seine Liebe zu Ihnen groß genug ist, wird ihm das auch gelingen. Wenn ich von etwas überzeugt bin, dann ist es dies: Die Liebe vermag selbst den sonderbarsten Charakter zu ändern. Und vielleicht ist das meine größte Schuld, meine furchtbarste Sünde – daß ich Arthurs Vater geheiratet habe, ohne ihn zu lieben. Sie sehen, ich wußte nicht viel von der Liebe damals. Ich hatte noch nicht die geringste Ahnung, wie wundervoll, wie allgewaltig und übermächtig sie sein kann.«

»Wie eine wilde, stürmische See«, sagte Sabina sanft, sich an die Worte des Zigeunerfürsten erinnernd.

»Ja, das ist wahr«, erwiderte Lady Thetford versonnen. »Sie ist wie das sturmgepeitschte Meer oder noch besser vielleicht: wie ein Feuer. Ein Feuer vermag zu läutern und zu verbrennen, es kann formen und zerstören.«

»Glauben Sie, daß Arthur mich auf diese Weise liebt?« fragte Sabina mit leiser Stimme.

Lady Thetford zögerte einen Augenblick, bevor sie sagte:

»Ich glaube, es steht mir nicht zu, auf eine solche Frage zu antworten. Nur Sie selbst können es.«

Sabina hob das Gesicht und küßte Lady Thetfords Wange.

»Danke, daß Sie ein solches Vertrauen zu mir hatten und mir von sich erzählt haben«, sagte sie. »Ich freue mich mit Ihnen, daß Sie dieses große Glück gefunden haben – wenn auch nur für eine so kurze Zeit.«

Lady Thetford ließ einen leisen Seufzer hören.

»Die Jahre vergehen so langsam seit Guys Tod. Aber ich habe meine Erinnerungen. Erinnerungen an sechs Jahre vollkommenen Glücks. Sie sollten einer Frau eigentlich genügen.«

Sie küßte Sabina zart und erhob sich dann.

»Kommen Sie, suchen wir das Kleid aus, das Sie heute abend tragen werden. Sie müssen schön aussehen – und ein ganz klein wenig – fügsam.«

In ihrer Stimme war ein Beiklang von Verschmitztheit,

und in ihren Augen blitzte sekundenlang der Schalk, so daß Sabina herzhaft auflachte.

»Was amüsiert Sie so?« fragte Lady Thetford.

»Es war die Vorstellung, in all den herrlichen Kostümen, die Sie aus Paris für mich kommen ließen, ein wenig fügsam aussehen zu müssen«, antwortete Sabina. »Im übrigen habe ich nicht den Wunsch, fügsam oder unterwürfig auszusehen. Schön und aufregend will ich aussehen. Ich möchte, daß Arthur mich bewundert.«

»Gut, also versuchen wir es!«

Lady Thetford lächelte.

»Ja, versuchen wir es!« wiederholte Sabina.

Als Sabina drei Stunden später die Treppe hinunterstieg, mußte sie an diese Worte denken. Sie trug ein Kleid aus weißem Musselin, das mit schmalen Bändern aus schwarzem Samt besetzt war. Es war das einfachste Kleid, das sie besaß, und doch hatte es die Eleganz und den Chic, den nur Paris vermitteln konnte. Sabina wußte, daß es ihr beides gab: Ausstrahlung und eine ungewöhnlich reizvolle Figur.

Sie hatte gehört, daß Arthur einige Minuten zuvor eingetroffen war. Marie war aus Lady Thetfords Boudoir gekommen, um ihr zu sagen, sie möge schon nach unten gehen, da Ihre Ladyschaft sich etwas verspäten würde.

Mit klopfendem Herzen betrat Sabina den Salon und sah Arthur vor dem Kamin stehen, den Rücken der Tür zugewandt.

Er sah sehr beeindruckend aus in seinem dunklen Abendanzug und der weißen Gardenie am Revers.

Langsam ging Sabina auf ihn zu.

Er sprach kein Wort, während sie den Raum durchquerte, machte nicht die kleinste Bewegung.

Sabina befiel ein Gefühl der Unsicherheit. Nervös nestelten ihre Finger an den Falten ihres Kleides. Ihr schien, sie hatte vergessen, wie groß er war, wie reserviert und abweisend er wirken konnte. Er tat so, als nähme er ihre Anwesenheit kaum wahr, und sie kam sich plötzlich sehr klein und hilflos vor.

»Bitte – Arthur – es – tut mir – leid.«

Die Worte kamen nur stockend über ihre Lippen, und er wandte sich endlich um und blickte prüfend in ihr Gesicht.

Die Prüfung mußte zu seiner Zufriedenheit ausgefallen sein, denn er sagte:

»Das ist besser.«

Er sprach mit dem herablassenden Tonfall eines Lehrers, der sich einem Schüler gegenüber zu einer Anerkennung gezwungen sieht, und nicht mit der Stimme eines Liebhabers.

»Du – bist nicht mehr – böse – mit – mir?«

Es war die Frage eines verängstigten Kindes.

»Ich war sehr ärgerlich heute nachmittag, das kann ich dir sagen.«

»Ich weiß – und es tut mir leid. Ich hätte nie gedacht, daß du es bemerken würdest, sonst hätte ich darauf verzichtet.«

»Selbstverständlich bemerke ich auch die kleinste Veränderung an dir«, erwiderte Arthur.

Seine schlechte Laune schien mit einem Mal verflogen zu sein, denn er legte den Arm um Sabina und zog sie an sich.

»Du mußt noch lernen, was richtig und was falsch ist, verstehst du? Du bist noch nicht viel herumgekommen, und dein Leben bewegte sich bisher in einem sehr einfachen Rahmen. Deshalb kann ich dir dein Fehlverhalten nicht so sehr zum Vorwurf machen. Außerdem hat meine Mutter dich verleitet. Zur Hauptsache war es ihre Schuld. Doch laß mich dir eins von Anfang an klarmachen: Ich mag dich so, wie ich dich das erste Mal sah. Ich möchte keine aufgeputzte und zurechtgemachte französische Modepuppe zur Frau. Ich möchte ein einfaches englisches Landmädchen – einen Menschen, dem ich trauen kann. Jemanden, der zufrieden ist, meine Gemahlin zu sein und nicht ständig nach Bewunderung und gesellschaftlicher Anerkennung strebt!«

»Ich verstehe«, erwiderte Sabina leise. »Aber ich mag

meine schönen neuen Kleider dennoch. Du kannst doch nicht im Ernst behaupten, daß du den weißen Kittel schön gefunden hast, den ich bei unserer ersten Begegnung trug. Er stand mir überhaupt nicht. Und außerdem war er schon drei Jahre alt und ganz abgetragen.«

»Mir ist das nicht aufgefallen«, antwortete Arthur ausweichend. »Du sahst aus wie eine Lady, und das war es, was mir an dir so gefiel.«

»Sehe ich denn jetzt nicht aus wie eine Lady?« In Sabinas Stimme war ein Klang von Übermut, den sie nicht zu unterdrücken vermochte.

»Dein Aussehen ist in Ordnung«, sagte Arthur. »Aber die Art, wie du dein Haar früher trugst, gefiel mir besser. Sie war nicht so verspielt und aufdringlich.«

»Ein Franzose im Casino sprach in der vergangenen Nacht ganz begeistert von der schönen Engländerin. Ich begriff erst nach langer Zeit, daß er mich damit meinte.«

»Unverschämtheit von dem Kerl!« stieß Arthur hervor. »Verdammt, diese Schürzenjäger sind alle gleich! Keinem kannst du trauen, was Frauen betrifft. Hüte dich vor ihnen! Hüte dich vor allem vor ihren Komplimenten. Es schickt sich nicht für eine Engländerin, sich von solchen Windbeuteln den Kopf verdrehen zu lassen!«

»Aber ich mag Komplimente!« gestand Sabina offen. »Weißt du, bisher bin ich nie damit verwöhnt worden.«

»Und du wirst auch zukünftig darauf verzichten!« verlangte Arthur barsch.

Er blickte auf sie nieder, dann beugte er den Kopf und küßte ihre Wange.

»Du siehst sehr hübsch aus. Ist es das, was du hören möchtest?«

»Ja, das wollte ich hören.« Sabina lächelte. »Und danke, daß du es mir gesagt hast.«

Er drückte sie an sich und küßte sie wieder auf die Wange.

»Dann ist ja alles in Ordnung«, sagte er. »Nun hast du mich und brauchst diese schmeichlerischen Franzosen nicht mehr. Freunde meiner Mutter, nehme ich an! Halbweltgesindel, wenn mich nicht alles täuscht!«

»Sie sind sehr charmant, und sie waren alle sehr freundlich zu mir«, murmelte Sabina.

Es berührte sie unangenehm, daß Arthur seine Mutter ihr gegenüber kritisierte. Doch Arthur schien ihre Worte gar nicht gehört zu haben.

»Ich mag fremde Länder nicht – hab' sie nie gemocht«, erklärte er selbstgefällig. »Aber am unsympathischsten sind mir die Leute, die darin wohnen – allen voran diese ekelhaften und schmierigen Südländer!«

V

»Vingt-neuf, noir et impair.«

Arthur streckte die Hand aus, um seinen Gewinn an sich zu nehmen. »Du hast gewonnen!« rief Sabina aufgeregt.

»Nicht so wichtig«, erwiderte er kühl. »Ich halte nichts von Leuten, die das Glücksspiel ernst nehmen. Es ist nur ein Zeitvertreib für mich.«

Dennoch war ein Glitzern der Erregung in seinen Augen, als er einige Minuten später erneut gewann. Bis dahin hatte er gestanden, doch nun ließ er sich auf einem freigewordenen Stuhl nieder, und Sabina sah, daß er sich trotz der angeblichen Gleichgültigkeit regelrecht auf das Spiel zu konzentrieren begann.

Nach einer Weile verließ sie den Platz hinter ihm, und er bemerkte ihr Fortgehen nicht einmal.

Langsam schlenderte sie durch den Saal, ohne dem Lachen und Stimmengewirr um sie her Beachtung zu schenken. Auch von den Bekannten, die ihr im Vorübergehen allerlei Nettigkeiten zuwarfen, nahm sie kaum Notiz. So gelangte sie zu dem Tisch, an dem Lady Thetford Chemin de fer spielte.

Sabina wußte inzwischen, daß Lady Thetford keine Unterhaltung während des Spiels mochte. Deshalb blieb sie eine Zeitlang schweigend neben ihr stehen und ging dann weiter.

Das Casino füllte sich immer mehr mit Gästen. Die meisten hatten inzwischen das Dinner beendet und fanden sich dort ein, wo sie mit dem größten Publikum rechnen konnten. Die Herren, vom Wein erhitzt und in bester Laune, rauchten dicke Zigarren. Die Ladys, behängt mit kostbaren Juwelen, die im Schein der zahlreichen Kronleuchter und Kandelaber funkelten, schwebten von Tisch zu Tisch und erinnerten an farbenprächtige Pfauen – und hier und da auch an beutegierige Raubvögel.

Sabina fühlte sich einsam.

Es schien, daß niemand besonders interessiert war an ihr. Alle hatten nur Augen für das Kreisen der Roulettkugel oder das Aufdecken der Karten.

Falls sie ein wenig Geld gehabt hätte, wäre es ihr ein Vergnügen gewesen, selbst einmal einen Einsatz zu wagen.

Aber Lady Thetford hatte ihr nie den Vorschlag gemacht, einmal ihr Glück zu versuchen, und Sabina wußte nur zu gut, wie Arthur auf ihren Wunsch, zu spielen, reagieren würde.

Eine Weile beobachtete sie die Spieler, lauschte auf den Klang der verschiedenen Sprachen und gelangte auf ihrer Wanderung durch den Saal an eine offenstehende Tür, die auf die Terrasse hinausführte.

Ein livrierter Diener ließ sie mit einer tiefen Verbeugung nach draußen und bemerkte auf französisch:

»Es ist kühl heute abend, Mademoiselle. Sie brauchen einen Umhang, wenn Sie beabsichtigen, lange Zeit im Garten zu bleiben.«

»Danke!« Sabina lächelte. »Ich möchte nur ein wenig frische Luft schnappen.«

Sie stieg die Stufen hinunter und betrat den Garten, der in Casinonähe im Glanz vieler Lampen erstrahlte.

Je weiter sie sich jedoch vom Haus entfernte, um so

dunkler wurde es, bis die Schatten unter den großen Palmen alle Dinge zu verschlingen schienen.

Über dem Meer war der Mond aufgegangen. Sabina blieb verzaubert stehen und genoß die Schönheit des ungewohnten Bildes.

Plötzlich sehnte sie sich nach einem Menschen, mit dem sie reden konnte. Nach jemandem, dem sie von dem eigenartigen Schauer sprechen konnte, der sie beim Anblick all dieser Herrlichkeiten durchrieselte.

Schon überlegte sie, ob sie ins Casino zurückkehren und Arthur holen sollte.

Aber würde der Mondschein ihn genauso verzaubern wie sie?

Sie wußte die Antwort auf ihre Frage, noch bevor sie sie zu Ende gedacht hatte.

Arthur würde sie für phantasievoll, überschwenglich, vielleicht sogar für ein bißchen albern halten.

Sie dachte daran, wie sie in der vergangenen Nacht mit dem Zigeuner gesprochen hatte.

Entschlossen schüttelte sie den Kopf.

Nein, sie sollte nicht an ihn denken!

Es war nicht recht.

Ein Gefühl der Scham erfaßte sie, weil ihre Gedanken immer wieder zu diesem Fremden zurückwanderten, der doch nur ein Vagabund war und in ihrem Leben nie eine Bedeutung erhalten konnte.

Fast ein wenig gehetzt entfernte sich Sabina aus der Nähe der Gartenbeleuchtung und lief an einem Beet entlang, dessen Blumen einen schweren exotischen Duft verströmten.

Als der Weg eine Biegung beschrieb, sah sie vor sich eine Bank und darauf die Gestalt eines Mannes, dessen Silhouette sich dunkel gegen den helleren Himmel abhob.

Er hatte die Hand erhoben, und in dem Augenblick, als Sabina ihn erblickte, wußte sie, was er zu tun im Begriff war.

Dies war der »Garten der Selbstmörder«.

Sie hatte schon viel davon gehört. Papa erzählte einmal, der Bischof von Gibraltar habe einen Brief an die Times geschrieben, in dem er die geistigen Gefahren Monte Carlos darlegte. Er sprach von den vielen Männern, die sich das Leben nahmen, nachdem sie ihr ganzes Vermögen an den Spieltischen verloren hatten und keinen Sinn mehr in ihrem Leben fanden.

Dies war also einer dieser Unglücklichen!

Entsetzt und gelähmt vor Schreck, starrte Sabina auf die dunkle Gestalt. Jeder Nerv ihres Körpers war gespannt, während sie angstvoll auf den Knall eines Pistolenschusses wartete.

Doch der Schuß blieb aus, und plötzlich durchzuckte es sie wie ein elektrischer Schlag. Sie rannte vorwärts.

So zart und zerbrechlich sie wirkte, sie besaß dennoch Kraft, und als sie sich mit ihrem ganzen Gewicht gegen den Mann vor ihr warf und dessen Arm herunterzuzerren versuchte, wurde dieser – überrascht von der Plötzlichkeit des Überfalls – fast zu Boden geworfen.

Er stieß einen Ruf der Überraschung aus, dann sprang er auf die Füße – während Sabina noch immer seinen Arm umklammert hielt.

»Zum Teufel!« rief er auf Englisch. »Was soll denn das bedeuten?«

Fassungslos blickte er auf Sabina nieder, die keuchend und völlig außer Atem hervorstieß:

»Das dürfen Sie nicht tun! Sie dürfen es nicht tun!«

Die Finger immer noch um den Arm des Mannes gekrampft, blickte sie auf seine Hand nieder und sah, daß es keine todbringende Waffe war, die seine Finger umschlossen, sondern ein schmales Zigarrenetui.

Langsam lockerte Sabina ihren Griff, und während ihr das Blut ins Gesicht schoß, stammelte sie:

»Es... es tut mir – leid, aber ich... fürchtete...«

»Was fürchteten Sie?« fragte der Engländer.

»Ich... ich dachte, Sie hielten eine Pistole in der Hand und wollten Ihrem Leben ein Ende machen.« Sabina schluckte verzweifelt, dann fuhr sie fort: »Bitte, verzeihen Sie mir!«

Das Rot auf ihren Wangen ließ keinen Zweifel daran, wie verlegen sie war.

Sekundenlang blickte der Engländer auf seine Zigarre und wieder auf Sabina. Ein Ausdruck des Verstehens erschien in seinen Zügen, und plötzlich warf er den Kopf zurück und begann schallend zu lachen.

»Verdammt!« rief er. »Wenn das kein guter Witz ist!«

»Es – tut mir leid«, sagte Sabina stockend. »Aber ich habe so viele Geschichten darüber gehört, was in diesem Garten hier geschehen ist. Und als ich eben den länglichen Gegenstand in ihrer Hand erblickte, der genau auf ihre Schläfe zielte, glaubte ich . . .«

». . . ich wollte mir das Gehirn aus dem Schädel pusten«, fuhr er fort. »Das hat mir bis jetzt noch niemand zugetraut.«

Wieder lachte der Engländer.

»Ich weiß nicht, was Sie von mir denken«, sagte Sabina, ohne auf seine spaßhafte Bemerkung einzugehen. »Ich kann mich nur in aller Form bei Ihnen entschuldigen, Sir. Ich hoffe, daß Sie mir verzeihen werden!«

Sie wandte sich zum Gehen, doch der Engländer hielt sie fest.

»Bitte, gehen Sie nicht!« bat er. »Wahrhaftig, sollte mich eigentlich geehrt fühlen, daß Sie mir das Leben retten wollten. Es gibt nicht viele Leute, die soviel für ihre Mitmenschen übrig haben. Außerdem sind Sie, wie ich höre, Engländerin. Fände es nett, wenn wir uns ein wenig unterhielten. Habe meine eigene Gesellschaft herzlich satt, können Sie mir glauben!«

»Ich glaube, ich sollte besser zum Casino zurückgehen«, sagte Sabina unbehaglich. »Mein Verlobter wird sich schon Sorgen machen.«

»Darf ich seinen Namen erfahren?« fragte der Engländer. »Möglich, daß ich ihn kenne.«

»Es ist Lord Thetford«, antwortete Sabina.

»Thetford!« rief der junge Mann. »Sie meinen doch nicht

Arthur, oder? War mit ihm in Eton zusammen. Nannte ihn damals immer Pedanten-Arthur.«

»Ja, der Vorname meines Verlobten ist Arthur«, sagte Sabina ein wenig pikiert.

»Guter Lord!« stieß der junge Mann hervor. »Der alte ›Peddy‹ heiratet! Muß ihm unbedingt gratulieren. Hat keine schlechte Wahl getroffen. Sind eine verflixt geistesgegenwärtige junge Lady. Stimmte, was Sie vermuteten, wäre ich jetzt schon ein toter Mann, hätten Sie mich nicht an meinem unrühmlichen Vorhaben gehindert.«

Wieder lachte er. Aber es war ein Lachen ohne Spott.

»O bitte, sagen Sie Arthur nicht, wie dumm ich mich benommen habe!« bat Sabina. »Er würde es nicht verstehen. Er würde mein Verhalten dreist und unverschämt nennen!«

»Ja, das würde er in der Tat«, stimmte der Engländer nachdenklich zu. »Aber kann er von Ihnen verlangen, daß Sie sich um einen Menschen in Not nicht kümmern, daß Sie mich einfach in meinem Blut liegen gelassen hätten? Keine warmherzige Frau bringt etwas Derartiges übers Herz. Aber wenn es Sie beruhigt, werde ich schweigen wie ein Grab!«

»Bitte, vergessen wir doch mein einfältiges Benehmen«, bat Sabina.

»Einverstanden. Allerdings nur unter der Bedingung, daß Sie mir Ihren Namen sagen.«

»Sabina Wantage.«

»Werd' ich mir merken. Doch weshalb stehen wir, wenn wir sitzen können?«

»Ich glaube, ich sollte doch besser wieder zurückgehen!«

»Bitte Sie, wenigstens einige Minuten zu bleiben. Darf mich Ihnen vorstellen. Sheringham mein Name.«

»Viscount Sheringham?« rief Sabina. »Aber natürlich, jetzt erinnere ich mich an Sie. Wir begegneten uns vor zwei Jahren auf einer Ballveranstaltung in London, zu der man mich mitgenommen hatte. Wir wurden einander vorgestellt, aber Sie forderten mich nicht zum Tanz auf!«

»Nein? Weshalb nicht?«

»Wie soll ich das wissen?« Sabina lächelte. »Vielleicht hat Ihnen mein Äußeres nicht gefallen.«

»Papperlapapp! Eh... wollte sagen, selbst in diesem Licht erkenne ich sehr genau, daß Sie hübsch sind. Sollte nicht ein solcher Dummkopf gewesen sein und versäumt haben, mit Ihnen das Tanzbein zu schwingen, falls wir uns tatsächlich begegnet sind.«

»Aber wir sind uns begegnet«, beharrte Sabina. »Ich erinnere mich ganz deutlich. Allerdings sah ich damals noch ganz anders aus. Ich trug keine hübschen Kleider. Im Gegenteil: Ich war unmöglich angezogen, sah aus wie ein Aschenputtel, und das wird auch der Eindruck gewesen sein, den Sie von mir hatten.«

»Guter Lord!« stieß Lord Sheringham hervor. »Kaum zu fassen, aber ich will nicht leugnen, daß wir uns gesehen haben. Macht uns ja zu alten Freunden, nicht wahr? Freunde, deren Freundschaft nun schon zwei Jahre andauert. Peddy kann nichts dagegen machen, daß wir uns bereits so lange kennen!«

»Ich bin sicher, Sie sollten ihn nicht Peddy nennen«, sagte Sabina. »Es würde ihm nicht gefallen!«

Ohne daß es ihr bewußt geworden war, hatte sie sich auf der Bank niedergelassen. Der Viscount setzte sich neben sie.

Er war ein sehr modebewußter junger Mann, nach dem letzten Schrei gekleidet mit einem extrem hohen Stehkragen, der ihm eine etwas steife Haltung verlieh. Sein Abendanzug war aus teurem Stoff gearbeitet und saß ihm wie angegossen.

»Wüßte wirklich nicht, wer gemeint ist, wenn ich ihn Arthur nennen würde«, erwiderte er auf Sabinas Tadel. »In Eton wurde er Peddy genannt, weil er die Pedanterie in Person war und an allem und jedem etwas auszusetzen hatte. Vermute, daß er immer noch so ist, ein Besserwisser und Langweiler wie eh und je!«

»Sie sollten solche Dinge nicht zu mir sagen!« rief Sabina ungehalten.

Gleichzeitig konnte sie jedoch ein Lächeln nicht unterdrücken. Der junge Engländer hatte eine amüsante Art zu reden.

Nach ihrer unwillig ausgestoßenen Rüge hob er verwundert die Brauen und antwortete:

»Können nicht von mir erwarten, daß ich Sie anlüge. Außerdem: Gegen Spitznamen ist niemand gefeit. Kannte einen Burschen – Colonel in der Armee – den sie auf der Schule ›Pickel‹ riefen. Ist den Namen nie losgeworden. Unmöglich, was dagegen zu tun. Je mehr man es versucht, um so schlimmer wird es.«

»Und wie hat man Sie gerufen?« erkundigte sich Sabina.

»Alle riefen mich Sherry«, war die gutgelaunte Antwort. »Zu schwierig, was Treffenderes für mich zu finden, nehme ich an. Hoffe, Sie nennen mich ebenfalls so!«

»Ich fürchte, das würde etwas zu vertraulich klingen«, gab Sabina zu bedenken. »Aber nun muß ich wirklich gehen.«

Sie sprang auf, und Lord Sheringham erhob sich ebenfalls.

»Werde Sie begleiten«, sagte er. »Sollten an einem Ort wie diesem nicht allein herumlaufen – vor allem nicht in der Dunkelheit. Wissen doch, daß Sie viel zu hübsch dazu sind.«

»Die Leute sind alle zu sehr mit dem Spiel beschäftigt, um mir irgendwelche Beachtung zu schenken.«

Sabina lächelte.

»Müssen mit Blindheit geschlagen sein«, sagte Lord Sheringham. »Peddy vor allem. Wie kann er Sie nur allein lassen!« Er schüttelte den Kopf, dann lächelte er. »Mir soll's allerdings recht sein. Hätte Sie nie hier draußen getroffen, wenn Peddy nicht so verrückt aufs Spielen wäre!«

»Spielen Sie auch?« wollte Sabina wissen.

»Hab' nicht viel übrig für diese ausländischen Glücksspiele«, erwiderte er. »Ziehe es vor, im White's zu spielen. Da weiß ich, wo ich bin und mit wem ich es zu tun habe. Außerdem ist mein Französisch so miserabel, daß ich kaum verstehe, was der Croupier sich in den Bart murmelt. Verdammt schwierig, mitzukommen, wenn Sie mich fragen.«

Sabina stieß ein Kichern aus.

»Und warum sind Sie dann hier?« fragte sie.

»Brachte meine Mutter her, die in Monte Carlo ihre Ferien verlebt. War ziemlich krank, die alte Dame. Und mein Vater wird im Oberhaus benötigt, so daß er nicht abkömmlich ist. Bin das erste Mal hier. Dachte, ich schau mir die Stadt mal an. Ziemlich enttäuschend, wenn Sie mich fragen.«

»Oh, das dürfen Sie nicht sagen.«

Sabina war stehen geblieben und blickte den Viscount völlig fassungslos an.

Inzwischen waren sie aus dem Schatten der Bäume herausgetreten, und das volle Mondlicht fiel auf Sabinas entzückende Erscheinung. Von der See her wehte ein leichter Wind und spielte mit ihren blonden Locken.

»Es ist ein wundervoller Ort«, beharrte sie. »Haben Sie nicht den Eindruck, daß ein seltsamer Zauber darüber liegt? Ich empfinde es so in jeder Minute, die ich hier verbringe. An jeder Ecke scheint ein Abenteuer auf mich zu warten. Nichts kommt mir langweilig, stumpfsinnig oder alltäglich vor. Es ist wie in einem Märchen, das ganz plötzlich Wirklichkeit wurde – und man selbst ist ein Teil davon!«

»Klingt mächtig interessant, wie Sie das sagen«, meinte Lord Sheringham. »Vielleicht besteht das Abenteuer, von dem Sie sprechen darin, daß wir beide, Sie und ich, uns hier begegnet sind. Was halten Sie davon?«

»Ich denke, in irgendeiner Form ist diese Begegnung tatsächlich etwas wie ein Abenteuer«, meinte Sabina ernst. »Und es wäre ein noch größeres gewesen, wenn Sie tatsächlich einen Selbstmordversuch unternommen hätten. Aber so . . .«

Sie wandte das Gesicht ab und errötete.

»Ich komme mir jetzt sehr albern vor.«

»Wieso denn?« rief Lord Sheringham. »Außerdem

besteht kein Grund zur Sorge. Niemand wird davon erfahren. Es ist ein Geheimnis – unser beider Geheimnis, nicht wahr?«

»Ja, natürlich«, stimmte Sabina zu.

Zusammen gingen sie zum Casino zurück. Die Wärme, die ihnen entgegenschlug, kam ihnen nach dem Aufenthalt in der kühlen Nachtluft im ersten Augenblick regelrecht bedrückend vor.

Dann nahm die Menge sie auf, und als Sabina sich zu ihrem neuen Freund umwandte, stellte sie fest, daß er sie mit dem Ausdruck unverhohlener Bewunderung anstarrte.

»Guter Lord«, stieß er hervor, »Sie haben recht, es ist ein Abenteuer, und ich kann mir einfach nicht vorstellen, daß ich Sie zuvor schon einmal getroffen und nicht mit Ihnen getanzt haben soll. Unwahrscheinlich, höchst unwahrscheinlich, jemanden vergessen zu haben, der so aussieht wie Sie!«

»Und dennoch entspricht es den Tatsachen«, antwortete Sabina. »Ich . . . ich nehme an, ich habe mich seitdem wirklich sehr verändert.«

»Vor zwei Jahren, sagten Sie? Kann mir nicht denken, daß zwei Jahre einen solchen Unterschied ausmachen sollten. Jedenfalls hat die Tatsache, daß Sie mit Peddy verlobt sind, diese Veränderung nicht bewirkt. Fade bis zur Schmerzgrenze, der Bursche. Mit einem Aussehen wie dem Ihren können Sie jeden Mann haben.«

Seine Stimme klang so enthusiastisch, daß Sabina ihm nicht böse sein konnte.

Dennoch ermahnte sie ihn:

»Sie sollten nicht so mit mir sprechen!«

Aus ernsten Augen blickte sie ihn an, mußte sich jedoch innerlich eingestehen, daß sie ihn äußerst amüsant fand.

Arthur saß noch an dem Spieltisch, an dem er gesessen hatte, als sie fortgegangen war.

Doch das Glück hatte ihn verlassen, und der Geldstapel vor ihm war bis auf wenige Goldlouis zusammengeschrumpft.

»Ich habe einen alten Freund von dir getroffen, Arthur!« sagte Sabina.

Arthur erhob sich, strich das Geld ein, das ihm geblieben war, und wandte sich ihr langsam zu.

»Hattest du kein Glück?« fragte Sabina.

»Das bißchen Geld, das ich gewonnen hatte, habe ich wieder verloren«, erwiderte Arthur. »Doch, wie ich vorhin schon sagte, hat das für mich keine Bedeutung. Glücksspiel ist nur eine geistlose und ungewöhnlich kostspielige Art, die Zeit totzuschlagen, denn nach den Gesetzen der Wahrscheinlichkeit kann der Spieler auf die Dauer nicht gewinnen.«

Die Unterhaltung wurde unterbrochen von Lord Sheringham, der Arthur auf die Schulter schlug und ihm die Hand entgegenstreckte.

»Peddy, alter Junge«, sagte er. »Immer noch so pedantisch und mäkelig wie früher, he?«

»Hallo, Sherry.« Arthur schien nicht erfreut. »Was machst du denn hier?«

»Hab' meine alte Dame hergebracht«, erwiderte Lord Sheringham. »Nie vermutet, dich mal in solch einer Lasterhöhle anzutreffen!«

»Bin mit Ihren Königlichen Hoheiten hier«, sagte Arthur mit einer Spur von Wichtigtuerei, wie es Sabina vorkam.

»Guter Lord!« rief Lord Sheringham. »Wenn mir etwas auf den Magen geht, dann das Königshaus. Zu steif und förmlich für meinen Geschmack, diese Leute.«

»Du warst schon immer ein ziemlich schrulliger Bursche«, versetzte Arthur kühl. »Ich finde Seine Königliche Hoheit außergewöhnlich sympathisch und hege – wenn ich das so sagen darf – eine große Hochachtung und Bewunderung für ihn.«

»Beim Zeus, Peddy«, rief Sherry, »immer noch der Alte, wie? Hast schon in Eton so gespreizt dahergeredet, und manchen Tritt in die Kehrseite deswegen eingesteckt.«

»Und du, Sherry, scheinst immer noch so albern und läppisch zu sein wie damals«, erwiderte Arthur mit gepreßter Stimme. »Meinst du nicht, es wäre langsam Zeit, erwachsen zu werden?«

»Nun, nun, Peddy, sei nicht gleich eingeschnappt! Wozu suchst du Streit mit mir? Führt doch zu nichts. Jedenfalls bin ich hier, um dir zu deiner Verlobung Glück zu wünschen. Deine Braut hat mir eben davon erzählt.«

»Du hast Sabina kennengelernt?«

»Nicht eigentlich. Kennen uns schon einige Jahre, Peddy. Zwei Jahre, um genau zu sein. Traf sie auf einem Ball in London.«

»So!« entgegnete Arthur unbeeindruckt.

»Solltet beide unbedingt mal zum Dinner vorbeikommen. Meine Mutter wohnt im Hotel de Paris. Ganz komfortabler Schuppen, und die Küche durchaus annehmbar.«

»Wir werden uns sicher noch sehen«, bemerkte Arthur ohne Begeisterung.

Er verbeugte sich steif und wandte sich zum Gehen.

Energisch ergriff er Sabinas Hand und zog sie mit sich.

»Wo hast du diesen Narren getroffen?« fragte er, als sie außer Hörweite waren.

»Draußen im Park«, antwortete Sabina.

»Kein Umgang für dich, dieser Laffe! Ein Luftikus und Windbeutel. Habe nie viel für ihn übrig gehabt.«

»Oh, mir gefällt er«, sagte Sabina. »Er ist so amüsant.«

»Dann mußt du einen völlig anderen Sinn für Humor haben als ich.«

»Aber Arthur, ich finde es herrlich, den verschiedensten Menschen zu begegnen! Wie Papa zu sagen pflegt, läßt die Welt sich nicht mit einer Sorte Menschen füllen.«

»Mag alles sein«, gab Arthur mürrisch zu. »Was mich betrifft, gibt es jedenfalls einige Sorten, die mir sehr auf die Nerven gehen. Aber lassen wir das! Ich hoffe, Sabina, daß Ihre Königlichen Hoheiten bald den Wunsch äußern werden, dich kennenzulernen. Sicher ist es noch nicht, obwohl ich ihnen gegenüber unsere bevorstehende Verlobung bereits erwähnt und um die Erlaubnis gebeten habe, diese in aller Form bekannt geben zu dürfen. Ich glaube, wenn sie erfahren, daß du in Monte Carlo bist, werden sie dich ganz sicher sehen wollen. Es wird eine große Ehre für dich sein!«

»Ja, gewiß«, sagte Sabina. »Aber ich werde vor Aufregung vergehen.«

»Dazu besteht kein Anlaß«, erwiderte Arthur. »Ich werde dir genaue Verhaltensmaßregeln geben, und wenn du dich daran hältst, wird alles reibungslos verlaufen.«

»Wird man deine Mutter ebenfalls einladen?«

»Höchstwahrscheinlich nicht!«

Die Antwort kam scharf, und Sabina erkannte, daß sie Arthur erneut verärgert hatte.

Aber was sollte sie machen?

Sie hatte an die Aufregung damals vor der Audienz bei der Königin denken müssen und dabei einfach vergessen, wie ablehnend Arthur seiner Mutter gegenüberstand.

Sie hätte das Thema fallen lassen sollen, aber ihr Sinn für Fairneß hinderte sie daran.

»Deine Mutter war sehr freundlich zu mir«, sagte sie mit trotzigem Unterton in der Stimme.

»Meine Mutter ist eine sehr schwierige Frau«, erwiderte Arthur. »Ich hoffe, du bleibst nicht zu lange in ihrem Haus.«

»Aber Arthur, ich möchte noch nicht nach England zurück – unter keinen Umständen schon in den nächsten Wochen!« rief Sabina.

»Du wirst dich damit abfinden müssen, daß ich es bin, der die Entscheidungen darüber trifft, was für dich das beste ist«, gab Arthur streng zurück. »Es gibt viele Dinge, die du nicht verstehst, meine liebe Sabina!«

»Dinge, die deine Mutter betreffen?« fragte Sabina. »Ich glaube, in diesem Punkt weiß ich Bescheid. Sie hat mir ihr Leben erzählt und mir auch den Grund für deine Ablehnung genannt.«

»Sie hatte nicht das Recht, etwas Derartiges zu tun«, entgegnete Arthur scharf.

»Wieso nicht? Kannst du denn nicht begreifen, daß sie tun mußte, was sie getan ...«

»Ich weigere mich, diese Angelegenheit mit dir zu diskutieren«, fiel Arthur ihr ins Wort. »Es war skandalös von meiner Mutter, eine solche Indiskretion zu begehen. Wenn eine Notwendigkeit dazu bestanden hätte, wäre es allein meine Sache gewesen, dich von ihrer Vergangenheit in Kenntnis zu setzen. Doch wie dem auch sei, es ist nun einmal geschehen, und ich muß dich bitten, die leidige Geschichte zu vergessen. Außerdem wirst du mit keinem Menschen darüber reden – am allerwenigsten mit deinen Eltern! Ich bin beschämt – aufs tiefste beschämt, daß du von jener – Schande erfahren hast, die diese Frau über meine Familie gebracht hat!«

»Aber, mein Gott, Arthur, von einer Schande kann doch wirklich keine Rede sein! Und erst recht nicht von einem Skandal«, widersprach Sabina. »Der Mann, den deine Mutter geliebt hat, ist tot.«

»Wirst du jetzt ruhig sein?«

Arthurs Züge waren wutverzerrt.

»Es ist schon empörend genug, daß du von diesen Dingen erfahren hast. Noch schlimmer jedoch finde ich es, daß du jetzt auch noch darüber sprichst. Wenn du nicht auf der Stelle damit aufhörst, werde ich dich unverzüglich zu deinen Eltern zurückschicken.«

Ein langes Schweigen entstand.

Schließlich sagte Sabina mit kaum hörbarer Stimme:

»Ich . . . ich mag es nicht, wenn mir jemand droht!«

»Dann lerne es, Diskretion zu bewahren«, schnaubte Arthur. »Wir werden über diese Angelegenheit nie wieder ein Wort verlieren. Du weilst hier als Gast meiner Mutter, aber ich bin es, den du um Rat zu fragen hast, und ich bin es, dessen Weisungen du zu befolgen hast! Ist das klar?«

Sabina spürte eine Woge der Entrüstung über sich hinwegrollen. Plötzlich war der Wunsch in ihr, Arthur zu trotzen, mit ihm zu streiten und ihm Dinge ins Gesicht zu sagen, die sie anschließend gewiß bereut haben würde.

Aber zum Glück kam es nicht dazu.

Sie wurden unterbrochen.

Ein älterer Gentleman trat auf Arthur zu und stellte ihm seine Frau und seine Tochter vor – ein junges, außergewöhnlich hübsches Mädchen mit dunklem Haar und in einem auffallend eleganten Kleid.

»Cecille genießt den Aufenthalt in Monte Carlo sehr«, hörte Sabina den Gentleman sagen.

Sabina schloß die lebhafte kleine Brünette sofort in ihr Herz, und nachdem sie gemeinsam das Supper eingenommen hatten, gingen die beiden Mädchen zusammen zur Garderobe, um die Umhänge zu holen.

»Können wir uns morgen nicht treffen?« fragte Cecille ein wenig atemlos.

»Das glaube ich doch«, antwortete Sabina. »Ich werde Lady Thetford um die Erlaubnis bitten, Sie zum Tee einladen zu dürfen. Ich bin sicher, sie wird entzückt sein über Ihren Besuch.«

»Oh, das wäre wundervoll«, sagte Cecille. »Wenn ich nicht die Gelegenheit bekomme, mich mit einem Mädchen meines Alters zu unterhalten, werde ich noch wahnsinnig.«

»Warum denn?« fragte Sabina. »Was ist denn geschehen?«

»Ich kann hier nicht darüber sprechen«, antwortete Cecille mit gehetzter Stimme. »Ich bezweifle auch, daß Sie mir helfen können – niemand kann das. Aber es wird bestimmt eine Erleichterung für mich sein, mit jemandem, den ich sympathisch finde, über mein Problem zu sprechen.«

In der Stimme des Mädchens schwang soviel Verzweiflung mit, daß Sabina unwillkürlich die Hände ausstreckte, als wolle sie die andere trösten.

»Das klingt so unglücklich«, sagte sie. »Sind Sie es?«

Cecille nickte.

»Schrecklich unglücklich«, sagte sie. »Aber warten Sie bis morgen, dann werde ich Ihnen alles erzählen! Laden Sie mich zum Tee ein, falls Sie das arrangieren können! Wenn nicht, lassen Sie mich am Nachmittag für kurze Zeit bei Ihnen vorbeikommen. Ich würde Sie ja zu gern zu uns einladen, aber im Hotel wären wir nicht allein. Mama würde ständig dabeisitzen, und ich könnte nicht frei und ungehindert mit Ihnen reden.«

»Ich werde alles tun, was in meiner Kraft steht«, versprach Sabina.

Dann trennten sich die beiden Mädchen.

Cecille und ihre Eltern überquerten die Straße und verschwanden im Hotel de Paris, das dem Casino gegenüberlag, während Arthur eine Kutsche heranwinkte und Sabina zur Villa Mimosa begleitete.

»Erzähl mir etwas von diesen Leuten«, bat Sabina, nachdem sie im Wagen Platz genommen hatten.

»Sir Edward Mason ist ein sehr fähiger und erfolgreicher Bankier«, entgegnete Arthur. »Er heiratete sehr spät, und Cecille ist sein einziges Kind. Er hängt sehr an ihr, glaube ich.«

»Ich würde Cecille morgen gern zum Tee einladen, wenn das möglich ist.«

»Eine gute Idee«, stimmte Arthur zu. »Sir Edward ist mir schon mehrmals sehr nützlich gewesen. Ich bin sicher, er wird es begrüßen, wenn du mit Cecille Freundschaft schließt.«

Sie erreichten die Villa, und als sie vor dem Portal vorfuhren, sagte Sabina:

»Ich möchte nur wissen, weshalb du nicht bei deiner Mutter wohnst und den Aufenthalt im Hotel vorziehst.«

»Ich habe nicht den Wunsch, unter dem Dach meiner Mutter zu weilen«, erwiderte Arthur scharf, und Sabina erkannte, daß sie wieder einmal einen Fehler begangen hatte.

»Es... es tut mir leid«, stammelte sie. »Gute Nacht, Arthur.«

Er küßte sie auf die Wange, dann verließ er den Wagen und half Sabina beim Aussteigen.

»Gute Nacht, Sabina.«

Er berührte sie nicht mehr. Vermutlich hinderten die Diener ihn daran, die aus dem Haus herbeigeeilt waren.

Sabina schaute sich nicht mehr nach ihm um, sondern ging geradewegs die Freitreppe hinauf und betrat die Villa.

In ihrem Schlafzimmer angelangt, stellte sie fest, daß es noch keine zwei Uhr war. Sie war also allein im Haus, denn vor drei würde Lady Thetford ihr Spiel nicht beenden.

Sabina trat ans Fenster und zog die Vorhänge zurück.

Es war sehr still im Garten.

Wartend blieb sie eine Weile stehen, und halb hoffte sie, den Klang einer Geige zu vernehmen. Aber da war kein Ton – nur diese absolute Stille und eine jähe Leere in ihrem Innern. Schließlich zog sie die Vorhänge wieder zu und begann sich auszukleiden.

Aber die ganze Zeit über wußte sie, daß sie wartete und lauschte – lauschte auf eine Melodie, die nie wieder erklingen würde.

Sie fragte sich, was der Zigeunerfürst jetzt wohl tun mochte.

Saß er mit seinem Volk am Feuer und schaute der Tänzerin zu, deren schmiegsamer Körper sich nach den feurigen Klängen der Geigen bewegte, während ihr das lange üppige Haar wie ein dunkler Schleier um den Kopf wehte?

War er hingerissen von dieser Frau?

Hingerissen von ihrer Grazie, ihrer Geschmeidigkeit, vom Goldton ihrer Haut, von den dunklen, glühenden Augen und den hohen Wangenknochen?

Sabina schaute in den Spiegel und betrachtete aufmerksam ihr Gesicht.

Wie blaß sie war!

Ihre Haut kam ihr fast durchsichtig vor, und die Farbe ihres Haares schien nur der schwache Widerschein vom Gold der Ohrringe zu sein, die die Zigeunerin trug.

Mit einem Seufzer blies Sabina die Kerze aus.

Was grübelte sie?

Welchen Sinn hatte es, an diesen Mann zu denken?

Der Zigeunerfürst war weit weg von ihr, unerreichbar und nicht existent für sie. Der Mann in ihrem Leben war Arthur, an ihn hatte sie zu denken.

Sie schloß die Augen.

Doch nicht Arthur erschien vor ihr. Nicht seine Stimme drang in die Stille ihres Schlafgemachs.

Es war die dunkle Stimme des Zigeuners, die sie zu hören glaubte und die zu ihr sagte:

»Was die Zigeuner tun, tun sie aus Freundschaft oder aus – Liebe.«

Am folgenden Morgen lag ein Brief auf ihrem Frühstückstablett.

Einen Moment lang starrte Sabina darauf nieder und fragte sich erstaunt, wer ihr wohl geschrieben haben mochte.

Doch dann öffnete sie hastig den Umschlag, und als sie den Briefbogen entfaltete und ihr Blick auf die Unterschrift fiel, sah sie, daß er von Cecille kam.

Bitte, vergiß nicht, daß du versprochen hast, dich heute mit mir zu treffen. Ich bin verzweifelt, sonst würde ich bestimmt nicht so drängen. Cecille

»Was mag sie so bedrücken?« murmelte Sabina vor sich hin, und als Lady Thetford sie rufen ließ, eilte sie so rasch wie möglich zu ihr.

»Darf ich heute eine Miß Cecille Mason zum Tee einladen?« fragte sie, nachdem sie ihre Gastgeberin herzlich begrüßt hatte.

»Aber natürlich, Kind. Wer ist sie denn?«

»Ihr Vater ist ein Freund von Arthur, und ich glaube, sie ist ziemlich unglücklich. Sie sagte, sie müsse unbedingt mit mir reden.«

»Bestellen Sie das junge Mädchen für vier Uhr heute nachmittag«, sagte Lady Thetford. »Dann sind Sie beide ganz unter sich. Ich habe nämlich Komteß Etienne d'Abrante versprochen, zum Tee zu kommen – ein Alte-Damen-Kränzchen, das Sie nur langweilen würde. Die

Gesellschaft Ihrer gleichaltrigen Freundin wird Ihnen mehr Freude machen. Vor allem, weil ihr allein miteinander reden könnt.«

»Wie verständnisvoll Sie sind«, rief Sabina dankbar. »Ich werde Cecille sofort ein paar Zeilen schreiben.«

»Tun Sie das«, erwiderte Lady Thetford. »Aber vergessen Sie nicht, daß wir uns noch einige Gedanken darüber machen müssen, was Sie heute abend anziehen werden.«

»Heute abend?«

»Ja, hat Arthur Ihnen nichts davon gesagt? Im Palast findet ein Kostümball statt. Der Fürst von Monaco fragte mich schon vor einem Monat, ob ich das Dinner übernehmen würde. Ich hoffe doch, daß Arthur mitkommt. Aber wie ich ihn kenne, wird er die Gesellschaft des Prinzenpaares der unseren vorziehen. Schade, denn wir werden einen Herrn zu wenig haben. Es sei denn, wir finden noch einen jungen, hübschen Kavalier, der für ihn einspringt.«

Sekundenlang zögerte Sabina, dann sagte sie:

»Wir könnten doch Lord Sheringham fragen. Ich traf ihn gestern nacht im Casino, und wir erinnerten uns daran, daß wir uns vor zwei Jahren auf einem Ball in London vorgestellt wurden.«

»Natürlich! Fragen wir ihn!« rief Lady Thetford erfreut. »Ich kenne seine Mutter, Lady Cheveron, gut. Sie ist eine alte Freundin von mir. Ich hörte, daß sie in Monte Carlo ist, doch ich wußte nicht, daß sie in Begleitung ihres Sohnes herkam.«

»Er war zusammen mit Arthur in Eton.«

»Ja, ich weiß«, antwortete Lady Thetford. »Allerdings fürchte ich, die beiden haben sich nicht direkt hervorragend miteinander verstanden.«

Sabina lächelte.

»Lord Sheringham sagte, daß man Arthur immer nur ›Peddy‹ genannt habe, weil er so pedantisch gewesen sei. Ich glaube, es war Arthur gar nicht recht, daß Lord Sheringham ihn auch jetzt noch so anredete.«

»Das kann ich mir vorstellen!« Lady Thetford lachte.

»Trotzdem werden wir Lord Sheringham eine Einladung schicken. Wenn er annimmt, sind wir wieder eine gerade Zahl, und jede der Damen hat ihren Tischherrn. Aber nun laufen Sie auf ihr Zimmer, Kind, und schreiben Sie ein paar Zeilen an Miß Mason. Bates kann dann einen der Diener damit beauftragen, die beiden Einladungen zu überbringen.«

»Danke!« rief Sabina.

Sie eilte auf ihr Zimmer und schrieb an Cecille. Bereits eine Stunde später kam ein Diener mit der Antwort.

Sie war sehr kurz.

Du bist ein Engel!
Cecille

Den restlichen Morgen verbrachte Sabina mit Marie, die an dem Kleid, das Lady Thetford eigens für den Kostümball aus Paris hatte kommen lassen, noch einige Änderungen vornahm.

Sabina würde als Frühlingsgöttin gehen. Doch das Kleid, das Worth für sie entworfen hatte, war so durchscheinend, daß Lady Thetford und Sabina fürchteten, Arthur würde bei seinem Anblick einen Zornesausbruch bekommen.

»Es ist wundervoll, aber ...« Sabina stockte.

Lady Thetford ahnte ihre Gedanken und beendete den Satz:

»... aber viel zu freizügig. Marie wird noch einige Yards Chiffon verarbeiten müssen, um den Rock zu verlängern und die eine Schulter zu bedecken. Sie sehen hinreißend aus, Kind. Aber wenn Sie sich so in der Öffentlichkeit sehen lassen, werden Sie bei meinem etwas sonderbaren Sohn einen Sturm der Entrüstung hervorrufen!«

Marie verließ den Raum, um die notwendigen Materialien für die Änderung zu holen. Sabina hielt sich einen Blütenzweig an die Brust und fragte Lady Thetford:

»Warum haben Sie zugelassen, daß Arthur so diktatorisch wurde?«

»Es ist nicht meine Schuld«, erwiderte die Ältere. »Er ist genau wie sein Vater. Oft, wenn ich die Augen schließe, glaube ich, meinen Mann zu hören; wie er die Gesetze auslegt, die Meinung anderer abtut und nur das gelten läßt, was er selbst für richtig hält. Die meisten Kinder schlagen ihren Eltern nach. Arthur bildet da keine Ausnahme.«

»Konnten Sie ihn denn nicht anders erziehen? Ihm etwas mehr Verständnis und Rücksichtnahme beibringen?«

»Ich habe es versucht«, antwortete Lady Thetford resigniert. »Ohne Erfolg, wie Sie sehen. Nun liegt es bei Ihnen, meine Liebe, was aus ihm wird. Es gibt nichts, was eine kluge, lebenserfahrene Frau nicht aus dem Mann machen könnte, den sie liebt, und der umgekehrt auch sie liebt. Ich habe mir vorzuwerfen, daß ich meinen Gatten nicht genug geliebt habe, um seine strengen, vorgefaßten Lebensauffassungen ein wenig zu mildern. Sie werden bei Arthur sicherlich mehr Erfolg haben – wahre Liebe vermag alles.«

Sabina wurde einer Antwort enthoben, denn Marie kam zurück.

Während die Zofe den zusätzlichen Stoff drapierte und feststeckte, stand Sabina da und blickte nachdenklich in den Garten hinunter. Ein Gefühl der Niedergeschlagenheit und Bedrückung machte sie ungewöhnlich ernst.

»So, Mademoiselle, ich bin fertig«, verkündete Marie endlich, nahm mehrere Nadeln aus dem Mund und steckte sie in das kleine herzförmige Nadelkissen zurück, das an ihrem Gürtel hing.

»Oh, Marie, das haben Sie wundervoll gemacht!« rief Sabina, als sie die Rosen, Veilchen und Narzissen sah, die Rock und Oberteil des zarten Gewebes aus hellgrüner Gaze bedeckten.

»Mademoiselle sehen hinreißend aus!« sagte Marie schwärmerisch.

»Ich hoffe nur, daß alle derselben Meinung sind wie Sie«, erwiderte Sabina. »Ich bin noch nie zuvor auf einem Kostümball gewesen.«

Marie blickte verwundert, bevor sie Sabina einen Gegenstand reichte, den sie bis dahin auf dem Rücken versteckt gehalten hatte.

»Und dies ist Ihre Maske«, erklärte sie verschwörerisch. »Sie ist aus grünem Samt. Am oberen Rand habe ich noch ein paar Rosenblüten angebracht, und mit ein paar Silberbändern werden wir die Maske am Hinterkopf zusammenbinden.

»Welch ein Spaß muß es sein, von den anderen nicht erkannt zu werden«, sagte Sabina. »Kann man auf einem solchen Ball eigentlich mit jedem tanzen? Gleichgültig, ob man ihm schon vorgestellt wurde oder nicht?«

»Mais oui, Mademoiselle. Das ist ja der Grund für solche Tanzvergnügungen. Nur – Punkt Mitternacht werden die Masken abgelegt. Und dann sehen Sie, mit wem Sie den ganzen Abend geflirtet haben.«

»Marie, wie Sie das sagen, klingt es ja richtig aufregend. Ein Glück, daß ich die Kostüme derjenigen kenne, die zu unserem Kreis gehören. Und die anderen werden wissen, als was ich gehe. Wie ich hörte, will sich Lord Thetford als Kavalier des achtzehnten Jahrhunderts verkleiden. Er wird sicherlich großartig aussehen.«

»Eh bien! Das paßt zu Mylord!«

In Maries Stimme war eine Schärfe, die Sabina nicht entging.

Kein Zweifel, Marie mochte den Sohn ihrer Herrin nicht. Und vielleicht war das verständlich. Sie liebte Lady Thetford von ganzem Herzen und war empfindlich allem gegenüber, was die Frau, die fast wie eine Mutter zu ihr war, unglücklich machte.

Aber die Freude über das Kostüm für den Abend vertrieb die Gedanken an Arthur und die Kluft zwischen ihm und seiner Mutter.

Sie vergaß sogar, daß Cecille nur zum Tee kam, um sie mit ihren Problemen bekanntzumachen, und so fragte Sabina das Mädchen bei seiner Ankunft in der Villa Mimosa als erstes: »Gehst du auch heute abend zum Maskenball? Was für ein Kostüm wirst du tragen?«

»Ich habe ein Schäferinnenkostüm«, erwiderte Cecille. »Aber mich interessiert das Ganze nicht sonderlich. Am liebsten würde ich dem Ball sogar fernbleiben und mich ins Bett legen, wenn Papa es erlaubte.«

»Aber warum denn?« fragte Sabina.

»Deshalb bin ich hergekommen, und darüber möchte ich ja mit dir sprechen«, gab Cecille zur Antwort. »Ich weiß nicht, wieso, doch als ich dich gestern abend im Casino zum erstenmal sah, fühlte ich mich gleich zu dir hingezogen und wußte, daß du der einzige Mensch bist, der mir helfen kann. Ich habe seit unserer Abreise von England vor vierzehn Tagen mit keinem Gleichaltrigen mehr gesprochen, und schon bei der Vorstellung war mir klar, daß du sanft, liebenswürdig und verständnisvoll bist.»

»Erzähl mir, was dich quält«, forderte Sabina das Mädchen auf, doch Cecille warf ihr einen warnenden Blick zu, und Sabina sah, daß der Diener mit dem Teetablett ins Zimmer gekommen war.

Sie sprachen über den Ball und über ihre Garderoben bis der Diener auf einem kleinen Tisch vor dem Sofa den Tee serviert hatte.

»So«, sagte Sabina erleichtert, als der Mann endlich hinausgegangen war. »Nun sag mir endlich, was du auf dem Herzen hast. Am besten fängst du mit deiner Geschichte ganz von vorne an, Cecille!«

Sabina hatte das Gefühl, wieder daheim zu sein und den Worten einer ihrer Schwestern zu lauschen.

Da gab es ständig Geheimnisse auszutauschen. Auch wenn sie sich nur wenige Stunden nicht gesehen hatten, hatten sie immer etwas zu berichten, zu tuscheln und zu beratschlagen.

»Du bist so lieb!« rief Cecille gerührt. »Ich weiß wirklich nicht, weshalb ich dich mit meinen Problemen belaste.«

»Aber wieso denn?« fragte Sabina. »Wir sollten froh sein, einander helfen zu können.«

Noch während der letzten Worte wurde ihr bewußt, daß sie nicht ganz die Wahrheit sagte.

Cecille wollte sich ihr anvertrauen, aber sie, Sabina, hätte es nicht fertiggebracht, sich Cecille anzuvertrauen.

Da gab es eine Art Stolz in ihr, eine innere Hemmschwelle oder Sperre, die nicht zuließ, mit einem anderen Menschen über Arthur zu sprechen. Dabei verspürte sie durchaus das Bedürfnis dazu. Es drängte sie regelrecht, mit einem Menschen über ihr Verhältnis zu Arthur zu reden, die seltsame Unruhe, die sie neuerdings beim Gedanken an ihn ergriff, in Worte zu fassen, sich in der wachsenden Verwirrung und Unsicherheit einen verläßlichen Rat zu holen.

Wenn nur Mama da wäre – oder Harriet!

Cecille hatte zu sprechen begonnen, und Sabina zwang sich dazu, die eigenen Probleme beiseitezuschieben und sich ganz denen der neuen Freundin zu widmen.

»Im vergangenen Monat bin ich achtzehn geworden«, begann Cecille. »Du bist überrascht, nicht wahr, weil du mich für älter gehalten hast. Das geht fast allen so, die mich kennenlernen, und die Ursache dafür ist wohl in der Lebensweise zu suchen, die ich seit einigen Jahren angenommen habe. Papas Beruf als Bankier bringt es mit sich, daß er sehr viel auf Reisen ist – Reisen durch ganz Europa bis nach Deutschland, Frankreich und Italien. Weil er mich schon sehr früh auf diese Reisen mitgenommen hat, bin ich trotz meiner Jugend schon in allen Hauptstädten des Kontinents gewesen, darunter in Paris, Amsterdam, Madrid und Lissabon. Das ständige Unterwegssein hat mich erfahrener und reifer gemacht. Ich habe Dinge gesehen und getan, die den meisten Mädchen meines Alters unbekannt sind. Und doch bin ich ein Mädchen geblieben. Ich denke, fühle und empfinde nicht anders als meine Altersgenossinnen. Ich möchte mich verlieben, möchte heiraten und Kinder haben wie jedes andere Mädchen auch.«

»Ja, ich verstehe.«

»Genau das ist der Grund, weshalb ich deinen Rat brauche. Du mußt mir unbedingt sagen, was ich tun soll. Papa verlangt nämlich von mir, daß ich einen Mann heirate, den ich nicht liebe.«

»Warum?« fragte Sabina.

»Es hat mit seinem Beruf zu tun«, erwiderte Cecille. »Ihm geht es um einen geschäftlichen Zusammenschluß, um die Besiegelung einer gewaltigen Fusion. Ich verstehe nicht allzu viel von diesen Dingen, aber dieser Mann ist ein Freund von Papa. Als er uns vor einiger Zeit in London besuchte, verliebte er sich in mich und hielt bei Papa um meine Hand an. Aber er ist fünfundzwanzig Jahre älter als ich – begreifst du? Fünfundzwanzig Jahre! Ich liebe ihn nicht, und alles in mir sträubt sich gegen die Vorstellung, ihm ein Leben lang etwas vorspielen zu müssen. Aber darauf läuft es hinaus, denn Papa beharrt unerbittlich auf der Durchsetzung seiner Pläne. Er besteht darauf, daß ich diesen Mann heirate.«

»Obwohl du ihn nicht liebst?«

»Ja, weil es gut fürs Geschäft ist. Papa ist reich genug, doch ich glaube, je reicher der Mensch ist, um so unersättlicher wird er. Papa hat sich in den Kopf gesetzt, aus mir die reichste Frau der Welt zu machen, verstehst du? Aber mir liegt nichts daran. Ich will nicht reich sein. Ich will lieben, einen Mann finden, der mich um meiner selbst mag, nicht um der finanziellen Vorteile willen, die ich ihm biete. Ich möchte einen jungen Mann lieben, einen, der mit mir lacht und sich freut, der sich für die gleichen Dinge begeistert wie ich. Statt dessen soll ich jemanden heiraten, der alt genug ist, mein Vater zu sein!«

»Das kann dein Vater doch nicht von dir verlangen!« rief Sabina.

»Und ob er das kann«, antwortete Cecille. »O Sabina, verstehst du, wie mir zumute ist? Für dich ist das Leben so unbeschwert. Du heiratest einen jungen, gutaussehenden Mann, den du liebst und der dich liebt. Ich dagegen muß jemanden heiraten, der mich völlig kaltläßt – den ich nur zweimal für wenige Stunden gesehen habe. Wenn er heute abend hier eintrifft, wird es das dritte Mal sein, daß ich ihn zu Gesicht bekomme. Dennoch wird man mich zwingen, seine Frau zu werden. Ich muß zulassen, daß er mich berührt und küßt. Es ist abscheulich! Es macht mich krank, wenn ich nur daran denke!«

Eine jähe Stille entstand, als Cecille bedrückt und gequält verstummte.

»Ich hätte nie geglaubt, daß es solche Ehen geben könnte«, sagte Sabina schließlich mit leiser Stimme.

»Ja, weil dir etwas Derartiges niemals zustoßen wird«, entgegnete Cecille. »Du weißt ja gar nicht, was für ein Glück du hast, Sabina. Aber denke nur, was mir bevorsteht! Ein Leben lang werde ich an einen Mann gebunden sein, den ich nicht liebe, der mir nicht einmal sympathisch ist. Ich werde seinen Namen tragen, werde sein Eigentum sein. Er wird mich besitzen, meinen Körper, meine Seele. Meine Eltern verstehen mich nicht. Den ganzen Tag hängen sie mir damit in den Ohren, wie froh ich sein kann, eine solche Partie zu machen. Für sie zählt nur eins: daß ich reich sein werde, daß ich über Wagen, Häuser, Diener und Schmuck verfüge. Doch was bedeutet das schon, wenn ich daran denke, welchen Preis ich dafür zahle. Ich muß diesem Mann zu Willen sein. Er kann mit mir machen, was ihm einfällt. Mich in die Arme nehmen, mich küssen, mich . . .«

Jäh verstummte Cecille und schlug beide Hände vors Gesicht.

»Ich . . . ich kann es nicht einmal – aussprechen«, stammelte sie. »Und doch ist es etwas, dem ich mich nicht entziehen kann. Es wird geschehen. Kannst du dir vorstellen, wie das sein wird? Kannst du dir jenen Augenblick vorstellen, wo es kein Entrinnen mehr für dich gibt? Weil du wie ein gefangenes Tier in der Falle sitzt? Allein mit einem fremden Mann in einem fremden Schlafzimmer? Könntest du den Gedanken daran ertragen, ohne wahnsinnig zu werden?«

Sabina war sehr bleich geworden.

»Nein«, flüsterte sie. »Nein, nein. Ein solcher Gedanke ist in der Tat – unerträglich.«

VI

Lady Thetford betrat den Salon und nahm ihre Zobelstola von der Schulter.

Sabina saß, ein Buch in der Hand, am Fenster. Sie las nicht, sondern blickte hinaus in den Garten. Doch sie sah weder die blühenden Hängegeranien, noch die rankende Kapuzinerkresse noch das weißblaue Skorpionskraut.

Sie horchte nur auf den Aufruhr in ihrem Inneren.

So aufgewühlt war sie, daß sie Lady Thetfords Kommen gar nicht bemerkte.

Lady Thetford betrachtete das Mädchen eine Zeitlang, bevor sie es ansprach.

»Sie sind sehr ernst und nachdenklich«, sagte sie schließlich.

Sabina zuckte zusammen und sprang auf die Füße.

»Es tut mir leid. Ich habe Sie nicht kommen gehört.«

»Schon gut, Kind. Ich bin ziemlich spät, doch ich habe gehofft, Ihren Gast noch hier anzutreffen.«

»Oh, Cecille ist schon vor einer halben Stunde gegangen«, erwiderte Sabina.

»Sie sehen so verändert aus«, sagte Lady Thetford. »Beunruhigt Sie etwas?«

»Nein, nein, natürlich nicht«, versicherte Sabina rasch.

Lady Thetford schaute sie einen Moment lang forschend an, bevor sie zum Kamin ging, um nach dem Diener zu läuten.

»Wir werden uns Feuer machen lassen«, erklärte sie. »Der Abend scheint etwas fröstelig zu werden. Nach dem warmen Tag heute empfinde ich die Kühle besonders unangenehm. Unbegreiflich, daß es in England noch Schnee gegeben haben soll!«

»Schnee? In England?« fragte Sabina. »Woher wissen Sie das?«

»Ich las es am Morgen in der Zeitung«, sagte Lady

Thetford. »Reif und Schnee. Hält man nicht für möglich, wenn man in Monte Carlo lebt, nicht wahr?«

»Ja, das stimmt«, antwortete Sabina. »Monte Carlo kommt einem vor wie eine andere Welt.«

Sie sprach ruhig, und in ihrer Stimme schwang nichts von der gewohnten Lebhaftigkeit und Begeisterung mit, die Lady Thetford so sehr an Sabina mochte.

»Freuen Sie sich auf heute abend?« fragte die Gastgeberin.

»Aber selbstverständlich«, erwiderte Sabina höflich. »Marie hat mein Kleid fertig, und ich hoffe, es gefällt Ihnen an mir.«

»Ich bin ganz sicher, daß es mir gefällt«, sagte Lady Thetford. »Und ich wünsche mir, daß Sie die Schönste auf dem ganzen Ball sind.«

»Ich glaube nicht, daß dafür auch nur die kleinste Chance besteht«, entgegnete Sabina. »Aber das macht nichts. Ich bin schon glücklich, dabei sein zu dürfen, den Palast und die Gäste zu sehen. Ich frage mich . . .«

Was sie sich fragte, blieb ungesagt, denn plötzlich wurde die Tür aufgestoßen und Arthur betrat den Salon.

Er hielt eine Zeitung in der Hand, und ohne Sabina auch nur eines Blickes zu würdigen, durchquerte er den Raum und blieb dicht vor seiner Mutter stehen.

Er streckte ihr die Zeitung entgegen und deutete mit dem Finger auf einen bestimmten Artikel.

»Hast du das gelesen?« fragte er mit harter, scharfer Stimme, die keinen Zweifel darüber ließ, wie wütend er war.

Lady Thetford hob die Brauen.

»Guten Abend, Arthur. Hältst du es nicht mehr für nötig, mich und Sabina zu begrüßen? Oder sollte ich an Schwerhörigkeit leiden und deinen Gruß überhört haben?«

»Würdest du bitte diesen Artikel lesen, Mutter?« verlangte Arthur, ohne auf Lady Thetfords tadelnde Äußerung zu reagieren.

»Sekunde, mein Lieber. Erst brauche ich meine Augengläser.« Sie blickte zur Tür, die in diesem Moment geöffnet wurde, und sagte zu Bates, der auf der Schwelle erschien. »Ah, Bates, ich habe geläutet, weil ich möchte, daß das Feuer im Kamin angezündet wird. Ja, und Marie soll mir meine Brille bringen. Ich fürchte, ich habe sie irgendwo oben liegengelassen.«

»Sehr wohl, Mylady.«

Bates verschwand und zog die Tür hinter sich ins Schloß. Kurze Zeit darauf erschien ein Diener und hielt ein brennendes Streichholz an den vorbereiteten Holzstoß im Kamin.

Schweigen herrschte im Zimmer. Niemand sprach ein Wort, bis Bates zurückkam und auf einem Silbertablett Lady Thetfords Brillenetui brachte.

Der Butler und der Diener zogen sich wieder zurück. Erst dann nahm Lady Thetford ihre Brille aus dem Etui und setzte sie auf.

Die ganze Zeit über hatte Arthur dagestanden wie zur Salzsäule erstarrt. Er hatte sich weder bewegt, noch einen Ton von sich gegeben, allerdings verriet der verkniffene Ausdruck in seinem Gesicht seine Gefühle überdeutlich.

Sabina setzte sich wieder auf den Platz am Fenster, den sie bei Lady Thetfords Erscheinen verlassen hatte.

Sie versuchte sich zu beruhigen, redete sich ein, daß es sich bei dem, was sich da anbahnte, um eine Auseinandersetzung zwischen Mutter und Sohn handelte und sie nichts damit zu tun hätte. Und dennoch: Während sie die beiden voller Sorge beobachtete – die Augen weit und groß in dem kleinen, blassen Gesicht –, fühlte sie die Spannung und die Furcht, die sie ergriffen hatten, immer schmerzhafter. Sie krampfte die Finger so fest ineinander, daß die Haut über den Knöcheln weiß wurde.

»Nun, was beunruhigt dich?« hörte sie Lady Thetford fragen.

Die Stimme der Gastgeberin klang unbekümmert. Lässig griff Lady Thetford nach der Zeitung. Sie blickte auf den Artikel, den Arthur ihr gezeigt hatte, las ihn jedoch nicht.

Statt dessen nahm sie die Brille wieder ab und sagte:

»Aber das habe ich ja heute morgen schon gelesen. Das ist doch die Tageszeitung, die ich immer zu lesen pflege.«

»Und du weißt, was in diesem Artikel steht?« wollte Arthur wissen.

»Aber natürlich«, erwiderte Lady Thetford. »Was will man auch noch viel Neues über den Maskenball heute abend schreiben? Schließlich berichten die Zeitungen schon seit Wochen darüber.«

»Dein Name wird darin erwähnt – als der einer der Dinnergastgeber.«

»Na und?« fragte Lady Thetford, und nun begegneten ihre Augen denen des Sohnes mit dem Ausdruck einer unmißverständlichen Drohung darin.

»Das ist unmöglich«, sagte Arthur leise. »Du mußt doch wissen, daß auch der Prinz und die Prinzessin von Wales an dem Ball teilnehmen.«

»Natürlich weiß ich das. Wenn ich richtig informiert bin, findet die Veranstaltung ja zu ihren Ehren statt.«

»So ist es«, gab Arthur zurück. »Und das ist auch der Grund, weshalb du einsehen mußt, daß deine Anwesenheit im Palast an diesem Abend einfach nicht möglich ist.«

Lady Thetford lachte leise auf. Dann ließ sie die Zeitung sinken und lehnte sich behaglich in ihren Sessel zurück.

»Mein lieber Arthur«, sagte sie. »Daß du mit dieser Zeitung in der Hand hier auftauchst, überrascht mich nicht. Ich rechnete schon damit, nachdem du den Ball bisher weder mir noch Sabina gegenüber erwähnt hast. Aber es gehört schon eine beachtliche Einfalt dazu, anzunehmen, uns auf diese Weise deine und die Anwesenheit der Königlichen Hoheiten im Palast verheimlichen zu können. Monte Carlo ist bereits über jedes Detail des großen gesellschaftlichen Ereignisses informiert – es kennt natürlich auch die Namen sämtlicher Gäste.«

»Um so wichtiger ist es, daß du die Schwierigkeiten deiner eigenen Position erkennst!« versetzte Arthur scharf.

»Welche Position?« fragte Lady Thetford aufreizend ruhig.

Arthur machte eine heftige Handbewegung, die über seinen Gemütszustand keinen Zweifel ließ.

»Spiel nicht mit mir!« rief er wild. »Ich bin kein Kind mehr. Glaubst du, die Leute zu Hause wären tatsächlich der Meinung, du hättest England deiner Gesundheit wegen verlassen? Für die Queen mag das noch zutreffen, da sie sich vom Hofleben ziemlich fernhält und niemand es wagt, in ihrer Gegenwart schlecht über dich zu reden. Aber deine Freunde und Bekannten sind nicht blind. Du bist in Paris gesehen worden. Leute haben dich hier getroffen. Sie müssen sich doch fragen, warum du nie wieder nach England gekommen bist. Weshalb du die Insel so Hals über Kopf verlassen hast. Weshalb du jetzt schon so lange von deiner Heimat fortgeblieben bist.«

»Hat man dir jemals derartige Fragen gestellt?« wollte Lady Thetford wissen.

»Nein, nicht direkt«, entgegnete Arthur. »Man hat mich gefragt, wie es dir geht, und ich habe stets geantwortet, die Ärzte hielten es für unbedingt notwendig, daß du in einem warmen Klima lebst, daß ein kaltes feuchtes Klima, wie das englische, Gift für dich wäre.«

»Na und? Wir befinden uns hier in einem warmen Klima!«

Arthur blickte verlegen.

»Ich... ich habe vielleicht etwas zu sehr den Eindruck erweckt, daß du nicht ganz so gesund bist, wie es tatsächlich der Fall ist.«

Lady Thetford lachte.

»Eine halbe Kranke also!« rief sie. »Oder hast du mich bereits zu einer Bettlägerigen gemacht?«

»Kein Grund, darüber zu lachen«, murrte Arthur.

»Wieso nicht?« erwiderte Lady Thetford. »In einer Weise ist das Ganze doch wirklich äußerst komisch, oder? Aber da du ein schlechter Lügner bist und sehr einfältig obendrein, kannst du in keinem Fall von mir erwarten, daß ich mich deinetwegen hinter dem Ofen verkrieche oder die Sterbende spiele. Nein, Arthur! Du mußt die Konsequenzen für dein unkluges Verhalten schon selbst tragen. Von mir kannst du in diesem Punkt wirklich keine Rücksicht verlangen. Du siehst das doch nicht etwa anders?«

»Ich verbiete dir, heute abend zu dem Ball zu gehen!« forderte Arthur scharf.

»Du verbietest es mir?« Lady Thetford hob die Brauen. »Laß mich dir eins klarmachen: Ich denke nicht daran, mir von irgendeinem Menschen etwas verbieten zu lassen, am wenigsten von meinem eigenen Sohn. Außerdem: Auch wenn ich gewillt wäre, auf dein unvernünftiges und unverschämtes Ansinnen einzugehen, welche Entschuldigung sollte ich dem Prinzen vorbringen?«

»Dem Prinzen?« fragte Arthur. »Welchem Prinzen?«

»Deinem Gastgeber am heutigen Abend«, antwortete Lady Thetford. »Prinz Karl bat mich bereits vor zwei Monaten, eine Dinnerparty für seinen Ball zu geben!«

»Er bat dich?« Arthur erschien völlig fassungslos. »Kennst du ihn denn?«

Lady Thetford warf den Kopf zurück und lachte. Es war ein Lachen, das auf Sabina ganz ungezwungen und spontan wirkte.

»O Arthur, Arthur, wie naiv du doch bist«, rief Lady Thetford. »Natürlich kenne ich ihn. Er ist ein sehr guter Freund von mir. Noch vor drei oder vier Tagen war er zum Dinner in meinem Haus, und wir besprachen noch einmal alle Arrangements, die er für diesen Ball getroffen hat, der dir solches Kopfzerbrechen und solchen Ärger bereitet.«

»Wie . . . wie konnte ich das wissen?« stotterte Arthur.

»Ja, wie konntest du das wissen«, entgegnete Lady Thetford. »Du warst ja so davon überzeugt, daß deine Einstellung mir gegenüber richtig ist. In deinen Augen bin ich eine in der Sünde lebende Frau, ausgestoßen von der Gesellschaft und von allen verachtet. Und du hast keine Sekunde daran gezweifelt, daß alle Welt deine Meinung über mich teilt, nicht wahr? Nicht im Traum ist dir eingefallen, daß andere Menschen ganz anders von deiner Mutter denken könnten.«

Arthur begann plötzlich im Raum auf und ab zu wandern. Vermutlich brauchte er die Bewegung, um seiner Unruhe und Erregung Herr zu werden.

»Was soll ich denn dem Prinzen und der Prinzessin sagen, wenn sie zufällig deinen Namen hören?« fragte er dann. »Ich habe Ihnen gegenüber nicht erwähnt, daß du in Monte Carlo lebst.«

»Wenn sie dich nach mir fragen sollten, wirst du nicht daran vorbeikommen, ihnen zu erklären, daß du die Tatsache, eine Mutter zu haben, schon seit langem vergessen hast! Oder du erzählst ihnen einfach, daß ich kaum noch imstande wäre, mich auf den Beinen zu halten, so daß du die Erwähnung meiner Existenz Dritten gegenüber nicht mehr für notwendig gehalten hättest. O Arthur, wie unangenehm das alles für dich ist.«

»Verdammt unangenehm«, stieß Arthur heftig hervor. »Weshalb mußt du auch ausgerechnet zur gleichen Zeit wie die Königlichen Hoheiten hier sein?«

»Du verlangst doch nicht etwa, daß ich deinetwegen das Haus verlasse, in dem ich den größten Teil des Jahres verbringe und das zu meinem eigentlichen Heim geworden ist«, entgegnete Lady Thetford mit Schärfe in der Stimme. »Außerdem begreife ich nicht, weshalb du dir irgendwelche Sorgen machen solltest. Ich kann mir nicht vorstellen, daß den Königlichen Hoheiten unter der riesigen Zahl von Gästen, die Prinz Karl heute abend eingeladen hat, ausgerechnet mein Name auffallen sollte. Und wenn es so wäre, gibst du einfach deiner Überraschung darüber Ausdruck, daß die alte Fregatte überhaupt noch manövrierfähig ist.«

»Du machst dich über alles nur lustig«, entgegnete Arthur säuerlich. »Für mich gibt es da nichts zu lachen.«

»Ich lache, um nicht weinen zu müssen bei dem Gedanken, daß du einmal mein Baby gewesen bist, das mich so stolz und glücklich gemacht hat«, sagte Lady Thetford leise.

Ein verlegenes Schweigen entstand, bis Arthur sich – wie es Sabina erschien – mit einem Anflug von Zerknirschung oder schlechtem Gewissen zu ihr umwandte.

»Ich hatte keine Ahnung, Sabina, daß ich heute abend das Vergnügen haben würde, dich zu sehen«, sagte er. »Ich hoffe, du schenkst mir den einen oder anderen Tanz.«

»Ich freue mich sehr auf den Ball«, erwiderte Sabina nur.

Die heftige Auseinandersetzung zwischen Mutter und Sohn hatte sie entsetzt und fassungslos gemacht, und nun, da sie sich von ihrem Platz am Fenster erhob, bemerkte sie seltsam unbeteiligt, daß ihre Finger zitterten.

Lady Thetford war an den Schreibtisch getreten und nahm einen mit goldenem Aufdruck versehenen Bogen in die Hand, auf dem sie in ihrer großen, flüssigen Schrift die Namen der Dinnergäste notiert hatte.

»Dies ist die Liste der Ladys und Gentlemen, wie ich sie mit Prinz Karls Hilfe zusammengestellt habe«, sagte sie zu Arthur. »Du wirst daraus ersehen: Wir beide haben fest damit gerechnet, daß du an diesem Abend mit uns speisen würdest – zumald da Sabina in meinem Haus weilt. Doch da du bis zu diesem Augenblick die Party mit keiner Silbe erwähnt hast, mußte ich annehmen, du würdest verhindert sein und wolltest mir das durch dein Schweigen anzeigen. Deshalb habe ich Lord Sheringham gebeten, deinen Platz einzunehmen.«

Einen Augenblick lang glaubte Sabina, Arthur würde beim Hören des Namens Sheringham voller Ärger aufbrausen.

Statt dessen überflog er die Gästeliste mit raschem Blick, stutzte einige Male ob der Erlauchtheit der dort aufgeführten Namen und reichte das Blatt wortlos seiner Mutter zurück.

»Vielleicht sollte ich mich bei dir entschuldigen«, sagte er unerwartet.

Die Worte kamen nur stockend über seine Lippen, und

Sabina spürte – obwohl sie ihn nur sehr wenig kannte – welch furchtbare Anstrengung ihn dieser Satz gekostet hatte.

»Kein Grund, dich zu entschuldigen«, sagte Lady Thetford schroff. »Es berührt mich nicht mehr, was du gegen mich unternimmst oder über mich sagst und denkst. Ich kenne deine Einstellung zu mir. Du hast in den letzten zehn Jahren alles getan, um sie mir mit äußerster Deutlichkeit klarzumachen.«

Bei diesen Worten wandte sie sich ab, und obwohl ihre Stimme hart und unversöhnlich klang, vermutete Sabina, daß Arthurs Mutter die Tränen in den Augen standen.

»Du kannst nicht erwarten...« begann Arthur heftig und brach plötzlich ab. Einen Moment lang schwieg er, um dann mit veränderter Stimme fortzufahren: »Es ist gewiß unnötig, das alles noch einmal aufzurühren.«

»Ganz unnötig«, sagte Lady Thetford.

»Dann sehen wir uns also heute abend.«

Er wirkte unentschlossen, ob er sich zuerst von seiner Mutter verabschieden sollte, die ihm den Rücken zugewandt hatte, oder von Sabina, die ihn mit einem verängstigten Ausdruck in den großen Augen und aschfahl im Gesicht anblickte.

Schließlich zwang er sich zu einem Lächeln und schaute seine Braut an.

»Es tut mir leid, Sabina«, sagte er, »daß du diese Dinge mitanhören mußtest. Aber du bist ja sozusagen schon ein Mitglied der Familie. Und vielleicht ist es gar nicht schlecht, wenn du auch deren dunkle Seiten kennst.«

»Ja, natürlich – ich verstehe«, murmelte Sabina.

»Auf Wiedersehen dann. Bis nachher. Und halte einige Tänze für mich frei. Ich werde zwar eine Reihe von Pflichttänzen zu absolvieren haben, mich aber bei dir, so oft es mir möglich ist, sehen lassen.«

»Danke«, sagte Sabina.

Er ergriff ihre Hand und hielt sie einen Augenblick in der seinen.

Dann schaute er zu seiner Mutter hinüber.

Lady Thetford hatte ihm immer noch den Rücken gekehrt und schien mit irgend etwas auf dem Schreibtisch beschäftigt zu sein.

Sekundenlang zögerte Arthur – verlegen und unschlüssig, wie es schien – dann machte er auf dem Absatz kehrt und verließ schweigend den Raum.

Als die Tür hinter ihm ins Schloß gefallen war, verspürte Sabina den unsinnigen Impuls, ihn zurückzurufen. Ihm zu sagen, daß er so nicht gehen durfte, nachdem er seine Mutter derart verletzt und unglücklich gemacht hatte.

Aber Sabina folgte diesem Impuls nicht. Sie fürchtete, Lady Thetford könnte mit einer solchen Einmischung nicht einverstanden sein. Und vor allem fürchtete sie Arthurs Reaktion darauf, denn in dieser Situation würde jedes heftige Wort wie ein Dolchstich in das verwundete Herz ihrer Gastgeberin eindringen.

Wie sehr muß die Ärmste jetzt leiden, dachte sie voller Mitgefühl. Was muß sie in den vergangenen zehn Jahren gelitten haben, in denen Arthurs Haß auf sie ständig größer geworden war. Nur weil sie dem Befehl ihres Herzens gefolgt war.

Sabina dachte an ihre Eltern.

Wie sehr vertrauten sie einander!

Wie sehr brauchten sie sich gegenseitig!

Wie leuchteten Lady Evelyns Augen, wenn ihr Mann ins Zimmer trat!

Und sobald Papa ins Haus kam, rief er ihren Namen, und seine erste Frage, sobald er eines der Kinder sah, war stets: »Wo ist Mama?«

Das war Liebe!

Die gleiche Liebe, die Lady Thetford für den Mann empfunden haben mochte, mit dem sie geflohen war. Für Guy, den sie schon vor vielen Jahren durch den Tod verloren hatte.

Nun war Arthur alles, was ihr geblieben war.

Sabina dachte, wenn ihr Bruder Harry so mit Mama

gesprochen hätte, wie Arthur vorhin mit seiner Mutter sprach, für jeden im Vikariat wäre die Welt zusammengebrochen.

»Oh Mama, du weißt ja nicht, wie schön es zu Hause ist«, hatte Harry gesagt, als er zuletzt auf Urlaub gekommen war. »Die Trennung von euch fällt mir manchmal so schwer, daß ich heulen könnte wie ein Schloßhund.«

»Aber Harry, du warst doch so begeistert von der Navy«, erwiderte Lady Evelyn besorgt.

»Bin ich auch jetzt noch – solange ich nicht an zu Hause denke, verstehst du?«

Sabina und ihre Schwestern hatten immer gewußt, daß Harry Mamas Liebling war. Papa mochte Harriet am meisten, obwohl Sabina manchmal das Gefühl hatte, daß sich seine Liebe in letzter Zeit stärker ihr, seiner Ältesten zugewandt hatte.

Aber bei Papa ließ sich das nur schwer beurteilen, denn er versuchte, seine Zuneigung auf alle seine Töchter gleichmäßig zu verteilen. Was Mama dagegen betraf, gab es keinen Zweifel, wem ihr Herz vor allem gehörte.

»Zwischen Müttern und Söhnen bestehen einfach besonders tiefe Bindungen«, hatte ihre alte Nanny einmal gesagt, als Mama einmal die Treppe hinaufgestürmt war und sich in ihrem Zimmer eingeschlossen hatte, nachdem Harry am Ende der Ferien wieder aufs College zurückgereist war.

»Glaubst du, daß Mama Harry mehr liebt als uns?« hatte Angelina gefragt. Sie war damals noch sehr jung gewesen, und in ihren großen, haselnußbraunen Augen hatten Tränen gestanden.

»Ja, natürlich«, gab Nanny zur Antwort. »Aber das ist nichts, was dich traurig machen sollte. Mütter lieben ihre Söhne und Väter ihre Töchter stärker. Das hat die Natur nun mal so eingerichtet, und niemand kann etwas dagegen machen – niemand.«

An diese Worte hatte Sabina oft denken müssen. Nanny hatte recht. Es war einfach die Natur. Und gegen die Natur vermochte niemand anzukämpfen.

Und doch, jetzt war ihr so, als würden Arthur und seine Mutter diese ehernen Gesetze auf den Kopf stellen, da sie all die wundersamen Dinge zerstörten, an die sie, Sabina, von Kindheit an geglaubt hatte.

Die Geborgenheit im Schoß der Familie, das Leben mit den Eltern und Geschwistern waren eine so unerschütterliche Realität für sie gewesen, daß sie fest geglaubt hatte, sie müsse für alle Menschen Geltung haben.

Lange stand sie da und starrte reglos auf die Tür, durch die Arthur verschwunden war. Dann lief sie in einer plötzlichen Eingebung auf Lady Thetford zu und schmiegte ihre Hand in die der Älteren.

»Es tut mir so leid«, sagte sie sanft.

»Kein Mitleid!« erwiderte Lady Thetford gepreßt. »Mitleid ist etwas, das ich nicht ertragen kann.« Lady Thetfords Schultern schienen zu beben, als sie nach einer Weile mit erstickter Stimme hinzufügte: »Er war so ein lieber kleiner Junge.«

Dann entzog sie Sabina hastig die Hand und verließ wortlos das Zimmer.

Sabina hörte sie langsam die Treppe hinaufsteigen, und das leise Rascheln ihrer Seidenröcke klang wie ein Seufzen, das sie begleitete, wohin sie auch ging.

Die Szenen zwischen Arthur und seiner Mutter und Cecilles Kummer, der ihr von dem Mädchen vor wenigen Stunden anvertraut wurde, bewirkten in Sabina ein Gefühl der Niedergeschlagenheit und Depression.

Plötzlich sehnte sie sich nach zu Hause, nach dem Frieden und der Freundlichkeit ihrer Familie in Cobbleford.

Sie verlangte tief im Herzen nach Wärme und Sicherheit. Nach Schutz vor der Welt und ihrem Jammer.

Monte Carlo war ihr bei ihrer Ankunft als ein märchenhafter Ort erschienen, doch nun sah alles anders aus. Probleme türmten sich vor ihr auf, überall zeigten sich Hindernisse und Schwierigkeiten. Und wenn sie an Arthur dachte, genügte die Erinnerung an seinen Ingrimm, seinen Haß und seine Gefühlskälte im Umgang mit Lady Thetford, seiner Mutter, um ihr eisige Schauer über den Rücken zu jagen.

Sabina wußte nun, daß sie Angst vor ihm hatte.

Und das war von Anfang an so gewesen. Sie hatte es nur nicht wahrhaben wollen, hatte das Entsetzen, das sie in seiner Gegenwart spürte, verdrängt, hatte nach Erklärungen gesucht und sich mit dem Gedanken beruhigt, es wäre der Altersunterschied zwischen ihnen, der erst noch überwunden werden müßte.

Ein Mann von Dreißig war eben nicht zu vergleichen, mit den jungen Männern, denen sie sonst in der Grafschaft begegnete, mit denen sie tanzte, Kutschfahrten oder Jagdausflüge machte. Außerdem lebte er in einer Welt, die sie kaum kannte.

All dies könnte die Erklärung dafür sein, daß sie sich in seiner Gegenwart so unbehaglich und scheu fühlte.

Doch nun sah sie die Dinge anders. Zum erstenmal blickte sie der Tatsache ins Auge, daß sie Ursachen für ihre Furcht tiefer lagen.

Sie verstand ihn nicht, so wie sie andere Männer verstand, mit denen sie in Berührung kam. Und allein mit sich in ihrem Schlafzimmer, stellte Sabina sich die Frage, die schon lange auf dem Grunde ihres Bewußtseins gelauert hatte.

Weshalb wollte Arthur sie heiraten?

Er machte nicht den Eindruck eines Mannes, der hilflos und unsterblich in eine Frau verliebt war – es sei denn, er besaß eine sehr sonderbare und befremdliche Art, seine Liebe zu zeigen.

Ich bin so unerfahren, dachte sie. Ich weiß so wenig von Männern und ihren Gefühlen. Ich glaubte, Liebe müsse sichtbar und erkennbar sein. Liebe müsse sich verraten in jedem Blick und jedem Wort. Liebe habe das Bedürfnis, ihr Glück laut in die Welt hinauszurufen.

Jäh schrak sie zusammen.

Das Bild eines Mannes stand vor ihr, dessen schwarze Augen vor Bewunderung aufleuchteten, so oft er sie ansah.

Und eine Stimme drang an ihr Ohr, die tief und dunkel wurde, wenn er von der Liebe sprach – gleich ob in Englisch oder Französisch.

Ihre Hand machte eine hastige Bewegung, so als wollte sie dieses Bild verscheuchen.

»Ich muß verrückt sein, solche Dinge zu denken«, sagte sie laut.

Dann sprang sie gehetzt auf, und am ganzen Leib zitternd begann sie sich für den Ball umzukleiden.

Lange bevor sie nach unten kam, um auf die Gäste zu Lady Thetfords Dinnerparty zu warten, lange bevor sie sich ihrer Gastgeberin zeigte und ihre Worte der Anerkennung hörte, wußte Sabina, daß ihr Kleid eine Sensation sein würde.

Die Frühlingsblumen, mit denen der zarte, hauchdünne Stoff übersät war, verliehen ihm etwas Zauberhaftes. Das lange, hellblonde Haar hing tief auf Sabinas Schultern nieder und wurde nur von einem Kranz frischer Schneeglöckchen zusammengehalten. Nacken und Arme waren unbedeckt, was den Eindruck frühlingshafter Jugend noch verstärkte. Und der weich fallende Gazestoff umwehte Sabinas zarte Gestalt wie ein hauchdünner Schleier, und verlieh ihr etwas Ätherisch-Schwebendes.

Sabina wußte, daß sie hinreißend aussah. Hinreißend schön und völlig anders als sonst.

Und während das Gefühl der Niedergeschlagenheit sie verließ und einer unbeschwerten Heiterkeit wich, glaubte sie fast, sie schritte wie Persephone durch das dunkle Tor des Orkus in die helle sonnenbeschienene Welt des Glücks, des Frohsinns und des Lachens.

Lord Sheringham saß neben ihr an der Dinnertafel und brachte sie mit seiner originellen, witzigen Art zu reden, und mit seinen spaßigen Äußerungen über die anwesenden Gäste immer wieder aufs neue zum Lachen.

»Hol mich der Teufel«, sagte er zu Sabina, »hätte nie geglaubt, daß ein Kostüm für den Maskenball so hübsch sein könnte – bis ich Sie vorhin sah. Die meisten Leute sehen in solchen Dingern lächerlich aus, wie eine Karikatur ihrer selbst. Passen gar nicht zu ihnen, die Stoffetzen, die sie da anhaben. Als was erscheint Peddy denn heute?«

»Das werde ich Ihnen nicht auf die Nase binden«, erwiderte Sabina neckend. »Sie machen dann gleich eine unfreundliche Bemerkung über ihn – und zwar so, daß ich darüber lachen muß und mir anschließend ganz schäbig vorkomme.«

»Wenn Peddy nur 'ne Spur von Humor hat, wird er als Don Juan gehen – mit einem Lorbeerkranz auf dem Haupt, weil er das schönste Mädchen im Palast für sich gewonnen hat. Warum wollen sie ihn überhaupt heiraten? Schlage vor, Sie nehmen mich!«

»Sie hatten Ihre Chance vor zwei Jahren. Aber damals haben Sie die Nase über mich gerümpft und mir einen Korb gegeben.«

Sabina lachte.

Sie hätte es nie für möglich gehalten, daß sie sich mit einem fast fremden jungen Mann so frei und ungezwungen unterhalten könnte. Aber Lord Sheringham war lustig und unkompliziert.

So wie mit ihm müßte ich eigentlich mit Arthur reden können, dachte sie bedrückt.

Aber Sherry ließ ihr zum Trübsalblasen keine Zeit, und Sabina schob die belastenden Gedanken kurz entschlossen beiseite.

Heute wollte sie sich amüsieren und glücklich sein! Die Gelegenheit dazu kam vielleicht so schnell nicht wieder.

Lord Sheringham mußte die Schatten auf ihrer Stirn bemerkt haben, denn er lächelte ihr aufmunternd zu.

Sabina lächelte zurück, und sie flirteten und lachten miteinander bis es Zeit war, zum Palast zu fahren.

Es waren fünf Kutschen, die vor dem Haus warteten. Sabina wurde mit Lord Sheringham gebeten, zu Lady Thetford und deren bedeutendstem Partygast, dem Duc de Guise, in den Wagen zu steigen.

Der Palast lag auf der anderen Seite des Hafens, jenseits

der großen Schlucht, die Monacos ehrwürdige Altstadt von dem mondänen und auf mehr äußere Eleganz bedachten Monte Carlo trennte.

Sabina vergaß das Reden und lauschte auch nicht mehr auf die Unterhaltung zwischen Lady Thetford und dem Duc de Guise, als sie den tiefen, von dunklen Schatten erfüllten Felseinschnitt entlangfuhren, um dann dem Weg zu folgen, der sich in unzähligen, halsbrecherischen Kehren den mächtigen Berghöcker hinaufwand, auf dem sich der Palast erhob.

Draußen standen die Soldaten in ihren rot-weiß-blauen Uniformen und präsentierten zur Begrüßung der neu eintreffenden Gäste die Gewehre. Drinnen empfingen sie weite, glanzvoll geschmückte Säle, erhellt vom Schein Tausender von Kerzen und gefüllt von einer eleganten, farbenprächtig gekleideten Menschenmenge.

Am Anfang war Sabina benommen von der Pracht des Bauwerkes, die sich ihren Augen darbot. Doch dann nahmen die Tänzer in ihren ausgefallenen und phantasievollen Kostümen ihre Aufmerksamkeit in Anspruch und faszinierten sie mehr und mehr.

Da waren Toreros und Kreuzfahrer, Clowns und Könige, Schäferinnen und Harlekins, Scheiche, Haremsdamen und Höflinge aus allen Jahrhunderten und Erdteilen.

Außerdem gab es zahlreiche Phantasiekostüme, für die es keine Namen gab, obwohl sie oft die Schönheit und die Unwiderstehlichkeit ihrer Träger und Trägerinnen wirkungsvoller hervorhoben als es bei den bekannten Verkleidungen der Fall war.

Jedermann in den vielen Sälen des Palastes trug eine Maske, ausgenommen der Gastgeber Prinz Karl III. von Monaco, der jeden Gast persönlich begrüßte. Er war fast ein Greis und schon halb erblindet, aber für jeden Neuankömmling, den er kannte, fand er ein persönliches Wort.

Als Lady Thetford ihm Sabina vorstellte, sagte er:

»Ich freue mich, Sie willkommen zu heißen, Miß Wantage. Ihre zukünftige Schwiegermutter ist eine sehr liebe Freundin von mir.«

Sabina stammelte eine scheue Erwiderung, dann knickste sie ehrerbietig und betrat mit Lady Thetford den großen Ballsaal.

Die Kapelle in bunten Husarenuniformen spielte einen Walzer. Lord Sheringham faßte Sabina um die Taille, und schon befanden sie sich mitten unter den tanzenden Paaren.

Sabina stieß einen leisen Überraschungsschrei aus, als sie in einer der Saaltüren Arthur erblickte.

Unwillkürlich wandte sie den Kopf in eine andere Richtung. Sie verspürte den jähen Wunsch, Arthur an diesem Abend weder sehen noch mit ihm reden zu müssen.

Sie hatte keine Erklärung für das Gefühl der Angst, das sie bei seinem Erscheinen ergriff.

Vielleicht war es die Furcht, er könnte ihr das so unschuldige Vergnügen des heutigen Abends zerstören, ihr die Freude vergällen, die sie inmitten dieser heiteren und fröhlichen Menschen empfand.

»Kommen Sie, wir erkunden den Rest des Palastes!« forderte Lord Sheringham sie nach dem Walzer auf, und sie huschte vor ihm her durch eine Tür auf der entgegengesetzten Seite des Ballsaales, wo sie Arthurs Blicken entzogen war und er sie nicht erreichen konnte.

Sie fanden eine Treppe, die in einen offenen Innenhof führte. Von dort aus gelangte man nach wenigen Schritten in den Garten.

Dieser Garten lag ein wenig unterhalb des Felsens, auf dem der Palast errichtet war. Hier herrschten Stille und schattiges Dunkel. Unter hohen Mimosen- und Eukalyptusbäumen breiteten sich großflächige Beete mit Rosmarin und Veilchen aus, die hier und da mit Jasminsträuchern und Myrtenbüschen durchsetzt waren.

Von den Bäumen hingen Lampions und chinesische Laternen. Sie beleuchteten schmale Pfade, die zu kleinen, von Rosen oder Geißblatt überwucherten Gartenhäuschen führten.

Der Garten lag hoch über dem Hafen, und Sabina sah von hier aus deutlich das in mächtigen Stufen ansteigende Felsenhalbrund, auf dem Monte Carlo erbaut war.

In jedem Fenster der zahlreichen weißen Villen funkelten Lichter, und ein samtdunkler, sternenbesäter Nachthimmel spannte sich still und feierlich über der Stadt und dem Meer.

»Oh, es ist wunderschön!« rief Sabina ergriffen.

»Aber Sie sind noch viel schöner!« sagte Lord Sheringham. »Viel zu schön für den Seelenfrieden der meisten Männer. Verdammt, wenn ich Peddy wär', würd' ich Sie nehmen und auf der Stelle von hier fortschaffen. In eine einsame Burg würd' ich Sie einsperren, wo niemand Sie sehen könnte außer mir!«

Sabina lachte.

»Ich ahnte ja gar nicht, daß Sie so romantisch sind«, neckte sie ihn.

»Richtig, normalerweise bin ich das auch nicht«, erwiderte Lord Sheringham. »Muß die Sonne sein, die mir nicht bekommt!«

Am Rande des Gartens fanden Sie eine Bank, setzten sich und blickten hinunter auf den Hafen.

»Sage Ihnen was«, meinte Lord Sheringham plötzlich. »Könnte einen Drink vertragen. Wette, Ihnen geht's ebenso. Warten Sie hier. Werd' sehen, daß ich einen Diener auftreibe, der uns Champagner bringt. Geht nichts über einen Schwatz mit einem Drink in der Hand und einem hübschen Mädchen an der Seite, das einem zuhört! Gibt sogar ein Gedicht darüber. Hab's mal irgendwo gelesen. Überschrift: ›Ein Krug Wein und deine Nähe‹, oder so.«

»Aus ›Omar Khayyam‹, nicht wahr?« kicherte Sabina.

»Keine Ahnung, wie das Ding sich schimpft«, antwortete Lord Sheringham. »Scheint jedenfalls einigermaßen vernünftig zu sein. Warten Sie hier?« fragte er dann.

»Kann unmöglich die ganze Nacht in diesen höllisch unbequemen Kleidern herumhüpfen.«

Er trug die Tracht eines niederländischen Kavaliers und legte seinen breitkrempigen Federhut neben Sabina auf die Bank. Dann drehte er sich um und verschwand in der Dunkelheit.

Sabina schaute über das mondbeschienene Wasser, und nun, da sie allein war, verfiel sie in tiefes Nachdenken.

Als sie schließlich Schritte hörte, hob sie den Kopf und glaubte, Lord Sheringham käme zurück.

»Sie haben sich aber beeilt«, rief sie, bemerkte dann jedoch, daß sie sich geirrt hatte.

Der Mann, der sich ihrem Platz näherte, trug ein weißes Seidenhemd mit weiten Ärmeln, das mit fremdländischen Stickereien versehen war. Um seine Hüften war eine breite rote Schärpe geschlungen, in der ein juwelenbesetzter Dolch steckte.

»Werden Sie mir einen Tanz schenken?« fragte eine dunkle Stimme, die sie nur allzu gut kannte.

Sabina sprang auf.

Sie? – Wieso sind Sie hier?«

»Es gibt so viele kostümierte Menschen im Palast«, sagte er. »Wer sollte in mir schon einen Zigeuner erkennen, der nur seine gewohnte Tracht trägt?«

»Und wenn man Sie doch erkennt?«

Er schüttelte den Kopf.

»Da besteht keine Gefahr«, sagte er. »Wie Aschenputtel werde ich den Ball verlassen haben, wenn um Mitternacht die Masken fallen. Wollen Sie also mit mir tanzen?«

»Nein . . . Das heißt, ich weiß es nicht. Es . . . es könnte zu gefährlich sein!«

»Ich hätte nie geglaubt, daß Sie Angst haben würden«, sagte er. »Was hat Sie plötzlich so verändert? Sie hatten doch keine Angst, als sie uns allein und ohne Begleitung zu Ihrer Kutsche holten. Sie hatten keine Angst, mitten in der Nacht die obere Uferstraße zu benutzen.«

»Ich habe auch jetzt keine Angst«, erwiderte Sabina.

»Jedenfalls nicht um mich. Sie sind es, um den ich mich sorge.«

»Wirklich? Fürchten Sie sich nicht auch davor, mit einem Zigeuner entdeckt zu werden?«

»Nein, natürlich nicht«, stieß Sabina heftig hervor. »Ich bin kein solcher Snob!«

In ihrer Stimme lag eine so deutliche Verärgerung, daß er lächelte, ihre Hand ergriff und sie an seine Lippen hob.

»Sie haben mir noch nicht gesagt, daß Sie sich freuen, mich wiederzusehen.«

»Es war – die Überraschung und – und die Angst. Wie sind Sie hereingekommen?«

Er wies zu der hohen Mauer hinüber, die im Schein der Laternen nur schemenhaft zu erkennen war.

»Ich bin über die Mauer gestiegen.«

»Aber warum?«

»Um Sie zu sehen.«

»Und Sie wußten, daß ich hier bin?«

»Selbstverständlich! Ganz Monte Carlo ist heute abend hier.«

»Und warum wollten Sie mich sehen?«

»Ich wollte wissen, welches Kostüm Sie tragen, denn ich bin unheilbar neugierig. Ein Kennzeichen meiner Rasse. Das ist auch der Grund für unsern Wandertrieb. Wir wollen neue Länder, neue Menschen, neue Gedanken kennenlernen. Die Neugier läßt uns nicht ...«

Sabina hob die Hand und brachte ihn zum Schweigen.

»Hören Sie!« flüsterte sie. »Lord Sheringham kann jeden Augenblick zurückkommen. Wenn wir miteinander tanzen wollen, sollten wir augenblicklich von hier verschwinden, und zusehen, daß wir ihm unterwegs nicht in die Arme laufen.«

»Gut, dann kommen Sie!«

Der Zigeunerfürst streckte ihr seine Hand entgegen, die Sabina nach kaum merklichen Zögern ergriff. Er führte sie einen schmalen Pfad entlang, der genau in die entgegengesetzte Richtung lief wie der Weg, den sie mit Lord Sheringham gekommen war.

Die Lampions und die chinesischen Laternen hoben bunte Blumeninseln aus der Dunkelheit. Brunnen plätscherten, perlende Wasserfontänen stiegen glitzernd ins Nachtblau.

Sabina hatte das Gefühl, an der Hand des Zigeuners durch einen Märchengarten zu streifen. Viel zu rasch erreichten sie den kleinen Innenhof und stiegen die Stufen zum Ballsaal hinauf.

Erst jetzt wandte Sabina den Kopf und schaute ihren Begleiter an.

Seine Maske war größer als ihre und verdeckte die Hälfte seines Gesichtes. Dennoch glaubte sie den Ausdruck in seinen Augen zu erkennen, während er auf sie niederblickte.

Sie erbebte, als er den Arm um ihre Taille legte und sich mit ihr unter die Schar der Tänzer mischte.

Und dann, von einer Sekunde auf die andere, hatte ihre Angst sich in Nichts aufgelöst.

Der Grund dafür lag nicht darin, daß er wie alle anderen im Saal aussah – nur eleganter und exotischer als die meisten. Es war die Kraft seiner Hand, die Berührung seiner Finger, die ihr jenes Gefühl der Sicherheit und Geborgenheit verliehen, das sie in seiner Nähe schon einmal empfunden hatte.

Sie wirbelten über die Tanzfläche. Sabinas Haar wehte bei jeder Körperdrehung um ihren Kopf. Er war ein so wunderbarer Tänzer, daß Sabina zu schweben glaubte. Sie hatte das Gefühl, sich zu bewegen, ohne daß ihre Füße den Boden berührten. Und beglückt stellte sie fest, daß ihre Körper in einer nie erlebten Harmonie, in einem nie für möglich gehaltenen Gleichklang der Bewegungen miteinander verschmolzen waren.

»Haben Sie immer noch Angst?« fragte er leise.

»Nein, jetzt nicht mehr«, antwortete sie wahrheitsgemäß.

»Ich frage mich, was meine Strafe sein wird, wenn man

mich hier entdeckt«, sagte er nachdenklich. »Ein Jahr Kerker vielleicht! Aber was soll's? Habe mir sagen lassen, die Gefängnisse in Monaco seien sehr angenehm.«

»Oh, seien Sie um Himmelswillen vorsichtig!« bat Sabina, aber er lachte nur und schwenkte sie noch wilder über das Parkett.

Typisch Frau, konnte Sabina die Frage nicht zurückhalten, die ihr schon einige Zeit auf den Lippen lag.

»Gefällt Ihnen mein Kleid?«

»Ich hatte noch nicht die Zeit, es mir anzuschauen«, erwiderte er. »Bis jetzt hatte ich nur Augen für Ihr Haar. Schon in jener ersten Nacht am Lagerfeuer hat es mich fasziniert, und ich glaubte, nie etwas Schöneres gesehen zu haben. Aber nun, da es offen über Ihre Schultern fällt, würde ich es am liebsten ...«

Als er abbrach, blickte Sabina zu ihm auf und fragte ein wenig atemlos:

»Was würden Sie am liebsten?«

»Es küssen«, erwiderte er. »Mein Gesicht darin vergraben, die schwere seidige Fülle zwischen meinen Fingern spüren.«

Sabina war es, als stockte ihr der Atem. Ihre Kehle schnürte sich zusammen, ihr Mund wurde warm, die Lippen schmerzten sie. Und als sie die Augen zu ihm emporhob und seinem Blick begegnete, fühlte sie, wie ihr das Blut gewaltsam in die Wangen schoß.

Sie wußte, daß sie ihm nicht zuhören durfte. Sie wußte, daß sie ihm hätte sagen müssen, daß er so nicht mit ihr reden durfte. Und dennoch brachte sie kein Wort über die Lippen.

Eine seltsame Gleichgültigkeit hatte sie ergriffen. Nichts war für sie mehr von Bedeutung, nichts vermochte sie mehr wahrzunehmen.

Das einzige, was für sie noch wirklich zu zählen schien, war sein Arm, mit dem er sie umfangen hielt und sie so fest an sich preßte, daß sie es fast als schmerzvoll empfand.

Und dann verstummten die Klänge des Walzers.

Sabina und ihr Tänzer standen da und blickten einander in die Augen. Die Paare um sie herum verließen schwatzend und lachend die Tanzfläche, nur die beiden bemerkten nichts davon.

Sie waren allein.

Allein in ihrer eigenen Welt – einer Welt, die menschenleer war bis auf sie beide.

Ein Mann und eine Frau am Rande der Ewigkeit.

»Ich glaube«, sagte der Zigeunerfürst heiser, »Sie haben mich verzaubert. Eine magische Kraft strömt von Ihnen aus, die mich an nichts anderes mehr denken läßt als nur an Sie. Ich bin heute abend hergekommen, weil ich Sie sehen mußte. Unbedingt sehen mußte! Ich konnte keine Sekunde länger mehr warten.«

Seine Worte lösten Schauer aus, die durch Sabinas Körper rieselten.

Noch immer vermochte sie nicht zu sprechen.

Sie konnte nur schauen, ihre Augen gebannt von den seinen.

In diesem Moment drang wie aus weiter Ferne eine Stimme an ihr Ohr.

»Da bist du also, Sabina! Ich habe dich schon überall gesucht. Konnte mir einfach nicht vorstellen, wo du sein solltest! Ihre Königliche Hoheit hatte die Güte, mir ausrichten zu lassen, daß sie dich zu sehen wünscht.«

Sabina atmete tief.

Sekundenlang begriff sie den Sinn der Worte nicht, die an sie gerichtet waren. Ja, es war ihr nicht einmal bewußt, wer da neben ihr stand und zu ihr sprach.

Langsam wandte sie den Kopf und sah, daß es Arthur war.

»Ihre Königliche Hoheit«, wiederholte sie geistesabwesend.

»Ja. Nun komm endlich. Sie ist am anderen Ende des Saales auf der Tribüne für die Ehrengäste. Ich frage mich, wo du nur die ganze Zeit über gesteckt hast!«

»Ich – war – hier«, stammelte Sabina, dabei wandte sie

den Kopf, um nach dem Zigeunerfürsten zu sehen. Aber er war nicht mehr da, untergetaucht in der Menge, und Sabina stand mit Arthur allein inmitten der leeren Tanzfläche.

»Vergiß nicht, sie mit Ma'am anzureden, und mache einen Knicks bis auf den Boden vor ihr«, unterwies Arthur sie.

Dann setzte er sich in Bewegung, und Sabina folgte ihm.

Arthur steuerte auf die andere Seite des Raumes, wo der Prinz und die Prinzessin von Wales mit ihrem Gastgeber auf einem Podium standen, umgeben von den Mitgliedern des Königlichen Gefolges.

Der Prinz war ohne Maske und über seinem Abendanzug trug er den Hosenbandorden. Die Prinzessin war gekleidet in ein malvenfarbenes Kleid, und in ihrem Haar blitzte ein mit Brillanten und Amethysten besetztes Diadem.

Die Prinzessin sah hinreißend aus, und Sabina ertappte sich dabei, daß sie einen hörbaren Seufzer ausstieß beim Anblick des edelgeformten ovalen Gesichts und der atemberaubenden Schönheit der jungen Dänin, deren Charme und Anmut die Herzen der Engländer im Sturm erobert hatten.

Dann fiel Sabinas Blick auf den Prinzen, der sich leutselig mit einer Dame unterhielt, die als Maria Stuart, Königin von Schottland, verkleidet war.

Sabina wußte, wer sich unter dieser Maske verbarg, während Arthur es erst begriff, als sie das Podium erreichten.

Sabina spürte, wie sich seine Haltung versteifte.

»Sie sind eine sehr lange Zeit nicht mehr in England gewesen, Lady Thetford«, sagte der Prinz soeben mit seiner tiefen, ein wenig kehligen Stimme.

»Zehn Jahre Sir. Ich verbrachte den Winter in Monte Carlo und den Sommer in Paris.«

»Unser Verlust, ein Gewinn für diese Orte«, sagte der Prinz lächelnd. »Aber wir vermissen Sie. Die Königin spricht fast jeden Tag von Ihnen. Sie bedauert Ihre Abwesenheit vom Hof – wir alle tun es.«

»Danke, Sir.«

Lady Thetford knickste formvollendet, und Sabina

schaute unauffällig zu Arthur hoch. In seinem Gesicht zeigte sich ein Ausdruck von Fassungslosigkeit.

Arthur sieht aus, als wäre ihm die Petersilie verhagelt, dachte sie unwillkürlich und spürte das fast unwiderstehliche Verlangen, laut aufzulachen.

Und nur weil sie in diesem Moment seine Stimme hörte, die sie mit dem Tonfall äußerster Selbstgefälligkeit der Prinzessin vorstellte, unterdrückte sie das Lachen.

VII

Die Prinzessin von Wales kam Sabina noch reizvoller vor, als sie es sich vorgestellt hatte. Die vielen Beschreibungen in den Tageszeitungen und Zeitschriften wurden ihrer Schönheit und ihrem Charme nicht einmal im entferntesten gerecht. Die Bewegungen der jungen Frau waren so voller Grazie, daß die Damen in ihrer Nähe plump und schwerfällig wirkten, und ihr Lächeln verzauberte jeden, dem sie es schenkte.

Und nun lächelte sie Sabina an, als diese sich nach einem tiefen Knicks erhob.

»Das also ist Ihre Braut, Lord Thetford«, sagte sie in ihrem anziehenden gebrochenen Englisch. »Sie sind ein sehr glücklicher Mann. Ich sehe, Sie brauchen unsere guten Wünsche nicht.«

»Danke, Ma'am«, entgegnete Arthur.

»Dennoch sind der Prinz und ich sehr böse mit Ihnen«, fuhr die Prinzessin fort.

»Böse, Ma'am?« fragte Arthur verwirrt.

»Ja, in der Tat. Sie haben nie etwas davon erwähnt, daß Ihre Frau Mutter in Monte Carlo lebt. Erst heute abend beim Dinner erfuhren wir durch unseren Gastgeber davon. Er erzählte uns auch, daß Ihre Mutter den schönsten Garten von ganz Monte Carlo besitzt. Warum nur haben Sie uns diese Dinge verschwiegen? Wollten Sie, daß sie ein Geheimnis bleiben sollten?«

»Nein, kein – Geheimnis, Ma'am«, stammelte Arthur. »Ich habe nur geglaubt, es sei für ihre Königlichen Hoheiten nicht von Bedeutung.«

»Aber natürlich ist es das«, erwiderte die Prinzessin. »Die Königin spricht so oft von Ihrer Mutter, und nie läßt Majestät unerwähnt, wie sehr sie es bedauert, auf die Gesellschaft von Lady Thetford verzichten zu müssen. Der Prinz und ich müssen uns unbedingt die Zeit nehmen, den Garten und das Haus Ihrer Mutter zu besichtigen, damit wir Ihrer Majestät bei unserer Heimkehr alles darüber berichten können.«

»Meine Mutter wird sich sehr geehrt fühlen, Ma'am.«

»Dann arrangieren Sie den Besuch für uns, Lord Thetford«, befahl die Prinzessin, und sich wieder Sabina zuwendend sagte sie:

»Wann wird die Hochzeit sein, Miß Wantage?«

»Im Juni, Ma'am.«

»Ich hoffe doch sehr, sie werden den Prinzen und mich dazu einladen«, sagte die Prinzessin mit einem liebenswürdigen Lächeln.

Sabina bedankte sich mit stockenden Worten, und als die Prinzessin sich abwandte, um jemand anderen zu begrüßen, sank Sabina mit einem tiefen Knicks zu Boden.

Sie spürte Arthurs Hand auf ihrem Arm. Er führte sie durch die Menge der Tänzer und durch eine der hohen Türen zu der Freitreppe, die in den Garten hinunterführte.

»Die Hoheiten sind außergewöhnlich leutselig, nicht wahr?« sagte Arthur gutgelaunt. »Sollen wir ein paar Schritte durch den Garten machen? Es ist so heiß in den Räumen.«

Unwillkürlich verspürte Sabina ein Widerstreben bei dem Gedanken, mit Arthur in den Garten zu gehen. Sie fürchtete, zwischen den Blumen und Lampions könnte der Zigeunerfürst auf sie warten.

Aber es fiel ihr kein geeigneter Vorwand ein für eine

Weigerung, und so folgte sie ihrem Verlobten die Stufen hinunter in den kleinen Innenhof und von dort aus in den schattendunklen, von zahlreichen Düften erfüllten Garten.

Arthur ging auf den nächsten Baum zu, und Sabina ließ sich auf einer Bank nieder, die mit mehreren Kissen bedeckt war.

»Das hätten wir hinter uns«, sagte Arthur mit einem Beiklang von Anerkennung in der Stimme, und Sabina stellte fest, daß er sehr zufrieden war. Auch mit ihr.

»Werden die Königlichen Hoheiten tatsächlich zu unserer Hochzeit kommen?« wollte Sabina wissen.

»Ich habe es mir stets erhofft«, erwiderte Arthur. »Schließlich gehöre ich zum Königlichen Haushalt und habe ein Recht auf die Ehre ihrer Anwesenheit bei meiner Eheschließung. Aber ganz sicher kann man vorher nie sein. Sicher ist man erst, wenn der Prinz oder die Prinzessin einem den Vorschlag machen, sie zu der Feier einzuladen.«

»Ich . . . ich glaube, der Gedanke hat etwas Beängstigendes für mich«, murmelte Sabina.

»Kein Grund, nervös zu werden«, beruhigte Arthur sie.

»Aber ihre Teilnahme wird unserer Hochzeit eine ungewöhnliche Bedeutung verleihen«, gab Sabina zu bedenken. »Ich fühle mich ganz verlegen, wenn ich mir das vorstelle.«

»Ich persönlich bin jedenfalls äußerst erfreut«, sagte Arthur selbstgefällig.

Einen Moment lang herrschte Schweigen zwischen ihnen, dann fuhr er mit veränderter Stimme fort:

»Ich glaube, die Dinge sind in den letzten Tagen nicht immer sehr glücklich für dich gelaufen, Sabina.«

Sabina wollte schon widersprechen, doch als ihr Blick auf sein Gesicht fiel, stellte sie überrascht fest, daß ein Ausdruck von Verlegenheit darauf zu erkennen war. Dann begriff sie, daß er sich bei ihr zu entschuldigen hatte.

»Es war nicht meine Absicht, dich in die Spannungen zwischen meiner Mutter und mir hineinzuziehen«, fuhr er fort. »Aber andererseits ist es ganz gut, wenn du weißt, wie unsere Beziehungen zueinander sind.«

»Deine Mutter war sehr freundlich und liebenswürdig zu mir«, sagte Sabina.

»Ja, natürlich. Ich habe das kaum anders erwartet. Schließlich war sie es, die auf deinem Besuch in Monte Carlo bestand.«

»Aber du siehst doch, wie herrlich das für mich ist und wie glücklich ich bin, hier sein zu dürfen.«

»Ich bin froh, daß es dir Freude macht«, erwiderte Arthur mit gepreßter Stimme. »Aber du mußt wissen, daß du meine Mutter nach unserer Hochzeit niemals mehr sehen wirst.« »Aber das möchte ich«, verlangte Sabina. »Ich möchte sie wiedersehen. Ich mag sie, und sie war sehr – großzügig zu mir.«

Arthurs Lippen verengten sich zu einer schmalen Linie.

»Ich glaube, du verstehst mich nicht«, sagte er dann. »Für meine Mutter und mich ist es unmöglich, das normale Mutter-Sohn-Verhältnis aufrechtzuerhalten.«

»Aber warum nur, warum?« rief Sabina. »Alles ist doch längst vorüber!«

»Was sie getan hat, kann ich ihr niemals verzeihen – niemals!« sagte Arthur verbittert.

»Aber so sehr kann die Sache dich doch nicht berührt haben«, sagte Sabina. »Die Leute jedenfalls scheinen nichts davon mitbekommen zu haben. Denk doch, wie liebenswürdig der Prinz heute abend war!«

»Das ist in der Tat eine Beruhigung für mich«, stimmte Arthur ihr zu. »Aber kannst du dir denn nicht vorstellen, was ich all die Jahre durchgemacht habe? Dauernd quälte mich die Frage, was die Leute wohl reden mochten. Dauernd glaubte ich, sie hinter meinem Rücken flüstern zu hören, fürchtete ständig um meine Karriere, weil meine Mutter mit einem Mann zusammenlebte, der verheiratet war – ja, verheiratet mit einer anderen Frau!«

In Arthurs Stimme lag ein solcher Haß, daß Sabina zögerte, die Unterhaltung fortzusetzen. Doch mit einer Entschlossenheit, die sie sich gar nicht zugetraut hätte, sagte sie ruhig:

»Sie war glücklich. Das zählt doch auch ein wenig.«

»Glücklich?« fragte Arthur bitter. »Wie kann jemand glücklich sein, wenn er derart verworfene und verabscheuungswürdige Dinge tut wie sie! Wenn er durch sein Tun einen Skandal heraufzubeschwören droht, in den seine nächsten Angehörigen mit hineingezogen werden können.«

»Aber es ist ja nichts geschehen. Du bist doch von jeder Benachteiligung verschont geblieben.

»Das war mehr Glück als sonst was«, stieß Arthur böse hervor. »Es hätte auch anders kommen können.«

»Und nun, da der Mann tot ist, braucht niemand zu erfahren, was gewesen ist«, erwiderte Sabina ungerührt. »Du wirst doch nach all diesen Jahren endlich vergessen haben und ihr verzeihen können, oder?«

»Ich fürchte, weder das eine noch das andere wird mir möglich sein«, beharrte Arthur. »Wenn es nach mir gegangen wäre, hätte ich sie nie mehr wiedergesehen. Und nur weil sie ein Mitspracherecht bei der Wahl meiner zukünftigen Frau hat, war ich gezwungen, hierherzukommen und mit ihr Verbindung aufzunehmen.«

Geistesabwesend steckte er sich, ohne Sabina um Erlaubnis zu bitten, eine Zigarre an, die er während des Gesprächs aus dem Etui genommen hatte.

Sabina betrachtete ihn von der Seite. Sie sah, daß er kochte vor Wut, weil sie ihn gezwungen hatte, von seiner Mutter zu sprechen.

Fassungslos schüttelte sie den Kopf.

Diese Reaktion war ihr fremd. Sie begriff diesen Mann nicht. Er machte ihr angst. Sie fühlte sich bedrückt und niedergeschlagen. Der Haß in seiner Stimme, die Eiseskälte und Härte in seinen Augen, wenn er von seiner Mutter sprach, entsetzte sie.

Am liebsten hätte sie geschwiegen oder wäre einfach fortgelaufen.

Aber ein ihr angeborener Eigensinn ließ sie nicht haltmachen.

Sie fuhr fort, mit ihm zu streiten, obwohl sie wußte, wohin das führen konnte.

»Arthur, warum willst du mich heiraten?« fragte sie nach einer Weile.

Er wandte ihr sein Gesicht zu und legte seine Hand auf die Rückenlehne der Bank. Zum erstenmal wich der Ausdruck des Ingrimms auf seinen Zügen einem Lächeln.

»Weil ich dich liebe, Sabina. Weißt du das nicht?«

»Du hast es mir zwar gesagt, als du mich damals fragtest, ob ich deine Frau werden wolle«, antwortete Sabina, »aber wenn du mich wirklich liebst, wie du sagst, müßtest du doch eigentlich verstehen, was deine Mutter für den Mann empfunden hat, den sie nicht heiraten konnte.«

Arthur nahm die Hand von der Lehne und setzte sich mit einem jähen Ruck auf.

»Hör zu, Sabina«, sagte er scharf. »Ich habe keine Ahnung, was meine Mutter dir erzählt hat. Ich für meinen Teil habe es stets vermieden, die häßlichen Details einer Liebesaffäre zu berühren, die mein ganzes Leben grausam hätte zerstören können. Aber ich kann dir versichern, daß eine solche Liebe – falls sie diesen Namen überhaupt verdient – nicht das geringste mit dem zu tun hat, was ich für dich fühle. Ich möchte dich hiermit bitten, ein für allemal, nie wieder von dem gemeinen und niederträchtigen Verhältnis meiner Mutter zu sprechen, nie wieder den Mann zu erwähnen, der unverfroren genug war, sie von ihrem Heim, ihren Freunden und sogar vom Hof wegzuholen. Wie du eben sagtest: Das Ganze ist nun vorbei. Ja, und die schlimmsten Folgen ihres gottlosen und selbstsüchtigen Tuns blieben uns – dem Himmel sei Dank – erspart. Jedenfalls haben wir ihr gegenüber keinerlei Verpflichtungen. Sind wir einmal verheiratet, werde ich jeden Kontakt mit ihr abbrechen. Ich werde sie nie in unser Haus einladen, und ganz bestimmt werde ich meinen Fuß nie wieder auf die Schwelle ihres Hauses setzen.«

Sabina seufzte tief.

»Ich verstehe dich nicht«, sagte sie.

»Dann versuche es wenigstens«, entgegnete Arthur. »Komm, reden wir von angenehmeren Dingen!« Er lächelte gequält. »Du siehst hübsch aus heute abend, Sabina!«

»Magst du mein Kostüm?« fragte Sabina.

»Es ist entzückend. Du eignest dich sehr für die Rolle der Persephone. Ich habe mit einem gewissen Grauen an diesen Maskenball gedacht, muß aber zugeben, daß ich mich bisher recht gut amüsiert habe.«

»Bist du gern mit mir zusammen?« wollte Sabina wissen.

»Mein liebes Mädchen, was für eine seltsame Frage!« Wieder lächelte Arthur. Diesmal ein wenig ungezwungener als vorhin. »Würde ich dich gebeten haben, meine Frau zu werden, wenn ich nicht den Wunsch verspürt hätte, mit dir zusammenzusein? Um die Wahrheit zu sagen, ich habe mich schon am ersten Abend in dich verliebt. Du warst so anders als die übrigen jungen Mädchen auf dieser zum Sterben langweiligen Party. Doch wenn ich offen sein soll, gefielst du mir in dem schlichten, einfachen Kleid, das du bei diesem Dinner trugst, viel besser als in der eleganten und unnötig extravaganten Garderobe, die meine Mutter aus Paris für dich hat kommen lassen. Ich bin für Einfachheit in meinem Leben, Sabina. Ich wünsche mir eine Frau, die bereit ist, sich ausschließlich nur mir zu widmen und nicht ihre Zeit damit verschwendet, mit anderen um die schönsten Kleider und Hüte zu wetteifern. Die Frau ist für mich die treue, hingebungsvolle Gefährtin des Mannes, keine Kleiderpuppe, der keine Modetorheit zu verrückt und zu teuer sein kann.«

»Aber möchtest du denn nicht, daß ich gut angezogen bin und hübsch aussehe für dich?« fragte Sabina.

»Das schon! Aber zu viele Kleider und zu viel Schmuck verraten einen leichtsinnigen Charakter«, erwiderte Arthur. »Ich will nur, daß du immer du selbst bist. Daß du so bist, wie an jenen ersten Tagen, als wir uns kennenlernten. Du sahst bezaubernd aus. Ich erinnere mich noch gut an jenen Nachmittag, als du zum Krocketspiel zu uns kamst.«

»Aber Arthur . . .« begann Sabina entsetzt, dann erstarben die Worte auf ihren Lippen.

Was für einen Sinn hatte es, mit ihm zu streiten?

Wie konnte sie ihm klarmachen, daß das, was sie an jenem Nachmittag auf Hall getragen hatte, ein altes verschossenes Sommerkleid gewesen war, das einmal ihrer Mutter gehört und das die Dorfschneiderin für sie geändert hatte. Es war ohne jeden Schick und längst unmodern gewesen. Und sie hatte es gewußt. Aber was hätte sie machen sollen?

Es gab eben nichts anderes, was sie an diesem Nachmittag hätte anziehen können, nachdem sie sich das einzig brauchbare Kleid, das sie besaß, am vorangegangenen Sonntag mit Kaffee bespritzt hatte.

Sie fühlte eine Verärgerung in sich aufsteigen, daß Arthur sie in solch schäbigen, armseligen Kleidern lieber sah, als in den ausgefallenen Créationen, die aus Paris für sie gekommen waren.

Aber dann plötzlich begriff sie.

Arthur wollte eine Frau, die in allem das genaue Gegenteil seiner Mutter war, die er abgrundtief haßte.

In einer widernatürlichen Weise hatte sich bei ihm die Liebe des Sohnes zu seiner Mutter in einen wilden, unversöhnlichen Haß verkehrt, der all das ablehnte und verurteilte, was Lady Thetford tat und dachte.

Weil sie elegant und kostspielig gekleidet war, mußte seine Frau in billigen, unmodernen Sachen herumlaufen. Weil sie Schmuck und Juwelen trug, mußte seine Frau auf das Tragen auch des kleinsten Steinchens verzichten.

Endlich verstand Sabina, weshalb Arthurs Wahl auf sie gefallen war. Auf sie, das unbekannte, bedeutungslose Mädchen vom Land, die Tochter eines kleinen Dorfpastors. Weshalb er nicht an eine der jungen Damen aus den Kreisen des Hochadels und des Hofes dachte, denen er doch täglich begegnete.

Plötzlich fühlte sie sich erniedrigt und gleichzeitig ein wenig empört.

In der Zuneigung, die Arthur für sie empfand, gab es also kaum etwas Persönliches.

Arthur sah in ihr nicht das geliebte Du, den Partner und Lebensgefährten. Er sah in ihr ein Symbol. Ein Symbol, nicht für das, was er liebte, sondern für das, was er nicht liebte.

Er wollte sie, weil sie das Gegenteil von dem war, was er von ganzem Herzen haßte.

Arthur warf die Zigarre ins Gebüsch und legte seinen Arm wieder auf die Rückenlehne der Bank.

»Wir werden sehr glücklich miteinander sein, Sabina, du und ich«, sagte er. »Ich werde dich vieles lehren müssen, aber ich weiß, du bist bereit, zu lernen. Du mußt mir nur vertrauen und glauben, daß das, was ich dir sage, das richtige ist. Dann wird es zwischen uns niemals zu Unstimmigkeiten oder Streit kommen.«

Er lächelte und fügte hinzu:

»Ich bin für gewöhnlich nicht so – mißlaunig wie in den letzten Tagen.«

Er konnte sehr charmant sein, wenn er wollte, und Sabina sehnte sich mit einem Mal nach etwas, das sie nicht erklären konnte. Nach etwas wie Sicherheit, Verständnis und Geborgenheit.

Vielleicht wollte sie, daß die ständig bohrenden Fragen in ihrem Inneren, die sie in den letzten Tagen immer mehr quälten und belästigten, endlich eine Antwort fanden.

»Werden wir wirklich glücklich sein? Bist du davon ganz fest überzeugt?«

Es war der Schrei eines Kindes, das getröstet werden will, und Arthur legte die Hand unter ihr Kinn und hob ihr Gesicht zu dem seinen empor.

»Du wirst mich sehr glücklich machen«, sagte er. »Ich bin fest davon überzeugt.«

Er küßte sie sanft, und unwillkürlich hob Sabina die Arme, um seine Schultern zu umfassen.

Sie suchte nach einer Bestätigung dafür, daß es stimmte, was er sagte, daß er sie wirklich liebte und daß auch sie ihn liebte und daß sie zusammen glücklich sein würden.

Doch in dem Augenblick, da sie sich an ihn schmiegte, nahm Arthur die Hand von ihrem Kinn und rückte ein Stück von ihr ab.

»Wir sollten hier nicht herumschmusen wie Hinz und Kunz«, sagte er mit leichtem Vorwurf in der Stimme. »In der Tat halte ich es für das beste, wenn wir jetzt in den Ballsaal zurückkehren. Wir dürfen nicht vergessen, daß ich heute abend gleichsam in offizieller Eigenschaft hier bin, nämlich im Gefolge der Königlichen Hoheiten.«

»Ja, laß uns zurückgehen«, sagte Sabina resigniert. »Es ist mit einem Mal so kalt geworden.«

Sie zitterte bei diesen Worten.

Plötzlich fühlte sie sich, als habe sie eine Niederlage erlitten. Enttäuschung breitete sich in ihr aus. Sie wußte nicht, warum. Sie wußte nur, daß sie sich mit ihrem ganzen Körper nach etwas sehnte, das unerreichbar für sie zu sein schien. Nach etwas so Wundervollem und zugleich Ungreifbarem, daß sie es nicht einmal in Worte zu fassen vermochte.

Schweigend gingen sie zum Ballsaal zurück, und als sie die Tür durchschritten, eilte Lord Sheringham auf sie zu und rief vorwurfsvoll:

»Na endlich! Sind Sie sich darüber im klaren, daß Sie mich um die Hälfte meiner Tänze gebracht haben?«

»Habe ich das, Sherry?« Sabina lächelte. »Das tut mir leid. Bitte, seien Sie mir nicht böse!«

Sie hatte ihn absichtlich bei seinem Spitznamen genannt, wie er es ihr angeboten hatte, und sie bemerkte, daß Arthur zusammenzuckte.

»Miß Wantage war mit mir im Garten«, sagte dieser mit näselnder Stimme.

»Schon gut, Peddy«, erwiderte Lord Sheringham vergnügt. »Ist ja wohl dein gutes Recht. Hätte es genauso gemacht, wenn ich du wäre.«

Arthur bedachte ihn mit einem Blick, der ganz gekränkte Würde war, wie es Sabina vorkam. Dann wandte er sich grußlos ab und strebte auf die Tribüne zu, wo die Königlichen Hoheiten immer noch ihre Freunde begrüßten.

»Was hat er denn?« fragte Sherry unschuldig, während er den Arm um Sabinas Taille legte und sich mit ihr unter die tanzenden Paare mischte. »Laus über die Leber gekrochen, wie?«

»Ich glaube, es gefiel ihm nicht, daß ich Sie Sherry nannte.«

»Guter Lord! Peddy bläst sich mal wieder mächtig auf. Seine Stellung bei Hof ist ihm wohl in den Kopf gestiegen. Nennt mich Sherry, seitdem ich zwölf bin. Kann doch nicht erwarten, daß ich bei seiner zukünftigen Frau den Förmlichen spiele.«

»Doch, ich glaube, das ist genau das, was er möchte«, antwortete Sabina leise, und dann – als hielte sie es für unloyal, über Arthur hinter seinem Rücken zu reden – begann sie Sherry von ihrer neuen Freundin Cecille zu erzählen.

»Sie müssen Cecille unbedingt kennenlernen«, sagte sie. »Sie ist so süß, und ich weiß, Sie werden sie mögen.«

Sherry schaute sie augenzwinkernd an.

»Heiratsvermittlung, wie?« fragte er. »Immer das gleiche. Ist ein Mädchen mal verlobt, glaubt es, alle anderen auch unter die Haube bringen zu müssen. Zu spät, mich mit einer hübschen Lady bekannt zu machen. Wissen so gut wie ich, daß ich längst in Sie verliebt bin.«

»O Sherry, was reden Sie da für einen Unsinn!«

»Ehrlich«, sagte er. »Seit wir uns im Park des Spielcasinos trafen, muß ich immerfort an Sie denken. Tue nachts kein Auge mehr zu!«

»Ja, aber nicht, weil Sie an mich denken.« Sabina lachte. »Sondern weil Sie sich bis zum frühen Morgen an den Spieltischen herumtreiben.«

»Well, aber wenn ich dann im Hotel bin, finde ich keinen Schlaf. Muß ständig an Sie denken. Könnte mich ohrfeigen, weil ich damals in London so blind war. Beim Zeus, hätte der Erste sein können! Wohl zu spät, um gemeinsam davonzulaufen?«

»Viel zu spät, Sherry. Außerdem liebe ich Sie nicht!«

»Und Sie lieben natürlich Arthur, wie?«

Die Frage kam so unerwartet für Sabina, daß sie einen Augenblick lang schwieg, bevor sie, hochrot im Gesicht, antwortete:

»Aus welchem Grund sonst sollte ich ihn heiraten?«

»'s gibt viele Gründe, jemanden zu heiraten – auch wenn man ihn nicht liebt«, entgegnete Sherry. »Aber wenn Sie mich fragen: Liebe ist immer noch der beste.«

»Natürlich«, stimmte Sabina zu.

Bei diesen Worten verspürte sie den jähen Wunsch, so zu lieben, wie Lady Thetford es getan hatte. Bereit zu sein, für ihre Liebe alles hinzugeben. Zu lieben, wie ihre Eltern einander liebten. Heute noch, nach so vielen Jahren. Immer noch leuchteten ihre Augen, wenn sie sich sahen, immer noch zog es jeden von ihnen in die Nähe des anderen. Sie brauchten einander, waren stark in ihrer Liebe und bestanden gemeinsam jede Krise und jede Belastung des Lebens.

Ja, natürlich, sagte sie sich, liebe ich Arthur. Wer hätte ihn nicht geliebt?

Er war so gutaussehend, so erfolgreich und – auf seine Weise – so beeindruckend.

Und dennoch: Irgend etwas stimmte an ihrer Liebe nicht. Es fehlte etwas darin.

War es das Feuer, die Leidenschaft, von denen Lady Thetford gesprochen hatte?

War es die Art von Liebe, die der Zigeunerfürst meinte in den Gesprächen, die sie geführt hatten?

Sabina zuckte zusammen, als sie an den dunklen, hochgewachsenen Mann dachte.

Ob er wohl noch im Saal ist? Die Frage ließ sie nicht los, und sie ertappte sich beim Tanzen immer wieder dabei, wie sie zwischen den Paaren nach ihm Ausschau hielt.

Einmal glaubte sie schon, sein edelgeschnittenes, bronzefarbenes Gesicht, das weiße, kunstvoll bestickte Hemd mit den weiten Ärmeln zu sehen, aber dann erkannte sie voller Enttäuschung, daß sie sich geirrt hatte.

»Woran denken Sie?« erkundigte sich Sherry plötzlich, und Sabina fragte sich, wie lange sie schon geschwiegen hatte.

»Die korrekte Antwort wäre natürlich, daß ich an Sie gedacht habe«, erwiderte sie lachend, »aber tatsächlich war ich nur mit mir selber beschäftigt.«

»Eitel und egoistisch, wie?« tadelte er sie lächelnd. »Kommen Sie, verlassen wir dieses höllische Gedränge und trinken in Ruhe ein Glas Champagner. Viel zu heiß zum Tanzen, finde ich.«

»Draußen ist es schon recht kühl geworden«, sagte Sabina, die sich daran erinnerte, wie kalt ihr plötzlich in Arthurs Nähe gewesen war.

»Zu luftig angezogen, das ist es«, erwiderte Sherry. »Ein Glas Wein wird Sie wieder aufwärmen!«

Er führte sie in einen Raum, in dem eine Bar aufgebaut war, beladen mit allerlei köstlichen Speisen. Kellner bewegten sich geschäftig zwischen den Gästen und versorgten sie mit Champagner.

Auch Cecille stand beim Buffet. Sie sah entzückend aus und unterhielt sich mit einem Gentleman, der das Kostüm eines venezianischen Dogen trug. Es war ein großer, hagerer Mann, der einen aristokratischen Eindruck machte. Es gab keinen Zweifel, daß er nicht mehr der jüngste war, und Sabina vermutete, daß es sich bei ihm um den Freier handelte, den Cecilles Eltern favorisierten und ihr als Ehemann aufzwingen wollten.

Cecille stellte ihn als Mr. Rochdale vor, und Sabina machte die beiden mit Sherry bekannt.

»Sabina lobt Ihre Schönheit und Ihren Charme schon den ganzen Abend in den höchsten Tönen«, verriet er Cecille.

»Jetzt, da ich Sie vor mir sehe, finde ich, daß sie noch stark untertrieben hat.«

»Das ist aber ein nettes Kompliment.«

Cecille lächelte.

Mr. Rochdale hatte Sabina bereits in ein Gespräch verwikkelt.

»Ist dies Ihr erster Besuch im Palast, Miß Wantage?« wollte er wissen.

»Ja. Mein erster Besuch in einem Palast überhaupt.«

»Dann haben Sie sich gleich einen der schönsten ausgesucht«, sagte Mr. Rochdale. »Jedesmal, wenn ich hierherkomme, bin ich aufs neue von dem reizvollen Kontrast beeindruckt, der sich mir bietet. Auf der einen Seite der Schlucht der große Felsen, der Palast und die Festung, alle vom gleichen düsteren Grau, bedrohlich in ihrem Aussehen und sehr alt. Und auf der anderen Seite dieser buntgetupfte Pilz, den wir Monte Carlo nennen. Farbenprächtig wie der Mantel eines Hofnarren und kurzlebig wie ein Regenbogen.«

»Wie aufregend das klingt!« rief Sabina begeistert.

»Aber nicht halb so aufregend wie die Entstehung dieses Ortes selbst«, erwiderte Mr. Rochdale. »Eines Tages wird man die Geschichte von François Blancs wagemutiger und vorausschauender Tat schreiben, und sie wird den Menschen erregender und abenteuerlicher vorkommen als der spannendste Roman. Können Sie sich vorstellen, daß Monte Carlo in diesem Jahr schon über hunderttausend Besucher zählte? Dabei standen die Croupiers noch vor einigen Jahren vor dem Casino und suchten mit Fernrohren die Straße nach einer Reisekutsche ab, die ihnen einige zahlungskräftige Spieler anbrachte.«

»Sind Sie zu dieser Zeit auch schon hier gewesen?«

»Ja, in der Tat«, erwiderte Mr. Rochdale. »Prinz Karl ist ein alter Freund von mir, und ich konnte ihn auf einige Schwierigkeiten hinweisen, mit denen er rechnen mußte, als sich unter den Einwohnern von Monaco eine Rebellion gegen das Spielcasino erhob.«

»Eine Rebellion?« fragte Sabina erstaunt. »Waren die Leute denn gegen das Casino?«

»Sie glaubten, nicht so schnell einen Nutzen aus einer

derartigen Einrichtung zu haben. Es dauerte ihnen zu lange. Wie die übrige Welt sind auch sie sehr geldgierig.«

»Das hört sich an, als glaubten Sie, wir alle wären diesem Laster verfallen.«

»Sind es nicht die meisten unter uns tatsächlich?« entgegnete Mr. Rochdale. »Wir alle können doch nicht genug von all diesen Dingen bekommen: Macht, Geld und Zuneigung. Jeder von uns möchte immer noch mehr davon.«

»Mag sein, daß Sie recht haben«, erwiderte Sabina nachdenklich.

»Statt des Wortes Zuneigung hätte ich auch Liebe sagen können«, fuhr Mr. Rochdale fort. »Alle wollen Liebe: reich und arm, jung und alt. Sie ist wie der Sonnenschein. Menschen ohne Liebe leben im Dunkeln.«

Sabina schaute zu ihm auf.

Er lächelte, und doch war auf dem Hintergrund seiner grauen Augen ein Anflug von Ernsthaftigkeit zu erkennen.

Ich mag ihn, sagte sie sich. Und wenn er Cecille liebt, sollte sie sich glücklich schätzen.

Cecille lachte und scherzte mit Sherry. Jetzt wandte sie sich an Sabina und sagte:

»Habt ihr schon das Supper eingenommen? Kommt, wir gehen alle zusammen nach unten und essen etwas. Einverstanden?«

Sabina zögerte.

»Ich frage mich, ob Arthur nicht damit rechnet, daß ich auf ihn warte.«

»Tut er bestimmt nicht«, unterbrach Sherry sie. »Verpflichtungen! Mitglied des Königlichen Gefolges! Vorhin sah ich sie, die ganze Versammlung. Peddy mitten unter ihnen, als sie den Ballsaal verließen. Zwanzig Minuten, die es jetzt her sind.«

»Oh, dann ist alles in Ordnung.«

Sabina lächelte.

»Gut, dann kommt mit, ich bin schrecklich hungrig!« drängte Cecille.

Sie nahm Sabinas Hand und führte sie einen langen

Korridor entlang, in dem eine Reihe kostbarer Gemälde hingen, zu dem großen Bankettsaal, wo das Supper auf die Gäste des Festes wartete.

Die beiden Mädchen waren ihren Begleitern einige Schritte vorausgeeilt, und Sabina hatte so die Gelegenheit, Cecille zuzuflüstern:

»Ich hoffe, Lord Sheringham gefällt dir.«

»Er scheint sehr charmant zu sein«, antwortete Cecille. »Aber er ist noch sehr jung, nicht wahr?«

»Jung?« fragte Sabina. »Er ist im gleichen Alter wie Arthur.«

»So! Aber ich glaube, ein älterer Mann besitzt mehr Distinktion, mehr Ernsthaftigkeit. Bei jungen Männern stört mich ein wenig ihre Begeisterung für alles und jedes. Überdies neigen sie dazu, ununterbrochen von sich selbst zu reden.«

Sabina schaute Cecille erstaunt an.

Dann lächelte sie.

»Auch ich finde Mr. Rochdale äußerst charmant«, sagte sie. Das Supper verlief heiter und in fast ausgelassener Stimmung.

Mr. Rochdale und Sherry gaben eine Anekdote nach der anderen zum Besten, und Sabina und Cecille lachten, bis sie Seitenstechen bekamen.

Der Gegensatz zu dem Königlichen Gefolge, das am anderen Ende des großen Bankettsaales Platz genommen hatte – Arthur mitten darunter – war zu deutlich.

Hier ungezwungene Heiterkeit, drüben gedämpfte, vornehme, ja fast ein wenig bedrückte Zurückhaltung. Und Sabina, die ab und zu den Blick hinüberschweifen ließ, war froh, daß sie nicht groß und bedeutsam genug war, eine der weiblichen Gäste des Prinzenpaares zu sein.

Aber dann fiel ihr ein, daß der Tag nicht mehr fern war, da sie in den Kreis um die beiden Hoheiten aufgenommen werden würde.

Plötzlich erstand vor ihrem geistigen Auge eine düstere Vision:

Sie – Abend für Abend inmitten von Menschen, die ihr völlig fremd waren, deren Steifheit und Förmlichkeit ihr jedes Wort zur Qual machten, deren Konversation sie langweilte und deren unpersönliche Freundlichkeit ihr Herz wie ein Eishauch traf.

Sie hatte Erzählungen gehört von Abenden auf Windsor, die sie mit blankem Entsetzen erfüllten. Dabei war der Prinz von Wales eigentlich kein Kind von Traurigkeit, obwohl auch er bei offiziellen Anlässen sehr formell und von oben herab sein konnte.

Sabina ertappte sich dabei, daß sie Cecille und Mr. Rochdale beneidete.

Mr. Rochdale schien über einen unerschöpflichen Vorrat von Anekdoten und Erlebnissen zu verfügen. Interessant und geistreich berichtete er von den Menschen, denen er auf seinen zahlreichen Reisen begegnet war. Er brachte sie zum Lachen mit der Schilderung vom Geiz und der Sparsamkeit auf deutschen Schlössern und ließ sie staunen, als er davon sprach, welch großzügige und verschwenderische Aufnahme er im Gegensatz dazu in Rußland gefunden hatte.

Wie sehr würde sich Cecilles Leben von dem ihren unterscheiden.

Mein Gott, wie konnte Cecille nur so unglücklich sein bei dem Gedanken an eine Ehe mit diesem Mann?

Gewiß, er war einige Jahre älter als sie, aber war diese Tatsache wirklich ein Nachteil, wenn man seine Attraktivität berücksichtigte, das faszinierende Wissen, die Klugheit, den Witz und die Lebenserfahrung, die er besaß?

Mr. Rochdale fuhr fort, von seinen Reisen ins Ausland zu erzählen, bis Sabina ihn fragte:

»Sind Sie auch schon einmal in Ungarn gewesen?«

»Aber natürlich!« erwiderte er. »Ich habe dort viele Freunde. Die Ungarn sind ein sehr charmantes, liebenswertes und warmherziges Volk. Sie lieben gute Weine, mitreißende Musik und schöne Frauen.«

»Ja, das glaube ich«, sagte Sabina. »Ich... ich lernte

einmal einen Ungarn kennen. Er sagte mir einige sehr charmante und zauberhafte Dinge, aber ich war mir nicht sicher, ob er es ernst meinte und ich ihm glauben konnte.«

»Wenn er Ihnen Komplimente machte, dürfen Sie ihm jedes Wort glauben, das er Ihnen sagte«, antwortete Mr. Rochdale galant.

Sabina errötete.

»So meinte ich das nicht. Ich wollte nur wissen, ob . . .«

»Ob die Ungarn Schmeichler sind wie die Iren?« vollendete Mr. Rochdale ihren Satz. »Die Frage ist nicht einfach zu beantworten. Lassen Sie es mich so erklären. Die Ungarn sind sehr starker und tiefer Emotionen fähig. Alles was sie tun ist eine Verbindung von Herz und Verstand. Wenn sie hassen, hassen sie wild und leidenschaftlich. Wenn sie lieben, lieben sie bis zur letzten Konsequenz. Ist es das, was Sie wissen wollten?«

»Wer ist denn dieser Ungar?« fragte Sherry, der dem Gespräch aufmerksam zugehört hatte. »Verdammt, bin rasend vor Eifersucht.«

»Oh, es ist niemand von Bedeutung«, erwiderte Sabina. Sie versuchte, die Worte beiläufig klingen zu lassen, konnte jedoch nicht verhindern, daß das Blut in ihre Wangen stieg.

Cecille stieß ein helles Lachen aus und rief: »Weiß Arthur von ihm? Er ist es, der eifersüchtig sein sollte und nicht Lord Sheringham.«

»Du machst aus einem Floh einen Elefanten«, widersprach Sabina. »Ich habe Mr. Rochdale nur ganz allgemein nach dem Volkscharakter der Ungarn gefragt. Einfach interessehalber.«

»Unsinn!« sagte Cecille. »Aber wir sollten dich nicht hänseln. Ich jedenfalls hasse es, wegen solcher Dinge aufgezogen zu werden.«

»Das muß ich mir merken!« sagte Mr. Rochdale.

Cecille schaute ihn an und machte einen Schmollmund. Sie lächelte allerdings dabei, und in ihren Augen erschien ein Leuchten, das Sabina zum erstenmal an ihr bemerkte.

Ich hätte mir keine solchen Sorgen um sie zu machen

brauchen, dachte sie. Cecille scheint ihre Meinung inzwischen geändert zu haben.

Lachend und scherzend setzten sie die angeregte Unterhaltung fort, und keiner von ihnen bemerkte, daß die Königliche Gesellschaft den Saal verließ.

Etwa eine halbe Stunde später fuhr Sabina jäh zusammen, weil Arthur plötzlich neben ihrem Stuhl auftauchte.

»Meine Mutter hat den Ball bereits verlassen«, erklärte er steif. »Sie wollte dem Casino noch einen Besuch abstatten. Ich versprach ihr, dich nach Hause zu bringen, wenn du den Wunsch dazu hast.«

»Möchtest du denn, daß wir jetzt schon gehen?« erkundigte sich Sabina.

»Es ist spät geworden«, erwiderte Arthur und blickte zu der Uhr auf dem Kamin.

»Dummes Zeug, Peddy«, mischte Sherry sich ein. »Willst wohl unbedingt den Spielverderber machen, wie? Komm, setz dich zu uns und trink ein Glas Wein mit! Mister Rochdale erzählt uns Geschichten, daß dir die Luft wegbleibt.«

»Ich glaube nicht, daß du Mister Rochdale kennst, Arthur«, sagte Sabina rasch.

Die beiden Männer schüttelten einander die Hände, und erst nach Sherrys erneutem Drängen gab Arthur nach und nahm an ihrem Tisch Platz.

Doch mit seinem Kommen schien sich die zwanglose, fröhliche Stimmung regelrecht verkrochen zu haben.

Die Unterhaltung stockte, das Lachen verstummte, den beiden Männern schien der Witz ausgegangen zu sein.

Arthur ahnte natürlich nicht, daß er es war, der den Vieren die Stimmung genommen hatte. In seiner trockenen und zugleich wichtigtuerischen Art begann er von den Königlichen Hoheiten zu sprechen, von ihren Plänen für den nächsten Tag und den Aufgaben, die ihm dabei zufielen.

Mit einem Gefühl peinlicher Verlegenheit sah Sabina, wie Sherry immer häufiger ein Gähnen unterdrückte.

»Glaube, du hast recht, Arthur«, unterbrach Sherry schließlich den eitel dahinfließenden Redestrom seines ehemaligen Schulkameraden. »Zeit für mich, ins Hotel zu kommen.«

Arthur nickte eifrig. Es war offensichtlich, daß er nur darauf wartete, mit Sabina aufbrechen zu können.

Sabina reichte Mr. Rochdale und Sherry die Hand, drückte Cecille einen Kuß auf die Wange und verließ, nachdem sie ihren Umhang umgelegt hatte, zusammen mit Arthur die prächtige, ganz in Marmor gehaltene Eingangshalle. Sie durchschritten das hohe Portal und traten auf den Vorplatz des Palastes hinaus, wo die Wachen immer noch auf und ab patrouillierten, und die riesige Kanone wie ein dunkler Finger warnend auf die See hinaus zeigte.

Sabina stieg in die Kutsche, und ein Diener mit gepuderter Perücke breitete eine Pelzdecke über ihren Knien aus.

»Es war ein herrlicher Abend«, sagte sie, als sich der Wagen in Bewegung setzte.

»Es freut mich, daß du dich amüsiert hast«, versetzte Arthur. »Allerdings muß ich zugeben, daß es mir lieber gewesen wäre, du hättest einen ernsthafteren Tanzpartner gehabt als diesen Windbeutel von Sheringham.«

»Du hast etwas gegen Sherry«, erwiderte Sabina vorwurfsvoll. »Ich dachte, ihr wäret Freunde gewesen in eurer Studienzeit auf Eton.«

»Wir waren Mitschüler, das ist alles«, sagte Arthur mißmutig. »Ja, und dann sehen wir uns hier und da mal in London. Aber er ist ein junger Mann, der nur in den Tag hineinlebt und seine Zeit mit ziemlich nutzlosen Dingen zubringt.«

»Und was sollte er deiner Meinung nach tun?« fragte Sabina.

»Was andere Männer seines Alters auch tun. Nimm zum Beispiel mich!«

»Aber du hattest vielleicht mehr Möglichkeiten als er«, gab Sabina zu bedenken. »Dein Vater hatte eine Stellung bei Hof, und du konntest einfach in seine Fußstapfen treten.«

»Ja, bis zu einem gewissen Punkt ist das richtig. Aber ich bilde mir ein, am Erfolg meiner Karriere nicht ganz unbeteiligt zu sein. Mein Vater hatte noch nicht die hohe Position wie ich, als er in meinem Alter war.«

»Übrigens, wie hat dir Mister Rochdale gefallen?« fragte Sabina, die verhindern wollte, daß ihre Unterhaltung auf eine Ebene abglitt, wo es wieder zum Streit zwischen ihnen kommen konnte.

»Ich habe kaum Notiz von ihm genommen«, erwiderte Arthur blasiert. »Wer ist der Mann? Weißt du Genaueres über ihn?«

»Nein, eigentlich nicht. Nur, daß er Cecille Mason heiraten will – und daß er Bankier ist, wie ihr Vater.«

»Willst du damit sagen, daß er Rochdale ist? Der Rochdale? Warum, um alles in der Welt, hast du mir das denn nicht sofort gesagt? Der Prinz sprach heute abend noch von ihm. Ich wußte ja gar nicht, daß er bereits in Monte Carlo ist!«

»Ist er mit Seiner Königlichen Hoheit befreundet?« wollte Sabina wissen.

»In gewisser Weise schon«, entgegnete Arthur ausweichend. »Mein Gott, ich muß dem Prinzen unbedingt mitteilen, daß er hier ist! Weißt du, wo er wohnt?«

»Nein, ich fürchte, da kann ich dir nicht helfen.«

»Höchstwahrscheinlich im Hotel de Paris.« Arthur rieb sich die Hände. »Eine gute Nachricht ist das! Der Prinz wird erfreut sein, wenn ich sie ihm bringe. Ich wünschte nur, du hättest mir gleich bei der Vorstellung einen entsprechenden Hinweis gegeben. Wäre gut gewesen, wenn ich einige Worte mit ihm gewechselt und ihn auf die Königliche Einladung vorbereitet hätte.«

»Ich habe seinen Namen sehr deutlich ausgesprochen«, murmelte Sabina.

»Ja, natürlich. Aber der Name Rochdale sagte mir im ersten Moment nichts. Außerdem rechnete ich nicht damit, dich in Gesellschaft einer so wichtigen Persönlichkeit anzutreffen.«

»Nein, natürlich nicht.«

Sabina wünschte, Arthur würde ihr nicht ständig das Gefühl geben, so schrecklich bedeutungslos zu sein. Gleichzeitig war sie glücklich darüber, daß dieser Mann so lange mit Sherry und ihr zusammen gewesen war. Und wenn sie daran dachte, welche Mühe sich Mr. Rochdale gegeben hatte, sie zu unterhalten, erfüllte sie nun ein gewisser Stolz, denn schließlich schien er sie nicht so niedrig eingeschätzt zu haben, wie Arthur das tat.

Die Pferde hatten Monte Carlo erreicht, als Sabina die Hand ausstreckte und Arthurs Arm berührte.

»Ich würde dir so gern eine Hilfe sein«, sagte sie leise. »Ich möchte alles richtig machen in deinen Augen, damit du stolz auf mich sein kannst.«

Arthur nahm ihre Hand in die seine und lachte.

»Ich glaube nicht, daß du mir helfen kannst, Sabina«, sagte er herablassend. »Andersherum wird eher ein Paar Stiefel daraus. Aber wenn du stets das tust, was ich von dir verlange, und auf das hörst, was ich sage, bin ich überzeugt, daß wir blendend miteinander auskommen werden.«

Sabina unterdrückte nur mit Mühe einen Seufzer, denn diese Antwort stellte sie nicht zufrieden.

Vor der Tür der Villa gab ihr Arthur einen Kuß und half ihr aus der Kutsche.

»Kommst du nicht mehr mit ins Haus?« fragte sie. Der Gedanke, daß er sie in diesem Moment allein lassen könnte, verursachte ihr ein sonderbares Unbehagen.

»Mein liebes Kind, jetzt noch, zu dieser späten Stunde – gewissermaßen mitten in der Nacht?« fragte Arthur entrüstet. »Wir müssen doch an deinen guten Ruf denken, nicht wahr?«

»Ja, natürlich«, entgegnete Sabina hastig.

Sie ging durch die Tür, die ein Diener ihr aufhielt, ins Haus, und Arthur machte kehrt und schritt zum Wagen zurück.

Sabina hörte, wie die Kutsche davonfuhr.

»Ist Ihre Ladyschaft schon da?« fragte sie den Butler.

»Nein, Miß. Es wird wohl noch eine knappe Stunde dauern, bis Ihre Ladyschaft das Casino verläßt.«

»Danke, Bates. Gute Nacht.«

»Gute Nacht, Miß.«

Mit langsamen Schritten stieg Sabina die Treppe hinauf.

Sie wußte nicht, wieso, aber sie kam sich sehr einsam vor.

Vielleicht war es die Müdigkeit.

Vielleicht war es die Reaktion auf die ausgelassene Fröhlichkeit des heutigen Abends.

Sie öffnete die Tür ihres Schlafzimmers. Die Kerzen auf dem Ankleidetisch und neben dem Bett flackerten. Yvonne hatte sich angeboten, auf Sabina zu warten, was sie jedoch abgelehnt hatte. Sie war es nicht gewohnt, daß eine Zofe ihretwegen aufblieb, und sie haßte die Vorstellung, daß ein Mädchen, das den ganzen Tag über schwer gearbeitet hatte, in der Nacht noch stundenlang auf ihre Heimkehr wartete.

Sie zog die Tür hinter sich ins Schloß.

Die Flammen zuckten im Windhauch, der von den offenen Fenstern ins Zimmer wehte, und die hauchzarten Vorhänge blähten sich wie Segel.

Heute nacht würde sie nicht auf die Terrasse hinausgehen und in den vom Mondlicht erfüllten Garten schauen.

Außerdem wußte sie instinktiv, daß dort niemand auf sie wartete. Der Zigeunerfürst würde zu seinem Stamm zurückgekehrt sein, nachdem er mit ihr getanzt hatte.

Er hatte gesagt, dies sei der einzige Grund gewesen, weshalb er in den Palast gekommen war.

Mr. Rochdale hatte erzählt, daß die Ungarn voller Leidenschaft liebten. Sie glaubte ihm. Wenn der Zigeuner von Liebe sprach, war seine Stimme dunkel und geheimnisvoll, und es lag ein so beschwörender Unterton darin, daß ihr der Herzschlag zu stocken drohte und es ihr fast den Atem nahm.

Sie durchquerte das Zimmer, und ihr Blick fiel auf das Bett.

Etwas lag auf dem Kissen.

Rasch trat sie näher.

Es war ein Strauß mit Rosen, roten Rosen, und alle noch in der Knospe.

Als sie den Strauß in die Hände nahm, schien ihr Duft den ganzen Raum zu erfüllen.

Sie beugte sich nieder, um ihr Gesicht darin zu bergen, als sie das kleine Billet sah.

Nur zwei Worte standen darauf. Zwei Worte, geschrieben in einer kühnen, starken Handschrift.

für persephone

Lange verharrte Sabina reglos und starrte auf das Kärtchen. Dann legte sie ihre glühende Wange an den Rosenstrauß.

Er mußte sie im Garten gepflückt haben, die hölzerne Treppe hinaufgekommen und über die Terrasse in ihr Zimmer geschlichen sein.

Sabina dachte an das Wagnis, das er auf sich genommen hatte. Wenn man ihn gesehen hätte und er gefaßt worden wäre, hätte man ihn ganz gewiß als Dieb eingesperrt. Jedermann hätte angenommen, daß er nur zu diesem Zweck ins Haus eingedrungen wäre. Niemand würde verstanden und geglaubt haben, daß sein Eindringen einen ganz anderen Grund gehabt hatte.

Der Gedanke, daß er in ihrem Schlafzimmer gewesen war, ließ Sabinas Herz schneller schlagen.

Vielleicht hatte er sich vorgestellt, sie liege schlafend im Bett, als er sich über die Kissen beugte und den Strauß darauf legte.

Hatte er sich gefragt, was sie wohl denken und fühlen würde, wenn sie bei ihrer Heimkehr die roten Rosen und sein kleines Billet darin fand?

Sie schloß die Augen und versuchte, sich den Tonfall seiner Stimme in Erinnerung zu rufen. Sie dachte an dieses wilde, fast beängstigende Gefühl, das sie empfunden hatte, als er ihr sagte, er würde sein Gesicht am liebsten in ihrem Haar vergraben.

Ob er ahnte, welch einen Aufruhr er mit diesen Worten in ihrem Innern hervorgerufen hatte?

Warum, warum nur, fragte sich Sabina, besitzt er eine solche Macht über mich?

Warum konnte er ihr das Gefühl geben, Wein, schweren, berauschenden Wein anstatt Blut in den Adern zu haben?

Warum schlug ihr das Herz bis in den Hals, wenn sie an ihn dachte? Warum glaubte sie zu schweben, wenn er nur in ihrer Nähe war?

Empfanden vielleicht alle Frauen, was sie empfand, wenn sie mit ihm in Berührung kamen?

Reagierten alle auf die Strömung, die von ihm ausging? Auf diese seltsamen Schwingungen, die so bestürzend und gleichzeitig so faszinierend waren?

Sabina blickte auf die Rosen nieder. Wie herrlich sie waren! Blutrot und im Begriff, aufzugehen.

Ob er ihr damit etwas sagen wollte?

Einen Augenblick verfiel Sabina in tiefes Nachdenken. Dann plötzlich hatte sie verstanden.

Rote Rosen. Das uralte Symbol für die Liebe. Rote Rosen – noch nicht voll erblüht.

Glaubte er, daß die Liebe in ihr wie eine Knospe kurz vor dem Erblühen stand?

Und wenn – Liebe zu wem?

VIII

Sabina saß allein im Garten. Das Dach des kleinen Sommerhauses, vor dem sie sich niedergelassen hatte, schützte sie vor der Sonne. Die Laube stand am Ende eines malerischen Pfads, der sich zwischen blühenden Rosenbüschen, Beeten von süß duftendem Rosmarin und üppig wuchernden Feuerdornhecken hindurchschlängelte. Hinter ihr war eine hohe Mauer, von der Kaskaden roter Hängegeranien niederfielen und einen lebendigen Kontrast zum strahlenden Blau des Himmels bildeten. Die in der Sonne funkelnde See dehnte sich bis an den fernen, in stahlgrauem Dunst verschwimmenden Horizont.

Lady Thetford hatte sich zurückgezogen, Sabina dagegen drängte an einem so schönen Tag ins Freie. Und sobald die Zeit es ihr erlaubte, war sie in den Garten hinausgegangen, um in aller Ruhe die Briefe von zu Hause zu lesen, die mit der Morgenpost eingetroffen waren.

Natürlich kannte sie deren Inhalt schon, hatte die Zeilen allerdings nur überfliegen können, weil sie mit Lady Thetford in die Stadt fahren sollte und die Pferde bereits vor dem Portal warteten.

Nun hatte sie alle Muße der Welt, sich genüßlich in die Post von zu Hause zu vertiefen. Jedes Wort von Harriets erheiternden Ergüssen, jeden Satz der liebevollen und ausführlichen Schilderungen ihrer Mutter konnte sie nun ungestört auskosten. Endlich würde sie erfahren, was in der Vikarie seit ihrer Abreise alles geschehen war. Lange genug hatte sie darauf gewartet.

Sabina war glücklich.

Sie brauchte die engbeschriebenen Bögen nur zu entfalten, um die beiden im Geist vor sich zu sehen.

Mama an ihrem Sekretär, den Kopf leicht vorgeneigt, während sie sorgsam und deutlich Wort an Wort fügte.

Harriet, deren Finger über die alten Aktenblätter flogen, die sie stoßweise in der vor Unordnung strotzenden Schublade mit den Schulheften aufbewahrte.

»Ich fühle mich ganz elend ohne dich«, schrieb Harriet.

So schmeichelhaft das auch klang, Sabina wußte, daß Harriet sich niemals sehr lange »ganz elend« fühlen konnte. Denn sie nahm an allem, was um sie herum geschah, regen Anteil. Und in der Familie passierten ständig so viele aufregende, interessante und herzbewegende Dinge, daß Harriets Gefühle ständig den entsetzlichsten Wechselbädern ausgesetzt waren.

Sabina ließ den Brief der Schwester sinken und stieß einen tiefen Seufzer aus.

Auch sie vermißte Harriet sehr.

Es war so wundervoll, mit einem Menschen zusammen zu sein, den man liebte, dem man alles anvertrauen konnte, was einen beschäftigte und der mit einem die vielen kleinen Freuden und Sorgen teilte, die einem täglich geschickt wurden und die, wenn man sie richtig zu nehmen verstand, das Leben zu einem unaufhörlichen Abenteuer machten.

Wenn Harriet doch hier wäre, dachte sie.

Wenn sie die Schönheiten von Monte Carlo sehen, die interessanten und amüsanten Menschen aus Lady Thetfords Umgebung kennenlernen, die Gesellschaften, Bälle und Spielsäle des Casinos besuchen könnte!

Welch ein Vergnügen würde sie haben, und wie erfolgreich würde sie sein!

Wenn ich verheiratet bin, dachte Sabina, werde ich mich um Harriet kümmern! Und um die anderen auch! Keine ihrer Schwestern sollte ihr Debüt unter der Aufsicht von Tante Edith machen müssen, wie das bei ihr der Fall gewesen war. Harriet konnte bei ihr wohnen. Sie würde ihr schöne Kleider kaufen und einen einflußreichen und guten Ehemann für sie suchen. Nicht, daß Harriet jemals einen Mann heiraten würde, den sie nicht mochte ... Dafür war sie viel zu resolut und eigenwillig. Jedenfalls war Sabina davon überzeugt. Sie würde gewiß keinen Antrag – und wäre er noch so vorteilhaft – annehmen, wenn sie nicht absolut sicher war, daß sie den betreffenden Mann auch achten und lieben konnte.

Sabinas Gedanken wanderten von Harriet zu sich selbst zurück.

Erschreckt hob sie die Briefe auf, die zu Boden geglitten waren. Schon die Berührung erfüllte sie mit Heimweh.

Es war sinnlos, sich etwas vorzumachen.

Nichts, mochte es auch noch so aufregend und attraktiv sein, konnte ihr die Vertrautheit und Geborgenheit der eigenen Familie ersetzen.

Sabina dachte an den großen, ein wenig verwohnten Salon, an die Mädchen, die sich mit Mama um den Kamin versammelten, um Papa zuzuhören, der aus der Bibel vorlas.

Sie dachte an ihr Schlafzimmer, das sie mit Harriet teilte, an die schmalen, mit weißem Leinen bezogenen Betten, an das Fenster, das auf die Koppel hinausging, wo Benjamin, ihr dickes Pony, voller Zufriedenheit die saftiggrünen Grasbüschel rupfte.

Der bloße Gedanke daran genügte, und sie konnte die Tränen kaum zurückhalten.

Wie lächerlich sie sich anstellte!

Sabina stieß einen Laut der Verärgerung über sich selbst aus.

Sie war einfältig und undankbar! Höchste Zeit, die wehmütigen Erinnerungen zu beenden!

Sie wollte sich eben erheben, als sie einen der Diener sah, der quer durch den Garten auf das Sommerhaus zueilte, vor dem sie sich niedergelassen hatte. Hastig steckte sie die Briefe wieder in die Kuverts zurück und sah dem Näherkommenden erwartungsvoll entgegen.

»Was ist, James?« fragte sie, als er sich auf Rufweite genähert hatte und rechnete damit, daß Lady Thetford sie sehen wollte.

»Da ist ein Gentleman, der Sie zu sprechen wünscht, Miß.«

»Ein Gentleman?« rief Sabina fragend. »Hat er seinen Namen genannt?«

»Nein, Miß, aber er verlangte nach Ihnen und meinte, er sei sicher, daß Ihre Ladyschaft sich über seinen Besuch freuen würden.«

Wer könnte das sein? überlegte Sabina. Sherry hätte doch bestimmt seinen Namen genannt.

»Der Gentleman ist in Marineuniform, Miß«, erklärte James.

Marineuniform?

Sabina starrte den Diener aus erstaunten Augen an.

Das konnte doch nicht wahr sein!

Oder etwa doch?

Sie sprang auf.

»Ich komme sofort mit, James«, rief sie und eilte mit schnellen Schritten auf das Haus zu. Kurz bevor sie es erreicht hatte, wandte sie sich nach James um, der mit ihrem Tempo nicht Schritt gehalten hatte.

»Ist der Gentleman im Salon, James?«

»Ja, Miß.«

Sabina nahm die Abkürzung über den Rasen, überquerte die Terrasse vor dem Salon und betrat durch eine der hohen Terrassentüren den Raum.

Eine hochgewachsene Gestalt in Marineuniform stand in der Nähe der Feuerstelle.

Ein Blick genügte, dann stieß Sabina einen Freudenschrei aus und lief durch das Zimmer in die ausgebreiteten Arme ihres Bruders.

»Harry! Harry! Warum hast du mir nichts davon mitgeteilt? Warum hast du mich nicht wissen lassen, daß du nach Monte Carlo kommst?«

Harry umarmte seine Schwester und küßte sie liebevoll auf beide Wangen. Dann hielt er sie in Armeslänge von sich und schaute auf sie nieder. Er sah die strahlenden Augen, das kunstvoll frisierte Haar, das Kleid aus blauem Tarlatan mit den Rüschen an Hals und Ärmeln.

Schließlich spitzte er die Lippen und deutete einen unhörbaren Pfiff an.

»Du hast dich ja mächtig herausgeputzt«, rief er.

»Findest du denn, daß es mir steht und daß ich mich so sehen lassen kann?« fragte Sabina.

»Ich hätte dich kaum wiedererkannt«, erwiderte er. »Wahrhaftig, wie unsere alte Sabina siehst du nicht aus. Möchtest du, daß ich mich vor dir verneige, oder ziehst du es vor, daß ich dir die Hand küsse?«

»Stell dich nicht so albern an!«

Sabina lachte. Dann fuhr sie fort:

»Ich bin immer noch die alte. Es ist nur so, daß Lady

Thetford aus dem Aschenputtel eine elegante Lady gemacht hat. Aber reden wir nicht von mir! Erzähl mir von dir! Wie kommst du hierher?«

»Mein Schiff liegt unten im Hafen«, antwortete Harry.

»H. M. S. Magnificent!« rief Sabina aus. »Wie wundervoll! Aber warum hast du mir nicht gesagt, daß du nach Monte Carlo kommst?«

»Gestern wußten wir es selbst noch nicht«, entgegnete Harry. »Heute mittag sind wir erst eingelaufen. Aber um die Wahrheit zu sagen, Schwesterlein, ich war mir nicht sicher, ob du dich über meinen Besuch freuen würdest!«

»Harry, was soll denn das heißen?« fragte Sabina streng.

»Nun, weißt du, Mama schrieb mir einen Brief und berichtete mir darin, wie elegant du jetzt bist, und daß du bei Lady Thetford wohnst. Sie schrieb auch, daß Arthur im Gefolge des Prinzen und der Prinzessin von Wales hier sei. In diesen Kreisen kenne ich mich nicht aus, und ich wollte mich dir natürlich nicht aufdrängen.«

»Dich mir aufdrängen! Wirklich, Harry, ich habe noch nie im Leben einen solchen Unsinn gehört! Als ob es überhaupt einen Grund geben könnte, dich nicht sehen zu wollen! Mein Gott, für wen hältst du mich denn? Als der Diener mich vorhin holte, las ich gerade die Briefe von Mama und Harriet, die ich heute morgen bekam, und ich wünschte mir nichts sehnlicher, als daß sie bei mir wären. Ich verlebe hier eine wundervolle Zeit, natürlich, und dennoch gibt es für mich nichts Schöneres, als mit meiner Familie beisammen zu sein.«

»Du bist immer noch dieselbe, Schwester.« Harry lächelte anerkennend. »Obwohl du aussiehst wie eine Lady aus dem Modejournal.«

Harry kam ganz auf seinen Vater. Er war groß und außergewöhnlich gutaussehend. Dabei besaß er ein offenes, bescheidenes Wesen, das ihn noch sympathischer erscheinen ließ. Etwas ungekünstelt Einfaches und Ehrenhaftes ging von ihm aus, das ihn die Herzen der Menschen im Sturm erobern ließ. Alle, die ihm begegneten, faßten auf der

Stelle Vertrauen zu ihm, und er war der erklärte Liebling von Kindern und Hunden.

Sabina dachte, daß er in der Uniform des Marineoffiziers zum Verlieben hübsch aussah, aber sie hütete sich, es ihm zu sagen. Sie kannte ihren Bruder gut genug, um zu wissen, daß Komplimente ihn verlegen machten. Immer bekam er dann einen hochroten Kopf und verlangte unwirsch, sie sollte den Mund halten.

»Wie gefällt dir Monte Carlo?« fragte sie ihn. »Bist du früher schon einmal hier gewesen?«

»Nein, es ist das erste Mal«, erwiderte Harry.

Dann durchquerte er zu Sabinas Überraschung den Raum und vergewisserte sich, daß die Tür geschlossen war.

»Ich muß dir etwas sagen, Schwester«, brach es dann aus ihm hervor. »Ich stecke ganz scheußlich in der Klemme!«

»O Harry, was ist passiert?« fragte Sabina aufgeregt.

Sie war beunruhigt und brauchte einige Sekunden, um sich von ihrem Schrecken zu erholen. Dann nahm sie Harry liebevoll am Arm und führte ihn zu dem Sofa beim Fenster.

»Komm, setz dich zu mir und erzähl mir, was dich bedrückt!«

»Es ist direkt zum Verzweifeln!« bekannte er.

»Harry, was hast du angestellt?«

Harry schluckte, dann rückte er mit der Spache heraus.

»Ich habe gespielt und – verloren.«

»Wann – wo?«

»Vergangene Nacht im Casino. Ich kam mit einigen Kameraden an Land. Zuerst wollte ich dich besuchen, dann traute ich mich auf einmal nicht, wußte nicht, wie du es aufnehmen würdest, wenn ich plötzlich unangmeldet bei dir auftauchte. Also blieb ich bei meinen Kameraden. Wir aßen in einem kleinen Restaurant zu Abend und gingen dann ins Casino. Ich schwöre dir, mit keinem Gedanken dachte ich daran zu spielen. Doch nachdem ich den

Leuten an den Tischen eine Zeitlang zugeschaut hatte, wurde ich schwankend. Ich sah, mit welcher Leichtigkeit sie gewannen und war plötzlich fasziniert von der Idee, meinen kärglichen Sold um ein paar schnelle Pfunde aufzustocken.«

»Ja, ich verstehe«, sagte Sabina. »Die meisten Menschen sind fasziniert vom Anblick des vielen Geldes.«

»Aber es ist eine gefährliche Art von Faszination, das weiß ich jetzt«, gestand Harry bedrückt.

»Wieviel hast du verloren?« wollte Sabina wissen.

»Ich wage nicht, es dir zu sagen.«

»Nun mach dich nicht lächerlich, Harry. Es ist nun mal geschehen.«

»Es . . . es ist eine ziemliche Menge.«

»Wieviel?«

Harry holte tief Luft.

»Fast hundert Pfund.«

Einen Moment lang war Sabina wie versteinert. Sie starrte ihren Bruder entsetzt an und wiederholte geistesabwesend seine Worte:

»Fast hundert Pfund?!«

»Ja, ich weiß. Schau mich nicht so fassungslos an, Schwester. Ich war ein Idiot, ein gottverdammter, hirnverbrannter Idiot. Aber das schlimme ist, daß es noch dicker kommt.«

»Noch dicker?« Sabina stockte der Atem.

»Ja, noch viel dicker. Weißt du, am Anfang gewann ich mehrmals. Als sich das Blatt dann wendete und ich zu verlieren begann, glaubte ich, das verlorene Geld nach einiger Zeit wieder zurückgewinnen zu können. Aber meine Börse war leer, ehe ich mich versehen hatte, und so schrieb ich einen Scheck aus. Die Casinoverwaltung nahm ihn ohne weiteres an, denn schließlich bin ich ein Offizier der Royal Navy.«

»Aber Harry, du hast doch gar keine hundert Pfund auf dem Konto«, sagte Sabina.

»Natürlich nicht. Ich sagte dir doch, daß ich fest davon

überzeugt war, die Summe wieder zurückzugewinnen. Leider war das jedoch ein Irrtum.«

Sabina schlug die Hände zusammen.

»Du willst also damit sagen, daß man diesen Scheck einlösen und feststellen wird, daß er nicht...«

Sie stockte, und Harry vollendete den Satz:

»Daß er nicht gedeckt ist!«

Die Worte klangen ingrimmig, und in seinen Augen stand die blanke Verzweiflung. Er griff sich mit der Hand an die Stirn.

»Ich muß wahnsinnig gewesen sein. Ja, und getrunken hatte ich auch. Eine ganze Menge sogar. Ich dachte, ein leichter Rausch könnte nichts schaden, und Fortuna wäre mir vielleicht eher hold als in völlig nüchternem Zustand. Schließlich wollte ich ja wenigstens soviel gewinnen, daß ich den Scheck wieder einlösen konnte. Von wegen! Jetzt werde ich mein Offizierspatent verlieren.«

»O Harry, mal den Teufel nicht an die Wand!«

»Aber wieso? Von Offizieren Ihrer Majestät erwartet man nicht, daß sie ungedeckte Schecks ausstellen. Wenn sie es dennoch tun, haben sie die Konsequenzen auf sich zu nehmen.«

»Aber... was wird Papa dazu sagen?«

»Glaubst du, diese Frage hätte ich mir nicht auch schon gestellt?«

Harry seufzte kläglich.

»Es würde ihm das Herz brechen!« rief Sabina. »Und Mama auch. Sie sind so stolz auf dich, Harry. Oh, ich weiß, du wolltest immer zur Kavallerie, aber Papa konnte das Geld dafür nicht aufbringen. Und weil du das Ganze so selbstverständlich hinnahmst, waren beide ganz beschämt von der Haltung, die du zeigtest, und liebten dich um so mehr.«

»Nun red nicht immer davon, Schwester«, sagte Harry heiser.

»Wir müssen verhindern, daß sie etwas davon erfahren!« erklärte Sabina entschieden. »Und das ist nur möglich, wenn wir den Scheck in die Hände bekommen, bevor die Casinoverwaltung ihn bei der Bank einreicht.«

»Aber wo kriegen wir hundert Pfund her?«

»Ich werde ... Arthur fragen müssen«, sagte Sabina leise.

»Glaubst du, daß du das fertigbringst?«

Harry schwieg, dann fuhr er mit gehetzter Stimme fort:

»Ich habe kein Recht, etwas Derartiges von dir zu verlangen. Es ist nicht fair, dich in eine solche Verlegenheit zu bringen, jedoch ... jedoch wüßte ich nicht, was man sonst tun könnte.«

»Ja, natürlich werde ich Arthur fragen«, sagte Sabina bestimmt. »Hundert Pfund sind nichts für ihn. Er ist sehr wohlhabend, und außerdem wird er keinen Skandal wollen – ausgerechnet jetzt, wo er dabei ist, mich zu heiraten.«

»Ich werde ihm das Geld zurückzahlen, das verspreche ich dir«, sagte Harry. »Das wird natürlich eine Zeitlang dauern bei meinem knappen Sold. Aber irgendwie schaffe ich das schon.«

»Hundert Pfund!« Sabina seufzte. »Für Leute wie wir eine Riesensumme. Und wen außer Arthur könnten wir darum bitten?«

»Glaubst du, daß er große Schwierigkeiten machen wird?« fragte Harry.

»Nein, nein, ich bin sicher, er hat Verständnis«, erwiderte Sabina hastig und mit dem Unterton leichten Zweifels in der Stimme. »Schließlich hat er nie erfahren, was es heißt, auf jeden Penny schauen zu müssen und nie die Dinge tun zu können, die für andere selbstverständlich sind.«

Harry stieß einen Seufzer aus.

»Wie gut du mich verstehst«, rief er dann. »Es ist genauso, wie du sagst. Ich war immer der ärmste unter meinen Freunden. Nie konnte ich sie einmal zum Essen einladen, nie mir Dinge leisten, die für sie überhaupt kein Problem darstellten. Ich beklage mich nicht, Sabina, ehrlich nicht. Ich war ein Narr in der vergangenen Nacht, aber ich konnte einfach nicht glauben, daß ich eine solche Pechsträhne haben sollte.«

»Am Schluß gewinnt immer die Bank«, sagte Sabina. »So jedenfalls sagen die Leute, die hier wohnen und jede Nacht im Casino zubringen.«

»Und dennoch gibt es immer wieder solche, die Glück haben«, entgegnete Harry. »Gestern abend beobachtete ich einen Mann, der dreimal dieselbe Zahl setzte, und das mit dem höchsten Einsatz. Stell dir vor, er gewann jedesmal. Dreimal hintereinander folgte dieselbe Zahl. Zum Kuckuck, dachte ich mir, warum sollst du das nicht auch können! Aber du weißt, es war ein Fehlschluß von mir.«

»Armer Harry, du kommst eben aus einer Familie, die nie mit irdischen Gütern gesegnet war!«

»Aber du bist die Ausnahme. Du wirst einmal reich sein.«

»Ja, schon«, erwiderte Sabina zögernd. »Ich wünschte nur, diese Geschichte wäre nach meiner Heirat und nicht vorher passiert! Vielleicht hätte ich dir den Betrag dann geben können, ohne Arthur darum bitten zu müssen.«

Harry sah sie forschend an.

»Hör zu, Schwester«, sagte er. »Wenn es dich zu sehr belastet, werde ich mich nach einer anderen Möglichkeit umsehen. Vielleicht sollte ich Papa schreiben und ihm klipp und klar darlegen, was geschehen ist. Es wäre in jedem Fall das beste. Denn wahrscheinlich wird Papa eines Tages sowieso davon Wind bekommen.«

»Hundert Pfund! Wie soll Papa an hundert Pfund kommen? Dann müßte er schon den Gutsherrn oder sonst jemanden vom Adel darum angehen, und das wäre ganz und gar gegen seinen Stolz. Eher würde er sterben, als die Leute auf Hall um hundert Pfund anzupumpen. Also, was bliebe ihm anderes übrig, als die Pferde zu verkaufen, und das kannst du nicht von ihm verlangen. Sein ganzes Leben hängt an den Tieren.«

»Die Pferde verkaufen!« Harry stöhnte auf. »Himmel, das würde Papa nie tun.«

»Er müßte es, wenn deine Rettung davon abhinge«, sagte Sabina fest. »Aber es wird nicht dazu kommen, Harry. Papa würde sich von diesem Schlag nie wieder erholen. Er wäre in tiefster Seele verletzt. Nicht wegen des Geldes, sondern weil du dich so vergessen konntest. Das weißt du,nicht wahr?«

»Ja, Schwester, das weiß ich sehr gut«, gab Harry ihr recht. »Aber ein Mann muß auch mal seinen Spaß haben. Seit Wochen war ich nicht mehr an Land, und seit sechs Monaten habe ich kein hübsches Mädchen mehr zu Gesicht bekommen. Wir kreuzten die ganze Zeit vor der afrikanischen Küste. Es gab nur noch Glutsonne und Moskitos für uns, und wenn diese Biester dich stechen, bekommst du eine Beule von der Größe einer Billardkugel. Ein Vergnügen war das wirklich nicht!«

»Armer Harry, ich verstehe sehr gut, wie dir zumute ist. Aber tröste dich: Ich werde mit Arthur sprechen, und ich bin sicher, daß alles wieder in Ordnung kommt.«

»Wann wirst du ihn sehen?« wollte Harry wissen.

»Um vier ist er hier.«

»Willst du dann gleich mit ihm reden?«

»Ja, sobald er eintrifft.«

»Was glaubst du, soll ich bis dahin machen? Hier bleiben so lange?«

Sabina überlegte einen Augenblick.

»Wir werden in den Garten gehen und uns dort ein schattiges Plätzchen suchen«, sagte sie schließlich. »Vorher sage ich James, daß er mich holt, sobald Arthur kommt. Du wartest, bis ich mit ihm gesprochen habe. Ich bin sicher, er wird mir das Geld auf der Stelle geben. Sobald du der Casinoverwaltung deine Schulden zurückerstattet hast, können sie den Scheck zerreißen, und alles ist ausgestanden.«

»Hört sich gut an, wie du das sagst«, erwiderte Harry. »Aber wir wollen abwarten und sehen, was Arthur dazu meint.«

»Natürlich.« Sabina nickte. »Aber jetzt gehen wir in den Garten und reden über was anderes als das verflixte Geld. Ich wünschte, du hättest diese entsetzlichen Spieltische nie in deinem Leben gesehen.«

»Das wünschte ich auch«, stieß Harry zerknirscht hervor. »Weißt du auch tatsächlich, daß es dir nichts ausmacht, Arthur um das Geld zu bitten?«

»Direkten Spaß macht es mir nicht«, antwortete Sabina ehrlich. »Aber wir haben keine andere Wahl.«

»Ich habe gestern nacht immer wieder darüber nachgedacht«, erklärte Harry. »Und einigemale war ich drauf und dran, mich ins Meer zu stürzen.«

»Unser ganzes Leben lang hat uns das Schreckgespenst Geld verfolgt«, sagte Sabina mit einem tiefen Seufzer. »Ich glaube, die Reichen wissen überhaupt nicht, wie glücklich sie sind, keine Geldprobleme zu haben und nicht Nacht für Nacht von der Sorge geplagt zu werden, wie sie ihre Schulden bezahlen sollen.«

»Es gibt auch Leute, die reden vom Fluch des Geldes«, bemerkte Harry. »Aber meiner Meinung nach ist der Fluch der Armut bei weitem schlimmer!«

Er legte den Arm um Sabina und zog sie an sich. Dann sagte er schwärmerisch: »Du bist ein Schatz, Schwesterherz! Warst du schon immer. Es tut mir ja so leid, daß ich dich mit meinen Schwierigkeiten belästigen muß.«

»Ich wäre sehr gekränkt, wenn du sie vor mir verschwiegen hättest«, erwiderte Sabina. »Das heißt es für mich, zu einer Familie gehören: für einander dasein, bereit sein, sich gegenseitig zu helfen.«

»Wie ich vorhin schon sagte: Du bist ein Schatz!« Harry atmete tief. »Ich gebe zu, der Gedanke, mit Papa darüber reden zu müssen, macht mich ganz krank.«

»Armer Papa! Er würde es nicht verstehen«, sagte Sabina. »Mama ist da anders. Ihre Familie besteht praktisch aus lauter Spielern. War es unser Großvater oder unser Urgroßvater, der das gesamte Familienvermögen verspielte?« Sabina schwieg und legte nachdenklich die Finger auf die Lippen. Dann fragte sie ängstlich: »Harry, glaubst du, du hast die Spielleidenschaft von ihnen geerbt?«

»Nein, da bin ich verdammt sicher«, versicherte Harry. »Ich sage dir eins, Schwester. Wenn du mich aus dieser

Klemme herausholst, werde ich nie mehr im Leben spielen. Das verspreche ich dir bei allem, was mir heilig ist!«

»Nie mehr?«

»Auf Ehre und Gewissen«, sagte Harry und verneigte sich feierlich, wie sie es als Kinder gemacht hatten.

»Ich glaube dir!« Sabina lächelte. »Und nun laß uns in den Garten gehen!«

Sie verbrachten miteinander zwei glückliche Stunden in lebhaftem Gespräch, aber es war eine sehr blasse und besorgte Sabina, die zum Haus zurückging, nachdem James, der Diener, ihr Arthurs Eintreffen gemeldet hatte.

Sie hatte geglaubt, es würde ihr leichtfallen, Arthur um Hilfe für Harry zu bitten, aber jetzt, wo sie Arthur in wenigen Minuten gegenüberstehen würde, sah das Ganze anders aus. Auf dem Weg zur Villa versuchte sie, sich unablässig einzureden, daß er Verständnis für die Situation ihres Bruders zeigen, daß er sich so verhalten würde, wie das jeder in ihrer Familie täte, wenn sich einer von ihnen in Schwierigkeiten befände.

Doch tief in ihrem Herzen wußte sie, daß sie sich fürchtete. Daß sie davor bangte, Arthur könnte völlig anders reagieren.

Sie betrat den Salon nicht durch das französische Fenster von der Terrasse aus, wie sie es vorhin getan hatte, als Harry ihr gemeldet worden war. Nein, sie nahm den Weg, der zur Gartentür führte und betrat das Haus gleichsam durch den offiziellen Eingang, weil es länger dauerte und ihr mehr der Etikette zu entsprechen schien.

Einen Augenblick verharrte sie in der Halle, ordnete vor einem der goldgerahmten Spiegel ihre Kleidung und ihr Haar und betrat zögernd und mit dem Gefühl einer inneren Angst und Leere das Zimmer, in dem Arthur auf sie wartete.

Arthur stand am Fenster und blickte in den sonnenbeschienenen Garten.

Bei ihrem Eintreten wandte er sich um und streckte ihr die Hand entgegen.

»Guten Tag, Sabina.«

Sie ging auf ihn zu, blieb einen Schritt vor ihm stehen und bot ihm die Wange zum Kuß.

»Ich muß mich für meine kleine Verspätung entschuldigen«, sagte Arthur aufgeräumt. »Seine Königliche Hoheit bat mich, ihm beim Luncheon Gesellschaft zu leisten. Dabei kamen wir auf sehr interessante und bedeutungsvolle Dinge zu sprechen, so daß ich darüber völlig die Zeit vergaß.«

Die Genugtuung und der Stolz in Arthurs Stimme waren nicht zu überhören, und Sabina stellte voller Hoffnung fest, daß er bei bester Laune war.

»Erzähl mir mehr davon!« bat sie ihn. »Worüber habt ihr gesprochen?«

»Ich fürchte, ich würde das Vertrauen verletzen, das Seine Königliche Hoheit in mich setzt, wenn ich den Inhalt unseres Gesprächs weitergäbe.« entgegnete Arthur. »Nein, Sabina, du solltest nicht versuchen, mir irgendwelche Geheimnisse zu entlocken! Die Mitglieder des Königlichen Hauses unterliegen einer außergewöhnlichen Diskretion, und wenn ich nach unserer Heirat einmal Dinge erwähnen sollte, die im Zusammenhang mit meiner Stellung bei Hofe stehen, mußt du mit peinlicher Strenge darauf bedacht sein, niemals mit einem anderen Menschen darüber zu sprechen – nicht einmal mit deinen Eltern oder Geschwistern. Hast du verstanden?«

»Ja, natürlich!« antwortete Sabina.

»Du wirst also stets darauf achten?«

»Ich verspreche es.«

»Gut, dann laß mich nun wissen, welche Pläne du für den heutigen Abend hast!«

»Bevor wir davon reden«, sagte Sabina mit leiser Stimme, »möchte ich dich um etwas bitten.«

»Und worum handelt es sich?«

»Um etwas, das für mich von großer Wichtigkeit ist«, erwiderte Sabina, dann fuhr sie zögernd fort: »Jemand – aus meiner Familie steckt in . . . in großen Schwierigkeiten.«

»In Schwierigkeiten?« fragte Arthur scharf. »Was sind das für – Schwierigkeiten?«

Seine Stimme klang unwillig, wie sie erstaunt feststellte, und in seinem Blick lag ein mißtrauischer Ausdruck, den sie noch nie zuvor an ihm bemerkt hatte.

»Es ist – Harry.«

Es kostete Sabina eine gewisse Überwindung, den Namen des Bruders auszusprechen.

»Harry? Ich denke, dein Bruder befindet sich auf See.«

»Seit gestern liegt sein Schiff im Hafen.«

»Ja, natürlich, die H. M. S. Magnificent. Ich sah sie heute morgen und dachte noch, daß es klug war von der Regierung, ein Flaggschiff der Königlichen Marine nach Monte Carlo zu beordern, solange der Prinz und die Prinzessin von Wales sich hier aufhalten. Richtig, jetzt erinnere ich mich, daß du mir einmal sagtest, dein Bruder tue Dienst auf der Magnificent!«

»Ja«, antwortete Sabina, »und vielleicht weißt du auch noch, daß ich dir eine Photographie von ihm zeigte. Du fandest ihn sehr gutaussehend und sagtest, er sehe ganz hervorragend aus in der Uniform eines Marineoffiziers.«

»Ich fürchte, diese Einzelheiten sind mir entfallen«, entgegnete Arthur. »Aber das spielt ja keine Rolle. Erzähl mir, was passiert ist!«

»Harry war gestern nacht im – Casino«, stammelte Sabina.

»Und?«

»Er verlor einiges an Geld. Um ehrlich zu sein, sogar eine beträchtliche Summe.«

»Na ja. Dann wird er wohl ziemlich zu kraxeln haben, bis er die Schulden mit seinem Sold wieder abgetragen hat. Soviel ich weiß, werden die Dienste eines Unterleutnants nicht gerade großzügig entlohnt.«

»Harry ist ja auch bereit, den Betrag auf Heller und Pfennig zurückzuzahlen«, beeilte sich Sabina zu versichern. »Schließlich weiß er, daß ihm gar nichts anderes übrigbleibt. Aber unglücklicherweise ist er nicht in der Lage, das Geld sofort zurückzuerstatten. Er wird das nur in kleinen Raten tun können. Und bis er soweit ist, werden Jahre vergangen sein.«

»So, so«, murmelte Arthur. »Ich fürchte, diese Vorstellung wird nicht eben berauschend für ihn sein.«

»Bitte, Arthur, versuch doch zu verstehen!« rief Sabina verzweifelt. »Das Geld, das er verloren hat, muß er sofort herbeischaffen!«

»Wie hoch war denn sein Spielverlust?«

»Fast hundert Pfund.«

Sie wagte nicht, Arthur bei diesen Worten anzuschauen. Die Summe kam ihr mit einem Mal riesenhaft vor. Jedenfalls viel gewaltiger als in dem Augenblick, da Harry sie ihr genannt hatte.

Hundert Pfund!

Das war ungefähr die Summe, die sie zu Hause in Cobblefort jährlich für Lebensmittel ausgaben.

Hundert Pfund!

Das Haushaltsgeld der Vikarie für ein ganzes Jahr.

Hundert Pfund!

Mehr als Papa für all seine Pferde bezahlt hatte. Dabei hatte er sie nicht mal alle auf einmal gekauft, sondern eins nach dem anderen – über einen längeren Zeitraum hinweg.

Ein lastendes Schweigen entstand, bis Arthur schließlich sagte:

»Wahrhaftig, dein Bruder hat für einen kleinen Marineoffizier ganz hübsch zugeschlagen. Du mußt ihm mein Beileid aussprechen zu seinem Mißgeschick. Oder sollte ich sagen: zu seiner Dummheit?«

Sabina hob die Augen und schaute Arthur flehend an.

»Bitte, Arthur – bitte, hilf uns!«

»Euch helfen?« fragte er. »Was erwartest du von mir?«

»Harry gab dem Casino einen Scheck. Er war fest davon überzeugt, das Geld zurückgewinnen zu können – statt dessen verlor er es. Das schlimme ist, daß er gar keine hundert Pfund auf seinem Konto hat.Und wenn sich nun herausstellt, daß er einen ungedeckten Scheck ausschrieb, wird man ihn zwingen, seine Entlassung einzureichen. O bitte, Arthur, laß nicht zu, daß das geschieht!«

»Dein Bruder hätte sich über die Konsequenzen seines Tuns früher klarwerden sollen!« antwortete Arthur mit kalter Stimme.

»Mein Gott, er hat sich hinreißen lassen. Es war eine Art Kurzschluß. Er und seine Kameraden segeln nun schon sechs Monate an der afrikanischen Küste entlang. Ich verstehe sehr gut, wie es zu einer solchen Handlung kam. Seit langer Zeit war er wieder einmal an Land, hatte gut gespeist und ein wenig über den Durst getrunken. Dann schaute er beim Roulettspiel zu; es sah so leicht, so einfach aus. Was Wunder, daß er glaubte, seine Finanzen rasch ein wenig aufbessern zu können. Es war ein Irrtum, dem vor ihm schon viele andere zum Opfer fielen: Statt zu gewinnen, verlor er.«

»Ich sehe, du versuchst ihn auch noch zu entschuldigen«, stellte Arthur verdrießlich fest.

»Nein, nein, ich bin mir durchaus bewußt, wie dumm er gewesen ist«, sagte Sabina. »Aber wie könnten wir es verantworten, daß Papa davon erfährt. Es würde ihn umbringen, fürchte ich.«

»Wohl kaum anzunehmen«, entgegnete Arthur ungerührt. »Eltern sterben nicht gleich, wenn ihre Kinder aus der Art schlagen.«

»Aber Papa hätte gar nicht das Geld, um Harry aus der Klemme zu helfen«, erklärte Sabina verzweifelt. »Du weißt, wie arm wir sind und wie einfach wir leben. Bitte, Arthur, leihe Harry diesen Betrag. Er wird ihn dir zurückgeben, da bin ich ganz sicher.«

»Ich habe es mir schon vor vielen Jahren zur Regel gemacht, niemals Geld zu verleihen«, erwiderte Arthur gespreizt. »Diesen Grundsatz habe ich von meinem Vater übernommen. Er pflegte zu sagen: ›Wenn du Geld verleihst, verlierst du einen Freund.‹ Und ich muß ihm recht geben. Die Erfahrung hat gezeigt, daß es die Wahrheit ist.«

»Aber Harry ist kein gewöhnlicher Freund«, versuchte

Sabina ihn umzustimmen. »Er ist dein zukünftiger Schwager.«

»Das ist mir bewußt«, sagte Arthur. »Und das ist einer der Gründe, die mich davor zurückschrecken lassen, in diese höchst unerfreuliche Angelegenheit hineingezogen zu werden. Das mußt du begreifen, Sabina! Und bei dieser Gelegenheit möchte ich noch einmal in aller Deutlichkeit betonen: Ich heirate dich, Sabina, nicht deine Familie.«

»Was willst du damit sagen?«

»Genau das, was ich sage. Ich liebe dich, und ich wünsche, daß du meine Frau wirst. Das besagt jedoch nicht, daß ich für den Rest meines Lebens auch Harriet, Melanie, Angelina und deine andere Schwester – ich habe ihren Namen vergessen – am Hals haben möchte. Ebenso wenig, wie ich die Absicht habe, deinen Bruder finanziell zu unterstützen.«

Sabina war bleich geworden.

Einen Moment lang brachte sie kein Wort hervor. Dann, endlich, sagte sie mit einer Stimme, die kaum zu hören war:

»Willst du damit andeuten, daß ich meine Familie nie mehr sehen soll?«

»Nein, nein, natürlich nicht«, erwiderte Arthur gereizt. »Du wirst deine Familie in vernünftigen Abständen und bei gegebenen Anlässen natürlich sehen können. Aber ich möchte weder, daß sie ständig bei uns im Haus herumhängt, noch auf unsere Kosten lebt. Ebenfalls möchte ich nicht, daß du den größten Teil deiner Zeit damit verbringst, dich den Problemen deiner Familie zu widmen – auf Kosten meiner Bequemlichkeit und meines Wohlergehens.«

»Aber das hatte ich auch gar nicht vor«, widersprach Sabina.

»Da bin ich mir nicht mehr ganz sicher«, erklärte Arthur ihr ungeschminkt. »Deine Familie bedeutet dir sehr viel. Bis jetzt war sie – was durchaus korrekt ist – deine eigentliche Welt und nahm gefühlsmäßig bei dir die erste Stelle ein. Das wird sich nun ändern müssen. Du wirst meine Frau sein, und ich verlange, daß du von diesem Moment an deine ganze Aufmerksamkeit meinen Interessen, meinem Heim und meinen Angelegenheiten zuwendest. Es wird dir nicht sehr viel Zeit bleiben, dich darüberhinaus noch mit irgend jemandem oder irgend etwas sonst zu beschäftigen. Verstehst du das?«

»Ja ... ja, Arthur.«

»Und nun zu deinem Bruder Harry. Durch ihn bin ich jetzt in eine jener widerwärtigen Situationen geraten, in denen ich mich gezwungen sehe, meinen Grundsätzen untreu zu werden.«

Der Schatten auf Sabinas Gesicht war plötzlich wie weggewischt.

»Heißt das, du ... du wirst ihm helfen?« fragte sie ein wenig atemlos.

»Es heißt, daß ich ihm helfen muß«, erwiderte Arthur barsch. »Ich kann mir keinen Schwager leisten, der unehrenhaft aus der Marine Ihrer Majestät ausgestoßen wird. Ich stehe also unter Zwang. Ich kann gar nicht anders, als ihm das Geld zu leihen, damit er seine Schulden bezahlen kann. Aber er wird mir den Betrag zurückgeben müssen. Ich bestehe darauf. Es wird ihm eine heilsame Lehre sein – jetzt und auch in der Zukunft.«

»Aber selbstverständlich wird er seine Schulden begleichen«, sagte Sabina. »O Arthur, wie kann ich dir für deine Großmut jemals danken!«

Arthur ließ ein kurzes, hämisch klingendes Lachen hören.

»Eine Großmut, die man kaum freiwillig nennen kann«, stieß er gepreßt hervor. »Du hast mich in eine höchst unangenehme Situation gebracht, Sabina. Ich hoffe nur, du bist dir darüber im klaren!«

»Ich bin mir darüber im klaren, daß du dich Harry gegenüber sehr hilfsbereit und hochherzig verhältst«, erwiderte Sabina. »Er war drauf und dran, zu verzweifeln vor lauter Sorge und Ausweglosigkeit. Und wir würden dich auch nie gefragt haben, wenn wir die kleinste Chance gesehen hätten, anderweitig an hundert Pfund zu kommen.«

»Ich werde dem jungen Tunichtgut noch sehr deutlich meine Meinung sagen«, erklärte Arthur. »Wo steckt er denn?«

»Im Garten«, antwortet Sabina. »Doch, bitte, Arthur, sei nicht zu streng mit ihm! Er weiß genau, wie dumm er sich verhalten hat, und er bedauert es außerordentlich, daß er uns durch sein verantwortungsloses Verhalten so viel Ärger und so viele Unannehmlichkeiten verursacht. Und sei versichert, er wird dir die geliehene Summe auf Heller und Pfennig zurückerstatten – falls du ihm genügend Zeit dazu läßt.«

»Was das letztere betrifft, werde ich ihm schon meine Bedingungen stellen. Und du, Sabina, versprichst mir nun nochmals, daß du dir zu Herzen nehmen wirst, was ich dir vorhin sagte: Ich heirate dich, nicht deine Familie!«

»Ja, ich habe dich verstanden«, antwortete Sabina mit leiser Stimme.

Sie preßte die Lippen zusammen, als wollte sie die Worte zurückhalten, die ihr schon auf der Zunge lagen.

Einen Augenblick lang schwieg sie, dann fragte sie gepreßt:

»Soll ich Harry herholen?«

»Moment noch«, erwiderte Arthur. »Kann nichts schaden, wenn er noch ein wenig im eigenen Saft schmort. Um so bereitwilliger und aufmerksamer wird er sich das anhören, was ich ihm zu sagen habe.«

»Ich bin fest davon überzeugt, daß wir dich nicht enttäuschen werden«, versprach Sabina zuversichtlich.

»In dieser Angelegenheit sind mir die Hände gebunden«, fuhr Arthur fort, ohne auf Sabinas letzte Worte einzugehen. »Aber glaub mir, Sabina, ich werde nicht immer so entgegenkommend und großzügig sein. In der Tat, ich werde deiner Familie zu gegebener Zeit in aller Deutlichkeit klarmachen, daß sie nicht ständig mit aufgehaltener Hand bei mir erscheinen kann. Ich mag zwar wohlhabend sein, aber ich bin kein Narr!«

Sabina richtete sich stolz auf.

»Meine Familie denkt nicht daran, aus meiner Heirat mit dir irgendwelche materiellen Vorteile zu ziehen. Wir haben es nicht nötig, zu betteln oder jemanden um Almosen anzugehen!«

Arthur lachte.

»Jetzt habe ich deinen Stolz verletzt, nicht wahr?« fragte er. »Es tut mir leid, Sabina, aber ich fürchte, ich habe von meinem Vater eine sehr praktische Einstellung zum Leben mitbekommen. Und deshalb kannst du mir nicht einreden, deine Eltern seien nicht froh darüber, daß ihre Älteste einen reichen Ehemann gefunden hat. Schließlich haben sie noch vier andere Töchter, die versorgt werden wollen, und einen Sohn, der ebenfalls auf ihre Unterstützung angewiesen ist.«

»Ich bin sicher, Mama und Papa geht es vor allem darum, daß wir glücklich sind!«

»Und wenn dieses Glück außerdem noch einen goldenen Rahmen hat, ist ihnen das nicht unangenehm, wie?« entgegnete Arthur mit unverkennbar höhnischem Beiklang in der Stimme.

Sabina verlor plötzlich die Beherrschung und stampfte zornig mit dem Fuß auf.

»Ich finde es häßlich von dir, so zu reden!« rief sie. »Wenn du nur wüßtest, wie arglos und weltfremd Papa ist! Er denkt niemals an Geld, er könnte seinen letzten Penny dem schenken, der noch ärmer ist als er. Wenn er gehört hätte, was du eben gesagt hast, er würde darauf bestehen, daß ich augenblicklich nach Hause komme.«

Arthur lachte erneut.

Dann nahm er sie in die Arme und zog sie an sich.

»Ich wußte ja gar nicht, wie temperamentvoll du sein kannst.« Er lächelte sie an. »Möchtest du, daß ich mich bei dir entschuldige?«

»Es war grausam und gemein von dir, solche Dinge zu sagen«, antwortete Sabina. Ihre Stimme klang ein wenig belegt, und Tränen traten in ihre Augen.

»Nun, Sabina, weine nicht!«

Arthur beugte sich ganz plötzlich zu ihr hinab und küßte ihre Lippen. Einen langen Augenblick hielt er sie fest umschlungen, und als er sie freigab, strömte ihr das Blut in die Wangen.

»So«, sagte er, »jetzt schicke mir den jungen Dummkopf herein!«

Sabinas Augen mieden die seinen, als sie sich schnell umdrehte und durch die Terrassentür in den Garten hinauseilte.

Harry wanderte den Weg hinter der Fuchsienhecke auf und ab. Er wirkte bekümmert und nervös.

Als er Sabina auf sich zukommen sah, schaute er erleichtert auf.

»Was hat er gesagt?« fragte er hastig.

»Es kommt alles in Ordnung«, erwiderte Sabina mit einem leisen Seufzer. »Aber sag nichts zu ihm, so sehr er dich auch provozieren mag und so wütend du auch sein wirst.«

»War er sehr ergrimmt?« wollte Harry wissen.

Sabina nickte.

»Verdammt...«, begann Harry.

Sabina streckte die Hand aus und legte sie ihm auf den Arm.

»Hör zu, Harry. Was immer er sagt, du hältst den Mund und steckst es ein! Es ist der einzige Weg, an die hundert Pfund zu kommen. Hast du verstanden: der einzige! Versprich mir, daß du nichts anderes als ›danke‹ zu ihm sagen wirst.«

»Aber er hat dich doch anscheinend verletzt, dir wehgetan...« widersprach Harry.

»Versprichst du es mir?« unterbrach Sabina ihn. »Bitte, Harry, sei vernünftig. Wenn ich um deinetwillen all diese Dinge auf mich nehme, wirst du doch wenigstens für kurze Zeit die Faust in der Tasche machen können. Schließlich tust du es für dich. Und denke immer daran, du hast überhaupt keine andere Wahl.«

»In Ordnung, Schwesterherz.«

Er drückte ihre Hand, dann gab er sich einen Ruck, straffte sich und setzte sich in Richtung Haus in Bewegung.

Sabina sah sich nach einer Sitzgelegenheit um, wählte die nächste Bank und ließ sich darauf nieder.

Das Gesicht in die Hände vergraben, blieb sie reglos sitzen.

Ihr Herz pochte vor Zorn und Erregung, und sie vermochte die Tränen nicht zurückzuhalten, die ihr plötzlich in die Augen schossen.

»Ich bin eine Närrin, mir das Ganze so sehr zu Herzen zu nehmen«, sagte sie laut zu sich selbst, während sie nach ihrem Taschentuch suchte.

Schließlich setzte sie sich auf, putzte sich die Nase, und während sie sich umschaute, stellte sie fest, daß sie sich in der kleinen Pagode befand, in der sie in der zweiten Nacht ihres Hierseins mit dem Zigeunerfürsten gesprochen hatte.

Sie ertappte sich dabei, daß sie sich an seine Worte erinnerte, an den dunklen Klang seiner Stimme.

Wie deutlich vermochte sie sich den warmen, festen Druck seiner Hand ins Gedächtnis zurückzurufen und die Berührung seiner Lippen, als er die Innenfläche ihrer Hand küßte!

Sabina stieß einen leisen Seufzer aus, und plötzlich rollten die Tränen über ihre Wangen.

Dennoch war sie ruhig und gefaßt, als Harry zwanzig Minuten später in den Garten zurückkam.

Der Ausdruck in seinem Gesicht und die aufeinandergepreßten Zähne verrieten ihr, was in ihm vorging, und fast bevor er sie noch richtig hören konnte, rief sie aufgeregt:

»Alles in Ordnung, Harry? Hat er dir das Geld gegeben?«

Harry nickte.

Einen Moment lang vermochte er nicht zu sprechen. Er setzte sich zu Sabina auf die Bank, vergrub die Hände in den Taschen und streckte die Beine von sich.

»Puh!« rief er dann. »Ich bin schon in manch einer unangenehmen Lage gewesen, aber das eben war eindeutig der Gipfel.«

»Aber du hast doch nichts gesagt, oder?« fragte Sabina hastig.

»Ein Glück, daß ich dir versprechen mußte, den Mund zu halten«, antwortete er. »Ein- oder zweimal war ich so wütend, daß ich ihn am liebsten angeschrien oder – besser noch – einfach niedergeschlagen hätte. Doch im letzten Moment erinnerte ich mich an deine Worte.«

»Harry, du mußt verrückt sein!«

»Verrückt oder nicht, es wäre eine Genugtuung für mich gewesen! Noch nie hat es mich derartig in den Fäusten gejuckt wie vorhin, das kannst du mir glauben, Sabina!«

»Nun sag doch, hast du das Geld?«

»Ja, er gab mir die hundert Pfund. Ich muß sie innerhalb eines Jahres wieder zurückzahlen.«

»Innerhalb eines Jahres?« rief Sabina entsetzt. »Aber das heißt ja...«

»Das heißt praktisch, daß ich ein Jahr lang jeden Penny von meinem Sold sparen muß«, unterbrach Harry seine Schwester und vollendete damit ihren Satz. »Er ließ keinen Zweifel darüber, daß er mir diese Frist aus erzieherischen Gründen setzte. Er wollte mir einen Denkzettel erteilen, dieser...«

Harry brach ab und biß sich auf die Lippen.

»Das ist hart, schrecklich hart«, rief Sabina. »Aber du brauchst wenigstens nicht mit Papa zu reden.«

»Ja, das habe ich mir auch gesagt«, erwiderte Harry. »Während er auf mich einredete, habe ich nicht aufgehört, mir im Geiste ständig die beiden Worte vorzusagen: Papa, Sabina! Papa, Sabina! Andernfalls...«

»Denk nicht mehr daran!« unterbrach Sabina ihn. »Vergiß es einfach! Du hast das Geld. Das ist alles, was zählt!«

Harry sprang plötzlich auf und wandte sich ruckartig seiner Schwester zu. Er legte beide Hände auf ihre Schultern.

»Hör zu, Sabina! Liebst du diesen Mann eigentlich?«

Die Frage kam völlig unerwartet für Sabina.

Sekundenlang blickten ihre blauen Augen in seine braunen.

Dann wandte sie mit einem leisen Aufschrei das Gesicht ab und entwand sich seinem Griff.

»Bitte, Harry, laß das jetzt! Für heute hatte ich Beunruhigungen genug! Ich möchte jetzt nicht über mich oder Arthur reden! Du bist in Sicherheit, das ist die Hauptsache.«

»Nein!« Harrys Stimme klang erregt. »Mir geht es um dich, Sabina!«

»Vergiß es, bitte!« flehte Sabina. Dann fuhr sie betont fröhlich und unbeschwert fort: »Mach dir wegen mir keine Sorgen, Harry. Mir geht es bestens, und ich bin vollkommen glücklich. Im übrigen mische ich mich nicht in dein Leben ein, und du kümmerst dich besser auch nicht um das meine!«

»Aber, Schwester, du solltest dir die Sache noch einmal gründlich überlegen!«

»Das habe ich bereits getan.« antwortete Sabina abweisend. »Ich habe sogar eine ganze Menge nachgedacht, und Reden ändern nichts mehr – so nicht und so nicht!«

Harry zuckte die Schultern.

»Na gut«, sagte er leise. »Dann werde ich jetzt gehen.«

»O bitte, bleib doch noch!« bat Sabina. »Wir könnten zusammen Tee trinken, was hältst du davon?« Sie schwieg einen Atemzug lang und fügte hastig hinzu: »Ach so, ich hab' vergessen, dich zu fragen, ob Arthur noch hier ist.«

»Nein, er ist fort. Er bat mich, dir zu sagen, daß er nicht länger bleiben könne. Er habe Seiner Königlichen Hoheit versprochen, mit ihm auszufahren.«

Sabina atmete auf. Das Gefühl der Erleichterung, das sie ergriff, war übermächtig.

»Dann kannst du doch erst recht zum Tee bleiben«, sagte sie bittend. »Lady Thetford nimmt jeden Nachmittag ihren Fünf-Uhr-Tee ein. Bitte, Harry, bleib doch!«

»Verzeih, Sabina, aber ich möchte nicht. Ich komme mir vor wie durch die Mangel gedreht und brauche im Augenblick etwas härteres als Tee. Außerdem habe ich mich mit einigen Kameraden verabredet.«

»In Ordnung, Harry, ich verstehe.«

Sabina verstand tatsächlich, daß er den Wunsch hatte, aus der Villa fortzukommen.

Sie stellte sich auf die Zehenspitzen, schlang die Arme um seinen Nacken und zog sein Gesicht zu dem ihren hinab.

»Paß auf dich auf, Harry, Liebling!«

»Paß du auf dich auf!« antwortete er.

»Werde ich dich morgen sehen?«

»Ich komme nach dem Luncheon vorbei, wenn du allein bist und Zeit für mich hast«, versprach Harry und fügte zögernd hinzu: »Das heißt, wenn ich Landurlaub bekomme.«

»Ja«, antwortete Sabina. »Gewöhnlich bin ich allein zu der Zeit, in der du heute gekommen bist.«

Harry küßte sie, und sie gingen Arm in Arm zur Villa zurück.

Am Portal verabschiedete Sabina sich von ihm, dann lief sie nach oben auf ihr Zimmer, um ihre Augen zu kühlen und sich die Tränenspuren aus dem Gesicht zu waschen.

Lady Thetford hatte scharfe Augen, und für Sabina war es ein unerträglicher Gedanke, jemandem den Grund für ihre Tränen verraten zu müssen. Ihn Arthurs Mutter zu erklären, wäre ihr ganz und gar unmöglich gewesen.

Sie aßen in aller Ruhe zu Abend. Nur zwei von Lady Thetfords Freunden waren zugegen.

Lady Thetford hatte zwar beabsichtigt, auch an diesem Abend das Casino zu besuchen, doch kurz bevor sie aufbrechen wollte, verspürte sie plötzlich so starke Kopfschmerzen, daß sie es für ratsamer hielt, zu Hause zu bleiben.

»Ich nehme an«, sagte sie, »ich habe etwas gegessen, das mir nicht bekommen ist«. »Man muß hier im Süden sehr vorsichtig sein. Sie sind mir doch nicht böse, Sabina, wenn ich mich heute einmal frühzeitig zurückziehe?«

»Aber natürlich nicht«, erwiderte Sabina. »Ich hatte auch schon vor, mich heute abend gleich nach dem Dinner hinzulegen, denn ich bin diese ständigen Vergnügungen nicht gewohnt. Zu Hause gehen wir meistens alle schon um zehn zu Bett.«

Die beiden Gäste lachten und machten Sabina Komplimente wegen ihres Aussehens. Sie fanden, daß sie der lebende Beweis für die Richtigkeit jener Gesundheitsregel sei, daß die Stunden vor zwölf doppelt so viel zählen, wie die Stunden danach.

Schon bald brachen sie auf, und Lady Thetford stieg, ein leichtes Gähnen unterdrückend, die Treppe hinauf.

»Ich werde mir von Marie einige Tropfen Laudanum geben lassen«, sagte sie zu Sabina. »Normalerweise halte ich nicht viel von solchen Dingen, aber ich denke mir, daß ich morgen vielleicht wieder ganz auf dem Damm bin, wenn ich in dieser Nacht einmal lange und fest schlafe.«

»Dann wünsche ich Ihnen eine gute Nacht!« sagte Sabina und küßte die Ältere liebevoll. »Hoffentlich fühlen Sie sich morgen früh wieder wirklich wohl.«

»Gute Nacht, mein Kind«, erwiderte Lady Thetford und ließ ihre Hand sekundenlang auf Sabinas Schulter ruhen. »Ich habe Ihnen noch nie gesagt, wie glücklich ich bin, Sie bei mir zu haben. Zum erstenmal ist mir bewußt geworden, wie einsam ich doch oft bin und es nicht einmal merke!«

Bei diesen Worten lächelte sie. Dann verschwand sie in ihrem Schlafzimmer und ließ Sabina ein wenig verstört und gedankenverloren auf dem Korridor stehen.

Wie lieb sie ist, dachte Sabina. Wie einfühlend und verständnisvoll. Wenn Arthur doch nur ein wenig von diesen Eigenschaften seiner Mutter mitbekommen hätte!

Männer und Frauen sind eben sehr verschieden voneinander, sagte sie sich dann. Gewiß, er hatte nicht die einfühlsame, liebenswürdige Art seiner Mutter, aber dennoch hatte er Harry geholfen und ihm das Geld geliehen, das dieser so dringend benötigte.

Sie ging auf ihr Zimmer und schloß die Tür hinter sich. Dann zog sie das hübsche Kleid aus, das sie zum Dinner getragen hatte und schlüpfte in einen leichten Morgenmantel aus blaßblauem Musselin, den ihr die Schneiderin zu

Hause kurz vor ihrer Abreise genäht hatte. Sie setzte sich an den Ankleidetisch und wollte eben damit beginnen, die Kämme aus dem Haar zu nehmen, als es an die Tür klopfte.

»Was ist?« fragte sie.

»Lieutenant Wantage für Sie!«

»Jetzt, zu dieser Stunde?« rief Sabina. Dann erinnerte sie sich daran, daß es ja noch keine elf Uhr war.

Sie erhob sich und öffnete die Tür.

Bates, der Butler, stand draußen.

»Der Lieutenant will sie unbedingt sprechen Miß. Ich erklärte ihm, daß Sie sich bereits zurückgezogen hätten, aber er sagte, es sei von äußerster Dringlichkeit.«

»Gut, ich werde nach unten kommen«, erwiderte Sabina.

Sie zog den Gürtel des Morgenmantels fester um ihre Taille und eilte nach unten in den Salon.

Harry lief ungeduldig im Raum auf und ab. Bei Sabinas Eintreten fuhr er auf dem Absatz herum, und als sie sein Gesicht sah, stieß sie einen entsetzten Laut aus.

»Was ist geschehen?«

Statt einer Antwort, kam Harry auf sie zu und nahm ihre Hände in die seinen.

»Ich bin erledigt.«

»Erledigt? Was soll das heißen?«

»Das, was ich sage. Ich werde diese Nacht an Papa schreiben. Ich dachte jedoch, ich sollte zuerst mit dir darüber reden.«

»Was ist denn geschehen, Harry? Nun rede doch schon! Bitte, versuche dich zu beruhigen, und dann erzähle mir, was passiert ist!«

»Ich kann nicht!«

»Du kannst nicht? Was soll das heißen, du kannst nicht? Welchen Grund sollte es geben, mit mir nicht über das Vorgefallene sprechen zu können?«

Harry ließ sich in einen der Sessel fallen und stützte sein hübsches Gesicht in beide Hände.

Ein lautes Stöhnen entrang sich seinem Innern.

»Ich weiß selbst nicht, wie das geschehen konnte«, murmelte er dann. »Ausgerechnet mir! Als ob ich nicht schon genug . . .« Er verstummte.

Sabina warf sich neben ihm auf die Knie.

»Harry, du wirst mir jetzt auf der Stelle verraten, was dich so aus dem Gleichgewicht gebracht hat!« befahl sie.

Harry nahm die Hände vom Gesicht.

Er sah aus wie die Verkörperung des Unglücks und der Niedergeschlagenheit.

»Ich habe das Geld verloren«, stieß er plötzlich hervor.

»Verloren?«

Sabina hatte das Gefühl, die Worte blieben ihr in der Kehle stecken.

»Ja, verloren.«

»Aber wie ist das möglich, ich begreife es nicht. Nein, das kann nicht wahr sein. Bitte, erzähle mir, was geschehen ist! Von Anfang an – und ohne auch nur die kleinste Kleinigkeit auszulassen!«

Harry holte tief Luft. Dann begann er mit heiserer Stimme:

»Du weißt, Sabina, ich bin von hier fortgegangen mit dem Geld in der Tasche. Ich war dir so dankbar, daß du es mir beschafft hast, aber gleichzeitig hatte ich eine Stinkwut auf meinen zukünftigen Schwager, der mich bei der Unterredung heruntergeputzt hatte, als wäre ich der schlimmste und niederträchtigste Schurke auf Gottes Erde. Ich habe mich wie ein Narr benommen, das weiß niemand besser als ich. Aber er beleidigte mich auf eine fast unerträgliche Art und Weise. Jedenfalls war ich am Boden zerstört, nachdem ich den Salon verlassen hatte. Ich sagte dir schon, daß ich unbedingt etwas Scharfes brauchte, um meinen Ärger hinunterzuspülen. Na gut, ich traf mich also anschließend mit meinen Kameraden, und wir kehrten irgendwo ein. Danach wollte ich zum Casino, um mir den Scheck zurückgeben zu lassen.«

Harry holte Atem, schwieg einen Moment und fuhr dann fort:

»Well, wir nahmen einige Drinks zu uns, bis einer der

beiden anderen auf die Idee kam, eins dieser Vergnügungsetablissements am Hafen aufzusuchen. Was dort geboten wird, ist allerdings nicht die Art von Unterhaltung, zu der man eine Lady mitnehmen kann. Dennoch blieben wir nicht ohne Damengesellschaft. Unterwegs kamen wir nämlich mit zwei Mädchen ins Gespräch, die sich ohne langes Drängen bereit erklärten, den Abend mit uns zu verbringen. Gut, zunächst besuchten wir also dieses Vergnügungslokal und gingen dann irgendwo essen.«

Harry nickte mehrmals vor sich hin. Dann – nach einem schweren Seufzer – setzte er seinen Bericht fort.

»Ich hatte das Geld natürlich nicht vergessen, und ich schwöre dir, ich habe keinen Penny davon ausgegeben. Als ich dich heute nachmittag verließ, hatte ich außer den hundert Pfund noch fünf Shilling in der Tasche. Damit beteiligte ich mich an den Ausgaben des Abends und erklärte meinen Kameraden in aller Deutlichkeit, daß dies alles sei, was ich besäße. Doch sie waren ziemlich gut bei Kasse und boten sich an, mich freizuhalten. Es wurde ein prächtiger Abend, wir hatten einen herrlichen Spaß, und es gab nichts, was meine gute Stimmung beeinträchtigt hätte. Gewiß, die beiden Frauen waren nicht der Typ, den ich dir oder Mum vorstellen würde, aber sie sahen ganz passabel aus, waren einigermaßen gut angezogen und für das, was wir vorhatten, genau das richtige . . .«

Harry machte eine Pause.

»Weiter!« sagte Sabina ungeduldig.

»Wir gingen also etwas essen«, nahm Harry den Faden seiner Erzählung wieder auf. »Ein kleines Restaurant, das die beiden Mädchen uns nannten. Nichts besonders Aufwendiges, aber die Speisen waren schmackhaft und nicht teuer. Nachdem wir gegessen hatten, meinte eine der beiden: ›Wie wär's mit einem Besuch im Casino?‹ Wir hatten nichts dagegen und erklärten uns einverstanden. Die Damen entschuldigten sich und verschwanden auf die Toilette, um sich ein wenig frisch zu machen. Es verging eine längere Zeit, so daß wir schon Witze rissen über die beiden. Eitel, wie wir sind, glaubten wir natürlich, sie könnten sich nicht einigen, wer von ihnen wen von uns nehmen sollte. ›Vielleicht wollen sie uns aber auch Zeit lassen, uns ihretwegen zu einigen‹, meinte einer meiner Kameraden. Er jedenfalls interessiere sich für die Blonde. In diesem Augenblick wurde mir klar, was mir vorher gar nicht aufgefallen war: Wir waren einer zuviel, und dieser eine war ich. Also sagte ich: ›Ihr werdet auf meine Gesellschaft verzichten müssen, Freunde. Spielen werde ich heute abend auf keinen Fall. Ich gehe nur noch mit zum Casino, weil ich dort etwas zu erledigen habe. Dann mache ich mich auf den Weg zurück zum Schiff und hau mich in die Falle.‹ Während ich sprach, griff ich in die Tasche und stellte entsetzt fest, daß das Geld, das Arthur mir geliehen hatte, verschwunden war.«

»Verschwunden?« stieß Sabina hervor.

»Ja, verschwunden«, erwiderte Harry. »Zuerst konnte ich es nicht glauben. Ich durchsuchte fieberhaft meine sämtlichen Taschen, zog sogar den Uniformrock aus, um ganz sicher zu sein. Ohne Ergebnis! Das Geld blieb verschwunden – wie die beiden Mädchen.«

»Willst du damit sagen, sie haben dich bestohlen?« fragte Sabina.

»Was denn sonst? Wir fuhren zum Restaurant mit einer Mietkutsche. Mit fünfen sitzt man darin ziemlich beengt. Du kannst dir denken, wie Frauen von dieser Sorte sind – oder vielmehr: du kannst es dir nicht denken. Na schön, sie sind sehr überschwenglich, hängen sich an dich, schlingen dir die Arme um den Hals. Wie willst du bei dem Getue merken, daß dir jemand Geld aus der Tasche zieht? In jedem Fall steht für mich fest, daß es auf der Fahrt mit der Kutsche passiert ist!«

»O Harry, Harry, was können wir nur tun?«

»Nichts können wir tun«, erwiderte Harry resigniert. »Unter keinen Umständen kannst du deinen Arthur ein zweitesmal fragen. Denn das steht für mich fest: Ich würde es nicht noch einmal zulassen. Außerdem bin ich sicher, er würde keinen Penny mehr an mich herausrücken. Wenn du gehört hättest, was er mir alles an den Kopf geworfen hat, bestände auch für dich kein Zweifel daran.«

»Aber es muß eine Lösung geben! So schnell werden wir doch nicht aufgeben, Harry. Kannst du denn nicht zur Polizei gehen?«

»Glaubst du, die würden mir auch nur einen Moment lang Beachtung schenken? Zunächst einmal nehmen die mir doch gar nicht ab, daß ich hundert Pfund mit mir herumgetragen habe. Zweitens kenne ich die Namen der beiden Mädchen nicht. Ich weiß nur, daß eine von ihnen blond, die andere dunkelhaarig war. Wie eine Zigeunerin sah sie aus. Nein, nein, da ist bestimmt nichts zu machen. Ich werde heute abend noch den Captain aufsuchen und meine Entlassung einreichen. Ja, und dann werde ich mich hinsetzen und an Papa schreiben.«

»Warte!« rief Sabina. »Sagtest du, eins der Mädchen sei eine Zigeunerin gewesen?«

»Ich habe nicht gesagt, daß sie eine wäre, ich habe nur gesagt, daß sie so aussah«, antwortete Harry gereizt. »Sie war fast schwarzhaarig und trug große Ohrringe. Ihre Haut war wie aus Samt und schimmerte goldfarben. Du kennst doch diesen Typ! Nicht mein Fall. Ich persönlich ziehe blonde Frauen vor.«

»Aber wie war ihr Name?« wollte Sabina wissen. »Denk jetzt bitte nach, Harry, es ist wichtig. Gütiger Himmel, du mußt doch ihren Namen gehört haben!«

»Sie nannte sich Katischa«, antwortete Harry. »Die andere hieß Mimi. Sie war die hübschere von den beiden.«

»Es kommt jetzt nicht darauf an, ob sie hübsch oder häßlich waren«, sagte Sabina ungeduldig. »Wenn diese Katischa eine Zigeunerin ist, dann müßte ich eigentlich etwas für dich tun können!«

»Was meinst du damit?«

»Nichts«, erwiderte Sabina schroff. »Für lange Erklärungen ist jetzt nicht die Zeit. Aber eins steht fest: Im Augenblick wirst du weder zu deinem Captain gehen, noch an

Papa schreiben! Du wirst damit so lange warten, bis ich dir ausdrücklich erklärt habe, daß es keine Hoffnung mehr für dich gibt. Hast du verstanden? Und versprichst du mir, bis dahin nichts zu unternehmen?«

»Was hast du vor?« fragte Harry.

Einen Moment lang war ein Spur von Hoffnung in seiner Stimme und in seinen Augen. Doch dann erlosch sie wieder.

»Gib dir keine Mühe, Sabina«, sagte er. »Mir ist nicht mehr zu helfen. Ich bin der größte Dummkopf, der jemals über Gottes Erde gewandelt ist – wie der Mann, den du zu heiraten gedenkst, sagte. Nun, wie ich das jetzt sehe, hatte er völlig und ohne jeden Abstrich recht. Ich habe alles derart vermasselt, daß mir keine Wahl mehr bleibt, als die Konsequenzen zu ziehen. Ich gehe jetzt. Mir ist nicht mehr zu helfen. Niemand kann das, auch du nicht, Sabina. Ich bin nur hergekommen, weil ich glaubte, du solltest wissen, was geschehen ist!«

»Hör zu, Harry«, sagte Sabina. »Mir ist da eine Idee gekommen. Ich glaube, es gibt noch einen Weg, das Geld wiederzubeschaffen!«

»Und wie?«

»Das werde ich dir nicht verraten. Komm, laß mich nachdenken!«

Sabina schwieg. Sie hatte die Finger an die Schläfen gelegt und überlegte angestrengt. Dann sagte sie plötzlich:

»Harry, du mußt mir ein Pferd besorgen!«

»Ein Pferd?«

Harry war fassungslos.

»Ja, ich nehme an, du findest etwas Brauchbares bei dem Mietstallbesitzer, bei dem Lady Thetford ihren Wagen mietet. Sie sprach kürzlich davon, daß ich demnächst unbedingt reiten müsse und schenkte mir ein Reitkostüm aus Paris. Sie sagte, sie wisse genau, daß Mamas Kinder alle leidenschaftliche Reiter seien.«

»Du willst ein Pferd? Jetzt? Mitten in der Nacht?«

Harry war völlig verwirrt.

»Ja, jetzt, und zwar so schnell wie möglich«, erklärte Sabina. »Also, besorge mir eins! Aber bring es nicht zum Haupteingang! Hörst du? Warte damit am Ende des Gartens, wo die Mauer auf die untere Straße stößt. Weißt du, welche Stelle ich meine?«

»Ja, ich denke schon«, entgegnete Harry zögernd. »Aber, Schwester ...«

Sabina ließ ihn nicht ausreden.

»Bitte, Harry, keine Fragen mehr! Geh, und schaff mir das Pferd her! Und denk daran, daß es einen Damensattel haben muß. Wir treffen uns in einer Viertelstunde auf der Straße hinter dem Garten.«

»Aber ein Pferd kann uns nicht beide tragen«, gab Harry zu bedenken. »Obwohl nur der Herr weiß, wohin du reiten willst!«

»Braucht es auch nicht«, gab Sabina zurück. »Du wirst nämlich nicht mitkommen. Du wartest hier, bis ich zurück bin. Es kann eine Stunde dauern, vielleicht aber auch zwei oder drei. Ich weiß es nicht. Sieh zu, ob du deine Freunde findest! Lauf durch die Straßen, und genieße den Abend! Mach was du willst, aber gib um Gottes willen kein Geld mehr aus!«

»Darauf kannst du dich verlassen«, antwortete Harry. »Ich werde schon deshalb keins ausgeben, weil ich nicht einen Penny mehr besitze. Aber sei vernünftig, Schwester, ich kann doch nicht zulassen, daß du dich meinetwegen in ein gefährliches Abenteuer stürzt.«

»So gefährlich ist das gar nicht, was ich vorhabe«, antwortete Sabina. »O Harry, wenn ich das Geld wiederbeschaffe, wirst du mir dann schwören, es auf dem kürzesten Weg zum Casino zu bringen?«

»Hältst du mich für einen Idioten?« fragte Harry gekränkt. »Natürlich tust du das. Aber ... mein Gott, schließlich bin ich ja wirklich einer. Nur ... ich hätte es mir niemals träumen lassen, daß mir etwas Derartiges zustößt. Vermutlich geschah das alles, weil ich nie zuvor an einem Ort wie diesem gewesen bin.«

Es war etwas so Jungenhaftes und Fassungsloses in der Art, wie er das sagte, daß Sabina unwillkürlich die Hände ausstreckte und sie ihm auf die Schultern legte.

»Wir werden uns von alledem nicht unterkriegen lassen, nicht wahr, Harry?«

»Ich weiß es nicht, Schwester. Viel Hoffnung auf ein Wunder sollten wir uns wohl nicht machen, so wie die Lage nun einmal ist.«

»Geh jetzt, und hol das Pferd«, befahl Sabina. »Und bete, daß ich Erfolg habe!«

Sie küßte ihn und wandte sich zum Gehen.

»Und zu niemandem ein Wort«, flüsterte sie. »Kein Mensch darf etwas davon erfahren!«

»Das will ich meinen«, stieß Harry heftig hervor. »Nur der Himmel weiß, was der Bursche, den du heiraten willst, sich dabei denken würde!«

»Natürlich darf vor allem Arthur nichts davon erfahren«, antwortete Sabina eindringlich.

Ein Zittern befiel sie bei dem Gedanken.

Doch dann hob sie trotzig das Kinn und sagte:

»Wir werden bis zum letzten Augenblick auf ein Wunder hoffen, Harry. Es ist eine fast aussichtlose Hoffnung. Und dennoch: Es gibt da jemanden, von dem ich überzeugt bin, daß er in der Lage ist, dich zu retten! Warten wir es ab!«

IX

Aus Furcht, entdeckt zu werden, hielt Sabina sich sorgfältig im Schatten des Hauses, während sie auf Zehenspitzen die Terrasse entlangschlich.

Schließlich konnte einer der Diener noch wach sein und sie sehen. Oder schlimmer noch: Lady Thetford hatte keinen Schlaf gefunden und stand am Fenster, um in den Garten hinauszuschauen.

Aber es ging alles gut.

Unbemerkt erreichte sie die schmale Holztreppe und stieg nach unten in den Garten, was – wie sie feststellte – bei dem Gewicht ihres Reitkostüms gar nicht so einfach war.

Das Modell, das Lady Thetford in Paris für sie gekauft hatte, würde bei einer englischen Jagdgesellschaft recht seltsam gewirkt haben, aber in Frankreich galt es als der letzte Schrei der Mode. Und wenn Sabina sich die Zeit genommen hätte, einen Blick in den Spiegel zu werfen, wäre ihr nicht entgangen, wie bezaubernd sie darin aussah.

Sie hatte sich jedoch in größter Eile angezogen. Überstürzt und mit hastigen Bewegungen war sie in die spitzenbesetzte Hemdbluse und das vorzüglich geschnittene Samtjackett geschlüpft. Daß ihre Silhouette in dem eleganten Dress noch zierlicher wirkte als sonst, war ihr nicht aufgefallen. Auch nachdem sie den kecken Dreispitz mit den langen, gebogenen Straußenfedern aufs Haar gesetzt hatte, war sie nicht vor den Spiegel getreten. Zielstrebig hatte sie ihre Reithandschuhe übergestreift, nach einem prüfenden Blick in die Runde die Kerzen gelöscht, und war dann nach unten geeilt. Erst jetzt, als sie die Außentreppe hinunterstieg, fiel ihr ein, daß sie keine Reitpeitsche hatte, und sie hoffte, Harry würde ihr ein feuriges Tier beschaffen, so daß sie auf eine Peitsche verzichten konnte.

Sie brauchte nur wenige Sekunden, um sich in dem mondhellen Garten zu orientieren. Rasch stieg sie die steinernen Stufen hinab und lief mit schnellen Schritten die schmalen Pfade entlang, die zwischen duftenden Sträuchern und Beeten zu der hohen Mauer führten, die Lady Thetfords Anwesen begrenzte.

Es war dunkler hier, denn in der Nähe der Mauer standen zahlreiche Zypressen und Ölbäume.

Sabina zwang sich, langsamer zu gehen und dem Weg größere Aufmerksamkeit zu schenken, bis schließlich dicht vor ihr die hohe Bruchsteinmauer aufragte.

Sabina suchte nach einem Halt für ihren Fuß, fand einen vorspringenden Stein und zog sich daran hoch, bis sie über die Mauerkrone blicken konnte.

Im ersten Augenblick dachte sie mit einem Gefühl der Enttäuschung, daß niemand da wäre. Doch dann sah sie Harry, der ein Stück von ihr entfernt auf der Straße stand. Und gleich darauf erblickte sie das Pferd. Ein Reitknecht hielt es am Zügel, während es unruhig hin und her tänzelte.

»Harry!«

Sabina rief den Namen des Bruders, aber ihre Stimme war so leise, daß er sie nicht hörte.

Sie probierte es nicht noch einmal. Statt dessen ließ sie den langgezogenen leisen Pfiff ertönen, mit dem sie sich als Kinder bemerkbar zu machen pflegten.

Harry kam die Straße heruntergelaufen.

»Bist du es, Sabina?«

»Ja, ich bin hier. Die Schwierigkeit ist nur, wie ich über die Mauer komme.«

»Klettere hoch, und wenn du springst, werde ich dich auffangen.«

»So einfach ist das nicht«, entgegnete Sabina halb amüsiert, halb verärgert, weil Harry annahm, es wäre für sie immer noch so leicht wie in der Kindheit, über eine Mauer zu klettern. Damals gab es noch keine langen Röcke und eleganten Samtjacketts, die sie an ihren halsbrecherischen und tollkühnen Kletterkunststücken gehindert hätten.

Aber schließlich gelang es ihr doch, mit einer geschmeidigen Bewegung auf die Mauerkrone hinaufzugelangen – allerdings nicht, ohne das häßliche Geräusch einiger platzender Nähte zu vernehmen.

»Da bist du ja!« rief Harry. »Ich war sicher, du würdest es ohne meine Hilfe schaffen! Und nun spring!«

»Ich werde nichts Derartiges tun«, erwiderte Sabina. »Entweder fängst du mich nicht richtig auf, oder wir landen beide im Straßenstaub. Komm näher, und laß mich ganz langsam nach unten!«

Harry umfaßte ohne weiteren Widerspruch ihre Beine unterhalb der Knie und stellte sie vorsichtig auf der Erde ab.

»So, das wäre geschafft«, sagte Sabina und blickte, das Gesicht gerötet, lachend und mit leuchtenden Augen zu ihm auf.

»Paßt gar nicht zu dir, wegen einer dummen Mauer so viel Aufhebens zu machen, Schwester«, meinte Harry verwundert. »Mein Gott, früher bist du doch geklettert wie ein Eichhörnchen, und dich aufzufangen war ein Klacks für mich. Du warst kaum schwerer als eine Flaumfeder.«

»Hat ja alles geklappt, das ist die Hauptsache«, sagte Sabina. »Aber wir sollten jetzt keine langen Reden halten. Ich sehe, du hast ein Pferd für mich bekommen.«

»Ja, und nicht mal ein schlechtes«, erwiderte Harry. »War gar nicht so einfach, etwas Passendes zu finden. Der Besitzer des Mietstalls war nicht sonderlich begeistert von der Aussicht, zu dieser Nachtzeit noch ein Pferd zu verleihen. Ich mußte ihm deinen und den Namen deiner Gastgeberin nennen. Mir persönlich schien er nicht recht zu trauen.«

Sabina stieß einen erschreckten Laut aus.

»O Harry, ich habe ganz vergessen, daß du ja einige Referenzen benötigen würdest!« rief sie. Aber dann zuckte sie die Achseln. »Well, ich hoffe, es macht nichts, daß du Lady Thetfords Namen genannt hast. Vor morgen früh kann er ihr sowieso nichts davon sagen, und die Frage ist, weshalb er es überhaupt tun sollte.«

»Wir könnten ihn schwören lassen, uns nicht zu verraten, sobald du zurück bist«, sagte Harry. »Ich wollte das nicht schon vorher tun. Es wäre ihm bestimmt verdächtig vorgekommen, verstehst du?«

»Natürlich«, gab Sabina ihm recht.

»Überdies«, fuhr Harry fort, »was hätte ich schon sagen sollen? Ich weiß weder wohin du willst, noch was du vorhast. Bitte, Sabina, laß mich mitreiten!«

Sabina schüttelte den Kopf.

»Nein, Harry, das kann ich nicht zulassen. Hör zu, du mußt mir vertrauen – und bete, daß ich dir helfen kann!«

»Wenn du es nicht kannst, bin ich erledigt.«

Harrys Gesicht wirkte plötzlich ganz schmal und eingefallen. Unwillkürlich streckte Sabina die Hand aus und legte sie beschützend auf den Arm des Bruders.

»Denk jetzt nicht daran«, sagte sie. »Ich muß einfach Erfolg haben – ich muß!«

Sie waren bei dem Pferd angelangt, und Sabina betrachtete es anerkennend.

Mit einem Blick sah sie, daß es sich um ein erstklassiges Tier handelte. Es stammte aus einer guten Zucht und besaß ein fast ungezügeltes Temperament. Unruhig warf es den Kopf in den Nacken und stampfte mit den Hufen.

»Der Mietstallbesitzer meinte, es sei nicht gerade die Sorte von Reitpferd, die er einer Lady empfehlen könne«, sagte Harry. »Ich nehme an, daß er nur ziemlich ängstliche Französinnen unter seiner Kundschaft hat. Der Mann würde Augen machen, wenn er dich einmal bei der Jagd erleben könnte, wenn die Hunde die Spur des Wildes aufgenommen haben und du dem Feld davongaloppierst. Himmel, Sabina, was warst du immer für eine Draufgängerin im Sattel!«

Sabina lächelte sekundenlang, dann ließ sie einen leisen Seufzer hören.

»Du machst mich ganz krank vor Heimweh, Harry. Aber die Jagd war längst nicht mehr so schön, seitdem du nicht mehr dabei warst!«

»Wenn du wüßtest, wie sehr mir all diese Dinge gefehlt haben«, murmelte Harry. »Wenn ich doch nur . . .« Er brach ab.

Eine Zeitlang schwiegen sie bedrückt.

Sabina wußte, was er hatte sagen wollen.

»Wenn ich doch nur zur Kavallerie hätte gehen können!«

Der Dienst in einem Kavallerieregiment war Harrys ganzer Traum gewesen.

Sein Herz gehörte den Pferden und dem Reiten, nicht der See.

Aber was hatte es für einen Sinn, jetzt darüber zu reden?

Nach ihrer Verlobung mit Arthur hatte Sabina daran gedacht, ihren Verlobten eines Tages darum zu bitten, Harry das Überwechseln zur Kavallerie zu ermöglichen.

Aber nach den Vorfällen des heutigen Tages wußte sie, wie sinnlos ein solcher Versuch sein würde.

»Hilf mir hinauf, Harry!« befahl sie kurz.

Jähe Furcht hatte sie mit einem Mal befallen, und Sabina wollte nicht, daß sie ganz und gar Besitz von ihr ergriff.

Gehorsam hob Harry sie in den Sattel.

Sabina zog ihren Rock zurecht und ergriff die Zügel.

»Wo werde ich dich treffen?« fragte er.

»Warte hier in zwei Stunden auf mich«, erwiderte sie. »Vielleicht dauert es auch länger. Aber mach dir keine Sorgen. Auf die Minute genau kann ich nicht sagen, wann ich wieder zurücksein werde.«

Sie wollte reiten, aber Harry faßte die Zügel und hielt die Schwester zurück.

»Bitte, Sabina, überleg es dir noch mal! Laß mich mitkommen! Denk daran, was Papa sagen würde!«

»Was ich tue, tue ich nur für ihn«, sagte sie. »Damit er von der ganzen Sache verschont bleibt und nie etwas davon erfährt.«

Noch bevor Harry etwas erwidern konnte, gab sie dem Pferd die Hacken und sprengte den Hügel hinauf.

Das Tier war frisch und ausgeruht, und obwohl es zur Widerspenstigkeit neigte, spürte es sehr bald, daß die zarten Hände, die es lenkten, dies meisterhaft verstanden. Nachdem die Stadt hinter ihnen lag, fiel der Hengst in einen ruhigen Galopp.

Nur noch wenige Wagen waren unterwegs, besetzt mit Menschen, die zum Casino wollten oder von einer der vielen Veranstaltungen und Lustbarkeiten, die die Hauptstadt zu bieten hatte, wieder nach Hause fuhren.

Sabina passierte sie rasch, das Gesicht abgewandt, damit sie im hellen Mondlicht für die Insassen nicht zu erkennen war. Aber als sie die letzte Villa hinter sich gelassen hatte, wurden die Straßen leer, und bald befanden sich Pferd und Reiterin inmitten eines wilden, unbewohnten Landstrichs.

Die ganze Zeit über war das Gelände angestiegen. Erst nachdem sie die obere Uferstraße erreicht hatte, wurde der Weg eben, und Sabina konnte den Hengst zu einer noch schnelleren Gangart antreiben.

Ein scharfer Wind blies ihr von der See her ins Gesicht, zauste ihr Haar und ließ es lose um ihren Kopf wehen.

Es war ein herrliches Gefühl, endlich wieder auf dem Rücken eines Pferdes zu sitzen. Wenn der Anlaß dieses Rittes nicht so ernst gewesen wäre und sie sich wegen des Ausgangs ihrer Mission nicht solche Sorgen gemacht hätte, Sabina würde das Abenteuer dieser Nacht genossen haben.

Mitten in der Nacht allein durch diese menschenleere Wildnis zu jagen, hatte etwas Befreiendes.

Tief unter ihr lag zu einer Seite der Straße das im Mondlicht schimmernde Meer, während auf der anderen Seite hohe Felswände in den Himmel stiegen. Und über ihr stand ein hoher, samtblauer Nachthimmel, übersät mit Sternen und erfüllt mit der andachtsvollen Stille eines riesigen Domes.

Sabina begriff sehr gut, warum die Zigeuner ein Leben zwischen engen Mauern haßten, warum sie gegen alles waren, was sie begrenzte und ihnen Fesseln auferlegte, warum sie es liebten, auf der harten Erde zu schlafen, über sich das weite Gewölbe der Nacht und das funkelnde Licht der Gestirne.

Sabina klopfte den Hals des Pferdes, das willig unter ihr dahingaloppierte. Auch dem Tier schien der nächtliche Ritt Freude zu machen.

Doch plötzlich zuckte Sabina zusammen, als sie an ihre Mission dachte. Um Himmelswillen, für Spaß und Vergnügen war jetzt keine Zeit! Es stand zuviel auf dem Spiel. Nicht nur für Harry – auch für sie.

Sabina begann zu beten. Worte, von Kindheit an bekannt und vertraut, bewegten ihre Lippen, während ihr Geist sich auf die Bitte konzentrierte, der Zigeunerfürst möge imstande sein, ihr bei der Wiederbeschaffung des Geldes zu helfen, das Harry gestohlen worden war.

Der Gesichtsausdruck Harrys, als er nach der Unterredung mit Arthur zu ihr in den Garten gekommen war, stand ihr noch deutlich vor Augen.

Unmöglich, Arthurs Hilfe noch ein zweitesmal zu beanspruchen und ihn um Mitleid anzuflehen.

Lieber nahm sie alle Strapazen der Welt auf sich, klammerte sich an jede, auch die kleinste Hoffnung – selbst wenn es nur ein Strohhalm war.

Sabina wurde von einem Gefühl der Unsicherheit befallen. Ist es nicht verrückt von mir, dachte sie, diesen abenteuerlichen Ritt zu unternehmen und Hilfe von einem Mann zu erbitten, der noch vor wenigen Tagen ein völlig Fremder für mich war?

Der Mond verschwand hinter einer Wolke, und Sabina drosselte das Tempo des Pferdes. Eine jäh aufsteigende Angst ließ ihr Herz schneller schlagen.

Tat sie wirklich das Richtige?

Hatte ihr tollkühner Plan auch nur die geringste Aussicht auf Erfolg?

Sie wußte es nicht. Sie wußte nur, daß sie – wenn überhaupt – einzig und allein noch diese eine Chance hatte.

In diesem Augenblick erinnerte sie sich an die Nacht, als sie dem Zigeunerfürsten zum ersten Mal begegnet war.

Er hatte sich von seinem Platz am Feuer erhoben und war auf sie zugekommen, die etwas eingeschüchtert und mit klopfendem Herzen in den Kreis der Zuschauer trat.

Sie hatte die Feindseligkeit in den Augen der Tänzerin bemerkt, die Frage in den zahlreichen dunklen Gesichtern, die sich ihr voller Ungeduld und Argwohn zugewandt hatten.

Der Zigeunerfürst hatte die Haltung eines Königs gehabt, als er den Blick auf sie richtete. Und während er sich ihr im Schein der zuckenden Flammen näherte, wurde ihr klar, daß sie ihm ganz und gar vertrauen konnte. Und als er sie später zur Kutsche zurückgeleitete, ihre Hand in der seinen, und sie sicher über den rauhen unebenen Boden führte, waren ihr die Kraft und Stärke seiner Persönlichkeit erneut bewußt geworden.

Sabinas Herz tat einen Sprung, und mit einem Mal warf sie alle Zweifel und Befürchtungen von sich.

Es war der einzig richtige Weg, hierherzukommen. Dessen war sie sich nun ganz sicher.

Vor ihr erhob sich ein flacher Hügel. Der Weg stieg leicht an, und als sie oben ankam, erstreckte sich vor ihren Augen eine weite Mulde.

Sie war noch nicht an der Stelle angelangt, wo das Rad der Kutsche gebrochen war, aber zu ihrer Überraschung erblickte sie in einiger Entfernung ein Feuer, dessen Flammen in die nächtliche Dunkelheit loderten. Funken stoben wie winzige Feuerwerkskörper durch die Luft.

Sabina zügelte ihr Pferd.

Wenn das die Zigeuner sind, die ich kenne, dachte sie, haben sie ihr Lager näher nach Monte Carlo verlegt. Wenn es jedoch ein anderer Stamm ist, darf ich nicht so vertrauensselig sein und, ohne mich zu vergewissern, hinunterreiten.

Das Feuer glich dem, das sie vor wenigen Nächten gesehen hatte, und sie mußte herausfinden, ob sie hier nicht doch unerwartet rasch auf den Stamm gestoßen war, den sie suchte.

Sie glaubte, wenn auch nur schwach, einige Wagendächer am Rande des Feuerkreises zu erkennen, und ab und zu hob sich die Gestalt eines Mannes oder einer Frau vor dem hellen Hintergrund der Flammen ab.

Sabina ließ das Reittier wieder antraben und lenkte es vorsichtig auf das Feuer zu.

So als erlebte sie die Wiederholung dessen, was sie einige Nächte zuvor erlebt hatte, vernahm sie plötzlich Musik: die wilden, feurigen Klänge einer Gitarre und einer Geige.

Sie glaubte sich inmitten eines längst vertrauten Traumes zu befinden.

Wieder waren da die zu einer Wagenburg zusammengestellten Wagen. Zigeuner hockten im Kreis um ein Feuer.

Und wieder schauten sie gebannt auf den biegsamen Frauenkörper, der sich wie in Trance wiegte und um das Feuer wirbelte, hingegeben an die für Sabina so fremdartige Melodie, während der klirrende Goldschmuck am Hals und an den Armen der Zigeunerin bei jeder Bewegung funkelte und blitzte. Sabina ritt näher heran, und plötzlich erstarrte die Tänzerin zur völligen Reglosigkeit – so wie sie auch bei Sabinas erstem Erscheinen erstarrt war.

Das Reittier warf unruhig den Kopf zurück, als schreckte es vor dem flackernden Lichtschein zurück, dann blieb es ruckartig stehen.

Diesmal war es Sabina, die als erste sprach:

»Guten Abend«, sagte sie auf Französisch. »Ich würde gern Ihren Stammesfürsten sprechen.«

Einen Augenblick lang herrschte unheilvolles Schweigen, dann antwortete die Zigeunerin in einer Sprache, die Sabina noch nie gehört hatte.

Worte drangen aus dem Mund der Frau, die Sabina nicht verstand, über deren Bedeutung es für sie jedoch keinerlei Zweifel gab.

Die schwarzhaarige Tänzerin machte einige Schritte auf Sabina zu und schüttelte die Fäuste gegen sie. Dabei schrie und keifte sie mit sich überschlagender Stimme, so daß Sabina unwillkürlich zusammenzuckte.

Sie wußte nicht, was diesen unbeherrschten Ausbruch hervorgerufen hatte, aber es war offenkundig, daß die Männer und Frauen, die um das Feuer herumgesessen hatten und nun aufsprangen, angesteckt wurden von der Wut und Erregung der Tänzerin.

Murrend rückten sie auf Sabina zu, die sich und das Pferd plötzlich von allen Seiten umringt sah.

Immer noch schimpfte und keifte die Zigeunerin. Ihre langen braunen Finger wiesen auf Sabina, ihr Gesicht war haßverzerrt, sie schien von dem Gedanken besessen, die schöne Fremde aus dem Lager zu vertreiben.

Geige und Gitarre waren verstummt.

Alle horchten auf die in hemmungsloser Wut hervorgestoßenen Worte der Tänzerin, und außer ihrer keifenden Stimme war nur das zustimmende Gemurmel der übrigen Zigeuner zu hören.

»Aber ich muß mit ihm sprechen, ich muß!« rief Sabina gegen den Tumult an, der sie umgab.

»Geh! Verschwinde!«

Sabina verstand den Sinn der Worte, nicht die Sprache, in der sie gesprochen wurden.

Einer der Männer, die ihr bedrohlich nahe gekommen waren, streckte die Hand aus, um die Zügel des Pferdes zu ergreifen. Zum erstenmal erfaßte Sabina die Furcht, diese Leute könnten wirklich handgreiflich werden.

Das Blut wich aus ihren Wangen, ein leichtes Schwindelgefühl ergriff sie. Aber dann sah sie, daß sich auf der anderen Seite des Feuers eine Wagentür öffnete. Der Zigeunerfürst trat auf die kleine Plattform, von der aus einige Tritte nach unten führten.

Forschend blickte er in die Runde, neugierig geworden durch den unerwartet aufgetretenen Lärm, dessen Ursache er noch nicht kannte.

Aber dann bemerkte ihn einer der Zigeuner am Rande der murrenden Menge. Er stieß einen erschreckten Ruf aus, der die in seiner unmittelbaren Nachbarschaft Stehenden auf den plötzlich erschienenen Anführer aufmerksam machten. Die Köpfe der Leute fuhren herum. Und dann lief eine Wellenbewegung durch den Kreis derer, die sich um Sabina drängten. Von einer Sekunde auf die andere schienen die Leute jegliches Interesse an ihr verloren zu haben.

Nur die Tänzerin bemerkte die sich jäh verändernde Situation nicht. In ihrer Erregung hörte sie nicht auf, mit schriller, überschnappender Stimme ihre Beschimpfungen und Flüche gegen Sabina auszustoßen.

Aber Sabina beachtete die Frau nicht mehr.

Sie hatte den Mann gefunden, den sie sehen wollte, und bevor die Zigeuner um sie her auch nur ahnten, was die unwillkommene Reiterin vorhatte, gab Sabina dem Pferd die Hacken, trieb es durch die Menschentraube bis an die Stufen des Wageneingangs.

Auf dem Rücken des Pferdes befand sie sich mit dem Zigeunerfürsten fast auf gleicher Höhe.

»Sabina, was machen Sie hier?«

Er sprach englisch mit ihr, und sie antwortete ihm in derselben Sprache.

»Ich mußte kommen. Ich . . . ich brauche Ihre Hilfe!«

Jetzt erst schien er die Situation zu begreifen, und zum erstenmal sah sie einen zornigen Ausdruck auf seinen Zügen, als er den Blick von ihr löste und auf die Leute seines Stammes richtete.

Er sprach nur ein paar kurze Sätze, aber der Ton seiner Stimme und die Schärfe darin sagten Sabina, daß es Worte des Tadels waren.

Die Männer machten plötzlich einen betretenen Eindruck. Sie schienen sich sichtlich unbehaglich zu fühlen, und die Frauen senkten beschämt die Köpfe.

Nur die Tänzerin schien unbeeindruckt. Sie schwieg jetzt zwar, aber ihr Gesicht war immer noch wutverzerrt, und in ihren Blicken schwelte der Haß. Die schmalgliedrigen Hände lagen zu Fäusten geballt vor ihrer Brust.

Es war nur ein Wort, das er an sie richtete, und obwohl Sabina die Zigeunersprache nicht verstand, glaubte sie die Bedeutung dieses Wortes genau zu kennen.

Es war ein Wort der Ablehnung und der Verbannung.

Der Trotz der jungen Zigeunerin schien gebrochen. Mit gesenktem Haupt wandte sie sich ab, während das lange dunkle Haar ihr Gesicht verdeckte.

Wie ein geprügelter Hund schlich sie davon. Sie trat aus dem Feuerkreis in die Schatten der Wagen, und die Dunkelheit veschlang sie.

Als Sabina sich aus dem Sattel schwang, sprangen zwei der Männer hinzu, um die Zügel des Pferdes zu halten, und der Zigeunerfürst reichte ihr die Hand und half ihr auf die Erde.

»Ich muß mit Ihnen sprechen«, sagte sie ein wenig atemlos.

»Bitte, kommen Sie!«

Er geleitete sie die Stufen zum Wagen hinauf, den sie durch eine kunstvoll bemalte Tür betrat. Der Wagen war nicht sehr geräumig, und doch war Sabina erstaunt über den Luxus darin.

Lampen tauchten das Innere in helles Licht. Die Sessel waren mit üppigen Kissen ausgestattet, und ein Diwan an der gegenüberliegenden Wand war mit einem kostbaren Fell bedeckt. Ein polierter Mahagonitisch, mit feinen Einlegearbeiten verziert, diente als Schreibmöglichkeit, und auf dem Fußboden lagen dicke, farbenfrohe Teppiche.

Fasziniert blickte sich Sabina in dem kleinen Raum um, dann bemerkte sie, daß der Zigeunerfürst noch in der Nähe der Tür stand, die er hinter sich geschlossen hatte, und sie beobachtete.

»Ich hätte nie geglaubt, Sie hier einmal zu sehen«, sagte er mit sanfter Stimme.

Bei seinem Tonfall errötete sie leicht.

»Bitte, halten Sie mich nicht für aufdringlich«, sagte sie. »Ich wäre niemals hergekommen, wenn der Grund dafür nicht von äußerster Wichtigkeit wäre.«

»Ich bedaure zutiefst, daß meine Leute Sie erschreckt haben.«

»Es... es war die – Tänzerin«, sagte Sabina. »Warum haßt sie mich?«

Die Unschuld ihrer Frage zauberte ein Lächeln auf seine Züge.

»Sind Sie nicht Frau genug, um Ihre Frage selbst beantworten zu können?«

»Sie meinen, sie liebt...«

Ihre Stimme erstarb.

»Daran habe ich nicht gedacht«, flüsterte sie nach einer Weile.

»Nehmen Sie Platz«, forderte er sie auf. »Und lassen Sie mich Ihnen ein Glas Wein anbieten.«

»Ich glaube nicht, daß mir jetzt nach Wein zumute ist«, erwiderte Sabina.

Der Zigeunerfürst schien ihre Worte nicht gehört zu haben, denn er füllte einen Kristallkelch aus einer Goldkaraffe und reichte ihn ihr.

»Trinken Sie einen Schluck!« sagte er fast befehlend.

Sabina fühlte sich nicht stark genug, ihm zu widersprechen. Mit bebenden Händen nahm sie den Kelch und führte ihn an die Lippen.

Dann setzte sie ihn auf den Tisch, nahm ihren Hut ab und hob die Arme, um ihr Haar zu ordnen.

»Was müssen Sie von mir denken«, begann sie, doch er fiel ihr ins Wort.

»Was ich von Ihnen denke? Daß Sie ebenso lieblich anzusehen sind wie in jener ersten Nacht. Der Wind hatte ihr Haar zerzaust, und das gab Ihnen – so wie jetzt – ein wildes, verwegenes Aussehen.«

Sabina lächelte scheu. Dann fiel ihr der Grund ihres Kommens ein, und sie sagte:

»Bitte, reden wir nicht von mir! Ich muß Ihnen etwas sagen.« »Ich höre«, antwortete der Zigeunerfürst.

»Ich brauche Ihre Hilfe«, sagte Sabina mit flehender Stimme. »Ich brauche sie mehr, als Sie ahnen, mehr als ich jemals sonst in meinem Leben Hilfe brauchte. Bitte, sagen Sie, daß Sie mir helfen werden, wenn es in Ihrer Macht steht!«

»Muß ich Ihnen das wirklich noch bestätigen?« fragte er. »Wissen Sie nicht, daß ich bereit bin, alles für Sie zu tun, Ihnen jede Bitte zu erfüllen?«

Seine Stimme schien zu beben.

Sabina hob die Augen und blickte ihn an.

Einen Moment lang war sie wie verzaubert. Sie schien aus dem Dunkel auf ein großes, strahlendes Licht zuzutreiben. Sie hatte das Gefühl, von einer gewaltigen Woge ergriffen und davongetragen zu werden.

Es kostete sie eine fast übermenschliche Anstrengung, sich diesem Gefühl nicht willenlos hinzugeben.

Gewaltsam zwang sie sich, weiterzusprechen.

»Ich bin hergekommen, weil ich ... weil ich Hilfe brauche«, stammelte sie. »Nicht für mich selbst, sondern für Harry, meinen Bruder.«

»Ihren Bruder?« fragte der Zigeuner. »Ich glaubte, es seien Ihre Schwestern, an die Sie ständig dächten. An Harriet, Melanie, Angelina und Clare, die – wenn ich mich recht erinnere – alle von Ihrer Hochzeit profitieren sollen.«

»Meine Schwestern sind in England«, antwortete Sabina. »Aber Harry ist im Moment hier in Monte Carlo. Sein Schiff ging gestern nacht im Hafen vor Anker, und heute besuchte er mich.«

Sie stieß einen Seufzer aus.

»Oh, bitte, versuchen Sie zu verstehen!« fuhr sie fort. »Er ist jung – erst einundzwanzig – und das Schiff war sehr lange auf See, ohne einen Hafen anzulaufen. Monatelang kreuzten sie vor der afrikanischen Küste. Die ganze Zeit über sah er keine weiße Frau, und es gab keinerlei Abwechslung oder Möglichkeit, sich zu amüsieren.«

Sabina schwieg. Es schien ihr plötzlich unmöglich, weiterzusprechen.

Der Zigeunerfürst hatte ihr aufmerksam zugehört, nun wartete er geduldig und sagte dann sanft:

»Wollen Sie mir nicht erzählen, was geschehen ist?«

»Ich bin ja dabei«, erwiderte Sabina. »Aber ich möchte, daß Sie Harrys Handlungsweise verstehen, da ... da niemand sonst dazu in der Lage zu sein scheint. Wissen Sie, Harry ist nicht schlecht oder dumm. Er ist nur jung, und da er nur wenig Geld hat – viel weniger als seine Offizierskameraden auf dem Schiff – kann er sich kaum einmal etwas leisten und findet auch kaum einmal die Gelegenheit, sich bei den anderen zu revanchieren.«

»Ich verstehe das nur zu gut«, antwortete der Zigeuner ruhig. »Ein junger Mann kann nicht wie ein Mönch leben. Er muß auch einmal über die Stränge schlagen oder sich gehen lassen können.«

Sabina schenkte ihm ein dankbares Lächeln.

»Ich wußte, Sie würden es verstehen«, sagte sie.

»Und was hat Ihr Bruder angestellt, das Ihnen solche Sorgen macht?« erkundigte sich der Zigeunerfürst. »Hat er etwa gespielt und verloren?«

»Wie kommen Sie darauf?«

»Es ergeht den meisten Menschen so, wenn sie in Monte Carlo sind.«

»Ja, und Harry ist keine Ausnahme!« Sabina seufzte. »Er verlor – Sie werden entsetzt sein – beinahe hundert Pfund.«

»Und nun möchten Sie, daß ich Ihnen die Summe gebe?« fragte er.

Jäh richtete Sabina sich auf, und mit gekränktem Stolz in der Stimme erwiderte sie:

»Nein, natürlich nicht. Ich würde nicht im Traum daran denken, ein derartiges Ansinnen an Sie zu stellen. Sie sollen Harry diesen Betrag weder schenken noch leihen. Schließlich handelt es sich um eine riesige Summe, und Sie kennen ihn doch gar nicht. O bitte, glauben Sie nicht, daß ich aus diesem Grund zu Ihnen gekommen bin. Außerdem weiß ich, daß Sie über einen so hohen Betrag gar nicht verfügen.«

»Nicht alle Zigeuner sind mittellos!«

»Aber hundert Pfund sind ein Vermögen! Nein, nein, deshalb kam ich nicht her. Als Harry mir gestand, daß er das Geld verloren und seine Schulden mit einem Scheck beglichen hatte, der nicht gedeckt ist, sprach ich mit meinem Verlobten, Lord Thetford ...«

»Das war natürlich richtig von Ihnen«, sagte der Zigeuner. »Und er gab Ihrem Bruder das Geld?«

»Ja – er – gab Harry – das Geld«, erwiderte Sabina, ohne sich bewußt zu sein, daß die nur stockend über ihre Lippen kommenden Worte und die jähe Röte, die ihr Gesicht überzog, das Unangenehme dieser Transaktion nur zu deutlich offenbarte.

»Aber wenn Ihr Bruder das Geld hat«, meinte der Zigeunerfürst, »verstehe ich nicht, worin meine Hilfe bestehen könnte.«

»Mein Verlobter gab Harry das Geld in Francs – natürlich.

Harry steckte die Scheine in seine Tasche, denn er hatte die Absicht, sofort zum Casino zu gehen und den Scheck einzulösen. Aber unterwegs traf er einige Kameraden, und sie schleppten ihn mit in den Hafen zu irgendeinem Vergnügungsetablissement. Dort lernten sie zwei Frauen kennen und luden sie zum Essen ein. Nachdem sie gegessen und die Frauen sich auf die Toilette zurückgezogen hatten, bemerkte Harry den Verlust des Geldes. Er durchsuchte sämtliche Taschen, doch das Geld blieb verschwunden. Das ganze Bündel, das Arthur – ich meine: mein Verlobter – ihm gegeben hatte.«

»Verschwunden? Wollen Sie damit sagen, die beiden Frauen haben ihm das Geld gestohlen?«

»Es gibt keine andere Erklärung. Sie gingen zum Waschraum und kehrten nicht mehr zurück.«

»Ich verstehe.«

»Und nun kommt der Punkt, wo Sie – so glaube ich – uns helfen können«, fuhr Sabina fort. »Harry sagte, daß eins der Mädchen blond, das andere dunkelhaarig war. Die Dunkelhaarige habe wie eine Zigeunerin ausgesehen, sagte er, und ihr Name sei Katischa gewesen. Ich dachte ... ich dachte, Sie würden sie vielleicht kennen und könnten sie – falls sie tatsächlich eine Zigeunerin ist – bewegen, das gestohlene Geld zurückzugeben.«

»So, das ist also der Grund Ihres Kommens.«

»Ja natürlich. Begreifen Sie denn nicht, daß Sie unter diesen Umständen der einzige Mensch auf der Welt sind, der uns helfen kann? Wenn Sie uns das Geld nicht wiederbeschaffen können, dann ... Sie ahnen nicht, wie schrecklich das für uns sein und welche Konsequenzen es nach sich ziehen würde.«

»Konsequenzen?«

»Ja, Harry würde heute nacht noch an Papa schreiben und ihm von seinem Mißgeschick berichten. Aber er kann Papa und Mama nicht bitten, eine solch gewaltige Summe für ihn aufzutreiben, und deshalb wird er seinen Dienst als Marineoffizier quittieren müssen.«

Sabinas Stimme klang völlig ausdruckslos, und doch vermochte sie die Verzweiflung in ihren Augen nicht zu verbergen.

»Sie meinen also, es gibt niemanden, der Ihnen die hundert Pfund schenken oder borgen könnte?«

»Es gibt niemanden, den wir bitten könnten, uns das Geld zu schenken«, antwortete Sabina. »Und was das Borgen angeht, nun, das ist ebenfalls unmöglich. Harry mußte meinem Verlobten versprechen, ihm die geliehene Summe innerhalb eines Jahres zurückzuerstatten. Das heißt, ein ganzes Jahr wird er jeden Penny seines Soldes sparen müssen. Er darf nichts, absolut gar nichts davon für sich verwenden. Denn sein ganzer Sold ist notwendig, die erforderliche Summe innerhalb der gesetzten Frist aufzubringen.«

»Das wird allerdings hart werden für den jungen Mann.«

»Arthur war sehr streng mit Harry«, sagte Sabina leise. »Er ... er ist nicht gewillt, allzu viel für meine Familie zu tun.«

»Und deshalb sind Sie zu mir gekommen?«

»Glauben Sie, Sie könnten uns helfen?« fragte Sabina und hob flehentlich die Hände. »Bitte, bitte, sagen Sie, daß Sie es können! Ich weiß nicht, was Papa und Mama tun werden, wenn sie hören, daß Harry in derartigen Schwierigkeiten ist. Sie sind so stolz auf ihn. Er ist ihr einziger Sohn, und bis jetzt hat er ihnen nur Freude gemacht. Er wurde viel früher Leutnant als die meisten seines Alters. Das Herz würde meinen Eltern brechen, wenn er die Marine in Schande verlassen müßte. Bitte, helfen Sie uns!«

Der Zigeunerfürst beugte sich vor und nahm Sabinas Hand in die seine.

»Hören Sie, Sabina«, sagte er. »Sie brauchen mich nicht zu bitten. Ich will Ihnen helfen, und ich werde Ihnen helfen!«

»Oh, danke, danke!« rief Sabina. »Wenn Sie wüßten, was es für mich heißt, Sie das sagen zu hören. Ich wußte, Sie würden mich nicht enttäuschen. Ich wußte es!«

»Wieso wußten Sie es?« fragte der Zigeunerfürst.

»Ich kann es Ihnen nicht sagen«, erwiderte Sabina. »Es geht etwas von Ihnen aus, das mir das Gefühl gibt, mich auf Sie verlassen zu können. Es war vom ersten Moment an so. Ich habe Vertrauen zu Ihnen und bin sicher, daß Sie mich verstehen ...«

»Weil andere Leute Sie vielleicht nicht verstehen?« fragte er.

Sabina blickte zur Seite und entzog ihm ihre Hand.

»Manche Menschen sind sehr intolerant gegenüber der Schwäche und Leichtgläubigkeit anderer.«

»Vielleicht verstehen diese Menschen andere Dinge genau so wenig«, sagte der Zigeunerfürst. »Zum Beispiel, wie schön Sie sind, wenn Sie lächeln, wie ungewöhnlich rührend Sie aussehen, wenn Sie traurig sind. Wissen Sie, daß Ihre Augen dunkel werden, wenn Sie sich fürchten, und daß sie leuchten, wenn Sie glücklich sind? Ihr ganzes Gesicht erstrahlt dann wie von einem inneren Licht.«

Sabina atmete hastig und stand unvermittelt auf.

»Ich ... ich muß gehen. Werden Sie mitkommen und Katischa suchen? Werden Sie ihr klarmachen, daß Sie uns das Geld wiedergeben muß – und zwar sofort?«

»Wollen Sie so plötzlich aufbrechen, weil Sie wirklich keine Zeit mehr haben?« fragte er. »Oder haben Sie Angst, mir zuzuhören?«

»Angst?« fragte Sabina leise.

»Ja, Angst«, erwiderte er. »Sie laufen davon, Sabina! Obwohl Ihr Herz Ihnen sagt, daß Sie bleiben sollten.«

Sabina stand da wie versteinert.

Sie antwortete ihm nicht. Ihr Blick war gesenkt, sie schaute auf ihre Hände, die mit den Reithandschuhen spielten, die sie vom Tisch genommen hatte.

»Haben Sie mir nichts zu sagen?« fragte er mit dunkler, sanfter Stimme.

Mit einer jähen Bewegung wandte sie sich zu ihm um, das Gesicht bleich im Schein der Lampen, die Lippen halb geöffnet und vor Erregung zitternd.

»Ja, ich habe Ihnen etwas zu sagen«, flüsterte sie. »Etwas, um das ich Sie bitten möchte.«

»Was ist es, sprechen Sie!«

»Bitte ... bitte, lassen Sie nicht zu, daß ich mich in Sie – verliebe!«

Die letzten Worte waren wie ein Schrei, der aus ihrer tiefsten Seele drang. Der Schrei eines Kindes, das sich im Dunkel fürchtet.

Er stand da und blickte auf sie nieder. Sekundenlang wagte keiner von ihnen, sich zu rühren.

Dann fragte er sehr ruhig:

»Ist es dazu nicht schon zu spät?«

Sie blickte zu Boden.

»Ja, Sabina, zu spät«, fuhr er fort. »Zu spät, um ungeschehen zu machen, was geschehen ist. Zu spät, um zu vergessen, daß wir einander begegnet sind, um zu leugnen, daß wir zusammen geredet, uns in die Augen geblickt und im stillen Worte gesagt haben, die unsere Lippen nicht zu formen wagten! Ja, es ist zu spät, mein Liebling, und wenn du ehrlich zu dir selbst bist, wirst du zugeben müssen, daß du mich bereits liebst – ein wenig zumindest.«

»Nein – nein!« hauchte Sabina.

»Aber warum ... warum zitterst du dann?« fragte er. »Warum schlägt dir das Herz bis in den Hals vor Aufregung? Ja, Sabina, vor Aufregung – weil du bei mir bist!«

»Es ist nicht wahr!« stöhnte sie. »Es darf nicht wahr sein!«

»Kannst du das beschwören? Beschwören, während du mir in die Augen blickst! Willst du allen Ernstes behaupten, daß ich dir nichts bedeute? Schon als wir uns zum erstenmal sahen, war es so, und ich weiß es; ich weiß, daß du seitdem pausenlos an mich gedacht hast und der Wunsch in dir war, mich wiederzusehen. Sag, daß es nicht stimmt! Sag es fest und bestimmt und ohne Zögern – ich verspreche dir, ich werde dich in Ruhe lassen und dich niemals wieder belästigen!«

»Das würde – ich – nie – von Ihnen – verlangen!« murmelte Sabina.

»Aber weshalb willst du dann, daß ich alles tue, um zu verhindern, daß du dich in mich verliebst? Was soll diese sinnlose Bitte! Hör, was ich dir sage, Sabina! Für eine solche Bitte ist es längst zu spät. Schau, ich berühre dich nicht, und doch zitterst du, als hielte ich dich in meinen Armen! Dein Herz hämmert, und dein Atem geht hastig und keuchend als wären deine Lippen den meinen ganz nahe. Ich berühre dich nicht, Sabina, und doch bin ich fest davon überzeugt, daß du dich in deinem tiefsten Innern danach sehnst wie nach nichts sonst in der Welt.«

Sie warf den Kopf in den Nacken. Ein letzter Versuch, sich ihm zu widersetzen und die Stimme ihres Herzens zum Schweigen zu bringen.

Doch als sie ihn dann anschaute, die Augen weit und hell von einem jäh aufzuckenden Licht, das sie nicht verbergen konnte, gab es für den Zigeunerfürsten keine Zweifel mehr.

Die Wahrheit stand in ihrem Gesicht geschrieben.

Sabina kämpfte einen letzten, aussichtslosen Kampf, dann lief ein Zittern durch ihren Körper, und sie spürte die Flamme der Ekstase, die sie gewaltsam ergriff.

Der Zigeunerfürst hatte sich nicht von der Stelle gerührt, hatte nicht den kleinsten Finger bewegt, und doch war ihr, als hielte er sie in seinen Armen, und ein nie erahntes Gefühl der Verzückung erfüllte sie.

Die Welt schien stillzustehen. In diesem Moment waren sie einander so nahe, daß alle körperlichen Schranken zwischen ihnen aufgehoben schienen.

Dann sank der Zigeunerfürst vor Sabina auf die Knie. Er hob den Saum ihres Kleides an seine Lippen.

»Ich liebe dich, Sabina«, sagte er. »Ich weihe mich deinem Dienst. Ich zwinge mich dir nicht auf, ich nehme dich nicht in die Arme, solange du es nicht willst. Weil meine Liebe zu dir so stark ist, weil ich überzeugt bin, daß wir füreinander bestimmt sind – du und ich –, werde ich dich nicht küssen, bis du mich darum bittest. Aber ich müßte blind und taub sein, wenn ich nicht erkennen würde, daß auch du mich liebst – so sehr du diese Wahrheit vor dir selbst auch verleugnen möchtest.«

»Ich... wir können nicht... wir dürfen nicht...« stieß Sabina wild und atemlos hervor, dann verstummte sie hilflos.

»*Du* darfst nicht, willst du sagen«, antwortete der Zigeuner. »Aber – warum nicht? Ich bin ein Mann. Ich liebe dich. Ich kann dir nicht das gleiche Leben, die gleiche gesellschaftliche Stellung bieten wie Lord Thetford. Aber ich kann dir vielleicht das geben, was viel wichtiger ist: Glück. Ich kann dich glücklich machen, Sabina...«

Sabina fiel ihm ins Wort.

»O bitte!« Ihre Stimme hatte einen flehenden Klang. »Sie verstehen nicht!«

Sie schlug die Hände vors Gesicht und wandte sich von ihm ab, obwohl er immer noch vor ihr auf dem Boden kniete. Sie ließ sich in einen Sessel fallen und begann hemmungslos zu weinen.

»Liebste, du weinst!« sagte der Zigeuner besorgt. »Das wollte ich nicht. Verzeih mir! Ich bin ein Narr. Dabei habe ich nur einen Wunsch: dich glücklich zu machen!«

»Ich... ich glaube, ich weine ja gerade, weil... ich glücklich bin«, antwortete Sabina. »Sie sind so lieb, so zärtlich zu mir. Wären wir uns doch nur einige Monate früher begegnet! Nun... nun ist es zu – spät!«

Der Zigeunerfürst erhob sich und blickte auf Sabinas gesenkten Kopf nieder. Ein fragender Ausdruck lag in seinen Augen.

»Und warum ist es zu spät?«

»Weil... aus vielen Gründen«, erwiderte Sabina stokkend. »Mama ist so – froh, und... und da sind noch die – Mädchen!«

»Harriet, Melanie, Angelina und Clare«, sagte der Zigeuner.

»Ja – sie alle. Oh, ich weiß, daß Arthur erklärt hat, er denke nicht daran, etwas für sie zu tun, wenn wir verheiratet sind. Doch vielleicht gelingt es mir, ihn zu überreden, seine Meinung zu ändern. Jedenfalls könnte meine Familie manchen Nutzen von mir haben. Ich könnte ihnen die Garderobe geben, die ich ablege, könnte ihnen hier und da ein wenig Geld zustecken. Und ab und zu könnte ich sie zu mir einladen – sie . . . sie rechnen damit.«

»Und es wäre nicht das gleiche, wenn wir ihnen die Gastfreundschaft eines Zigeunerlagers bieten würden, wie?«

Sabina errötete bis in die Haarwurzeln und nahm die Hände vom Gesicht.

»Das ist es nicht«, sagte sie hastig. »Sie dürfen nicht glauben, daß ich mich Ihrer schämen würde, weil Sie ein Zigeuner sind. Im Gegenteil, ich würde stolz sein, stolz darauf, die . . .«

Die Worte erstarben auf ihren Lippen.

Der Zigeunerfürst beugte sich vor.

»Sprich weiter! Sag es!« drängte er. »Sag mir die Worte, mein Liebling, die ich so gerne von dir hören möchte!«

»Nein, es wäre falsch. Verstehen Sie denn nicht? Wir dürfen nicht einmal daran denken. Ich habe mein Wort gegeben. Ich bin verlobt. Mit Arthur. Ich muß ihn heiraten. Außerdem schuldet Harry ihm – hundert Pfund.«

»O Baby«, sagte der Zigeunerfürst liebevoll, und seine Stimme klang sanft. »Glaubst du allen Ernstes, hundert Pfund spielten eine Rolle, wenn es um das Lebensglück zweier Menschen geht? Komm, geh mit mir fort! Laß mich dich lehren, was Glücklichsein heißt. Laß mich dich lehren, was es heißt zu lieben, zu leben und die Wunder des Daseins zu erfahren! Kein Engländer, kein anderer Mann wird dir diese Dinge besser zeigen können als ich, denn du und ich, wir sind füreinander bestimmt!«

»Bitte, führe mich nicht in Versuchung!« flüsterte Sabina. »Du hast nicht das Recht, etwas Derartiges von mir zu verlangen. Ich bin nicht besonders willensstark – nicht gut. Ich bin schwach und – verdorben, was dich angeht. Ich möchte all die Dinge tun, die ich nicht tun sollte. Ich wünsche mir nichts sehnlicher, als bei dir zu sein. Ich möchte deinen Worten lauschen. Ich sehne mich danach, von dir in die Arme genommen zu werden.«

Ohne, daß es ihr bewußt wurde, war auch Sabina zum vertrauten Du übergegangen.

Der Zigeuner stand da, unbeweglich, wie zur Salzsäule erstarrt, und sah sie aus fassungslosen Augen an. Dann wandte er sich mit einer ruckartigen Bewegung von ihr ab.

»Du mußt jetzt gehen, Sabina«, sagte er mit gepreßter Stimme. »Es gibt Grenzen, hinter die ein Mann nicht zurückgetrieben werden sollte! Ich liebe dich! Glaubst du nicht, daß alles in mir danach schreit, dich in den Armen zu halten, dein Gesicht mit meinen Küssen zu bedecken, meine Lippen auf deinen Mund, deine Augen und deinen Hals zu pressen, dein Haar zu lösen und mein Gesicht darin zu versenken? Ich liebe dich! Aber Liebe ist nicht dieses bleiche, blutleere Ding, das die Engländer daraus gemacht haben! Liebe, das ist für mich jene urgewaltige Kraft, die einen Mann zu verzweifelten Taten antreibt. Sie ist für mich etwas, für das ein Mann zu hungern, zu stehlen und zu kämpfen bereit ist. Für das er, wenn es sein muß, sogar in den Tod geht. Das ist Liebe für mich, Sabina. Und nun mußt du gehen – oder ich vergesse, daß du mein Gast bist, eine Hilfesuchende, die meinen Beistand braucht.«

In der Stimme des Zigeuners lag eine solche Erregung, eine solch ungebändigte Kraft, daß Sabina ihm wie gebannt zugehört hatte.

Sekundenlang stand sie da, unfähig, sich zu rühren, die Verkörperung der Fassungslosigkeit. Dann begann ihr Herz wie irrsinnig zu pochen. Das Blut schoß ihr in den Kopf, ihre Lippen wurden warm, ihre Brüste schmerzten, und in ihr war der unwiderstehliche Drang, ihm zu antworten.

Denn sie liebte ihn.

Jetzt wußte sie es.

Ja, das war Liebe!

Wie eine Flamme schoß sie lodernd in ihr empor. Sie wußte, nun würde keine Macht der Welt sie mehr davon zurückhalten können, sich in seine Arme zu werfen, ihm ihre Lippen zum Kuß anzubieten. Alles andere war unwichtig geworden. Sie war nicht mehr gewillt, auf irgend etwas anderes Rücksicht zu nehmen als auf ihn und ihre Liebe.

Sabina wollte die Arme nach ihm ausstrecken, als der Zigeunerfürst mit einer heftigen Bewegung die Wagentür aufstieß.

Kühle Nachtluft drang ins Innere, ließ die Kerzen flackern und blies Sabina das Haar aus dem Gesicht.

»Komm!«

Es war ein Befehl, keine Einladung.

Ohne sie anzuschauen, reichte der Zigeuner ihr die Hand, um sie aus dem Wagen zu geleiten.

Wie in Trance griff Sabina nach Hut und Handschuhen. Dann – im Bewußtsein, daß ihr Inneres sich in einem Aufruhr befand, der jeden klaren Gedanken, jedes vernünftige Wort unmöglich machte – ließ sie sich von ihm die Stufen der Plattform hinunterführen zu der Stelle, wo ihr Pferd auf sie wartete.

Mit einer, wie ihr schien, fast beleidigenden Gleichgültigkeit half er ihr in den Sattel.

Dann rief er einen Befehl, und wenige Sekunden später brachte einer seiner Leute ihm einen schwarzen Hengst.

Es war ein herrliches Tier mit kühngebogenem Hals, das die Herkunft aus einer Araberzucht nicht verleugnen konnte. Sattel und Zaumzeug waren mit Silberplättchen geschmückt, die im Schein des Lagerfeuers blitzten und funkelten.

Der Zigeunerfürst schwang sich auf den Rücken des Pferdes. Er gab seinen Männern einige knappe Befehle, dann sprengte er und Sabina aus dem Feuerkreis hinaus in die Dunkelheit.

Nachdem sie einige Zeit geritten waren, fühlte Sabina, wie der Aufruhr in ihr ein wenig nachließ. Ihr Atem wurde etwas ruhiger, nur ihr Herz schlug immer noch wild und hart vor nie gekannter Freude.

Bei jedem Atemzug, jedem Herzschlag war sie sich seiner Nähe bewußt. Immer wieder blickte sie aus den Augenwinkeln zu ihm hinüber. Stolz und aufrecht saß er im Sattel, schien völlig mit dem Tier verwachsen zu sein und bot das Bild eines Mannes, der sein ganzes Leben auf dem Rücken eines Pferdes zugebracht hatte.

Was muß er von mir denken? fragte sich Sabina. Nicht nur, weil ich ihm eine Absage gegeben habe, sondern auch, weil ich so hartnäckig an meiner Verlobung mit Arthur festhalte?

Hielt er sie für einen Snob und verachtete sie deshalb?

Glaubte er, daß sie Arthur mit ihm verglich, daß sie keinen umherziehenden Zigeuner, keinen Mann ohne festen Wohnsitz heiraten wollte?

Wußte er nicht, daß sie bei ihm geblieben, daß sie nie wieder nach Monte Carlo zurückgekehrt wäre, wenn es nur an ihr gelegen hätte? Aber sie war nicht mehr frei, und sie konnte vor allem ihre Familie nicht enttäuschen!

Das ist die Liebe, dachte Sabina. Liebe, die einen in Stücke reißt, die einem den Körper, den Geist und die Seele verbrennt. Und dennoch, wie konnte sie den Kummer vergessen, den sie ihrer Familie zufügen würde! Wie konnte sie all die Vorteile vergessen, um die sie die Ihren betrog!

Harriet rechnete fest damit, daß sie nach London kommen konnte, und Mama hatte viel jünger und hübscher ausgesehen, seit ihre Älteste mit dem einflußreichen Lord Thetford verlobt war. Die Gute machte sich einfach nicht mehr so viele Sorgen um die Zukunft und legte nicht mehr jeden Viertelpenny, den sie entbehren konnte, für Harriets Debütantinnenaussteuer zurück.

Plötzlich dachte Sabina an Arthur, an die kalte, gefühllose Stimme, mit der er an diesem Nachmittag zu ihr gesprochen hatte.

Ein Zittern überlief sie, und unwillkürlich trieb sie ihr Pferd ein wenig näher an das des Zigeuners heran.

Er schien ihre Gedanken zu ahnen, schien zu spüren, was in ihr vorging, denn plötzlich wandte er ihr das Gesicht zu. Zum erstenmal, seitdem sie das Lager verlassen hatten, richtete er das Wort an sie.

Sabina sah sein Gesicht im Mondlicht, das dunkle volle Haar, das im Wind flog und die breite, edelgeformte Stirn freigab, sah die seltsam fremden und doch starken, vertrauenerweckenden Züge, den schönen, kraftvollen Mund, die dunklen, durchdringenden Augen, die vor Leidenschaft zu brennen schienen.

»Wir reiten Seite an Seite«, sagte er mit dieser sanften, wohltönenden Stimme, die auf ihren Gefühlen zu spielen vermochte, als wären sie die Saiten eines Instrumentes, dem ein begnadeter Meister die wundervollsten Klänge entlockte. »Seite an Seite, Sabina! Bedeutet dir das etwas?‹ Für mich jedenfalls ist es die Erfüllung dessen, was ich mir erträume und erhoffe – für heute nacht und für alle Ewigkeit.«

X

Sabina bewegte sich und erwachte. Augenblicklich stürzten sich die Gedanken und Erinnerungen auf sie wie eine Schar aufdringlicher Bettler.

Ja, in der vergangenen Nacht war vieles geschehen. So vieles, daß sie bewegt und aufgewühlt hatte. Und doch schien in ihrer Erinnerung nur der Gedanke an diesen Ritt zu existieren. Den Ritt durch die Nacht an der Seite des Zigeunerfürsten.

Es war wundervoll gewesen.

Schweigend waren sie nebeneinander her galoppiert. Es hatte nicht eines einzigen Wortes bedurft. Eine Nähe und eine Gemeinsamkeit herrschte zwischen ihnen, die jedes Wort überflüssig machten.

Es hatte Sabina genügt, neben ihm zu reiten, die Strömung zu spüren, die von ihm ausging, zu wissen, daß sie nur die Hand auszustrecken brauchte, um ihn berühren zu können.

Erst als die Lichter von Monte Carlo vor ihnen auftauchten, sagte sie:

»Du hast das Lager verlegt, seitdem ich das erste Mal dort war.«

Er wandte den Kopf und lächelte sie an.

»Ich wollte so nahe bei dir sein wie möglich«, erwiderte er. Sie hatte schon angenommen, daß das die Erklärung war, und doch überkam sie bei seinen Worten eine unsagbare Freude.

Sie schwiegen wieder. Erst als sie an einer Kreuzung anlangten und zwischen hohen Bäumen die weißen Mauern einer Villa erblickten, zügelte der Zigeunerfürst sein Pferd und sagte:

»Ich muß dich nun alleinlassen, Liebes. Aber wir sehen uns bald wieder. Wo kann ich dich finden?«

»Ich habe Harry gesagt, er solle in der Straße unterhalb der Villa auf mich warten«, antwortete Sabina.

»Ich werde dort hinkommen!«

Er streckte die Hand aus und ergriff die ihre. Sabina trug ihre Reithandschuhe, aber er legte die breiten Stulpen um und küßte Sabinas Handgelenk.

Ein Zittern durchlief sie, doch bevor sie etwas sagen oder ihn fragen konnte, was er vorhabe, hatte er seinem Hengst die Sporen gegeben und war in der Dunkelheit verschwunden.

Sabina wußte, daß die Straße in zahlreichen Windungen zur Stadt hinabführte. Gemächlich ritt sie hinter ihm her. Sie hatte jetzt viel Zeit, denn es würde gewiß einige Stunden dauern, bis er Katischa ausfindig gemacht und das Geld von ihr zurückgefordert hatte.

In vielen Häusern rechts und links der Straße brannten noch die Lichter, und in der Ferne erkannte Sabina das grell erleuchtete Casino.

Auch jetzt, dachte sie, sitzen dort wieder Menschen an den Spieltischen, starren, die Nerven zum Zerreißen gespannt, auf die rollende Kugel des Rouletts oder warten auf das Aufdecken der Karten.

Welche Faszination das Glücksspiel doch auf viele Menschen ausübte! Und wie unglücklich es die meisten machte!

Aber man konnte niemanden vor sich selbst schützen.

Harry hatte seine Lektion gelernt.

Hoffentlich hielt sie ein ganzes Leben lang an.

Erschreckt zuckte Sabina zusammen, als ihr bewußt wurde, daß Harry ja noch gar nicht in Sicherheit war.

Erst mußte Katischa gefunden werden, mußte der Zigeunerfürst erreichen, daß sie das gestohlene Geld zurückgab. Erst dann würden Harrys Sorgen und Ängste ein Ende haben.

Aber wenn Sabina es genau bedachte, hatte sie eigentlich nicht den geringsten Zweifel daran, daß ihr Bruder aus seiner mißlichen und entwürdigenden Lage bald befreit sein würde. Das Vertrauen, das sie in den Zigeunerfürsten setzte, war grenzenlos, und sie wußte sicher, daß er sie nicht enttäuschen würde.

Sabina lächelte, als sie am Tor der Villa Mimosa vorbeiritt und den Weg einschlug, der zur unteren Straße führte.

Harry wartete im Schatten der Bäume auf sie. Als Sabina in Sicht kam, eilte der Pferdeknecht auf sie zu und nahm die Zügel des Pferdes. Einige Sekunden später war auch Harry zur Stelle.

»Alles in Ordnung?«

Seine Stimme klang gepreßt, und Sabina bemerkte dunkle Ringe unter seinen Augen. Die Geschichte setzte ihm zu, und man sah ihm an, daß er litt.

»Ich denke schon«, antwortete sie leise.

Er half ihr aus dem Sattel, und der Pferdeknecht führte das Pferd weg.

»Du hast also das Geld noch nicht?« wollte Harry wissen.

Sabina schüttelte den Kopf.

»Nein, aber jemand, den ich kenne, wird es uns bringen. Ich bin da ganz sicher.«

»Und wer ist derjenige?«

»Jemand, den ich auf meiner Reise nach Monte Carlo kennenlernte«, erwiderte Sabina ausweichend.

»Ein Mann, nicht wahr?«

Sabina antwortete nicht.

Etwas an ihrem Gesichtsausdruck und ihrer Körperhaltung ließ Harry, der gewöhnlich nicht mißtrauisch war, hinzufügen:

»Was bedeutet er dir?«

Sabina seufzte leise.

»Warum fragst du?«

»Weil du so geheimnisvoll tust und weil er bereit ist, dir zu helfen«, entgegnete Harry. »Hör zu, Sabina, du bist doch nicht in Schwierigkeiten?«

»Schwierigkeiten?« Sabinas Tonfall klang belustigt. »Was denn für Schwierigkeiten?«

Harry blickte sie prüfend an.

»Wenn du mich fragst, bist du in ihn verliebt«, sagte er langsam. »Wie kommst du denn auf diese Idee?« Sabina gab ihren Worten einen nebensächlichen Klang, konnte jedoch nicht verhindern, daß eine verräterische Röte ihre Wangen überzog.

»Mir machst du nichts vor. Du warst noch nie eine gute Lügnerin.« Harry berührte ihr Kinn und hob es zu sich empor. »Hast du Probleme, Sabina? Wenn ja, werde ich dir helfen, soweit es in meiner Macht steht.«

Als er sie losließ, hob Sabina die Hand und streichelte seine Wange.

»Lieber, guter Harry. Wir haben uns immer alles gesagt, nicht wahr? Hatten nie Geheimnisse voreinander. Aber über diese Sache kann ich nicht mit dir sprechen. Du würdest es nicht verstehen.«

»Woher weißt du das? Du hast kein Vertrauen mehr zu mir.«

»Das ist es nicht. Es ist... ich kann es nicht wagen, mit dir darüber zu reden. Er ist ein Freund, das ist alles, was ich sagen kann. Und wenn er gleich kommt, sei bitte nett zu ihm! Versprichst du mir das?«

Schon bald stellte sie fest, daß sie Harry dieses Versprechen gar nicht hätte abzunehmen brauchen.

Er stutzte zwar im ersten Moment beim Anblick des Fremden, machte aber nicht den Eindruck, als lehnte er ihn ab oder als wäre er entsetzt über den ungewöhnlichen Geschmack seiner Schwester.

Natürlich war Harry in seiner Situation auch nicht besonders an Sabinas Freundschaften interessiert.

Als der Zigeunerfürst ihm das Geldbündel übergab, war er so überwältigt, daß es ihm die Sprache verschlug. Schließlich war er in der Lage, seinen Dank zu stammeln, und – den Tränen nahe – versprach er immer wieder, daß er ihm dies nie vergessen würde.

»So, Harry, nun hast du das Geld wieder!« sagte Sabina. »Ich wußte, daß es so kommen würde.«

»Haben Sie Katischa tatsächlich überreden können, es Ihnen zu geben?« fragte Harry. »Nachdem Sabina fortgeritten war, um Sie aufzusuchen, glaubte ich schon, es wäre unrecht von mir gewesen, Katischa des Diebstahls zu beschuldigen. Mir fiel nämlich ein, daß die Blonde in der Kutsche neben mir gesessen hatte und deshalb eher als Diebin in Frage kam als ihre dunkelhaarige Freundin.«

Der Zigeunerfürst lächelte.

»Wozu jetzt noch Fragen stellen? Sie haben das Geld zurück, und das allein ist wichtig, nicht wahr?«

»Ja, Sie haben recht«, entgegnete Harry.

»Und wenn Sie es nicht für aufdringlich halten, würde ich Ihnen raten, nicht länger mit der Rückerstattung an die Casinoverwaltung zu warten.«

»Ich werde mich unverzüglich auf den Weg machen. Aber wie kann ich Ihnen jemals für Ihre Hilfe danken, Sir?«

»Ich verlange keinen Dank«, antwortete der Zigeuner.

»Aber ich fühle mich gedrängt, Ihnen zu sagen, daß ...«

Der Zigeunerfürst wehrte ab.

»Sie würden mich nur in Verlegenheit bringen! Beeilen Sie sich! Nicht, daß Ihr Scheck schon auf dem Weg nach England ist. Lassen Sie sich das Papier unbedingt wieder aushändigen, und zerreißen Sie es auf der Stelle. Vor allem aber: Bleiben Sie den Spielsälen fern. Jedenfalls so lange, bis Sie den Kassierer aufgesucht haben.«

»Ganz so unvernünftig bin ich nun doch nicht – nicht ein zweitesmal«, sagte Harry. »Good bye, Sir. Ich hätte nie gedacht, daß der Tag für mich noch so glücklich enden würde!«

Sabina küßte ihn, und er eilte die Straße hinauf in Richtung Stadtmitte. Sabina schaute ihm nach. Dann wandte sie sich dem Zigeuner zu, der sie die ganze Zeit beobachtet hatte.

»Wie kann ich dir danken?« fragte sie, und in ihrer Stimme lag Zärtlichkeit.

»Ich will keinen Dank«, erwiderte er. »Ich bin so stolz, daß du zu mir gekommen bist, daß du so fest auf meine Hilfe vertraut hast.«

Seine Stimme ließ sie erbeben, und verlegen schaute sie auf die Mauer, an der sie standen.

»Ich muß gehen«, murmelte sie.

Statt einer Antwort umfaßte der Zigeunerfürst ihre Taille und hob sie auf die Mauerkrone hinauf.

»Beweg dich nicht, bis ich ich dir herunterhelfe«, forderte er. Mit einem geschmeidigen Satz schwang er sich über die Mauer und landete auf der anderen Seite im Garten. Er streckte die Arme aus, fing sie auf und ließ sie vorsichtig auf die Erde nieder.

Einen Moment lang war sie ihm sehr nahe. Sie fühlte das Pochen seines Herzens, als er sie an sich preßte.

Schwindel ergriff sie.

Der fast unwiderstehliche Drang, sich an ihn zu klammern, war in ihr. Doch noch unwiderstehlicher war das Verlangen, von ihm geküßt zu werden, seine Lippen auf den ihren zu spüren.

Aber noch während sie mit sich kämpfte, gab er sie mit einem harten Ruck frei. Nur einige Schritte voneinander getrennt, standen sie sich unter den Bäumen gegenüber, und das Mondlicht zeichnete bizarre Muster auf den Boden zwischen ihren Füßen.

»Ich sage dir nur ungern, daß du gehen mußt«, sagte der Zigeunerfürst ruhig. »Aber du bist müde. Der Tag war voller Aufregungen und Ängste für dich. Du mußt ins Bett, du brauchst Schlaf.«

Seine Rücksicht rührte Sabina.

»Aber es ist alles in Ordnung«, sagte sie widerstrebend.

»Alles?« fragte er und hob die Brauen.

Sie wußte, daß er seine Liebe zu ihr meinte und die Tatsache, daß sie mit Arthur verlobt war.

Langsam wandte sie ihre Augen zur Seite. Nach einer kurzen Weile sagte er:

»Ich werde dich in dieser Nacht nicht damit belästigen. Jeder von uns kommt im Leben einmal an den Punkt, wo er nicht mehr klar zu denken vermag, wo er glaubt, zwischen Herz und Verstand hin und her gerissen zu werden. Und an diesem Punkt, mein Liebes, befindest du dich jetzt.«

Sabina setzte zu einer Antwort an, doch er kam ihr zuvor.

»Nein, nein, sag jetzt nichts. Es ist nicht mehr die Zeit dazu.« Er lächelte sie an. »Aber ich möchte dir noch etwas sagen, bevor ich gehe. Du darfst nie wieder das Risiko auf dich nehmen, mich zu suchen – mitten in der Nacht und auf einsamen, unbekannten Straßen! Wenn du mich brauchst, genügt es, mit einer brennenden Kerze in der Hand auf die Terrasse hinauszutreten. Binde dieses Tuch hier um das Geländer, und spätestens in einer Stunde werde ich bei dir sein!«

Er reichte ihr sein Halstuch.

Sabina nahm es und fragte:

»Heißt das, es wird mich jemand unablässig beobachten?«

»Ja, immer! Du wirst den Mann, der auf dich achtgibt, zwar nicht bemerken, und du brauchst auch keine Angst vor ihm zu haben. Aber es wird immer jemand da sein, der mich rufen wird, sobald du mich zu sprechen wünschst!«

Sabinas Finger schlossen sich fest um das seidene Tuch, und jäh war der Gedanke in ihr, daß es etwas von ihm war, etwas, das er getragen hatte, etwas, das sie behalten konnte und das sie für immer an ihn erinnern würde.

»Und nun gute Nacht«, sagte der Zigeuner sanft.

Er nahm ihre Rechte und streifte den Handschuh ab. Aufmerksam blickte er auf die geöffnete Handfläche nieder.

»Soll ich dir die Zukunft lesen?« fragte er. »Oder soll ich dir sagen, daß du an einer Wegkreuzung stehst? Zwei Möglichkeiten gibt es für dich, zwei Wege, Sabina. Und nur du kannst entscheiden, welchen Weg du gehen wirst.«

Sie stöhnte leise.

Es klang, als wehrte sie sich gegen die Vorstellung, eine Entscheidung treffen zu müssen.

Dann fühlte sie seine Lippen auf der Innenfläche ihrer Hand, auf jedem Finger und zuletzt warm und fordernd auf den pochenden Adern ihres Handgelenks.

»Ich liebe dich«, sagte er zärtlich. »Denke an nichts anderes in dieser Nacht als daran, daß ich dich liebe.«

Sie war eingeschlafen mit der Erinnerung an diese Worte, und als sie aufwachte, stellte sie fest, daß sie die ganze Nacht über mit der Wange auf seinem seidenen Halstuch gelegen hatte.

Es war ein heller Tag. Die Sonne drang durchs Fenster, und Sabina versuchte sich einzureden, daß sich nichts geändert habe.

Die vergangene Nacht war nur ein Traum gewesen, ein wilder, erregender Traum, der ihr allerdings – wenn sie sich ihn ins Bewußtsein zurückrief – das Blut durch die Adern jagte.

Jetzt aber war die Nacht vorüber.

Sie mußte die Dinge wieder mit den Augen des Tages sehen.

Wie konnte sie auch nur einen Augenblick lang mit dem Gedanken spielen, die Frau eines Zigeuners zu werden?

Einen Mann zu heiraten, der ihr buchstäblich unbekannt war. Der vielleicht schon ein halbes Dutzend anderer Frauen besaß.

Sabina seufzte leise und bedeckte die Augen mit seinem Halstuch.

Es war zwecklos, ihn vor sich selbst herabzusetzen.

Sie liebte ihn.

Sie liebte die Art, wie er sich bewegte, wie er sprach, wie er lächelte. Sie liebte die Berührung seiner Hände, die warme Lockung seiner Lippen. Sie konnte sich nichts Vollkommeneres, kein größeres Glück vorstellen, als in seinen Armen zu liegen, ihn das tun zu lassen, wonach es ihn verlangte, und seine Küsse auf Gesicht und Haaren zu spüren.

Der Gedanke allein genügte, sie erbeben zu lassen.

Sabina spürte, wie ihr Atem heftiger ging, wie ihre Lippen sich öffneten und ihr Körper eigenartig schwer wurde. Sie erschrak vor diesem überwältigenden Gefühl, zwang sich gewaltsam wieder in die Wirklichkeit zurück.

»Ich bin verliebt!«

Sie sprach diese Worte laut vor sich hin und trat ans Fenster. Einen Augenblick später tat sie hastig einen Schritt zurück, denn es war ihr bewußt geworden, daß sie noch ihr Nachtgewand trug. Dabei hatte sie das Gefühl, als beobachteten sie aus den Büschen im Garten zwei dunkle Augen, die nur auf das Signal warteten, um den Zigeunerfürsten unverzüglich herbeizurufen.

Kann das alles denn Wirklichkeit sein? fragte sich Sabina. Ist es tatsächlich möglich, daß ich, Sabina Wantage, die älteste Tochter des Vikars von Cobbleford, das unansehnliche, reizlose Mauerblümchen, das in London einen gesellschaftlichen Reinfall sondergleichen erlitt, plötzlich in Monte Carlo bin und mit einem Mann verlobt und in einen anderen verliebt bin? Daß ich von Zigeunern bewacht werde und, wie sein Fürst behauptet, am Scheideweg meines Lebens stehe?

Was sollte sie tun?

Was konnte sie tun?

Gab es für sie nicht nur die eine Möglichkeit: Arthur zu heiraten, wie alle Welt es von ihr erwartete?

Sie erlebte den Tag wie einen Traum.

Sie fuhr mit Lady Thetford aus, besuchte mit ihr eine

Luncheon-Party, fuhr am Nachmittag wieder aus, nahm bei einigen Freunden Lady Thetfords den Tee ein und erfuhr bei ihrer Rückkehr in der Villa, daß Arthur die Nachricht geschickt hatte, er werde sie und seine Mutter punkt Viertel vor acht am Abend mit der Kutsche abholen.

Die ganze Zeit über hatte sich Sabina wie eine Zuschauerin gefühlt, die einem eigenartigen, befremdlichen Spiel beiwohnte. Aber als sie Arthurs Namen hörte, schien der seltsame Schwebezustand mit einem Mal beendet zu sein. Die Wirklichkeit hatte sie wieder.

»Wohin werden wir heute abend gehen?« fragte sie.

»Wir speisen bei Großherzog Iwan von Rußland«, antwortete Lady Thetford. »Er ist ein sehr charmanter Mann, und du wirst ihn mögen. Erst kürzlich wurde seine Villa in Monte Carlo fertiggestellt, und seine Einladungen sind jetzt schon gesellschaftliche Höhepunkte und bei allen äußerst begehrt.«

»Kennen Sie ihn schon lange?«

»Einige Jahre schon«, erwiderte Lady Thetford. »Er gehört zu den wenigen meiner Freunde, die vor Arthur überraschenderweise Gnade finden.« Eine leichte Schärfe lag bei diesen Worten in ihrer Stimme. Aber dann lachte sie und fuhr fort: »Einer Frau in meinem Alter steht Gelassenheit gut an, besonders wenn es sich um die Schrullen und Verschrobenheiten der eigenen Kinder handelt.«

»Geht Arthur denn mit?« wollte Sabina wissen.

»Ja. Als ich dem Großherzog erzählte, daß Sie bei mir zu Besuch weilen und mit Arthur verlobt sind, lud er euch beide zum Dinner ein. Ich freue mich, daß Sie ihn kennenlernen, mein Kind. Er ist ein ungewöhlich liebenswerter Mensch. Jemand sagte einmal, wenn Großherzog Iwan wolle, könnte er mit seinem Charme sogar eine Taube vom Dach locken. Ich bin richtig gespannt darauf, zu hören, welchen Eindruck er auf Sie macht.«

Sabina lächelte, und wenig später, als sie die Treppe hinaufstieg, dachte sie:

Charme!

Was ist Charme?

Würde Lady Thetford der Meinung sein, daß der Zigeunerfürst Charme hatte?

Daß ihr Sohn diese Eigenschaft nicht besaß, schien für sie festzustehen.

Wie gern hätte Sabina sich in diesem Augenblick einem älteren und erfahreneren Menschen anvertraut!

Sie fühlte sich plötzlich sehr jung, hilflos und schrecklich unwissend.

Was wußte sie schon von Männern?

Sie hatte nur wenige in ihrem Leben kennengelernt, und diese wenigen hatten kaum eine Bedeutung für sie gehabt. Sie besaß noch keine Maßstäbe, um sich ein Urteil zu bilden, und in ihrer Unerfahrenheit konnte sie den fatalen Fehler begehen, einen Mann für anziehend und gebildet zu halten, nur weil er romantisch war.

Dennoch war sie sicher, daß der Zigeunerfürst, wie immer auch seine Erziehung und Ausbildung gewesen sein mochte, auf seine Weise ein Gentleman war.

Auch Harry schien dieser Auffassung zu sein. Unwillkürlich hatte er ihn mit »Sir« angeredet. Und das war nicht nur so dahergesagt, aus Berechnung gewissermaßen, weil der Zigeuner ihm einen unschätzbaren Dienst erwiesen hatte. Es war die Reaktion des jüngeren Mannes gegenüber der Autorität und Größe des älteren gewesen. Harry hatte dem Zigeuner gegenüber so etwas wie Bewunderung und Hochachtung empfunden.

Aber Harry war im Grunde noch ebenso jung und unerfahren wie sie selbst. Was würde Arthur über ihren Zigeunerfreund denken?

Es fröstelte sie bei dem Gedanken, was geschehen würde, wenn ihr Verlobter jemals etwas über die Existenz des anderen erfahren sollte.

Sie sah sein ergrimmtes Gesicht vor sich und glaubte, die Worte wütender Zurechtweisung schon in diesem Moment zu hören.

Hastig begann Sabina sich umzukleiden.

Sie mußte sich ablenken, den Gedanken, die sie ängstigten und bedrängten, zu entfliehen versuchen. Sie verspürte den Wunsch, wieder in dieses verschwommene Gefühl des Losgelöstseins von der Wirklichkeit hineinzutauchen, in dem sie während des Tages gelebt hatte.

Aber es war unmöglich!

Die Probleme der vergangenen Nacht waren wieder da und ließen sich nicht mehr vertreiben.

Sie stand tatsächlich an einem Scheideweg.

Welchen Weg sollte sie gehen?

Die Villa des Großherzogs war so prachtvoll, wie Lady Thetford sie ihr geschildert hatte.

Von außen wirkte sie fast unscheinbar, aber sobald man die Schwelle zu ihrem Inneren überschritten hatte, übertraf sie alles, was Sabina bisher gesehen hatte.

Da gab es kostbare Perserteppiche, Jade- und Elfenbeinarbeiten aus China, Sandelholz und Weihrauch aus Arabien. Überall hingen wertvolle Gemälde, juwelenbesetzte Ikonen, Skulpturen und Kristalleuchter, die das Auge blendeten und Sabina das Gefühl gaben, die Geschichten aus »Tausend und eine Nacht« wären Wirklichkeit geworden.

Aber all diese Dinge bildeten nur den angemessenen Hintergrund für den Herrn des Hauses selbst.

Groß und gutaussehend, mit feinen aristokratischen Zügen und müden dunklen Augen, die zu leuchten begannen, wenn er lächelte, schien er ebenfalls einem Märchen entstiegen zu sein.

Seine Höflichkeit und sein unwahrscheinlicher Charme vermittelten sämtlichen Gästen ein Gefühl der Geborgenheit und Gemeinsamkeit, so unterschiedlich auch ihr Charakter und ihre Nationalität sein mochten.

Es war eine große Gesellschaft. Sabina zählte über dreißig Gäste beim Dinner, und sie war erfreut, als sie plötzlich Sherry entdeckte, der sofort auf sie zueilte und bis zum Schluß des Abends nicht mehr von ihrer Seite wich. Und das, obwohl Arthur sein Mißvergnügen darüber nicht verbarg, ständig ein sauertöpfisches Gesicht schnitt und mehrmals ausfällig gegen ihn wurde.

»Sei nicht so schlecht gelaunt, Peddy!« sagte Sherry zu ihm, den Arthurs kühle Begrüßung nicht aus der Ruhe brachte. »Werde mich um Sabina kümmern, ob du willst oder nicht!«

»Ich habe dir das keineswegs verboten«, erklärte Arthur finster.

»Dein Glück«, erwiderte Sherry. »Völlig schnuppe, was du tust, alter Kettenhund. Warst schon in der Schule so. Nicht neu für mich also. Hättest mir nicht mal deinen Kricketschläger geliehen, wenn's nötig gewesen wäre.«

»Ich weiß nicht, ob ich mich geschmeichelt fühle, wenn man mich mit einem Kricketschläger vergleicht.« Sabina lachte.

»Arthurs wertvollster Besitz in Eton«, erklärte Sherry. »Jetzt, wo er Sie hat, trägt er die Nase noch höher als damals. Aber auch das beeindruckt mich nicht!«

Sabina blickte Arthur flehend an, doch Arthur schien nicht zu Späßen aufgelegt, und obwohl Sherry sich nicht davon beeinflussen ließ und weiter seine Witze machte, um Sabina zum Lachen zu bringen, war ihr nicht sehr wohl zumute.

Erleichtert atmete sie auf, als der Butler endlich den Beginn des Dinners ankündigte.

Zu Sabinas Freude hatte Sherry den Platz zu ihrer Rechten, und das Mahl, mit einer langen Reihe erlesener Gänge, verging für sie wie im Flug.

»Was ist nur heute abend mit Peddy los?« fragte Sherry einmal. »Macht ja ein Gesicht wie zehn Tage Regenwetter!«

»O bitte, nennen Sie ihn Arthur«, bat Sabina. »Er haßt diesen Spitznamen. Jedesmal, wenn Sie ihn damit anreden, zuckt er zusammen wie unter einem Peitschenhieb. Ich bin sicher, das macht ihn so gereizt und übellaunig.«

»Nun gut, dann eben ›Arthur‹! Aber was stimmt nicht mit ihm?«

»Wieso, ist etwas nicht in Ordnung?« fragte Sabina.

»Guter Lord, nein! Dumme Frage von mir. So ist er ja eigentlich immer: langweilig, gekränkt und zu Tode beleidigt!«

»Sherry, Sie sollten nicht immer solche Dinge sagen«, tadelte Sabina ihn.

»Übrigens...« Sherry machte eine Pause und schüttelte den Kopf. »Nein«, murmelte er, »sollte Ihnen das jetzt nicht sagen!«

»Was sollten Sie mir nicht sagen?« fragte Sabina.

»Na, eben das, was ich Ihnen nicht sagen sollte!« erwiderte Sherry geheimnisvoll und verzog dann das Gesicht zu einem Schmunzeln.

Sabina versuchte es noch mehrmals, aber sie vermochte kein Wort aus ihm herauszuholen. Schließlich gab sie es auf und wandte sich dem Gentleman links von ihr zu, mit dem sie bisher noch kein Wort gewechselt hatte.

Nach Beendigung des Dinners gingen die Ladys in den Salon, dessen Fenster sich zu einem herrlichen Wintergarten hin öffneten.

Der treibhausartige Vorbau enthielt zahlreiche exotische Pflanzen und Blumen. Ein Brunnen plätscherte, und seitwärts auf einem Podium saß den Blicken ein wenig entzogen ein kleines Orchester, das bald nach dem Eintreten der Damen zu musizieren begann.

Zuerst konnte sich Sabina nicht sattsehen an den vielen ungewöhnlichen Dingen, um sie her, aber dann erfaßte sie eine gewisse Erschöpfung, und es machte ihr Mühe, dem Geplauder der anderen weiblichen Gäste zuzuhören. Als dann die Herren in den Salon kamen, war sie so geistesabwesend, daß sie Sherrys Näherkommen zunächst gar nicht bemerkte.

Sherry zog sie ein wenig beiseite, angeblich, um ihr einige besonders seltene Orchideenarten zu zeigen. Als sie jedoch außer Hörweite waren, sagte er:

»Nicht böse sein, Sabina, aber Arthur ist ein wenig beschwipst.«

»Beschwipst?« fragte Sabina überrascht. »Soll das heißen, er hat zu viel getrunken?«

Sherry grinste und nickte.

»Allerdings nicht allein seine Schuld«, gestand er dann und fuhr fort: »Nun ja, eigentlich doch. Er spielte sich nämlich wieder mal unheimlich auf, kritisierte an allem herum und ließ an niemandem ein gutes Haar, so daß ich dem Großherzog erzählte, welchen Spitznamen er in Eton hatte und welch ein Pedant und Besserwisser er meist ist. Und dann weihte ich den Großherzog in unseren Plan ein, und er erklärte sich bereit, mitzumachen.«

»Welchen Plan?« erkundigte sich Sabina.

»Zwei der Gentleman und ich beschlossen, Arthur betrunken zu machen. Als die Ladys den Speisesaal verlassen hatten, brachte der Großherzog einen Toast aus. Einen Toast auf russisch ausbringen, das heißt, daß man danach sein Glas in einem Zug leert, und der Großherzog gab seinen Dienern die Anweisung, Arthurs Glas bis zum Rand zu füllen, während bei uns nur der Boden bedeckt war. Natürlich mußte Arthur mitmachen. Mit dem Ergebnis, daß er jetzt ganz manierlich ist.«

»O Sherry, wie konnten Sie nur so gemein sein«, rief Sabina aufgebracht. »Was wird Lady Thetford dazu sagen? Haben Sie denn nicht daran gedacht, daß sie sich schrecklich aufregen könnte? Und außerdem wird Arthur morgen sehr böse auf Sie sein.«

»Braucht ja nicht zu wissen, daß ich dahinterstecke«, antwortete Sherry amüsiert. »Glaubt doch, wir alle hätten die gleiche Menge getrunken. Werden uns doch hoffentlich nicht verraten, oder?«

»Wie könnte ich!« Sabina schüttelte den Kopf. Dann fragte sie: »Ist es sehr schlimm?«

»Sehen Sie selbst«, erwiderte Sherry. »Auf den Beinen steht er jedenfalls noch.«

»Ich will das gar nicht sehen«, stieß Sabina aufgeregt hervor.

Mit einem Mal fühlte sie sich unbehaglich und nervös,

und bevor ihr bewußt wurde, was geschah, hatte Sherry sie in eine entfernte Ecke des Wintergartens geführt, wo sich, halb versteckt zwischen Grünpflanzen und Blumen, eine Art Séparée befand.

»Setzen wir uns, Sabina«, lud er sie ein. »Habe mit Ihnen zu reden.«

»Worüber?« fragte Sabina.

»Wollen Sie mich heiraten?«

»Wenn das einer Ihrer Scherze ist, finde ich ihn nicht besonders lustig...« begann Sabina, verstummte jedoch, als sie den Ernst in Sherrys Gesicht bemerkte.

»Können Arthur nicht heiraten«, stellte Sherry lakonisch fest. »Würde Sie niemals glücklich machen. Bin noch nie einem Mädchen begegnet, das ich so gemocht habe. Heiraten Sie mich, Sabina! Werden eine Menge Spaß miteinander haben!«

»Es ist sehr nett von Ihnen, das zu sagen, Sherry. Wirklich sehr nett und lieb. Aber ich liebe Sie nicht, und ich glaube, daß auch Sie mich nicht wirklich lieben.«

»Aber natürlich liebe ich Sie. Und im übrigen lieben Sie Arthur auch nicht.«

»Woher wollen Sie wissen, daß ich ihn nicht liebe?« fragte Sabina mit erstickter Stimme.

»Guter Lord, schließlich hab' ich Augen im Kopf. Niemand kann Arthur lieben. Und bilden Sie sich ja nicht ein, daß er Sie liebt. Liebt nur einen Menschen der Bursche – sich selbst. War immer schon so. Anzunehmen, daß er sich auch nicht mehr ändert. Heiraten Sie ihn, und Sie werden nichts anderes sein als seine Sklavin und sein Türvorleger. Außerdem ist er ein Snob, und wenn ich eine Sorte von Menschen nicht ausstehen kann, dann sind es die Snobs.«

»Sie sollten all diese Dinge nicht sagen, Sherry!«

»Heiraten Sie mich!« bat er. »Werde Sie glücklich machen!«

»Sie wissen genau, daß ich das nicht kann«, erwiderte Sabina. »Und ganz ehrlich, Sherry, ich glaube nicht, daß ich die richtige Frau für Sie bin.«

»Wenn Sie nicht die Richtige sind, ist es keine«, erklärte Sherry. »Werde also meinen Antrag ständig wiederholen – bis zu dem Tag, an dem Sie heiraten.«

»O Sherry. Sie sind so nett zu mir, und ich mag Sie sehr. Aber zu einer Ehe gehört eben mehr. Doch ich bin sicher, eines Tages werden Sie sich wirklich verlieben – in ein hübsches Mädchen, das auch Ihnen von Herzen zugetan ist.«

»Was meinen Sie mit ›wirklich verlieben‹?« fragte Sherry. »Bin ich nicht schon wirklich verliebt? Verliebt in Sie?«

Sabina schüttelte den Kopf.

»Nein.«

»Woher wollen Sie das wissen?«

Sabina setzte zu einer plausiblen Erklärung an, als sie Arthur auf sie zukommen sah.

Er ging ein wenig unsicher, und doch verriet sein Gang eine gewisse Entschlossenheit. Auch der grimmige Gesichtsausdruck ließ keinen Zweifel darüber, daß er Sabina gesucht hatte.

»Aha, hier steckst du also«, sagte er wütend, wenn auch die Worte langsamer über seine Lippen kamen als sonst.

»Ja, hier bin ich, Arthur«, gab Sabina ruhig zur Antwort.

»Du kommst jetzt mit nach Hause, hörst du?« Arthurs Stimme hatte einen schrillen Klang. »Auf der Stelle kommst du jetzt mit nach Hause! Ich will nicht, daß du den ganzen Abend mit diesem Nichtsnutz verbringst. Du läßt ihn jetzt allein und kommst mit mir! Verstanden?«

»Aber Arthur... wo ist denn deine Mutter?« fragte Sabina.

»Im Casino«, erwiderte Arthur. »Soll dir sagen, du könntest nachkommen, wenn du Lust hast. Aber mich interessiert das nicht. Und ich will auch nicht, daß du ins Casino gehst. Ich bringe dich nach Hause. Dieses ganze Herumlungern schickt sich nicht für ein junges Mädchen.«

Sherry mischte sich ein.

»Nun hör mal zu, Peddy...« begann er.

Sabina streckte die Hand aus und hielt ihn zurück.

»Ich werde tun, was er verlangt«, sagte sie sanft. »Komm, Arthur, laß uns gehen!«

Sabina verabschiedete sich vom Großherzog, holte ihren Umhang und stieg mit Arthur die Stufen hinunter zu der Kutsche, die vor dem Haus auf sie wartete.

Sie nahm auf der Polsterbank Platz, und nachdem Arthur sich neben sie gesetzt hatte, legte der Diener ihr die pelzgefütterte Decke über die Knie. Der Wagenschlag wurde geschlossen, und die Kutsche setzte sich in Bewegung.

Genau in diesem Moment schlang Arthur zu Sabinas Überraschung die Arme um sie und zog sie mit rauher Gewalt an sich.

»Ich will nicht, daß du ständig mit diesem Kerl herumflirtest, hörst du? Du bist meine Braut. Laß mich dir das einmal ganz klarmachen. Du gehörst mir und nicht diesem Sheringham!«

Er beugte sich über sie und preßte seinen Mund auf den ihren.

Sabina war überrascht. Sie hatte so wenig mit seinem Kuß gerechnet, daß sie einen Augenblick lang zitternd und ohne Gegenwehr in seinen Armen lag.

Aber dann, als er sie noch enger an sich zog und den Druck seiner Umarmung noch verstärkte, als sein Kuß ihr den Atem nahm und sie glaubte, ersticken zu müssen unter der Berührung seiner Lippen, versuchte sie, ihn wegzustoßen.

Entsetzt stellte sie fest, daß sie gegen seine rohe Gewalt nicht ankam.

»Du gehörst mir«, wiederholte Arthur immer wieder mit schwerer Zunge. Und zwischendurch küßte er sie, immer wilder und brutaler, bis Sabina einen schmerzvollen Schrei ausstieß.

»Du gehörst mir, mir allein! Und nun ist Schluß mit diesem ganzen verdammten Unsinn!«

Er preßte sie noch fester an sich, und plötzlich war Sabina von einer panischen Angst erfüllt. Wieder machte sie den Versuch, Arthur von sich zu stoßen. Aber es gelang ihr nur, den Kopf etwas zur Seite zu drehen, so daß seine Lippen nicht mehr ihren Mund, sondern nur noch ihre Wange berührten.

Einige Augenblicke gab er sich damit zufrieden. Dann packte er ihr Kinn und drehte ihren Kopf gewaltsam zu sich hin, bis er seine Lippen wieder auf ihren Mund pressen konnte.

»Nein, Arthur . . . bitte nicht, Arthur . . . du tust mir weh!«

Sabinas Stimme zitterte vor Angst, aber er beachtete es nicht.

»Du gehörst mir!« stieß er keuchend hervor und küßte sie so hart, daß Sabina spürte, wie ihre Lippen zu bluten begannen.

»Ich sollte dich verprügeln für dein Benehmen heute nacht«, sagte er mit schwerer Zunge. »Ja, du hast Schläge verdient, und eines Tages wirst du es mir büßen!«

»Arthur, laß mich los!««

Sabina hörte ihr Kleid reißen, während sie sich gegen ihn zur Wehr setzte. Sie fühlte seine Hände, die hart und schmerzhaft ihre Arme umklammerten.

Und wieder preßten seine Lippen sich auf die ihren. Ihr war, als sollte sie vergewaltigt werden, als wollte er ihr seinen Willen aufzwingen und sie sich rücksichtslos und brutal unterwerfen.

Mit dem Gefühl höchster Erleichterung stellte sie fest, daß die Pferde in diesem Moment vor der Villa Halt machten.

»Ich komme mit ins Haus«, erklärte Arthur.

Er hielt sie immer noch fest, aber er hatte den Kopf erhoben, um nach draußen zu sehen.

»Nein, Arthur!«

»Ich will mit dir reden«, erwiderte er, die Augen hart und dunkel vor Leidenschaft.

Sabina sah ihn an, und sie hatte das Gefühl, ihn nicht mehr ertragen zu können.

Der Diener öffnete den Wagenschlag.

»Du kannst nicht mitkommen, Arthur!« sagte Sabina flehend. »Ich bin müde – und möchte schlafen!«

Sie wußte, ihre Stimme klang ein wenig hysterisch, aber es gab nichts mehr, was für sie in dieser Situation noch wichtig war, wenn sie ihn nur endlich loswurde.

»Ich bestehe darauf«, hörte sie ihn sagen.

Und dann wieder ihre eigene Stimme:

»Nein, nein – ich bin zu müde!«

Mit einer jähen Bewegung befreite sie sich aus seinen Armen. Arthur schien überrascht. Es gelang ihr, aus dem Wagen zu springen. Der Saum ihres Kleides verfing sich in der Tür und riß mit einem ratschenden Geräuch. Sabina kümmerte sich nicht darum. Wie gehetzt lief sie die Stufen der Freitreppe hinauf und stürzte durch das geöffnete Portal in die Halle.

»Ich gehe zu Bett, Bates«, sagte sie atemlos zu dem Butler, der in der Halle stand und ihr besorgt entgegensah. »Ich bin sehr müde und möchte niemanden mehr sehen. Niemanden – verstehen Sie? Ich möchte nicht mehr gestört werden – gleichgültig, wer nach mir verlangt!«

Bates schaute an ihr vorbei nach draußen, wo Arthur umständlich und unter gewissen Schwierigkeiten aus der Kutsche stieg.

»Ich verstehe, Miß«, sagte er. »Niemand wird Sie stören.«

Bei den letzten Worten war Sabina bereits auf der halben Treppe. Oben angelangt hastete sie über den Korridor und stürzte in ihr Zimmer. Aufatmend warf sie die Tür hinter sich ins Schloß und drehte den Schlüssel um.

Dann stand sie mit dem Rücken gegen die Tür gelehnt, und horchte nach unten.

Stimmen drangen an ihr Ohr – die schwerfällige und wütende Stimme Arthurs und die beherrschte, würdevolle des Butlers.

Sie konnte nicht verstehen, was die beiden sprachen, doch nach einiger Zeit brach der Wortwechsel ab und eine längere Stille trat ein. Dann ertönte das Geräusch einer davonfahrenden Kutsche und das der Eingangstür, die verschlossen wurde.

Erleichtert ging Sabina zum Ankleidetisch und ließ sich auf den Stuhl sinken. Sie stützte die Ellbogen auf die Tischplatte und bedeckte ihr Gesicht mit den Händen. Ihre Finger zitterten und waren eiskalt.

Sekundenlang saß sie da, das Gesicht in den Handflächen vergraben, und versuchte die Erregung in ihrem Inneren abklingen zu lassen. Dann hob sie den Kopf und blickte in den Spiegel.

Ihre Augen waren weit, und aus ihren Wangen war jede Farbe gewichen. Im Schein der Kerzen bemerkte sie den abgerissenen Spitzenbesatz, der nur noch mit einer Kante an ihrem Halsausschnitt hing. Auf ihren Schultern bildeten sich blutunterlaufene Flecken, und auf den Armen oberhalb der Ellbogen erkannte man deutlich die Male von Arthurs Fingern.

Sabina berührte ihre wunden Lippen, dann nahm sie ein Taschentuch aus dem Seidenbeutel und rieb damit über Wangen und Mund, so, als wollte sie Arthurs Küsse ein für allemal abwischen.

Immer noch glaubte sie den brutalen Druck seiner Lippen zu spüren.

Gewiß, Arthur war betrunken, dennoch war sie der Meinung, daß dies keine ausreichende Entschuldigung für sein Verhalten war.

In seinen Küssen war keine Liebe gewesen, keine Spur von Zärtlichkeit, nur der harte, rücksichtslose Wille, sie zu besitzen, nur eine animalische Lust, die sie zu erkennen glaubte, obwohl sie in ihrer Unschuld gar nicht wußte, was genau sie darunter verstehen sollte.

Sabina wußte nun, daß sie Arthur haßte.

Voller Wildheit starrte sie auf ihr Spiegelbild, bevor sie sich erhob und zu dem kleinen Tisch neben ihrem Bett lief. Sie öffnete eine Schublade, in der, weit nach hinten geschoben, das Halstuch des Zigeunerfürsten lag, das er ihr in der Nacht zuvor gegeben hatte.

Sie preßte es gegen ihre Wange, berührte es mit den Lippen. Die kühle, weiche Seide fühlte sich angenehm auf ihrer Haut an, und der Gedanke an den Mann, dem es gehörte, beruhigte sie.

»Ich kann Arthur nicht heiraten – ich kann es einfach nicht«, sagte sie laut, und sie bemerkte das Zittern und die Entschlossenheit in ihrer Stimme.

Wieder blickte sie auf das Halstuch.

Dies war der Augenblick, in dem sie sich entscheiden mußte, welchen der beiden Wege sie gehen wollte.

Hastig, als hätte sie Angst vor dem eigenen Entschluß, nahm sie die Kerze vom Ankleidetisch.

Ohne zu zögern, schob sie die Vorhänge zur Seite und ging auf die Terrasse hinaus. Einen Moment lang stand sie unbeweglich da und hielt die brennende Kerze hoch über den Kopf. So verharrte sie eine Weile, dann setzte sie den Leuchter auf den Boden und schlang das Halstuch um das Geländer.

Wieder verharrte sie reglos und lauschte.

Nichts war zu hören. Nichts bewegte sich im Garten, und sie fragte sich, ob da wirklich zwei Augen sie beobachteten und ob ihr Signal überhaupt bemerkt worden war.

Oder hatte sie all das nur geträumt?

Befand sie sich in einem verhängnisvollen Irrtum, wenn sie glaubte, es gäbe für sie ein Entrinnen aus der Falle, in der sie gefangen war.

Sabina wartete.

Aber nichts geschah, und nach einer Weile kehrte sie wieder in ihr Zimmer zurück und stellte die Kerze auf dem Ankleidetisch ab.

Die Mauern, die ihr in der ganzen Zeit ihres Hierseins Wärme und Geborgenheit geschenkt hatten, erschienen ihr nun wie die Mauern eines Gefängnisses.

Sie hatte Angst,und dennoch fürchtete sie sich nicht. Ihr war, als stehe sie auf einem steilen Felsen und sähe unter sich in der Tiefe die gischtenden und gurgelnden Wasser. Der todbringende Abgrund wartete auf sie, aber noch hatte er sie nicht verschlungen.

Sabina holte einen Spitzenschal aus dem Schrank und

warf ihn sich um die Schulter. Dann trat sie auf den Balkon hinaus und stieg die schmale Holztreppe hinunter in den Garten.

Wenn der Zigeunerfürst doch noch zu ihr kommen sollte, würde er durch den Garten kommen. Und zwar würde er den Weg zwischen Brunnen und Pagode nehmen. Dort aber – so glaubte sie – würde ihr das Warten auf ihn leichter fallen als auf ihrem Zimmer.

Sabina ließ sich auf einer versteckten Bank nieder. Inzwischen hatte sie sich ein wenig beruhigt. Sie sagte sich, daß es eine Weile dauern mußte, bis er bei ihr sein konnte.

Plötzlich empfand sie wieder dieses seltsam schwebende Gefühl, das sie schon den ganzen Tag erfüllt hatte. Das Gefühl des Losgelöstseins von der Wirklichkeit.

Sie konnte nur warten. Warten und fühlen, wie die Minuten vergingen, während der Brunnen zu ihren Füßen leise plätscherte und in den Blättern der Palmen über ihr der Nachtwind flüsterte.

Sie spürte den Schmerz in ihren Armen und wußte, daß jeder am nächsten Morgen die blauen Flecke bemerken würde. Aber noch lebendiger und schärfer als der körperliche Schmerz war der Schmerz in ihrem Inneren.

Angst und Haß erfüllten sie. In ihrem bisherigen Leben hatte sie nie etwas Derartiges verspürt. In diesem Moment schien nicht einmal mehr ihre Familie für sie wirklich zu sein.

Nichts war mehr von Bedeutung für sie, alle Gefühle in ihr schienen erstorben – außer der Angst vor dem einen Mann und dem Verlangen nach dem anderen.

Nur langsam verstrich die Zeit – bis sie endlich in der Ferne Hufschlag vernahm, der sich näherte und dann verstummte.

Eine Minute später sah sie seine hohe Gestalt, vom Mondlicht beschienen, aus dem Schatten der Bäume treten.

Es war in diesem Augenblick, daß all ihre aufgestauten Gefühle, ihre Qual, Furcht und Angst, ihre Unentschlossenheit und ihre selbstquälerischen Gewissensbisse, ihr Zögern und ihre falsche Rücksichtnahme von ihr abfielen.

Mit einem leisen Schrei auf den Lippen sprang sie auf, lief den Weg hinunter, die Arme weit ausgestreckt, den Schal wie ein Panier hinter sich hertragend, und warf sich aufschluchzend an seine Brust.

Sie hatte alles um sich her vergessen.

Nichts zählte mehr für sie außer der Tatsache seiner Gegenwart.

Fest schmiegte sie sich an ihn. Seine Arme umfingen sie, wie sie es sich seit langem ersehnt hatte.

Endlich war sie in Sicherheit! Dieses Bewußtsein erfüllte sie mit einer nie gekannten Ruhe und Zuversicht.

»Du bist gekommen!« flüsterte sie. »Du bist gekommen! Oh, bitte, halte mich! Halte mich ganz fest! Laß mich nie wieder los!«

»Was ist geschehen, meine Liebste?« fragte er besorgt. »Was hat dich geängstigt? Wovor fürchtest du dich?«

»Bitte, fester!« bat Sabina.

In seinen Armen zu sein, war der Himmel für sie. Sie glaubte nicht, daß es irgendwo auf der Welt einen Menschen gab, der stärker, sanfter und zärtlicher war als er.

»Ich hatte Angst«, flüsterte sie. »Ich hatte Angst, es könnte niemand dasein, der auf mich aufpaßt, wie du es versprochen hattest. Oder man würde dir vielleicht nicht melden, daß ich deine Hilfe brauche.«

»Ich bin hier«, gab er zur Antwort. »Ich kam zu dir, so schnell ich konnte.«

»Und du gehst nicht wieder fort?« fragte sie. »Du verläßt mich nie wieder?«

Sie hob ihr Gesicht zu dem seinen empor, und er erkannte auf dem dunklen Grund ihrer Augen und an der jähen Anspannung in ihrem Gesicht, daß sie sich tatsächlich fürchtete.

»Ich werde dich nie wieder allein lassen«, sagte er ruhig. »Jedenfalls solange nicht, bis du mich darum bittest. Ich bin hier, und ich bleibe bei dir, solange du es willst.«

»Und du versprichst mir, nicht zuzulassen, daß er mich noch einmal – anfaßt?«

»Wer hat dich angefaßt?« fragte er und verstummte, als er die blauen Male an ihren Schultern und das am Halsausschnitt eingerissene Kleid sah.

»Wer war das?« fragte er mit wilder Stimme. »Wer hat es gewagt...«

Er brach ab, als Sabina aufgeregt und wie in Panik hervorstieß:

»Ich kann ihn nicht – heiraten.« Sie begann zu schluchzen. »Ich kann es nicht. Ich habe versucht, mich mit dem Gedanken abzufinden. Aber... aber ich weiß jetzt, daß es unmöglich ist. Nein, ich kann Arthur nicht heiraten, was immer die anderen auch sagen mögen. Sie sollen mich ruhig verurteilen, sollen mich der Treulosigkeit bezichtigen und mir einen Fehltritt vorwerfen. Ich kann nicht. Der Gedanke, Arthurs Frau zu werden, ist die Hölle für mich.«

Jäh warf sie den Kopf zurück. Tränen rannen von den seidigen Wimpern, und ihr Blick suchte seinen.

»Bitte, hilf mir«, flehte sie. »Hilf mir! Ich kann gegen die Stimme meines Herzens nicht länger ankämpfen. Denn ich... ich liebe dich!«

XI

Der Zigeuner hob Sabina auf seine Arme und trug sie durch den Garten zu der Bank vor der Pagode, wo sie auch in der ersten Nacht gesessen hatte. Dort setzte er sie nieder, obwohl sie ihre Arme nicht von seinem Nacken lösen wollte.

»Wir müssen miteinander reden, mein Liebling«, sagte er sanft.

»Es gibt nichts mehr zu reden«, entgegnete sie. »Ich habe mich entschieden. Bring mich fort von hier – auf der Stelle!«

»Würdest du wirklich mit mir gehen? Jetzt, in diesem Augenblick?«

»Ja, ich habe es dir doch gesagt«, flehte sie. »Bitte, bring mich von hier fort! Ich kann an diesem Ort nicht länger bleiben.«

Sekundenlang sprach er kein Wort.

Erst als Sabina zu ihm aufschaute, erkannte sie die leichte Falte zwischen seinen Brauen.

»Weshalb willst du mit mir kommen?« fragte er. »Weil du dem Mann entfliehen möchtest, mit dem du verlobt bist, oder weil du mit mir zusammensein willst?«

»Weil ich bei dir sein möchte!« rief Sabina. »Wie kannst du das noch fragen? Ich habe dir doch gesagt, daß ich dich liebe!«

Die letzten Worte sprach sie leise und voller Scheu. Dennoch mußte er sie vernommen haben.

Das, was sie sagte, mußte ihm doch zeigen, wie es um sie stand. Mußte ihm die ganze Tiefe ihrer Liebe offenbaren, die sie mitgerissen hatte wie eine gewaltige Woge, so daß alles sonst in ihrem Leben seine Bedeutung verloren hatte.

»Wenn du wüßtest, was es für mich heißt, diese Worte aus deinem Mund zu hören!« sagte der Zigeuner ruhig. »Seit unserer ersten Begegnung habe ich davon geträumt, daß meine Liebe auf dich überspringen und dein Herz gleichsam in Flammen setzen möge. Nichts habe ich mir so sehr gewünscht, als daß du erkennst, wie sehr wir beide füreinander bestimmt sind.«

Er nahm ihre Hände und bedeckte sie mit Küssen.

Sabina atmete tief und warf den Kopf zurück, als sei sie bereit, ihm ihre Lippen zum Kuß zu reichen.

Er aber schien dieses Zeichen der Hingabe nicht zu bemerken, es sogar bewußt zu übersehen.

Er gab ihre Hand frei und wich einen Schritt zurück.

»Wenn du glücklich bist, leuchten deine Augen wie Sterne«, sagte er. »Und heute abend mischt sich in dieses strahlende Leuchten ein warmer Glanz, weil du damit begonnen hast, mich zu lieben. Aber warte noch, meine

Geliebte. Bald, sehr bald schon werde ich deine Augen zu Feuersternen machen, und dann werde ich wissen, daß du mich genauso begehrst, wie ich dich begehre.«

»Nimm mich mit dir! Hol mich fort von hier – jetzt, auf der Stelle«, flehte Sabina.

Aber er schüttelte den Kopf.

»Im Augenblick werde ich dich nicht berühren«, sagte er. »Ich wäre dann nämlich nicht mehr imstande, einen vernünftigen Gedanken zu fassen. Wie gerne würde ich dich in den Armen halten. Ich möchte deine Lippen auf den meinen spüren. Meine ewige Glückseligkeit würde ich dafür hergeben, so unwiderstehlich ist mein Verlangen nach deinem Rosenmund. Aber es darf nicht sein. Nicht, bevor ich dir etwas gesagt habe, Sabina.«

»Was willst du mir sagen?«

Sabinas Worte waren ein erschrecktes Flüstern.

»Ich möchte dich nicht überfallen, deine Lage nicht ausnützen«, erwiderte der Zigeuner. »Ich liebe dich, Sabina. Ich bin bereit, dir mein ganzes Leben zu Füßen zu legen, es bedingunglos deinem Glück zu weihen. Ich werde dich lieben, dich verehren und anbeten bis zu meinem letzten Atemzug. Aber weil ich dich so sehr liebe, muß ich ganz sicher sein, daß du weißt, was du tust. Du bist schließlich noch ein halbes Kind.«

Sabina versuchte zu protestieren, aber als er die Hand hob, schwieg sie.

»Ein Kind nicht nur mit dem Alter, sondern auch der Erfahrung nach«, fuhr er fort. Ich bin zehn Jahre älter als du, Sabina. Und ich bin älter als du, auch weil ich eine größere Kenntnis von der Natur des Menschen besitze. Ja, ich kenne die Menschen – vor allem die Frauen. Ich will nicht behaupten, es hätte besonders viele Frauen in meinem Leben gegeben. Aber einige gab es schon. Ich habe einige davon geliebt, und einige liebten mich. Aber nie hat eine von ihnen mir das bedeutet, was du mir bedeutest. Das jetzt ist die Stunde, die ich mir immer herbeigesehnt habe. Die Stunde, in der ein Mann das Ziel erreicht, dem alle Abenteuer und Wünsche seines Lebens gegolten haben. Jeder Mann trägt in seinem Herzen ein Ideal der Vollkommenheit, und in dir habe ich dieses Ideal gefunden.«

Sabina hatte das Gefühl, der Atem stocke ihr.

Seine Worte, der Ton seiner Stimme, der Ausdruck in seinem Gesicht schienen die Erde in einen Ort zu verwandeln, der so wundervoll und herrlich war, daß das Dasein fast unerträglich wurde.

»Aber«, fuhr der Zigeuner fort, »ich darf über all dem nie vergessen, daß du alles, was bisher von Bedeutung für dich war, aufgibst, wenn du zu mir kommst.«

»Alles?« fragte Sabina leise.

»Ja, alles«, wiederholte der Zigeuner, »alles, was bis dahin dein Leben ausmachte. Bist du dir wirklich darüber klar, was das heißt, mein Herz? Du wirst wählen müssen zwischen mir und deiner Familie. Es wäre sehr einfältig von uns, wollten wir uns einbilden, deine Eltern würden begeistert sein von der Vorstellung, daß ihre Tochter, die sie für ein ruhiges und besinnliches Leben auf dem Lande erzogen haben, mit einem Vagabunden davon läuft – mit einem Zigeuner, den die meisten Menschen verachten und verteufeln.«

»Sie werden es – verstehen«, murmelte Sabina. »Ich werde es ihnen erklären.«

Ihr Tonfall verriet Unsicherheit, aber unnachgiebig fuhr der Zigeuner fort:

»Und es gibt noch andere Dinge, auf die du verzichten mußt. Die Bälle und Gesellschaften, die du gerade erst kennengelernt hast und die dir solche Freude machen. Die herrlichen Kleider, von denen du so fasziniert bist, weil du mit ihrer Hilfe zum erstenmal erkannt hast, wie schön du bist. Wenn du mit mir kommst, mein kleiner Liebling, wirst du all diese wundervollen Gebilde mit ihren Rüschen und Bändern und Spitzen zurücklassen müssen.«

»Glaubst du denn wirklich, sie bedeuten mir so viel?« fragte Sabina. »Ich war entzückt von ihnen, weil ich glaubte, ich würde hübsch darin aussehen. Aber wenn ich sie anhatte, habe ich mir immer nur gewünscht, du könntest mich darin sehen.«

»Mein Liebling!« rief der Zigeuner.

Er streckte die Arme aus, als wollte er sie an sich ziehen. Doch dann schien sein Verstand ihn einzuholen, und er ließ die Arme wieder sinken.

»Da ist noch etwas, das ich dir sagen muß«, fuhr er fort. »Du hast dein Leben lang in einem weichen Bett geschlafen. Wenn du meine Frau bist, wirst du unter dem Himmelsgewölbe oder in einem Zigeunerwagen schlafen müssen. Du wirst auf der Erde keinen Platz haben, den du dein Heim nennen kannst. Du wirst keine Freunde besitzen, außer den Menschen, die du dir aus meinem Volk zu Freunden machst. Kannst du auf all diese Dinge ohne Bedauern verzichten, Sabina? Das ist die Frage, die du beantworten mußt, bevor ich dich mitnehmen kann in meine dir so fremde Welt.«

»So lange du mich liebst, kann ich das«, erwiderte Sabina. »Denn all diese Dinge, die ich deinetwegen aufgebe, bedeuten mir nichts!«

Er nahm sie in die Arme und blickte zum Himmel auf.

»Der Himmel über uns soll mein Zeuge sein, daß ich mich für immer und allezeit deinem Dienst weihe!«

In seiner Stimme lag ein solch feierlicher Ernst, als stünde er vor dem Altar einer Kirche.

Eine Weile sagte keiner von ihnen ein Wort.

Dann wandte der Zigeuner den Blick vom nächtlichen Firmament und schaute auf Sabina nieder.

Er sah ihr leuchtendes Gesicht, das Glück und die Hingabe in ihren Augen, und ganz behutsam beugte er sich zu ihr nieder und küßte zum erstenmal ihren Mund.

Ein Zittern durchlief Sabinas Körper, und ein nie gekanntes Gefühl der Verzückung und Ekstase erfüllte sie. Ihr war, als ergreife er in diesem Moment Besitz von ihr. Ihr Bewußtsein schien zu schwinden, ihr Körper schien seine Schwere zu verlieren und sich von der Erde zu lösen.

Ein gewaltiger Sog schien sie und den geliebten Mann zu erfassen und sie beide zu den Sternen emporzutragen.

Sie waren allein. Allein in der Unermeßlichkeit des Alls. Nur sie und er. Allein mit ihrer Liebe.

Und da Sabina glaubte, das Glück und das Wunder dieses Augenblicks nicht ertragen zu können, stieß sie einen tiefen Seufzer aus und barg den Kopf an seiner Brust.

»Ich liebe dich, Sabina. Ich liebe dich. Du bist für mich Frau, Kind und Engel in einer Person. Meine Liebe zu dir reicht bis in die Tiefe des Meeres und hinauf bis an den Himmel. Und dennoch ist sie zu klein, zu gering, gemessen an dem, was du mir bedeutest. Schau mich an!«

Es war ein Befehl, und doch senkte Sabina den Kopf und verbarg ihr Gesicht vor ihm.

Das Gefühl des Glücks, das Gefühl, dem Geheimnis des Göttlichen nahe zu sein, war jäh einem wilden Aufruhr der Sinne gewichen. Elementar und erschreckend war die Leidenschaft in ihr aufgebrochen. Sie schämte sich, empfand Scheu und Verlegenheit vor dem Mann, den sie mit nie gekanntem Verlangen begehrte.

Sanft legte er die Hand unter ihr Kinn und hob ihr Gesicht mit leichtem Druck zu dem seinen empor.

»So zart und zerbrechlich«, murmelte er, »und doch hältst du mein ganzes Leben in deinen Händen.«

Plötzlich ertönte das Geräusch eines Zweiges, der zu Boden fiel, oder das Rascheln eines Vogels in den Blättern eines Strauchs, und Sabina zuckte erschrocken zusammen.

»Laß uns gehen«, bat sie. »Es könnte jemand kommen!«

»Hast du immer noch Angst?« fragte er.

»Nein«, erwiderte sie. »Aber niemand soll uns mehr stören können, und ich möchte das Gefühl haben ganz sicher zu sein.«

»Wenn es so ist, solltest du die Chance haben, deine Meinung noch zu ändern und dich anders zu entscheiden«, antwortete er.

»Was willst du damit sagen?«

»Ich will damit sagen, daß du nicht eher zu mir kommen

solltest, bis nicht wenigstens noch ein Tag vergangen ist, Liebste. Es ist unerträglich für mich, dich jetzt zu verlassen. Unerträglich, nicht das zu tun, was du von mir verlangst. Aber ich muß in diesem Moment stark sein für uns beide. Ich sagte dir schon, du stehst an einem Scheideweg, und es ist ungeheuer wichtig, daß du deine Entscheidung nicht unter Zwang triffst, sondern frei – aus eigener Wahl und ohne Bedauern.«

»Aber ich habe mich doch bereits entschieden. Ich werde meinen Entschluß niemals mehr ändern. Glaub es mir doch: Meine Wahl steht fest, und keine Macht der Erde kann mich jemals wieder wankend machen!«

»Dennoch möchte ich dir die Möglichkeit geben, noch einmal in Ruhe und unbeeinflußt von meiner Nähe über alles nachzudenken«, antwortete er. »Heute abend kommt dir die Welt wie verzaubert vor, Sabina, und wir beide sind vielleicht nicht Herr unserer Sinne und Empfindungen. Im nüchternen Licht des Tages sehen die Dinge vielleicht völlig anders für dich aus, weil dieser Zauber seine Gewalt verloren hat. Du siehst mich dann vielleicht als den, der ich bin: als einen Zigeuner, einen Mann, von dem die Leute sagen, daß er sein Heim und seinen Besitz auf dem Rücken trägt. Wird dir das genügen, mein Liebling? Nicht jetzt, wo du noch jung bist, sondern dereinst im Alter, wenn dieses wunderschöne blonde Haar anfängt, grau zu werden, wenn das Leuchten in deinen Augen erloschen ist. Wirst du auch dann noch mit deiner Wahl zufrieden sein? Du mußt dir über deine Antwort auf diese Fragen völlig und absolut sicher sein. Denn eins sollst du wissen, Sabina: Ich werde dich niemals mehr von mir fortlassen. Wenn du jetzt mit mir kommst, ist es für immer und ewig.«

»Ich will dich nie mehr verlassen!«

»Gut, und ich möchte, daß die Gewißheit, die jetzt aus deinen Worten spricht, auch morgen früh noch in dir ist, wenn die Sonne hell und warm durch die Fenster deines Zimmers scheint. Wenn du deine hübschen Kleider im Schrank hängen siehst, wenn das Mädchen dir das Frühstück ans Bett bringt. Unter den Dingen, die wir um der Liebe willen aufgeben, sind es gerade die kleinen und scheinbar nebensächlichen, deren Verlust am schmerzhaftesten ist.«

»Wie klein und niedrig du von mir denkst!« rief Sabina.

»Nein«, widersprach er. »Ich halte dich für vollkommen. In vielerlei Beziehung schon für eine Frau, manchmal jedoch noch für ein Kind oder gar ein Baby. Und weil du all das für mich bist – das und noch vieles andere mehr – wird mein Leben einsam und freudlos sein, wenn du nicht zu mir kommst. Ohne dich werde ich ein Mann sein, der nicht mehr lieben kann, ein Mann, dem das Herz aus der Brust gerissen wurde.«

»Ich komme zu dir – du weißt das!«

Einen Moment lang schauten sie einander in die Augen, und Sabina kam es so vor, als wäre sie in dieser winzigen Spanne Zeit ein großes Stück älter geworden.

Plötzlich begriff sie, was er ihr klarzumachen versuchte. Sie sah die Schwierigkeiten, Prüfungen und Belastungen, die sie erwarteten, in aller Deutlichkeit vor sich.

Und dennoch hatte sie den Wunsch, mit ihm zu gehen.

Sie erkannte, daß es für sie Zeiten der Einsamkeit geben würde, daß es Zeiten geben würde, da sie sich nach ihrem Land, nach Frauen ihrer Gesellschaftsschicht, nach Menschen ihrer Rasse und ihres Blutes sehnen würde.

Und doch war sie davon überzeugt, daß ein Leben mit dem geliebten Mann jedes Opfer wert sein würde.

Als könnte er ihre Gedanken lesen und als bedürfe es keines Wortes zwischen ihnen, sagte er nach einer Weile:

»Gut, dann. Morgen abend Punkt zehn wird auf der Straße unterhalb der Villa Mimosa eine Kutsche auf dich warten. Kurze Zeit vorher wirst du in deinem Kleiderschrank die übliche Tracht und den Haarschmuck einer Zigeunerbraut vorfinden. Zieh die Sachen an, und komm zur Gartenmauer. Außer dieser Tracht darfst du nichts bei dir haben. Alles, was du besitzt, mußt du zurücklassen. Bring mir dich selbst – das genügt. Und auch ich muß dir genügen.«

»Wirst du in der Kutsche auf mich warten?«

Er schüttelte den Kopf.

»Nein, du wirst allein zu unserem Lager fahren. Solltest du irgendwann während der Fahrt deinen Entschluß doch noch ändern, brauchst du dem Fahrer nur ein einziges Wort zu sagen: ›Zurück!‹ Er wird seine Anweisung haben. Ein Wort von dir genügt also, und er bringt dich zur Villa zurück, und ich werde dich nie wieder belästigen.«

»Es ist grausam«, sagte Sabina mit einem Seufzer. »Kannst du mir denn nicht vertrauen?«

»Mein Liebling, gerade weil ich dir vertraue, gehe ich das größte Risiko ein, das ein Mann jemals auf sich nehmen kann. Alles setze ich aufs Spiel, riskiere mein Lebensglück und meine Liebe. Ich tue es, weil ich glaube, daß deine Liebe zu mir echt ist und unzerstörbar. Aber das Gesetz der Fairneß verlangt von mir, daß ich dir die Chance gebe, dich auch gegen mich zu entscheiden. Ich muß dir diese Chance geben wegen deiner Erziehung, wegen deiner Herkunft, wegen der ganz und gar verschiedenen Welten, aus denen wir beide kommen. Du bist eine Engländerin, und ich werde in deinen Augen stets ein Fremder sein. Aber wenn du kommst, süße kleine Sabina, dann schwöre ich dir bei Gott und seinen Engeln, daß ich dich glücklich machen werde. Niemals wirst du deinen Schritt bereuen müssen.«

»Ich werde kommen«, sagte Sabina.

»Ich wage nicht, dich noch einmal zu küssen«, sagte er mit heiserer Stimme. »Wenn ich es tue, könnten all meine guten Vorsätze und meine Standhaftigkeit Schiffbruch erleiden. Wenn du nur wüßtest, welche Überwindung es mich kostet, dich jetzt nicht in die Arme zu nehmen, dich nicht fortzutragen und zu besitzen – dich nicht zu der meinen zu machen!«

Seine Stimme hatte plötzlich ihren Klang verändert und

die Leidenschaft in seinen Augen ließ Sabina zurückschrecken.

»Ich liebe dich, Sabina«, stieß er dann hervor. »Ich liebe dich, wie noch nie ein Mann eine Frau geliebt hat. Ich begehre dich. Mein Gott, wenn du nur wüßtest, wie sehr ich dich begehre – jetzt, in diesem Moment und auf der Stelle – als meine Frau, mein Weib und meine Königin!«

Er beugte sich über sie, und sie spürte seine Lippen wild und fordernd auf ihren Händen.

Dann – bevor sie sich versah – ließ er sie los und wandte sich zum Gehen.

Mit weit ausgreifenden pantherartigen Schritten durchquerte er den Garten. Sabina wollte ihn zurückrufen, aber die Stimme versagte ihr, und ihre Kehle war wie zugeschnürt.

Dann war es zu spät. Die dunklen Schatten der Bäume hatten ihn verschluckt. Sabina war allein.

Langsam hob sie die Hand an ihre Lippen. Sie hatte das Gefühl, ihr ganzer Körper singe vor Glück, und als sie auf ihrem Zimmer war, warf sie sich vor ihrem Bett auf die Knie, um Gott für das Wunder zu danken, das er ihrem Leben geschenkt hatte.

Sie glaubte, es wäre ihr unmöglich, in dieser Nacht Schlaf zu finden, aber die Müdigkeit forderte ihr Recht. Und bevor es ihr gelang, die Ereignisse des Abends noch einmal vor ihrem geistigen Auge Revue passieren zu lassen, fiel sie in einen ohnmachtsähnlichen Schlaf.

Sie erwachte mit dem Bewußtsein, etwas Wunderbares ereigne sich, und als ihr einfiel, was es war, lief sie hinaus auf den Balkon.

War es Wirklichkeit, daß er gestern abend zu ihr gekommen war und sie heute nacht von hier fortholen würde, um sie zu seiner Frau zu machen?

Sie konnte kaum glauben, daß es kein Traum war, bis sie sein Halstuch sah, das immer noch um die Balustrade geschlungen war, zum Zeichen, daß sie seine Hilfe brauchte.

Sie entknotete es und preßte es an die Lippen, während sie in ihr Zimmer zurückging.

Wie, so fragte sie sich, würde sie all die Stunden überstehen, die verstreichen mußten, bis es wieder Nacht geworden war? Und dennoch, auch die lange Wartezeit, die vor ihr lag, schien ihr nicht wirklich etwas auszumachen.

Sie bewegte sich wie in einem sonnendurchfluteten Nebel, wie in einem seligen Dämmerzustand. Nur ein Gedanke beseelte sie: der Gedanke an ihre Flucht. Alles andere kam ihr bedeutungslos vor.

Nicht einmal der Gedanke an Arthur konnte sie verwirren, und nachdem sie sich angekleidet hatte, setzte sie sich an den Schreibtisch, um ihm einen Brief zu schreiben.

Es fiel ihr nicht schwer, die richtigen Worte zu finden, und ihm mitzuteilen, daß sie ihn nicht liebe und daher nicht seine Frau werden könne.

Viel schwieriger war das Schreiben an Lady Thetford. Arthurs Mutter war so lieb und großzügig zu ihr gewesen, und Sabina glaubte, daß die Zuneigung, die die ältere Frau zu ihr gefaßt hatte, nicht unbedingt etwas mit Arthur zu tun hatte.

Es war nicht leicht, das Bedauern auszudrücken, das sie gegenüber ihrer Gastgeberin empfand. Sabina kam sich undankbar vor, aber es gab nichts, was sie tun konnte, Lady Thetfords Enttäuschung zu mildern – nichts, als ihr offen und ehrlich die Wahrheit zu sagen.

Schließlich schrieb sie:

Ich habe die Liebe gefunden, so wie Sie einmal die Liebe fanden. Sie werden deshalb verstehen, daß die Welt und die Menschen, die mir einmal alles bedeuteten, nun völlig unwichtig geworden sind neben dem Glück, die Frau des geliebten Mannes zu werden.

Sie steckte beide Briefe in einen Umschlag und schloß sie in der Schreibtischschublade ein, von der sie einen Schlüssel besaß.

Dann begann sie damit, ihrer Mutter zu schreiben. Das war das schlimmste für sie, denn sie wußte, wie entsetzt, fassungslos und erschüttert ihre Eltern sein würden.

Zum erstenmal, seit sie aufgewacht war, fühlte sie einen Wermutstropfen in ihrer Freude.

Was würde Mama bloß von ihr denken!

Mama und Papa waren so stolz auf ihre Verlobung mit Arthur gewesen.

Sogar Papa, weltfremd wie er war, mußte zugeben, daß ihre Verbindung mit einem Kammerherrn des Prinzen gesellschaftlich ein großer Schritt nach oben war. Lange Jahre hatte man sie in der Grafschaft regelrecht übersehen. Die Bartrams hatten sie immer nur ausgenützt, und die anderen einflußreichen Familien hielten es ganz selten einmal für notwendig, die Vikarstöchter zu einer Party einzuladen.

Sabinas Gesicht war bleich und starr, als sie den Brief begann. Aber nach einigen Zeilen liefen ihr dicke Tränen über die Wangen, und mit einem tiefen Seufzer stellte sie fest, daß sie immer wieder die Worte geschrieben hatte: »Bitte, vergebt mir, vergebt mir!«

Sabina hatte ihren Brief eben beendet, als es an die Tür klopfte und das Mädchen ihr meldete, Lady Thetford wünsche sie zu sehen.

Hastig wischte sich Sabina die Tränen aus den Augen, ging über den Korridor und fand Lady Thetford in ihrem Bett sitzend, die Morgenzeitung vor sich auf der Steppdecke und in ihrer Hand einen Stoß Briefe.

»Guten Morgen, Sabina«, begrüßte sie ihren Gast mit einem liebenswürdigen Lächeln. »Hier habe ich ein Billet der Kammerfrau Ihrer Hoheit, der Prinzessin von Wales. Sie teilt mir darin mit, daß der Prinz und die Prinzessin uns am Samstagnachmittag mit ihrem Besuch beehren werden. Sie gedenken, den Fünf-Uhr-Tee mit uns einzunehmen und freuen sich, den Garten zu besichtigen.«

»Oh, wie aufregend!« rief Sabina. Dann fiel ihr ein, daß sie ja gar nicht mehr da sein würde.

»Sie müssen unbedingt das neue Kleid aus blauer Bengalseide anziehen, das gestern aus Paris eintraf«, sagte Lady Thetford lebhaft. »Ihre Königlichen Hoheiten bringen einige Mitglieder ihres Gefolges mit, und ich werde Fürst Karl von Monaco einladen, so daß wir eine richtige Gesellschaft sind.«

»Es wird bestimmt wundervoll sein«, sagte Sabina leise.

Sie fragte sich, ob Lady Thetford den Hoheiten die Wahrheit über sie sagen würde. Wenn ja, konnte sie sich vorstellen, wie entsetzt der Prinz und die Prinzessin sein würden. Vielleicht würde man Harriet wegen ihres, Sabinas, Fehltritt sogar die Teilnahme an der Vorstellung bei Hof untersagen.

Unmerklich schüttelte Sabina den Kopf.

Nein, sie durfte jetzt an derartige Dinge nicht denken! Mußte sich freimachen von solchen Schreckensvorstellungen, die sie zu verunsichern drohten.

Gewaltsam zwang sie sich, Lady Thetford zuzuhören, die ihre Pläne für den Tag zu erläutern begann.

»Arthur wird zum Tee kommen«, sagte sie. »Jedenfalls kündigte er mir das am gestrigen Abend an, als ich mich bei Großherzog Iwan von ihm verabschiedete. Für den Abend habe ich noch kein Programm. Haben Sie einen besonderen Wunsch, mein Kind?«

»Nein, eigentlich nicht«, beeilte Sabina sich zu erwidern.

»Vielleicht ist das ganz gut so«, sagte Lady Thetford. »Um ehrlich zu sein – ich habe heute morgen eine leichte Migräne, und aus Erfahrung weiß ich, daß die Kopfschmerzen in solchen Fällen gegen Abend noch schlimmer werden. Legen wir uns also noch nicht fest, liebe Sabina. Wenn es mir besser geht, können wir einen Besuch im Casino machen. Wenn ich mich jedoch schlechter fühle, müssen Sie mir vergeben, wenn ich mich frühzeitig zurückziehe.«

»Ich glaube, das wäre in jedem Fall das beste«, erwiderte Sabina und gab sich Mühe, ihre Stimme natürlich klingen zu lassen. »Es war sehr spät gestern nacht.«

»Ah, Sie sind noch jung. Ich bin sicher, Sie kennen das Wort Müdigkeit überhaupt nicht. Normalerweise geht mir das auch so, aber wenn ich diese Kopfschmerzen habe, sind lange Nächte eine Heimsuchung für mich. Es gibt keine eigentliche Ursache dafür, aber immer im Frühjahr habe ich darunter zu leiden.«

»Wollen Sie heute nicht einfach im Bett bleiben?« schlug Sabina vor.

»Nein, nein, das geht leider nicht. Ausgerechnet heute habe ich so viel zu tun. Vor allem muß ich mich um den Blumenschmuck für Samstag kümmern. Die Prinzessin liebt Blumen sehr, und ich möchte den Salon in ein Blumenmeer verwandeln. Und dann muß ich mit dem Küchenchef sprechen. Der Ärmste wird ganz aus dem Häuschen sein, wenn er von dem Besuch der Hoheiten erfährt.«

Ein Glück, daß Lady Thetford vom Gedanken an die Teeparty so ausgefüllt war, daß sie gar nicht bemerkte, wie unaufmerksam Sabina war und wie blaß und angespannt sie aussah.

Arthur erschien tatsächlich zum Tee.

Für Sabina war dies der Höhepunkt eines Alptraums. Den ganzen Tag über hatte sie mit Entsetzen an die bevorstehende Begegnung mit ihrem Verlobten gedacht. Eine neue Szene, eine weitere Auseinandersetzung mit ihm hätte sie nicht ertragen können. Vor allem nicht in der augenblicklichen Situation, denn ihre Nerven waren zum Zerreißen gespannt, und alles in ihr war auf das Geschehen des heutigen Abends ausgerichtet.

Als Arthur den Salon betrat, steif und korrekt gekleidet wie immer, war ihr, als sähe sie ihn zum erstenmal. Überrascht fragte sie sich, wie sie jemals hatte glauben können, mit ihm glücklich zu werden.

Sie sah die Kälte in seinen Augen, die harte Linie seines Mundes und das breite, eigensinnige Kinn. Im Alter wird er ein unausstehlicher Despot sein, dachte sie. Niemals – selbst wenn er hundert Jahre würde – wäre er fähig zu begreifen, was Liebe ist.

Für sein Benehmen am gestrigen Abend entschuldigte er

sich eigentlich nur indirekt. Von Reue oder Einsicht in sein beleidigendes Verhalten vermochte Sabina nichts zu bemerken. Die Tatsache, daß er den Vorfall überhaupt noch einmal erwähnte, erschien ihm wohl schon als der Gipfel der Herablassung und Großmut.

»Ich habe nichts übrig für diese Gesellschaften russischer Adliger«, erklärte er übellaunig. »Und ich muß dich bitten, Sabina, Sheringham so wenig wie möglich zu sehen. Als Freund meiner zukünftigen Frau kann ich ihn nicht gutheißen. Verstehst du das?«

»Ich mag ihn«, antwortete Sabina mutig, denn sie dachte an den heutigen Abend und daran, daß Arthur ihr von nun an nichts mehr zu befehlen hatte.

»Dann muß ich an deinem guten Geschmack und deinem gesunden Menschenverstand zweifeln«, gab er scharf zurück.

»Außerdem«, fuhr Sabina fort, »ist es ein Fehler, wenn ein Ehepartner dem anderen seine Freunde vorschreiben will.«

»Du denkst, das ist ein Fehler?« stieß Arthur erstaunt hervor. »Wirklich, Sabina, du vergißt dich! Aber ich bin nicht bereit, in dieser Angelegenheit mit dir zu streiten. Sheringham wird in unserem Haus nicht willkommen sein, wenn wir verheiratet sind. Und unter diesen Umständen, wäre es das beste, du würdest ihn nicht noch ermutigen!«

»Aber ich habe dir doch gesagt, daß ich ihn mag, Arthur«, widersprach Sabina.

Arthur sprang auf und ging zum Fenster.

»Ich habe von Anfang an gesagt, daß es falsch war, dich hierherkommen zu lassen. Du hast dich verändert, Sabina. Du bist nicht mehr dasselbe Mädchen, das du warst, als ich dich kennenlernte.«

»Soll das heißen, du denkst daran, unsere Verlobung zu lösen?« fragte Sabina mit leiser Stimme.

»Ich denke an nichts Derartiges«, erwiderte Arthur bestimmt. »Aber ich halte es für angebracht, daß du dich daran erinnerst, welche Stellung ich einnehme, und daran, daß du mir Gehorsam gelobt hast, wenn du meine Frau bist.«

»Wenn ich deine Frau bin, werde ich mich daran erinnern«, antwortete Sabina ruhig.

»Du bist jung und unschuldig«, fuhr Arthur in herablassendem Tonfall fort. »Du solltest alle Entscheidungen von Wichtigkeit getrost mir überlassen. Du wirst erkennen, daß auf mein Urteil absolut Verlaß und deine Abhängigkeit von mir durchaus sinnvoll ist.«

»Das wird sich noch herausstellen.«

»Natürlich.«

Lady Thetford betrat den Raum, und es gab keine Gelegenheit mehr, die Unterhaltung fortzusetzen.

Arthur küßte Sabinas Wange, als er sich nach dem Tee verabschiedete, und ihr kam dabei der Gedanke, daß der Kuß einer Marmorstatue sie auch nicht weniger beeindruckt hätte.

Sie empfand keine Angst mehr vor ihm. Sie fürchtete weder seine Gewalttätigkeit, noch seine Begierde, von der sie am Abend zuvor in der Kutsche eine so häßliche Kostprobe erhalten hatte.

Er konnte sie nicht mehr länger verletzen.

Sie würde aus seinem Leben verschwinden. Sie ging dorthin, wo er sie niemals erreichen konnte.

Die Ketten, die sie an ihn gefesselt hatten, waren von ihr abgefallen. Sie verließ ihn frei und ungebunden wie der Wind, der sanft von der See herüberwehte.

Aber noch war der Abend nicht da; der Tag schleppte sich mühsam dahin und schien nicht enden zu wollen.

Sabina betete, daß Lady Thetfords Kopfschmerzen die Gastgeberin davon abhalten würden, irgendwelche Leute zum Dinner einzuladen oder doch noch das Casino zu besuchen. Im letzteren Fall war sie entschlossen, selbst Kopfschmerzen oder irgendeine andere Unpäßlichkeit vorzutäuschen, um nicht mitgehen zu müssen.

Aber zum Glück brauchte sie nicht zu lügen. Kurz nach

sechs verkündete Lady Thetford, daß sie das Abendessen im Bett einnehmen werde.

»Nur eine Tasse Suppe, Bates, sonst nichts«, wies sie den Butler an. »Bei Migräne ist Fasten immer noch das beste. Danach werde ich einen Schlaftrunk zu mir nehmen und beten, daß ich mich morgen wieder wohl fühle. Tut mir leid, mein Kind, daß ich Ihnen den Abend verderbe!«

»Aber das tun Sie doch gar nicht«, antwortete Sabina wahrheitsgemäß.

Sie begleitete Lady Thetford nach oben und küßte sie liebevoll.

»Es tut mir so leid, daß es Ihnen nicht gutgeht«, sagte sie bedauernd. »Wenn ich Ihnen nur helfen könnte!«

»Sie helfen mir allein schon durch Ihre Gegenwart«, erwiderte Lady Thetford. »Es wird ein langweiliger Abend für Sie werden, Sabina. Aber vielleicht lesen Sie ein gutes Buch oder nutzen die Gelegenheit, einige Briefe zu schreiben.«

»Machen Sie sich meinetwegen keine Sorgen«, antwortete Sabina. »Und danke, liebe, liebe Lady Thetford. Vielen, vielen Dank, daß Sie so gut zu mir sind.«

»Dummes Kind, Sie haben mir schon genug gedankt«, wehrte Lady Thetford ab. »Ich wünschte nur, ich wäre eine bessere Gastgeberin für Sie am heutigen Abend. Gute Nacht, Sabina.«

»Auf Wiedersehen«, sagte Sabina so leise, daß weder Lady Thetford noch Marie ihre Worte verstehen konnten. Dann huschte sie aus dem Zimmer.

Die Stunden vergingen wie Ewigkeiten.

Allein aß sie zu abend, von Bates und dem Diener James bedient. Nachdem sie den beiden gesagt hatte, daß sie keine Wünsche mehr habe und sich zurückziehen möchte, ging sie auf ihr Zimmer.

Das Herz schlug ihr bis in den Hals. Bald würde es Zeit sein, aufzubrechen. Bald würde sie ihn wiedersehen, seine Stimme hören, seine Hände fühlen, seine Lippen ...

Sie verschloß die Tür des Schlafzimmers und ging zum Schrank. Einen Augenblick lang zögerte sie.

Was war, wenn das versprochene Kleid nicht dort hing? Was, wenn der Wagen nicht kam?

Was, wenn sie alles nur geträumt hatte?

Seine Versprechungen, seine Liebe, die Gefühle, die in ihr erwacht waren – sollten sie nichts anderes als bloße Wunschvorstellungen gewesen sein?

Mit einem entschlossenen Ruck öffnete sie die Schranktür.

Und dann fühlte sie sich unsagbar erleichtert. So sehr, daß ihr beinahe schwarz vor Augen wurde beim Anblick dessen, was sie sah.

Zwischen den schimmernden, eleganten Kleidern, die Lady Thetford für sie aus Paris hatte kommen lassen, hing ein knielanger, farbenprächtiger Rock mit kunstvollen Goldstickereien, ein schwarzes Samtmieder und eine weiße Bluse, ebenfalls mit sehr ungewöhnlichen, aber herrlichen Stickmustern versehen.

Sabina nahm die Kleidungsstücke aus dem Schrank und legte sie auf ihr Bett.

Sie konnte sich nicht vorstellen, wie sie in ihr Zimmer gekommen waren, aber sie suchte nicht lange nach einer Erklärung. Es genügte ihr, daß er sein Versprechen wahr gemacht hatte.

Jetzt zweifelte sie nicht mehr daran, daß auch der Wagen auf sie warten und sie zu ihm bringen würde.

Rasch entkleidete sie sich. Sie brauchte einige Zeit, um in die vielen farbigen Unterröcke zu schlüpfen, die sie unter dem goldbestickten Rock vorgefunden hatte.

Der Kopfschmuck lag auf dem Schrankboden. Es war eine Art Krone, durchwirkt mit Goldfäden, besetzt mit Halbedelsteinen und geschmückt mit vielen bunten Bändern, die weit über Sabinas Schultern fielen.

Als sie fertig angezogen war, blickte sie in den Spiegel und lächelte. Sie glich keineswegs einer Zigeunerin. Ihre Haut war zu hell, und ihr goldfarbenes Haar verriet zu deutlich die Nordländerin.

Sie dachte an die Frauen, die sie beim Feuer gesehen

hatte. Dunkelhäutige Frauen mit glühenden, schwarzen Augen und langem rabenschwarzen Haar.

Plötzlich fürchtete sie sich vor ihnen.

Wie würden diese Frauen sie aufnehmen?

Freundschaftlich oder voller Feindseligkeit, weil sie ihnen die Liebe ihres Fürsten genommen hatte?

Sabina sah die Tänzerin vor sich, mürrisch und unfreundlich bei ihrem ersten Besuch, haßerfüllt und zornig, als sie zum zweitenmal im Lager erschien.

Wartete diese Frau vielleicht schon in der Dunkelheit auf sie, in der Hand den Dolch, den jede Zigeunerin im Strumpfband trug?

Sabina erbebte bei dem Gedanken. Doch dann dachte sie daran, daß er bei ihr sein würde.

Er würde dasein, um sie zu beschützen, sie zu lieben und sie zu seiner Frau, seiner Fürstin zu machen.

Erleichtert atmete Sabina auf.

Dann ging sie zum Schreibtisch, steckte den Schlüssel ins Schloß und holte die Briefe, die sie am Morgen geschrieben hatte, aus der Schublade. Nebeneinander stellte sie die Umschläge auf den Ankleidetisch. Auf dem Umschlag des Briefes an ihre Mutter sah sie die Spur einer Träne. Das Wort »Cobbleford« war ein wenig verwischt.

Sabina glaubte, darin eine symbolische Bedeutung zu erkennen.

Cobbleford, das war die Vergangenheit, war ihr Leben bis zu dieser Stunde. Die Geschehnisse hatten es ausgelöscht.

Und dennoch: Ganz würde sie die Vergangenheit nicht aus ihren Empfindungen und Erinnerungen ausmerzen können. Das große graue Bruchsteinhaus mit seinen abgenutzten, verblichenen Teppichen und den schäbigen Tapeten an den Wänden. Die Menschen, die sie bis zu dieser Stunde über alles geliebt hatte. All das würde immer ihre Heimat bleiben.

Aber auch das änderte nichts an der Tatsache, daß sie diese Heimat nun für immer verließ, daß sie alle Brücken hinter sich abbrach.

Sie trat die Liebe ihrer Eltern mit Füßen, zerstörte ihren Stolz, vernichtete ihr Ansehen, zerschnitt alle Bande, die sie mit ihnen verband.

Es war schrecklich, qualvoll und unvorstellbar,und dennoch ertrug sie es. Sie liebte ihn. Sie war auf dem Weg zu ihm. Er war nun ihre Heimat, ihr Vater, ihre Mutter, ihre Geschwister und vieles mehr.

In dem Augenblick, als sie die Briefe auf den Schreibtisch stellte, wurde ihr klar, wie wenig sie eigentlich von ihrem künftigen Gemahl wußte.

Nicht einmal seinen Namen kannte sie. Sie war im Begriff, einen Mann zu heiraten, dessen Name ihr unbekannt war.

Sabina erinnerte sich an die Worte ihres Vaters, der so oft davon gesprochen hatte, daß er sie einmal trauen würde, wenn die Zeit dazu gekommen wäre. Ja, Papa träumte davon seine Älteste zu trauen – in der kleinen Dorfkirche, in der sie getauft worden war, in der sie gebetet und Sonntag für Sonntag dem Gottesdienst beigewohnt hatte.

Sie selbst hatte sich oft genug vorgestellt, wie es sein würde, wenn sie im Brautkleid vor dem Altar stehen würde, das Gesicht schleierverhüllt, den Myrthenkranz im Haar. Sie konnte ihre Worte hören, die Worte, die sie dem Geistlichen nachsprach: »Ich, Sabina Wantage, nehme dich . . .« Ja, damals hatte sie an dieser Stelle geschwiegen, denn sie kannte ja den Namen ihres zukünftigen Ehemannes nicht. Aber daß sie ihn wenige Stunden vor der Hochzeit immer noch nicht kennen würde, das hätte sie nie für möglich gehalten.

Nein, sie kannte seinen Namen nicht. Wenn sie an ihn dachte, nannte sie ihn immer nur den Fürsten, und in ihren Gesprächen hatte sich nie die Gelegenheit ergeben, ihn nach seinem Namen zu fragen.

War sie von Sinnen, daß sie alles aufgab, um sich in die Hände eines Mannes zu begeben, der sogar jetzt, im allerletzten Augenblick vor der Hochzeit, ein Namenloser für sie war?

Sabina zögerte nicht eine Sekunde mit der Beantwortung dieser Frage: Selbst wenn sie erfahren sollte, daß er der Leibhaftige persönlich wäre, auch dann würde sie mit ihm gehen.

Das ist Liebe, dachte sie.

Diese Liebe läuterte sie von allen Wünschen, allen Sehnsüchten und allem Dünkel. Sie, Sabina, wollte einem Mann nur angehören, weil sie ihn liebte. Es war ihr gleichgültig, daß ihr Bett die harte Erde sein würde, daß sie keine Besitztümer ihr eigen nennen würde – bis auf die, die er besaß. Daß sie auf alles verzichten mußte, was bisher ihr Leben ausgemacht hatte. Sie liebte ihn, und diese Liebe war treu, hingebungsvoll und unbedingt.

Sabina blickte zur Kaminuhr hinüber.

Es war zehn.

Sie warf einen letzten Blick in den Spiegel. Ihr Gesicht war blaß, wirkte durchgeistigt von der Anspannung, die in ihr war.

Entschlossen löschte sie die Kerzen, verließ das Zimmer und schlich auf Zehenspitzen die Terrasse entlang. Dann stieg sie die Holztreppe hinunter in den Garten.

Bei der Mauer angelangt, suchte sie die Stelle, an der sie hochgeklettert war, als Harry auf sie gewartet hatte. Sie fand den Vorsprung und zog sich nach oben. Als sie auf die Straße blickte, erkannte sie einen Wagen, vor den zwei Pferde gespannt waren.

Sabina war schon mit manchem Gefährt gefahren, doch keines davon war schneller gewesen als der Zweispänner, den der Zigeunerfürst geschickt hatte, um sie abholen zu lassen.

Schon die Pferde waren eine Klasse für sich, denn der steile Anstieg zur oberen Uferstraße schien ihnen nicht das geringste auszumachen. Ohne die Geschwindigkeit zu verringern, galoppierten sie den kurvenreichen Weg hinauf, und oft mußte Sabina sich festhalten, um nicht vom Sitz geschleudert zu werden und auf dem Wagenboden zu landen.

Das wilde Tempo machte ihr Freude, und ein übermächtiges Entzücken erfaßte sie bei dem Gedanken, wie rasch sie die Zivilisation hinter sich ließ, aus der sie floh, weil ein neues, ursprünglicheres Leben auf sie wartete.

Das Fenster des Zweispänners war geöffnet. Der Fahrtwind schnitt in ihre Wangen, und die Bänder ihrer Brautkrone flatterten um ihren Kopf.

Sobald die letzten Häuser der Stadt hinter ihnen lagen, spornte der Zigeuner, der den Wagen lenkte, die Pferde zu einer noch schnelleren Gangart an. Dabei verfiel er in einen melodischen Singsang, der auf Sabina einen eigenartigen Reiz ausübte.

Und plötzlich war es soweit.

Der Fahrer stieß einen triumphierenden Schrei aus, und als Sabina aus dem Fenster blickte, sah sie vor sich zahlreiche Lichter.

Der Wagen verlangsamte das Tempo. Im Näherkommen erkannte sie eine Fackelprozession, die sich – ein großes Feuer im Hintergrund – auf sie zubewegte.

Mit einem Ruck blieb der Zweispänner stehen. Die Tür wurde aufgerissen, und eine junge Zigeunerin forderte sie in gebrochenem Französisch auf, auszusteigen.

Sabina stieg die Stufen hinunter und stellte fest, daß die Fackeln eine breite Gasse bildeten, durch die sie hindurchschreiten sollte.

Heute abend empfing man sie mit herzlicher Bereitschaft. Im Schein der flackernden Fackeln sah sie die lächelnden Gesichter der Männer. Die weißen Zahnreihen blinkten, und funkelnde schwarze Augen signalisierten Bewunderung und Freude.

Langsam schritt Sabina durch das flammende Spalier. Die Männer und Frauen, an denen sie vorübergegangen war, schlossen sich ihr an, und so bewegte sich schließlich eine lange Prozession mit ihr, Sabina, an der Spitze auf das Feuer zu.

Dann fielen ihre Augen auf den Zigeunerfürsten, der vor dem Feuer auf sie wartete. Es kostete sie eine fast unmenschliche Anstrengung, nicht sofort auf ihn zu und in seine Arme zu stürzen.

Langsam schritt sie weiter, die Augen gebannt auf seine hohe, kraftvolle Gestalt gerichtet. Nie hatte er imponierender und hinreißender ausgesehen. Das bauschige Hemd war mit Goldfäden bestickt, und an seinen Fingern und Ohren funkelten Juwelen. Den Knauf seines Dolches schmückte eine kostbare Gemme, und um seine Hüften war eine rote Schärpe geschlungen.

Sabina war ihm nun ganz nahe. Nur wenige Schritte trennten sie voneinander. Da endlich bewegte er sich und kam auf sie zu. Aus seinen Augen leuchtete ein solcher Stolz und eine solche Bewunderung, daß Sabina den Blick zu Boden schlug.

»Du bist gekommen!«

Die Worte klangen wie ein Jubelruf, wie eine Huldigung.

Sabina griff nach seinen Händen und umklammerte sie wie eine Ertrinkende.

»Ja, ich bin gekommen.«

Er spürte, daß sie zitterte, und seine Finger schlossen sich um die ihren.

»Mein Traum geht in Erfüllung, mein Herz«, sagte er, und seine Stimme ließ sie seufzen vor Glück.

Er wandte sich den Zigeunern zu, die sich um sie versammelt hatten, und sprach zu ihnen.

Sabina verstand die Worte nicht, doch sie wußte, daß er sie seinem Stamm vorstellte.

Zustimmendes Gemurmel, laute Rufe der Begeisterung und Anerkennung unterbrachen immer wieder seine Worte, und als er geendet hatte, brandete eine gewaltige Ovation zum nachtdunklen Himmel empor.

Ein alter, bärtiger Mann löste sich aus dem Ring der Menschen. Er trug eine Kette aus Gold und kostbaren Steinen um den Hals, und in der Hand hielt er einen Dolch.

Der Alte trat auf sie zu und nahm ihre Hand in die seine.

Sabina unterdrückte einen Schrei, als er mit der Spitze der Klinge ihr Handgelenk ritzte.

Rotes Blut quoll hervor.

Die gleiche Zeremonie unternahm er bei dem Zigeunerfürsten. Auch sein Handgelenk wurde von der scharfen Klinge geritzt. Dann band der Alte mit einem Seidentuch ihre Hände zusammen – ihre Rechte und seine Linke.

Seine Lippen murmelten Worte in einer unbekannten Sprache, während ihrer beider Blut sich miteinander vermischte.

Als der Alte verstummte, reichte ihm jemand einen Tonkrug, der mit Wein gefüllt war.

Zuerst wurde er Sabina gereicht, und sie trank daraus. Danach setzte der Fürst den Krug an die Lippen, und nachdem er getrunken hatte, schleuderte er das Gefäß mit einem lauten Schrei zu Boden.

Es zersprang in tausend Stücke.

Eifrige Hände griffen nach den Scherben. Eine davon reichte man Sabina, eine andere dem Fürsten.

»Solange wir diese Scherben bewahren und in Ehren halten, wird unsere Liebe nicht sterben«, sagte der Zigeunerfürst feierlich.

»Ich werde meine niemals verlieren«, versprach Sabina leise.

»Und ich nicht die meine«, erwiderte er. »Nicht diese Scherbe und auch dich nicht, Geliebte.«

Der alte Zigeuner besprengte sie nun mit Wasser zum Zeichen der Reinigung von Dämonen und bösen Geistern, wie Sabina annahm.

Dann löste er die Fessel um ihre Handgelenke. Die Zeremonie schien beendet. Der Zigeunerfürst hielt Sabinas Hand immer noch in der seinen. Er zog sie mit sich zu einem symbolischen Lager in der Nähe des Feuers.

Die Musiker hatten die Vermählung mit einer ruhigen, getragenen Melodie begleitet, doch nun schwoll sie wild und rauschhaft an.

Ein Dutzend Zigeuner, Männer und Frauen sprangen in

den Kreis, den die Menschen um das Feuer bildeten, und tanzten zu den Klängen des kleinen Orchesters, während die übrigen sich in den Hüften wiegten und mit den Händen den Takt klatschten.

Weinkrüge wanderten die Reihen entlang. Sabina wurde der Wein in einem großen goldenen Pokal gereicht, dessen Fuß kunstvoll ziseliert, gehämmert und mit kostbaren Steinen besetzt war. Eine mattschimmernde Patina überzog ihn, und Sabina konnte das Alter des Trinkgefäßes nur ahnen.

»Als du zum ersten Mal hierherkamst, Liebste«, sagte der Zigeunerfürst, »erzähltest du mir, du habest von Kelchen gehört, die Stämme wie der meine seit vielen Jahrhunderten in ihrem Besitz hätten. Nun, heute siehst du einen solchen Kelch und viele andere Stücke aus einem uralten Goldschatz.«

Frauen trugen auf kostbaren Schalen Früchte herbei. Sie boten Sabina auf juwelenbesetzten Goldschüsseln unbekannte Süßigkeiten und duftendes Backwerk an. Es gab Kannen und Becher von verschiedenster Größe und Form, so daß Sabina sich nicht satt daransehen konnte.

Doch immer wieder wanderte ihr Blick zu dem Mann an ihrer Seite.

»Mein Leben, meine Liebe, mein Ein und Alles«, flüsterte er ihr ins Ohr, und Sabina erschauerte bei dem dunklen, verlangenden Klang seiner Stimme.

Die Zahl der Tanzenden wuchs, die Musik steigerte sich zu einem mitreißenden Crescendo. Und mit der Musik wuchsen die Flammen des Feuers. Die Hitze wurde so unerträglich, daß Sabina die Hand hob, um ihre Augen zu schützen.

In diesem Moment zog sie der Zigeunerfürst auf die Füße.

»Komm!«

Er sagte nur dieses eine Wort.

Fragend blickte sie ihn an und gehorchte ihm wortlos. Er führte sie fort vom Feuer, durch den Kreis der Wagen zu einer Baumgruppe am Rande des Lagers.

»Wohin gehen wir?«

»Dorthin, wo du und ich allein sind«, sagte er leise, und sie fühlte, wie bei seinen Worten ein Zittern durch ihren Körper lief.

»Unser Volk wird tanzen bis zur Erschöpfung«, sagte er. »Es gibt nichts, was die Zigeuner mehr lieben als eine Hochzeit!«

Sabina wußte, daß er keine Antwort von ihr erwartete, und schwieg.

Nun, da sich ihre Augen an das weichere Licht des Mondes gewöhnt hatten, sah sie, wohin er sie führte. Vor ihnen erhoben sich groß und dunkel drei Bäume, und der Boden unter ihren Füßen war weich und sandig. Die Luft duftete nach Harz, und Sabina glaubte noch einen anderen, einen exotischen Duft wahrzunehmen, den sie jedoch nicht zu bestimmen vermochte. Bis sie einen Augenblick später, inmitten des Buschwerks unter den drei Pinien, zu einem freien Platz kamen und Sabina das seltsamste Schlafgemach vor sich sah, das sie sich vorstellen konnte.

Auf der Erde war ein mit einem weißen Bärenfell bedecktes Lager bereitet. Darauf lagen viele bunte, verschieden große Kissen aus Seide und Satin.

Hohe Wände aus geflochtenen Zweigen wurden zum Teil von stoffbespannten Wandschirmen verstellt, deren farbenfrohe Muster im Schein des Mondes geheimnisvoll leuchteten.

Auf der Erde war ein großer Teppich ausgebreitet, und die Decke dieser ungewöhnlichen Schlafkammer bildete der sternenbesäte Himmel mit den drei dunklen Baumgipfeln, die sich vor dem helleren Hintergrund wie hünenhafte Wächter ausmachten.

Sabina war wie verzaubert, und dieser Eindruck verstärkte sich noch, als sie feststellte, daß der Boden und das Lager mit zahlreichen Blüten bestreut waren. Ein betäubender Duft ging von ihnen aus, der ihr den Atem nahm.

Sie wandte sich zu dem Zigeuner um. Ein dankbares glückliches Lächeln auf dem Gesicht, schaute sie zu ihm auf. Und im selben Moment hatte sie alle Herrlichkeiten um sich her vergessen.

Nur ein Gedanke erfüllte sie noch:

Sie waren allein.

»Meine Frau!«

Er sagte diese Worte sehr ruhig, nahm sie sanft in die Arme. Ihre Blicke tauchten ineinander. Dann küßte er sie, so, wie er es ihr vorausgesagt hatte.

Seine Lippen preßten sich auf ihren Mund, ihre Wangen, ihren Hals, ihre Schultern. Er zog sie nieder auf das weiche, pelzbedeckte Lager. Seine Hände nahmen die Brautkrone aus ihrem Haar, lösten die Kämme und Nadeln, die die blonde Fülle bändigten. Schwer fiel das Haar auf ihre Schultern. Er küßte es wild und vergrub stöhnend sein Gesicht darin.

»Ich liebe dich! Gott, wie liebe ich dich!«

Sie hörte den leidenschaftlichen, triumphierenden Klang in seiner Stimme, und sie fühlte, wie ihr ganzes Wesen darauf antwortete.

Willenlos und voller Hingabe überließ sie sich seinen Händen, dem wilden Verlangen seiner Lippen.

Sie wußte, alles, was er tat, war gut, war die Erfüllung. Es gab nichts, was sie hätte bedauern müssen. Ihr Schritt war richtig gewesen, sie würde nie etwas zu bereuen haben.

Das war das Leben, war die Liebe, war das Glück.

Sabina verlor jedes Gefühl für die Zeit. Die Stunden vergingen. Sie wußte nur, daß ihr Körper erbebte unter seinen Zärtlichkeiten, daß Schauer und Verzückung und Lust ihn durchrannen und daß nie gekannte Gefühle in ihr erwachten.

Einmal blickte er auf sie nieder und sagte:

»Deine Augen sind jetzt zu Feuersternen geworden, wie ich es dir versprochen habe.«

Und er küßte sie erneut, und Sabina spürte trunken, wie die Flammen der Leidenschaft in ihr emporloderten, und sie glaubte, von ihnen verschlungen zu werden.

Sie fühlte seinen Herzschlag und preßte ihren Körper

noch fester an den seinen. Ihr Mund war weich und nachgiebig unter der fordernden Härte seiner Lippen. Die Sinne schienen ihr zu schwinden – als er sich plötzlich von ihr löste, sich aufrichtete und zum Himmel hinaufschaute.

»Was hast du?« fragte sie.

»Ich liebe dich«, erwiderte er mit dunkler, bewegter Stimme. »Ich liebe dich, mein vollkommener Liebling, und ich bitte dich ganz inständig, mir auch weiterhin zu vertrauen.«

»Dir vertrauen?«

»Ja. Du wirst jetzt nicht verstehen, um was ich dich bitte. Doch vertraue mir, wie du mir bisher vertraut hast. Ist deine Liebe stark genug, mir diese Bitte zu erfüllen?«

»Du weißt, daß sie das ist«, antwortete Sabina. »Du weißt, ich liebe dich so sehr, daß ich vergessen habe, daß es auf der Welt neben dir auch noch andere Menschen gibt.«

»Das ist es, was ich von dir hören wollte«, erwiderte er. »Und nun, meine Süße, meine anbetungswürdige Geliebte, meine Frau und mein Alles, werde ich dich wieder zurückschicken.«

»Mich zurückschicken? Aber wohin denn?«

»Zur Villa Mimosa. Morgen früh wird niemand auch nur ahnen, daß du hier gewesen bist. Aber vertraue mir: Alles wird gut werden. Ich verspreche es dir!«

»Wie ... aber ... ich verstehe nicht!« stammelte Sabina.

Mit einer Kopfbewegung versuchte sie, das Haar zurückzuwerfen, denn seine Arme hielten sie immer noch umfaßt. Wieder preßten sich seine Lippen auf die ihren.

»Ich liebe dich«, sagte er dann. »Das ist alles, was du verstehen mußt.«

Er gab sie frei, streckte die Hand aus und goß Wein aus einer goldenen Kanne in einen Becher.

»Trink das!« sagte er sanft.

»Bitte, erkläre ... du mußt es mir erklären. Ich muß verstehen, was ...«

»Trink zuerst!« unterbrach er sie.

Sie leerte den Becher bis auf den letzten Tropfen.

Sekunden später breitete sich eine eigenartige Mattigkeit in ihr aus. Sie wollte sprechen, wollte ihn fragen, ob er ihr ein Betäubungsmittel in den Wein gegeben hatte, doch seine Arme umschlangen sie, und seine Lippen hinderten sie am Reden.

Trotz der plötzlichen Zweifel, trotz der jäh aufsteigenden Furcht, trotz des Nebels, der ihr Gehirn umhüllte und ihr Denken lähmte, erschauderte sie bei der Berührung seines Mundes.

Dann öffnete sich ein dunkler Abgrund unter ihr, und sie versank ins Bodenlose, in eine dunkle, gähnende Tiefe, aus der es – so glaubte sie – keine Wiederkehr mehr geben würde.

XII

Sabina erwachte wie aus einer tiefen Ohnmacht.

Ihr war, als befände sie sich in einer dunklen Wolke, durch die sie sich kaum einen Weg bahnen konnte.

Nur langsam kehrte ihr Bewußtsein zurück, aber weder Gedanken noch Gefühle belästigten sie. Sie war wie eine Pflanze, die, begraben in schwarzen Tiefen, sich anschickt, das Erdreich zu durchbrechen und der Sonne entgegenzuwachsen.

Langsam – so langsam, daß sie es kaum wahrzunehmen vermochte – lichteten sich die Schleier, bis sich dem erwachten Bewußtsein schließlich die Erinnerung zugesellte.

Sabina schlug die Augen auf.

Sie befand sich in dem hellen, weißgestrichenen Schlafzimmer, das sie bewohnte, seit sie nach Monte Carlo gekommen war. Sekundenlang konnte sie nicht glauben, daß es so war.

Sie schloß die Lider, als wollte sie den Anblick des goldgerahmten Spiegels, der Bilder an der Wand und der weichfallenden, pfirsichfarbenen Vorhänge als Wahngebilde ihrer überreizten Phantasie entlarven.

Aber dann zuckte sie entsetzt zusammen. Ein gellender Schrei entrang sich ihrer Kehle.

Wo war er? Wo war er?

Wieder öffnete sie die Augen.

Der Glanz des sonnendurchfluteten Raumes erschien ihr wie die finsterste Zelle eines mittelalterlichen Burgverlieses.

Träumte sie, oder war dies tatsächlich Wirklichkeit?

Mit einem Mal wurde ihr bewußt, daß sie in eine Decke eingeschlagen war, in eine große, naturfarbene Wolldecke.

Sie umhüllte ihren ganzen Körper, preßte ihre Arme fest gegen die Hüften. Als sie sich davon befreite, sah sie, daß sie den kurzen, goldbestickten Rock und das schwarze Samtmieder nicht mehr trug. Sie war nur noch bekleidet mit der weißen Bluse und den bunten Unterröcken, die bei jeder Bewegung raschelten und knisterten.

Jemand hatte ihr die Schuhe ausgezogen – wohl damit sie es bequemer hatte. Aber es gab nichts, womit man ihre Lage in diesem Moment hätte erleichtern können. Sie blickte auf die farbenfrohen Unterröcke und streckte die Hände aus, um sie zu berühren. Aber mitten in der Bewegung hielt sie inne.

Mit einem erstickten Schrei, der Qual und Verzweiflung ausdrückte, warf sie sich auf die Seite und vergrub ihr Gesicht in den Kissen.

Es war der erfolglose Versuch, die Erinnerung an die Geschehnisse der vergangenen Nacht aus ihrem Bewußtsein zu verbannen.

Wieder durchlebte sie die fremdartige Zeremonie im Schein der tanzenden Flammen, und ihre Lippen suchten und fanden die frische Schnittstelle an ihrem Handgelenk.

Die Stelle schmerzte noch, und als Sabina das Handgelenk gegen die Lippen preßte, schmeckte sie Blut – sein und ihr Blut.

Sie waren also miteinander vermählt, und dies war in dem Augenblick geschehen, da sich ihrer beider Blut miteinander vermischt hatte.

Als seine Frau war sie ihm in die Dunkelheit gefolgt zu dem seltsamen, aber wundervollen Schlafplatz im Schutz der drei großen Pinien.

Ihr Herz klopfte wild. Sie glaubte wieder die heißen Rhythmen der Zigeunermusik zu vernehmen. Sie erinnerte sich an die Stunden in seinen Armen, auf dem weißen Bärenfell. Nie hatte sie von einem solchen Glücksgefühl etwas geahnt. Nie hätte sie geglaubt, daß ihr Körper zu einer Ekstase fähig sein könnte, wie seine Küsse sie ihr geschenkt hatten. Ein Strudel der Wonne und Verzückung hatte sie erfaßt. Glücksschauer hatten sie geschüttelt – immer und immer wieder.

Ihr ganzes Wesen hatte sich verzehrt nach seinen Zärtlichkeiten, nach dem wilden Verlangen seines Mundes, nach der harten, leidenschaftlichen Berührung seiner Hände.

Er hatte sie verzaubert und verwandelt. Nur noch ein Gedanke, ein Wunsch, eine Sehnsucht war in ihr gewesen: ihm zu gehören, sich ihm hinzugeben mit Leib und Seele.

Fast war sie enttäuscht gewesen, als er die letzte Grenze vor dem vollkommenen Einswerden nicht überschritten hatte. Er hatte sie nicht besessen, nicht besitzen wollen.

In jähem Erschrecken stellte Sabina sich die quälende Frage, warum er sie nicht genommen hatte, obwohl der Wunsch nach dieser letzten, tiefsten Vereinigung fast unerträglich in ihr gewesen war.

Weshalb hatte er diesen Augenblick vorübergehen lassen?

Und weshalb – vor allem – hatte er sie wieder zurückgeschickt?

Ein Zittern lief durch Sabinas Körper. Sie preßte ihr Gesicht noch fester in die Kissen, so sehr fühlte sie sich verletzt und erniedrigt.

Er hatte sie erobert, aber dann war ihm diese Eroberung scheinbar nicht mehr wichtig gewesen.

Sie hatte sich ihm dargeboten und war zurückgestoßen worden.

Sabina stöhnte wie unter einer gnadenlosen Marter.

Doch dann hörte sie plötzlich wieder seine Stimme.

»Vertrau mir!« hatte er gesagt. »Bitte, vertrau mir!«

Was nur konnte diese Bitte bedeuten?

Worin sollte sie ihm vertrauen – und warum?

Sie war zu ihm gegangen. Hatte seinetwegen alles aufgegeben. Sie war bereit gewesen, die Liebe und Achtung ihrer Familie aufs Spiel zu setzen und auf den gesellschaftlichen Aufstieg, den ihr die Ehe mit Arthur gebracht hätte, zu verzichten – leichten Herzens zu verzichten.

Alles war ihr gleichgültig gewesen, wenn sie nur eins dafür gewonnen hätte: ihn und seine Liebe.

Tränen liefen über Sabinas Gesicht. Herbe, kummervolle Tränen der Enttäuschung und äußersten Verzweiflung.

Was sollte nun mit ihr geschehen?

Nichts würde jemals mehr so sein wie bisher.

Sie liebte ihn, liebte ihn so rückhaltlos und abgöttisch, daß sie ihm barfuß bis ans Ende der Welt gefolgt wäre, hätte er es von ihr verlangt.

Sie liebte ihn so sehr, daß sie sich damit bescheiden würde, nur in seiner Nähe zu sein, ihn anzusehen und seine Stimme zu hören.

Ein Gedanke traf ihr Herz wie eine Lanzenspitze, und plötzlich glaubte sie sich in eine Hölle hinabgestoßen, die so schwarz und undurchdringlich war, daß sie fürchtete, für ewig verdammt zu sein.

Eine lange Zeit lag sie da, ohne sich zu rühren. Schließlich hob sie den Kopf. Ihre Kehle war wie ausgetrocknet, und sie stand auf, um sich am Waschständer ein Glas Wasser einzugießen.

Sie trank gierig einige Schlucke und genoß die Kühle auf ihrer Zunge und in ihrer Kehle.

Dann erinnerte sie sich an das Glas Wein, das er ihr in der vergangenen Nacht gegeben hatte. Der Wein mußte irgendwelche Kräuter enthalten haben – ein Zigeunertrank, dachte sie, mit einem Betäubungsmittel, das umgehend seine Wirkung tat.

Sabina stellte das Glas zurück. Dabei glitt die Decke von ihren Schultern. Sie hob sie auf und hielt sie gegen ihre Wange. Es war eine Decke aus Merinowolle, weich und schmiegsam wie Seide.

Er hatte sie darin eingehüllt, damit sie nicht frieren sollte.

Wer war es gewesen, der sie hierhergebracht hatte? Er selbst? Oder hatte er ihren Rücktransport einem seiner Leute überlassen, weil sein Interesse an ihr schon erlahmt war?

»Ich werde ihn nicht mehr wiedersehen!« schluchzte sie verzweifelt. Doch dann schüttelte sie den Kopf.

Nein, das konnte nicht sein. Er hatte sie geliebt, wenn auch nur für kurze Zeit.

Doch was verstand sie schon von der Liebe? Gott, sie war doch so jung und leichtgläubig und unerfahren.

Sie schlug die Hände vors Gesicht und fühlte, wie die Tränen durch ihre Finger rannen.

»O Mama, Mama!« seufzte sie. Es war das Seufzen eines Kindes, das sich verletzt hat, das weiß, daß es im Leben nur einen Ort der Sicherheit gibt, nur einen Menschen, zu dem man in seiner Not gehen kann.

Noch einmal wiederholte Sabina ihren Stoßseufzer, dann fielen ihr die Briefe ein. Sie wandte sich um und blickte zum Ankleidetisch hinüber.

Die Briefe waren verschwunden.

Sie hatte die drei Umschläge nebeneinander auf die Platte des Ankleidetisches gestellt, den Brief an ihre Mutter, den an Lady Thetford und an dritter Stelle den an Arthur. Nun waren sie alle drei nicht mehr da.

In Sabinas Kopf jagten sich die Gedanken. Dann kam ihr eine Idee. Sie ging zur Tür und stellte fest, daß sie verschlossen war. Dabei erinnerte sie sich ganz deutlich daran, daß sie selbst den Schlüssel im Schloß gedreht hatte, bevor sie auf den Balkon hinausgetreten und die Holztreppe hinuntergestiegen war.

Das hieß: Niemand hatte den Raum betreten, seitdem sie ihn verlassen hatte. Niemand außer dem Mann, der sie im

Morgengrauen hergebracht, aufs Bett gelegt hatte und ohne sie wieder fortgegangen war.

Ohne sie!

Qualvoll, diese Worte auch nur zu denken!

Er war wieder gegangen. Und sie hatte er zurückgelassen.

Hatten die Zigeuner ihr Lager inzwischen schon abgebrochen? Waren ihre Wagen vielleicht schon unterwegs zu einem neuen, fernen, unbekannten Horizont, und zurückgeblieben war nur etwas Asche, die der Wind bald in alle Himmelsrichtungen wehen würde? War ein Häuflein Asche alles, was sie noch finden würde, wenn sie jetzt zur oberen Uferstraße hinaufritt?

»Ich kann es nicht ertragen – ich kann es nicht!« stieß sie mit erstickter Stimme hervor.

Sie warf sich neben dem Bett auf die Knie, vergrub den Kopf in die Hände. Aber kein Schluchzen drang über ihre Lippen, und ihre Tränen waren versiegt.

Das Leben mußte weitergehen, auch wenn sie keine Verwendung mehr dafür hatte. Sie sehnte den Tod herbei und wußte gleichzeitig, daß Gott ihr diesen Gefallen nicht tun würde. Sie hatte den Wunsch, den Zigeuner zu suchen, aber was sollte sie tun, wenn nur der Wind wußte, wohin er mit seinem Volk gezogen war?

»O Gott, hilf mir!«

Der Schrei kam aus der Tiefe ihrer Seele. Niemals hatte sie den Himmel inständiger und verzweifelter um Hilfe angefleht. Sie wünschte sich, sie hätte wenigstens so viel Stolz, um zornig auf ihn zu sein, denn er hatte sie so bitter enttäuscht und verraten. Aber in ihr waren nur Hoffnungslosigkeit und Verzweiflung. Die Hoffnungslosigkeit und Verzweiflung einer Frau, die von ihrem Mann verlassen worden war.

Langsam ließ Sabina die Hände sinken. Ihre Augen ruhten auf dem rechten Handgelenk.

Der Schnitt war stark gerötet, die Umgebung noch leicht mit Blut verschmiert.

Sabina konnte den Blick nicht davon abwenden.

»Ich liebe ihn!« flüsterte sie. »Ich liebe ihn! Ich liebe ihn!«

Sie sprach diese Worte immer wieder vor sich hin, bis das Ticken der Kaminuhr sie aufschauen ließ.

Zu ihrem Erstaunen war es kurz vor eins.

Langsam erhob sie sich.

Was war geschehen, daß niemand gekommen war, sie zu wecken? Hatte Lady Thetford Anweisung gegeben, daß man sie, Sabina, schlafen ließ, bis sie sich selbst meldete?

Lady Thetford! Arthur! Mama! Die Mädchen!

Sie alle waren in ihr, Sabinas, Leben zurückgekehrt. Dabei hatte sie noch in der vergangenen Nacht geglaubt, sie endgültig und für alle Zeit daraus verbannt zu haben.

Langsam, mit müden Schritten ging Sabina zum Schrank. Sie nahm ihren Morgenmantel heraus, schlüpfte aus den Unterröcken und entledigte sich der bestickten Bluse. Statt dessen zog sie ein frisches Nachtgewand an und darüber den Morgenmantel. Sie schloß die Tür auf und läutete die Glocke.

Wenige Sekunden später erschien Yvonne auf der Schwelle.

»Sie sind spät heute, Mademoiselle«, sagte sie freundlich, während sie die Vorhänge zurückzog und die Sonne ins Zimmer ließ.

Als Sabina nicht antwortete, fuhr das Mädchen fort:

»Ihre Ladyschaft meinte, Sie sollten das Luncheon heute im Bett einnehmen. Sie glaubt, Sie müßten müde sein, weil Sie so lange geschlafen haben. Als ich Sie läuten hörte, war ich eben dabei, dem Küchenchef aufzutragen, etwas Herzhaftes für Sie zurechtzumachen.«

»Wünscht Ihre Ladyschaft mich zu sehen«?

Sabina hörte ihre Stimme wie aus weiter Ferne. Es schien die Stimme einer Fremden zu sein. Sie nahm also ihr altes Leben an der Stelle wieder auf, wo sie es verlassen hatte. Die gleichen alltäglichen Bemerkungen kamen über ihre Lippen, wie vor dem gestrigen Abend, da sie noch geglaubt hatte, alles hätte sich geändert und sie wäre in ein neues, völlig verwandeltes Dasein eingetreten.

»Nein, Ihre Ladyschaft sind ausgefahren. Eine Einladung zum Luncheon – irgendwo bei Freunden.« Yvonne lächelte. »Ich soll Ihnen ausrichten, Sie möchten den heutigen Tag nutzen, sich gründlich auszuschlafen, damit Sie heute abend frisch und ausgeruht sind. Für eine ganz, ganz wichtige Gesellschaft, an der Sie beide teilnehmen würden.«

»Eine Gesellschaft?« fragte Sabina ratlos, als hätte sie dieses Wort noch nie gehört.

»Ja, Mademoiselle, und ich glaube, Ihre Ladyschaft legt den allergrößten Wert darauf, daß Sie gerade heute abend besonders gut aussehen. Legen Sie sich also wieder ins Bett, und nach dem Luncheon versuchen Sie vielleicht noch ein paar Stunden zu schlafen.«

Sabina befolgte Yvonnes Rat. Sie war zu erschöpft, sich mit ihr zu streiten, zu erschöpft um irgend etwas zu verstehen oder wahrzunehmen außer der Qual und der Zerrissenheit ihres eigenen Herzens.

Yvonne brachte ihr frischbezogene Kissen, zog die Laken zurecht und stellte ihr einen kleinen Tisch neben das Bett. Wenige Minuten später erschien sie mit einem Tablett voller Schüsseln und Platten, aus denen ein verlockender Duft aufstieg.

»Nun essen Sie, Mademoiselle«, forderte sie Sabina auf, als diese ablehnend den Kopf schüttelte. Schon allein der Anblick der Speisen bereitete ihr Übelkeit.

Schließlich, um Yvonne nicht zu enttäuschen, nahm sie ein paar Löffel von der Hühnerbrühe zu sich. Dann bat sie das Mädchen, alles wieder in die Küche zu bringen.

»Der Chef wird sehr unglücklich sein, Mademoiselle«, sagte Yvonne vorwurfsvoll. »Er hat sich soviel Mühe gemacht, und er ist stets gekränkt, wenn die Speisen unangerührt wieder zurückkommen.«

»Es tut mir leid!« seufzte Sabina.

Die Worte kosteten sie eine große Anstrengung, und sie

war sich gleichzeitig darüber im klaren, daß sie nicht der Wahrheit entsprachen.

Sie war einfach nicht imstande, für irgendeinen Menschen oder irgendeine Sache Bedauern zu empfinden – außer für sich selbst.

In ihrem Kopf jagten sich die Gedanken.

Was hatte sie getan?

Hatte sie ihn vielleicht beleidigt?

Oder – noch schlimmer – hatte sie, ohne es zu wissen oder zu wollen, etwas getan, was ihn abgestoßen hatte?

Hatte sie ihn enttäuscht, weil er zu viel von ihr erwartet hatte?

Oder war sie ihm zu bereitwillig entgegengekommen? War sie zu gierig nach seinen Küssen gewesen, so daß sie ihm schon so bald zu reizlos und wenig anziehend erschienen war?

Sie wußte es nicht, fand keine Erklärung auf die quälenden Fragen, obwohl sie sich unentwegt den Kopf zermartete.

Sabina fürchtete wahnsinnig zu werden, und ihre Verzweiflung wurde von Stunde zu Stunde unerträglicher, bis sie auf einmal seine Stimme zu hören glaubte:

»Vertraue mir! Bitte, mein Liebling, hab nur Vertrauen!«

Himmel, wie konnte sie denn Vertrauen haben, wenn er nicht hier, nicht bei ihr war?

Sie legte sich in die Kissen zurück, während alle diese Fragen, auf die sie ohne Antwort blieb, in ihrem armen schmerzenden Kopf durcheinanderwirbelten und ein schreckliches Chaos anrichteten.

Zu ihrer Überraschung stellte Sabina fest, daß sie plötzlich eine große Müdigkeit überfiel. Sie schlief ein. Trieb davon in einem Traum, in dem er bei ihr war.

Wieder verspürte sie jenes Gefühl der Sicherheit und Geborgenheit, das seine Nähe ihr jedesmal gab. Ihre Hand lag in der seinen. Nichts mehr war wichtig, nichts sonst zählte für sie.

Sie mußte einige Stunden fest geschlafen haben.

Sie erwachte, als Yvonne ins Zimmer kam.

»Sie haben geschlafen, Mademoiselle?« rief das Mädchen. »Oh, das ist gut. Sie werden sich jetzt sicher viel besser fühlen, nicht wahr? Schauen Sie, ich habe Ihnen eine Kanne Tee gebracht und einige Törtchen. Der Chef nennt sie Elfentörtchen, weil sie so leicht und winzig sind. Es ist nur ein Mund voll. Bitte, probieren Sie doch davon! Ein einziges nur, Mademoiselle! Es ist nicht gut, so lange zu fasten!«

»Gut, ich werde es versuchen«, versprach Sabina.

Es ging ihr besser. In ihr war Friede. Der Traum hatte eine beruhigende Wirkung auf sie ausgeübt.

Um Yvonne zu erfreuen und weil sie inzwischen auch ein leichtes Hungergefühl verspürte, trank sie eine Tasse Tee und aß dazu zwei der Törtchen, die der Chef eigens für sie gebacken haben mußte.

Sabina hatte den letzten Bissen heruntergeschluckt, als Lady Thetford das Zimmer betrat.

»Fühlen Sie sich besser, Kind?«

Überrascht blickte Sabina auf, und Lady Thetford fuhr fort:

»Yvonne sagte mir, Sie seien sehr müde, und deshalb habe ich gedacht, es sei gut für Sie, wenn Sie heute einmal im Bett bleiben würden. Dieses Leben ist schon recht hektisch, wenn man nicht daran gewöhnt ist.«

»Ja«, murmelte Sabina.

»Aber jetzt ist keine Zeit mehr, noch länger auf der faulen Haut zu liegen!« Lady Thetford lächelte. »Heute abend gehen wir zu einer großen Gesellschaft. Und ich möchte, daß Sie so schön wie möglich aussehen.«

»Ja«, antwortete Sabina mechanisch.

Einen Moment lang dachte sie daran, Lady Thetford alles zu erzählen. Dann würde die Gute wenigstens verstehen, weshalb ihr nichts, aber auch gar nichts an einer Gesellschaft lag, mochte diese auch noch so groß und bedeutend sein. Sie verspürte den Wunsch, ihr zu bekennen, was am Abend zuvor geschehen war. Ihr zu gestehen, daß sie die Absicht hatte, die Villa Mimosa zu verlassen und nie mehr zurückzukehren.

Aber dann überfiel sie ein Gefühl der Hoffnungslosigkeit und ließ sie schweigen.

Welchen Sinn sollten solche Geständnisse noch haben? Was konnten Erklärungen dieser Art noch bewirken? Den Mann, den sie liebte, konnte niemand ihr zurückbringen!

Und niemand hätte verstehen können, wie groß und übermächtig der Schmerz in ihr war, daß sie ihn verloren hatte. Niemand konnte je ermessen, was er ihr bedeutet hatte.

Ja, Sabina fürchtete sogar, man könnte sie auslachen.

Wie lächerlich hörte es sich an, zu sagen: »Ich wollte mit einem Zigeuner davonlaufen.«

Was war in den Augen der eleganten Welt schon ein Zigeuner?

Dabei war dieser Zigeuner für sie der einzige Mensch auf der Erde, der für sie wichtig war. In ihm hatte sie den Mann gefunden, der – wie sie fest glaubte – für sie bestimmt war von Anbeginn der Zeit. Der Mann, den sie liebte. Mehr liebte als ihr Leben.

Aber sie hatte ihn verloren.

Er war in ihr Dasein getreten und wieder daraus verschwunden, und es gab nichts, womit sie einem anderen hätte beweisen können, daß es ihn gegeben hatte – nichts, außer einem gebrochenen Herzen.

Ja, dachte Sabina, es ist wahr: Mein Herz ist gebrochen, und der Teil davon, den er zum Leben erweckt hatte, ist tot.

Sie wußte, ohne ihn würde sie nie mehr lieben können. Alle Wärme, alle Leidenschaft in ihr waren erstorben. Ihr Inneres war zu Eis erstarrt. Sie war unfähig, irgend etwas zu fühlen, nicht einmal diesen wahnsinnigen und furchtbaren Schmerz, den sie gefühlt hatte, als ihr zum erstenmal bewußt geworden war, daß sie ihn verloren hatte.

»Marie hat das neue Kleid für Sie fertig«, sagte Lady Thetford mitten in Sabinas Gedanken. »Ich habe es zurückgehalten für eine ganz besondere Gelegenheit. Aber ich wünsche, daß Sie es heute abend tragen, und wenn Sie mit dem Ankleiden fertig sind, kommen Sie auf mein Zimmer. Ich habe etwas für Sie.«

»Ich komme, sobald ich angezogen bin«, erwiderte Sabina ausdruckslos.

Yvonne bereitete ihr ein Bad und gab einige wohlriechende Essenzen ins Wasser. Sabina traten die Tränen in die Augen, denn dieser Duft erinnerte sie an die Blüten, die das Lager unter den Pinien bedeckt hatten.

Aber der scharfe Schmerz in der Herzgegend verging. Zurück blieb ein dumpfes Gefühl der Lähmung und Benommenheit. Nichts schien sie mehr beunruhigen zu können. Alles in ihr war leer und tot.

»Ich bin gestorben!« sagte sie wenig später zu ihrem Spiegelbild.

Sie hatte die Worte nur geflüstert, und Marie, die mit Yvonne das Kleid drapierte, fragte:

»Haben Sie etwas gesagt, Mademoiselle? Oh, es ist hinreißend! Hinreißend und absolut vollkommen. Das schönste Kleid, das Mademoiselle jemals getragen hat.«

Während Marie sprach, zupfte sie die Spitzen der Schleppe zurecht, die von Sabinas schlanker Taille über eine Turnüre kaskadenartig bis auf den Boden fiel. Das enganliegende Oberteil hob die wohlgeformten Kurven ihres Körpers wirkungsvoll hervor, und das zarte, hauchdünne Gewebe, das ihre Schultern bedeckte, war beinahe so weiß, wie Sabinas milchfarbene Haut.

Marie hatte Sabinas goldenes Haar zu einer kunstvollen Haube aufgesteckt, und zwei große, mit Brillanten besetzte Schildpattkämme gaben der Frisur den Halt.

»Es ist der ausdrückliche Wunsch Ihrer Ladyschaft, daß Sie diese Kämme heute abend tragen«, erklärte sie eifrig.

Sabina hatte kaum hingehört. Es interessierte sie nicht, was mit ihr geschah. Sie blickte in den Spiegel, aber sie sah nur die dunkle Leere ihrer Augen, die fast zu groß zu sein schienen für die erschreckende Blässe ihres zarten Gesichtes.

Sabina fühlte sich schwach. Mehrmals hatte sie das Gefühl, in Ohnmacht zu fallen, und als Lady Thetford das Zimmer betrat, rief diese:

»Gütiger Himmel, Kind! Sie haben so lang zum Ankleiden gebraucht, daß ich schon fürchtete, es wäre Ihnen etwas passiert. Fühlen Sie sich nicht wohl?

»Nein, nein, mir geht's ganz gut«, antwortete Sabina apathisch. »Well, Marie muß Ihnen heute abend unbedingt etwas Rouge auftragen«, erklärte Lady Thetford bekümmert. »Unsere Gastgeberin glaubt sonst, ich bringe ihr einen Geist und nicht ein junges Mädchen.«

Sie wartete einen Moment, als rechne sie damit, daß Sabina gegen diese Anweisung Einspruch erheben würde. Aber als diese schwieg, fuhr sie fort:

»Arthur kommt heute abend nicht mit uns. Sie brauchen also nicht zu fürchten, daß jemand die kleine Nachhilfe bemerkt. Es ist nur, weil ich möchte, daß Sie so gut wie möglich aussehen.«

»Ich danke Ihnen«, murmelte Sabina.

»Ich habe übrigens ein Geschenk für Sie. Eigentlich sollten Sie es zu Ihrer Vermählung bekommen, doch ich wünsche, daß Sie es heute abend tragen.«

Lady Thetford öffnete bei diesen Worten ein Samtetui, das sie in den Händen hielt. Als sie den Deckel hochklappte, sah Sabina auf blauem Samt ein Brillanthalsband. Es war aus Steinen in verschiedenen Größen gearbeitet, und ein besonders großes und schönes Exemplar bildete die Mitte des Kolliers.

Lady Thetford nahm es aus dem Etui, und es glitzerte und funkelte, als sie es Sabina um den Hals legte.

Mit stumpfem Blick starrte Sabina in den Spiegel, und sie erinnerte sich nebelhaft daran, daß vor langer, langer Zeit einmal jemand gesagt hatte, ihre Augen seien wie funkelnde Sterne. Aber nun war deren Funkeln erloschen. Aller Glanz war aus diesen Augen geschwunden. Auch ihr Gesicht strahlte nicht mehr. Nur noch die dumpfe Leere der Gleichgültigkeit und Resignation wohnte darin.

»Mademoiselle war noch nie so schön wie jetzt!« rief Marie hingerissen.

Und Yvonne sagte voll andächtiger Bewunderung:

»Sie sieht aus wie eine richtige Märchenprinzessin!«

Sabina schwieg, aber sie dachte, daß sie nur die Frau eines Zigeuners sein wollte. Es verlangte sie nicht mehr nach eleganten Kleidern aus Paris, nach Brillantkolliers oder brillantenbesetzten Schildpattkämmen. Sie wäre zufrieden gewesen, barfuß über staubige Straßen zu wandern, oder auf dem Kutschbock eines knarrenden und stoßenden Zigeunerwagens zu sitzen, wenn nur der Mann an ihrer Seite gewesen wäre, den sie liebte, und wenn sie seiner Liebe hätte sicher sein können.

Sabina erschrak, denn sie merkte plötzlich, daß Lady Thetford auf sie wartete. Außerdem fiel ihr ein, daß sie sich für den Halsschmuck noch nicht bei ihr bedankt hatte.

Sie berührte das Kollier mit den Fingerspitzen. Die Steine fühlten sich hart und kalt an.

Hart und kalt, dachte sie fröstelnd, so wird in Zukunft mein Leben sein – mein Leben – mit Arthur.

»Danke«, sagte sie mit leiser Stimme.

Es kostete sie eine ungeheure Anstrengung, dieses eine Wort auszusprechen, und ohne Begeisterung fügte sie hinzu: »Es ist sehr lieb von Ihnen.«

Lady Thetford schien etwas erwidern zu wollen. Vielleicht wollte sie fragen, ob etwas nicht in Ordnung sei. Aber sie unterließ es dann.

»Wir müssen gehen«, sagte sie nur mit leichter Strenge in der Stimme. »Wir haben eine lange Fahrt vor uns.«

Yvonne brachte den Umhang für Sabina und legte ihn ihr um die Schultern.

»Seien Sie vorsichtig mit dem wunderschönen Kleid, Mademoiselle«, ermahnte Marie, als Sabina sich zur Tür wandte.

Sabina antwortete nicht.

»Ich möchte in Lumpen gehen«, hätte sie gern gerufen, »und ihr gebt mir statt dessen Seide und Spitzen!«

Aber wer hätte ihre Worte verstanden!

Er war nicht bei ihr, hatte sie fortgeschickt. Sie war allein. In ihrem Herzen wohnte die Einsamkeit – eine unsagbare, trostlose Einsamkeit, die niemals mehr enden würde.

Ein Fußwärmer wurde für Lady Thetford und Sabina in den Wagen geschoben, und ein Diener hüllte sie in warme Pelze. Dann wurden die Türen geschlossen, und die Pferde setzten sich in Bewegung.

Ein Blick aus dem Fenster sagte Sabina, daß es landeinwärts ging.

Über dem Meer ging die Sonne unter, und bald breitete sich die Dämmerung über das Land. Nur ein feuerroter Streifen am Horizont schien nicht weichen zu wollen.

Sie mußten etwa eine Stunde gefahren sein, als Lady Thetford sagte:

»Sie haben noch gar nicht gefragt, wohin wir fahren.«

»Nein«, entgegnete Sabina. »Es war sehr unhöflich von mir.«

»Nicht unhöflich, denke ich«, antwortete Lady Thetford. »Ein leichter Mangel an Neugier vielleicht, den ich an Ihnen eigentlich gar nicht gewöhnt bin.«

»Es tut mir leid«, entschuldigte sich Sabina.

»Oh, nicht weiter schlimm, mein Kind. Ich bin sicher, das wird sich ändern, sobald wir da sind. Sie werden heute abend eine sehr bemerkenswerte Persönlichkeit – eine sehr enge Freundin von mir – kennenlernen. Prinzessin Rakoczi war in den dreißiger Jahren eine der berühmtesten Schönheiten Europas. Sie ist inzwischen alt geworden und nicht bei bester Gesundheit, aber sie ist immer noch schön und besitzt immer noch einen unwiderstehlichen Charme.«

Sabina murmelte etwas, das Interesse vortäuschen sollte. Dabei ließ die Frau, die sie kennenlernen sollte, sie völlig kalt.

Sie fragte sich, ob sie überhaupt jemals wieder an Menschen oder Dingen das geringste Interesse haben würde.

Diese schreckliche Leblosigkeit und Dumpfheit in ihrem Inneren schienen noch unablässig zu wachsen. Vielleicht würden sie nicht nur bewirken, daß sie, Sabina, nie wieder an irgend etwas im Leben Freude empfinden konnte, sondern auch, daß ihr nichts mehr abstoßend und hassenswert vorkommen würde. Vielleicht konnte selbst Arthur ihr keinen Abscheu mehr bereiten, vielleicht würde einfach alles, was er tat oder sagte, sie kaltlassen, sogar seine Nähe und die Berührung seiner Hände.

»Die Prinzessin besitzt in den Bergen ein Schloß«, fuhr Lady Thetford fort. »Sie liebt das Klima hier. Deshalb verbringt sie viele Monate des Jahres in diesem Teil der Welt. Und natürlich hat sie hier eine große Zahl von Freunden.«

»Ja, natürlich«, murmelte Sabina, denn sie fühlte, daß sie irgendwie auf die Worte ihrer Gastgeberin reagieren mußte.

Lady Thetford seufzte leise und hüllte sich wieder in Schweigen.

Inzwischen war es fast Nacht geworden, aber Sabina erhaschte einen flüchtigen Blick auf schlanke Türme, die sich dunkel gegen den noch etwas helleren Himmel abhoben. Sie glaubte einen Wallgraben zu erkennen, der einst einmal eine befestigte Burg umschlossen hatte. Sie sah einen künstlich angelegten Garten von nie geschauter Pracht, und über eine Zugbrücke gelangten sie in einen großen Schloßhof.

Diener eilten auf die Kutsche zu und öffneten den Wagenschlag. Lady Thetford und Sabina betraten einen roten Teppich, der über die breite Freitreppe und durch ein hohes gotisches Portal in eine prächtige, von Säulen getragene Halle führte.

Hausmädchen erschienen und geleiteten sie zu einem Raum, in dem ein warmes Feuer brannte. An den Wänden hingen Spiegel, die bis auf den Boden reichten, und auf mehreren Ankleidetischen lagen goldene Bürsten und juwelengeschmückte Kämme bereit.

Sabina schenkte all diesen Dingen keine Aufmerksamkeit.

Still und in sich gekehrt stand sie da und ließ sich von einem der Mädchen den Umhang abnehmen.

Ein flüchtiger Blick in einen der Spiegel genügte Sabina. Sie sah die blitzenden Brillanten an ihrem Hals, den schwachen Hauch von Rouge auf ihren bleichen Wangen, die übergroßen dunklen Augen, mit dem Ausdruck einer unendlichen Traurigkeit darin.

Neben sich hörte sie Lady Thetford sagen:

»Sie sehen zauberhaft aus, mein Kind! Kommen Sie!«

Sie trat in die Halle hinaus, und Sabina folgte ihr zögernd.

Livrierte Diener mit gepuderten Perücken führten sie durch einen hohen Korridor, an dessen Wänden kostbare Gemälde hingen. Am Ende des Korridors befand sich eine hohe Flügeltür, die weit offen stand, und Sabina schaute in einen großen Salon, der voller Menschen war.

Sie hatte den Eindruck von Lüstern und Kandelabern, auf denen Hunderte schimmernder Kerzen brannten, von zahlreichen Blumenarrangements, die einen schweren, betäubenden Duft ausströmten.

Die Damen hatten kostbare Diademe im Haar, und die Herren Gentlemen trugen mit Orden und Ehrenzeichen geschmückte Uniformen oder Abendanzüge.

Es war ein Funkeln und Glitzern im Raum, daß Sabina geblendet die Augen niederschlug, während sie gehorsam hinter Lady Thetford über einen weichen Läufer zum gegenüberliegenden Ende des Saales ging, wo eine hohe Frauengestalt sie erwartete.

Als Lady Thetford einen Schritt zur Seite machte, blickte Sabina auf.

Die Frau vor ihr war in der Tat wunderschön. Sie war äußerst geschmackvoll gekleidet, und auf ihrem weißen Haar, das zu einer kunstvollen Frisur aufgetürmt war, trug sie eine echte Krone.

Beim Anblick Lady Thetfords stieß die alte Dame einen kleinen Entzückensschrei aus und hielt ihr beide Hände entgegen.

»Meine liebe, liebe Freundin«, sagte sie mit einer weichen, melodischen Stimme. »Dies ist ein sehr glücklicher Tag für mich.«

Sie küßte Lady Thetford auf beide Wangen und wandte sich dann mit prüfendem Blick zu Sabina um.

»Das ist Sabina, Prinzessin!« sagte Lady Thetford einfach.

Die Prinzessin streckte eine Hand aus und musterte Sabina mit dem Ausdruck der Überraschung auf dem schönen Gesicht.

»Ich bin so froh, Sie kennenzulernen«, sagte die Prinzessin sanft.

Sie schwieg einen Augenblick. Dann fügte sie – immer noch Sabinas Hand haltend – mit einem Lächeln hinzu:

»Ich glaube, meinen Sohn Michael kennen Sie bereits.«

Mit einer heftigen Kopfbewegung schaute Sabina auf.

Jemand war aus dem Hintergrund neben die Prinzessin getreten. Ein hochgewachsener Mann in weißer Uniform mit einem blauen Ordensband, das sich wie eine Schärpe quer über seine Brust spannte.

Er sprach kein Wort. Wie festgewurzelt stand er da und schaute sie an.

Sabina erstarrte.

Die Augen geweitet, die Lippen halb geöffnet, blickte sie auf den Mann in der weißen Uniform.

Er war es.

Unmöglich, daß auf der Welt zwei Menschen existierten, die einander derart glichen! Nein, es gab keinen Zweifel. Der Blick, die Form der Lippen, sein Lächeln ...

Der Raum um sie her begann sich zu drehen, die Erde schien unter ihren Füßen zu beben. Sie fühlte, wie das Eis in ihrer Brust zu schmelzen begann. Ihre Knie gaben unter ihr nach, und ein Schwindel erfaßte sie.

Aber dann waren ihre Hände in den seinen. Sabina klammerte sich daran fest, spürte die Kraft, die von ihm zu ihr überströmte.

»Oh, mein kleiner Liebling, habe ich dir nicht gesagt, daß du mir vertrauen sollst«, hörte sie seine Stimme dicht an ihrem Ohr.

»Ist es wahr ... ist es Wirklichkeit, daß du – hier bist?« stammelte sie.

»Das gleiche habe auch ich mich gefragt, als du gestern abend zu mir kamst«, sagte er mit leiser Stimme.

Zu mehr war keine Zeit.

Die Prinzessin legte Sabinas Hand auf den Arm ihres Sohnes, und er führte sie zur Mitte des Saales.

Die Gäste wichen zur Seite und bildeten eine Gasse für sie. Die Ladys knicksten, und die Gentlemen verneigten sich vor ihnen.

Es war fast so wie am Abend zuvor bei Sabinas Ankunft im Camp der Zigeuner: das Spalier, das sie durchschritt, und die lange Prozession der Männer und Frauen, die sich hinter ihr bildete.

Sie verließen den Saal, schritten durch lange Korridore, vorbei an Dienern mit goldenen Leuchtern und brennenden Kerzen in den Händen.

Sabina fragte nicht, wohin sie gingen. Es genügte ihr zu wissen, daß er bei ihr war, daß ihre Hand auf seinem Arm lag und seine Finger die ihren schützend umschlossen.

Tiefe, feierliche Orgelklänge drangen an ihr Ohr und dazu der hohe, jubilierende Gesang eines Knabenchors.

Dann sah sie vor sich die weitgeöffneten Türen einer Kapelle, und nun begriff sie, wohin er sie führte und wohin die Prozession seiner Gäste ihnen folgte.

Der Duft von Weihrauch wehte ihr entgegen, und der Schein zahlreicher Kerzen umhüllte sie, als sie in die Kapelle einzogen und durch den Mittelgang zum Altar schritten, vor dem der Geistliche, angetan mit den liturgischen Gewändern, sie erwartete.

Auf der Stufe, die zum Altar hinaufführte, lagen zwei Kissen. Mit einer würdevollen Geste forderte der Priester sie auf, näherzutreten. Hinter ihnen nahmen die Gäste in den Bänken Platz. Die Orgel ließ ihre dröhnenden Klänge erschallen, und der Gesang silberheller Knabenstimmen stieg zum hohen Gewölbe des Gotteshauses empor.

Nach einem machtvollen Schlußakkord senkte sich atemlose Stille über die versammelte Hochzeitsgemeinde.

Eine kurze Zeit verharrten alle in stummen Gebet, dann

schlug der Priester das ledergebundene Rituale auf, und die Trauungszeremonie begann.

Zum zweitenmal in ihrem Leben hörte Sabina nun den Namen des geliebten Mannes, dem sie bereits am Abend zuvor angetraut worden war nach uraltem Zigeunerbrauch.

»Ich, Sabina, nehme dich, Michael, zu meinem Ehemann«, wiederholte sie die Worte, die der Priester ihr vorsprach. »ich will dich lieben und dir die Treue halten in guten und schlechten Tagen, in Reichtum und Armut, in Gesundheit und Krankheit – bis daß der Tod uns scheidet...«

Ergriffen lauschte sie ihrer Stimme, die die wundervollen, ehrwürdigen Worte der kirchlichen Hochzeitsliturgie nachsprachen.

Und als er ihr den goldenen Ring auf den Finger steckte, spürte sie in der kleinen Wunde an ihrem Handgelenk das Pochen ihres Pulses.

So vieles war seit der vergangenen Nacht geschehen, und Sabinas Herz befand sich in einem solchen Aufruhr, daß sie später die Folge der sich an die Trauung anschließenden Ereignisse nicht mehr wiederzugeben vermochte.

Sie wußte, daß die Prinzessin sie auf beide Wangen geküßt und ihr sehr freundliche und herzliche Worte gesagt hatte. Und Lady Thetford hatte ihr versichert, daß sie volles Verständnis für ihren Schritt habe und sie wegen ihres Mutes bewundere.

»Michael besuchte mich heute morgen«, sagte sie. »Ich kenne ihn von seiner Kindheit an, und ich bin genauso wie er fest davon überzeugt, daß ihr beiden für einander bestimmt seid.«

Anschließend gab es ein großes Festbankett mit vielen Gängen und mit Trinksprüchen. Wenn Sabina nicht gefühlt hätte, daß Michael neben ihr saß und ihr liebevolle und erregende Worte ins Ohr flüsterte, sie hätte alles nur für einen Traum gehalten.

Immer wieder sagte sie sich, daß all das nicht wirklich sein könne, daß ein solches Glück auf Erden nicht möglich sei. Aber dann spürte sie die Berührung seiner Hand, hörte den warmen, dunklen Klang seiner Stimme, und ihr Herz tat einen Sprung, und Schauer des Glücks durchrieselten ihren Körper.

Nach Beendigung des Banketts begaben sich alle in einen weißgoldenen Ballsaal, wo ein Zigeunerorchester zum Tanz aufspielte. Es waren feurige, wilde Melodien, deren mitreißenden Rhythmen keiner der Gäste widerstehen konnte.

Der Prinz führte Sabina auf die Tanzfläche, legte den Arm um ihre Taille und tanzte mit ihr wie in jener Nacht auf dem Ball im Palast des Fürsten, als er sie zum ersten Mal zum Tanz aufgefordert hatte. Diesmal sprachen sie kein Wort miteinander – es bedurfte der Worte nicht mehr.

Sabina hatte das Gefühl, alle Dinge mit einer neuen Intensität zu erleben. Und diese Intensität schien mit jeder Sekunde, die sie bei ihm war, zu wachsen. Die Freude, mit ihm über die Tanzfläche dahinzuschweben, ihre Hand in der seinen zu spüren, zu wissen, daß er sie anschaute, war so stark, war für sie wie ein Wunder, daß sie völlig unvorbereitet überfallen hatte.

Immer noch tanzend, zog Michael Sabina aus dem Ballsaal in einen schmalen Gang, in dem sich eine Treppe befand.

Als sie stehenblieben, schlang er beide Arme um sie, blickte auf sie nieder und schenkte ihr ein Lächeln, das sie erbeben ließ.

»Ich glaube, Liebste«, sagte er, »das ist der beste Augenblick, den anderen zu entfliehen, nicht wahr?«

Er führte sie die Treppe hinauf, öffnete die Tür auf der kleinen Empore und ging ihr voran in einen hohen Raum.

In einem Kamin brannte ein Feuer. Der Schein der Flammen beleuchtete ein mächtiges Himmelbett mit geschnitzten Pfosten und Vorhängen aus türkisblauem Satin. Straußenfedern schmückten den Baldachin, und ein Bettvorleger aus Hermelin mit einem breiten Zobelbesatz bedeckte den Fußboden.

Als Sabinas Augen sich an das Halbdunkel und die tanzenden Flammen gewöhnt hatten, sah sie ihr Nachtgewand, das über einem Stuhl beim Kamin lag, und vor dem Bett standen die pelzgefütterten Samtpantoffel, die Lady Thetford ihr vor wenigen Tagen geschenkt hatte.

Doch all das nahm sie nur am Rande wahr. Ihre ganze Aufmerksamkeit galt dem Mann, der mit dem Rücken zur Feuerstelle stand und keinen Blick von ihr ließ.

Das Brillantkollier um den Hals und die funkelnden Schildpattkämme im Haar ging sie quer durch den Raum auf ihn zu und blieb dicht vor ihm stehen.

»Warum hast du es mir nicht gesagt?« fragte sie.

»Mein Liebling«, erwiderte er, »muß ich dir noch eigens erklären, daß es aus einer gewissen Selbstgefälligkeit heraus geschah? Ich wollte eben die absolute Gewißheit haben, daß du mich um meiner selbst willen liebst.«

»Du wußtest doch, daß ich dich liebe, wer auch immer du sein mochtest!« sagte Sabina vorwurfsvoll.

»Aber vielleicht wäre in mir immer ein Zweifel geblieben. Versteh mich, mein Herz: Ich wollte ganz sicher sein. Wenn du gewußt hättest, daß ich ein Prinz bin und aus königlichem Geblüt... die Geschichte unserer Liebe wäre vielleicht nicht so vollkommen gewesen.«

»Aber warum... warum hast du dich als Zigeuner ausgegeben?« wollte Sabina wissen.

»Ich habe mich nicht als Zigeuner ausgegeben, ich bin ein Zigeuner«, antwortete er. »Ich bin der rechtmäßige Fürst des Zapak-Stammes. Mein Ururgroßvater heiratete vor vielen, vielen Jahren die Tochter des Zapakfürsten. Sie war sein einziges Kind, und ihr Sohn, mein Urgroßvater, wurde nach dem Gesetz der Erbfolge Fürst der Zapakzigeuner. In unserer Familie entwickelte sich dann der Brauch, daß wir in jedem Jahr für drei oder vier Wochen Luxus und Reichtum aufgeben und das Leben unseres Stammes teilen, gleichgültig, wo er sich aufhalten mag.«

Er machte eine Pause. Ein glückliches Lächeln erschien auf seinen Zügen, als er fortfuhr:

»Ich bin mit meinen Zigeunern an manch seltsamen Plätzen der Erde gewesen. Aber in diesem Jahr habe ich wegen des schlechten Gesundheitszustandes meiner Mutter darauf gedrängt, daß sie ihr Lager in der Nähe von Monte Carlo aufschlagen, weil ich in der Nähe der alten Dame bleiben wollte. Vielleicht war es eine Art Intuition, eine innere Stimme, die mir sagte, daß ich hier auf dich warten müsse. Vielleicht war es eine Fügung des Schicksals oder der Ratschluß des Allmächtigen von Anbeginn. Was es auch gewesen sein mag, Geliebte, du bist zu mir gekommen, und ich habe die Frau meines Lebens gefunden.«

»Wenn ich es doch nur gewußt hätte!« seufzte Sabina.

»Aber hätte das nicht alles verderben können?« fragte er. »Kannst du dir vorstellen, was es für mich bedeutete, als du in der vergangenen Nacht zu mir kamst, zum Zeichen dafür, daß du alles aufgegeben hattest, was dir lieb und teuer war, um die Frau eines Mannes zu werden, dessen Namen du nicht einmal kanntest, der dir nichts anderes zu bieten hatte als seine Liebe!«

»Und dennoch hast du mich – zurückgeschickt!« sagte Sabina mit einem fast unmerklichen Stocken in der Stimme, denn sie dachte an die Qual und die Verzweiflung, die sie in den vergangenen Stunden durchlebt hatte.

»Ich habe dich zurückgebracht, nicht zurückgeschickt«, verbesserte er sie, »denn ich wollte dich an mich binden durch jedes Band und jede Zeremonie, die es gibt. Du bist mir zweimal angetraut, Sabina. Es gibt kein Entrinnen mehr für dich!«

»Glaubst du wirklich, daß ich dir entrinnen will?« sagte sie, und ihre Augen leuchteten im Schein des Feuers wie Sterne.

»O bitte, schau mich nicht so an«, rief er mit heiserer Stimme, »sonst kann ich nicht mehr an mich halten und muß dich an mich reißen, und dann wird ein ruhiges Gespräch nicht mehr möglich sein. Dann vergesse ich die Dinge, die ich dir unbedingt noch sagen will.«

Sie fühlte, wie sie erschauerte bei der Erkenntnis, welche Macht sie über ihn hatte. Aber weil sie eine Frau war, mußte sie ihn etwas fragen:

»Du begehrst mich also doch?«

»Ja, ich begehre dich«, antwortete er. »Und wenn du noch ein paar Minuten Geduld hast, werde ich auch die letzten Zweifel, die aus deiner Frage herauszuhören waren, beseitigen. Ich werde dir beweisen, wie sehr ich dich begehre, mein Herz. Ich werde dir das Übermaß meiner Liebe zeigen, so sehr, daß du noch um Gnade schreien wirst. Aber nun laß mich dir noch rasch die ein, zwei Dinge sagen, von denen ich möchte, daß du sie weißt. Als erstes: Ich habe heute morgen Lord Thetford aufgesucht.«

»Du warst bei – Arthur?«

In Sabinas Stimme war ein Beiklang von Entsetzen.

»Ja, ich teilte ihm mit, daß du meine Frau bist, mein Liebling.«

»Was hat er gesagt? War er sehr zornig?

Der Prinz zwinkerte mit den Augen und erwiderte:

»Zornig ist nicht das richtige Wort. Er war empört, entrüstet und vor allem völlig fassungslos, daß du ihm einen anderen Mann vorziehen konntest.«

»Machte es ihm nichts aus, mich zu verlieren?«

»Ich glaube, dein Verhalten ihm gegenüber bestärkte ihn noch in der schlechten Meinung, die er von deinem Geschlecht hat. Aber vergeuden wir nicht unsere Zeit mit Gesprächen über deinen ehemaligen Verlobten. Er verdient es nicht, und überdies bin ich eifersüchtig auf jeden Mann – ja, auf jeden, sogar auf den rechthaberischen und selbstgefälligen Lord Thetford – der deine Aufmerksamkeit erregt.«

»Er erregt meine Aufmerksamkeit nicht«, flüsterte Sabina. »Es ist so, als hätte ich ihn nie gekannt. Wenn mich etwas auf der Welt interessiert, dann ist es die Frage, ob du wirklich da bist und ob ich – dir gehöre!«

»Das wirst du gleich sehen, meine Liebste. Ich werde es dir klarmachen, so daß du nie wieder einen Zweifel hast. Nur eine Sekunde noch, denn da ist eine zweite Sache, die du wissen solltest.«

Er schwieg und weidete sich ein wenig an der Ungeduld, die Sabina erfaßt hatte. Dann fuhr er fort:

»Du warst bereit, deine heißgeliebte Familie für mich aufzugeben, Sabina. Du warst sogar überzeugt, es schon getan zu haben. Ich möchte sie dir nun wieder zurückgeben. Harry soll die Möglichkeit haben, in ein Kavallerieregiment überzuwechseln, wie er sich das immer gewünscht hat. Ich habe ihm das heute gesagt, und er kann sein Glück noch gar nicht fassen. Und Harriet, Melanie, Angelina und Clare sollen kommen und bei uns wohnen, so oft sie Lust dazu haben. Und wenn sie älter geworden sind, wirst du sie, mein süßes Herz, deiner Königin in London vorstellen und meinem König, der mein Vetter ist, an seinem Hof in Budapest. Ich will, daß alle glücklich sind, weil es dich glücklich macht, Liebste.«

»Oh wie gut du bist!« rief Sabina, und in ihren Augen waren Tränen, als sie mit einer jähen Bewegung die Arme ausstreckte und sich an seine Brust warf.

Wild und verlangend riß er sie an sich, und seine eiserne Selbstbeherrschung zerbrach unter der plötzlich auflodernden Leidenschaft.

Seine Lippen suchten die ihren, und sie fanden sich in einer Ekstase, die fast zu gewaltig war, um sie ertragen zu können.

Schließlich gab er sie frei und blickte in ihr zartes Gesicht, das glühend vor Lust und Entzücken an seiner Schulter lag. Er sah die halbgeöffneten Lippen, die niedergeschlagenen Augen, die sich der Leidenschaft noch zu schämen schienen, die er in ihr entfacht hatte.

»Auf diesen Augenblick habe ich gewartet«, sagt er. »Du wirst es nie begreifen können, mein wirklichkeitsgewordener Traum, eine wie große Überwindung es mich gestern Nacht gekostet hat, dich nicht zu der Meinen zu machen, dich nicht zu nehmen, als ich dich in den Armen hielt, als wir beieinanderlagen unter den Sternen und dein Haar uns bedeckte wie ein goldener Mantel.«

Er nahm die juwelenbesetzten Schildpattkämme aus

ihrem Haar. Es löste sich und fiel auf ihre Schultern herab. Dann waren seine Finger an den Knöpfen ihres Kleides. Einen Augenblick später hob er sie zu sich empor und preßte sie an seine Brust, während seine Lippen durch den Schleier ihres Haares die ihren suchten.

»Du bist mein«, sagte er wild. »Mein vor Gott und den Menschen – meine Zigeunerfrau, meine Liebe, mein Leben und meine Königin.«

ENDE